KB044131

신들의 전쟁

10주년 기념 개정판

일러두기
본문 중 주석은 하단 주석과 후 주석으로 나뉘어 있습니다. 후 주석은 등장하는 신들에 대한 소개입니다.

신들의 전쟁(하)

American Gods

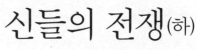

10주년
전면
개정판

닐 게이먼

장용준 옮김

황금가지

AMERICAN GODS:

THE TENTH ANNIVERSARY EDITION (AUTHOR'S PREFERRED TEXT)

by Neil Gaiman

차례

제11장

세 사람은 비밀을 지킬 수도 있다. 단, 그중 두 명이 죽는다면.
— 벤저민 프랭클린, 『가난한 리처드의 달력』

한파가 사흘 동안 계속되었다. 온도계는 한낮에도 0도를 넘지 못했다. 섀도는 전기가 발명되기 전에, 보온 얼굴 가리개가 나오기 전에, 경량 보온 내의가 생기기 전에, 교통이 편리해지기 전에, 사람들이 어떻게 이런 날씨를 견뎌 냈는지 의아할 뿐이었다.

힌젤만은 섀도에게 비디오 가게이자 선탠 가게이자 낚시용품점인 가게에서 탈부착 송어 제물낚시 요령을 보여 주고 있었다. 생각했던 것보다 재미있었다. 깃털과 실로 만들어진 다양한 색깔의 모든 가짜 생명 안에 갈고리가 숨어 있었다.

섀도는 힌젤만에게 물었다.

"진짜로 말이야?"

힌젤만이 되물었다.

"진짜로요."

"음, 때때로 살아남지 못하고 죽어나갔지. 가스가 새는 굴뚝, 통풍 안 되는 난로와 화덕이 추위만큼이나 많은 목숨을 앗아 갔지. 참 힘든 시절이었지. 사람들은 여름과 가을 내내 겨울을 나기 위해 먹거리와 땔감을 쌓아 놓는 데 열중하며 살았어. 그중의 최악은 광기였어. 광기가 햇볕하고 어떤 관계가 있는지, 겨울에는 얼마나 햇볕이 부족한지 라디오에서 들은 적이 있다네. 우리 아버지는 사람들이 완전히 돌아 버린다고 말했지. 사람들은 그걸 겨울 광기라고 불렀어. 레이크 사이드는 덜 했는데, 이 근방의 다른 마을들은 좀 심했다네. 내가 어렸을 때 통용되는 속담이 있었어. 등골이 없는 하녀나 돼야 2월까지 주인을 살려 두는 법이라고들 했지. 이야기책은 사금 가루 같았어. 마을에 대여 도서관이 생기기 전에는 읽을 수 있는 건 모두 소중히 간직했거든. 우리 할아버지가 바바리아에 있는 형제한테 이야기책을 1권 받았을 때, 마을에 있는 모든 독일 사람들이 마을 회관에 모여 할아버지의 낭독을 들었을 정도니까. 핀란드 사람들이며 아일랜드 사람들, 또 다른 사람들이 그 독일인들에게 이야기를 해 달라고 부탁했지.

여기서 남쪽으로 30킬로미터 떨어진 지브웨이에 어느 해 겨울 죽은 아기를 가슴에 품은 채로 완전히 홀딱 벗고 돌아다니는 여자가 있었지. 여자는 사람들이 아기를 자기 품에서 떼어 내는 것을 용납하지 않았어."

힌젤만은 생각에 잠긴 듯 고개를 저었고 딸깍 소리를 내며 제물낚시 진열장을 닫았다.

"장사가 잘 안 돼. 자네 비디오 대여 카드 원하나? 마침내 이곳에도 대형 비디오점이 문을 연다네. 그럼 우린 곧 망하게 될 거야. 하지만 아직까지는 꽤 괜찮은 물건들이 있거든."

섀도는 힌젤만에게 자기는 텔레비전이 없으며, 비디오도 없다고 말했다. 그는 힌젤만하고 어울리는 것이 좋았다. 그의 회고담, 허풍같이 과장된 이야기들, 노인네의 도깨비 같은 웃음이……. 텔레비전이 자기한테 말을 걸어오기 시작한 이래로 텔레비전을 보는 게 불편해졌다는 것을 말한다면 힌젤만과도 사이가 어색하게 되고 말 것이다.

힌젤만은 서랍을 뒤지더니 깡통으로 된 상자를 꺼냈다. 그 모양새를 보아 하니 한때는 초콜릿이나 쿠키를 담아 놓았던 크리스마스 선물 상자 같았다. 코카콜라 병이 담긴 접시를 들고 있는 얼룩덜룩한 색깔의 산타클로스가 뚜껑에서 미소 짓고 있었다. 힌젤만은 상자의 금속 뚜껑을 열고 공책 1권과 표 뭉치들을 보이며 말했다.

"몇 장 줄까?"

"뭘요?"

"클렁커 티켓. 클렁커가 오늘 얼음 위로 올라간다네. 우리가 표를 팔기 시작했어. 장당 10달러이고, 40달러에 5장, 75달러에 10장을 준다네. 1장에 5분이고. 물론 5분 안에 차가 잠길 거라고 장담은 못하지. 가장 근접한 사람이 500달러를 따네. 그게 만약 자네가 건 5분 안에 가라앉으면 1000달러를 받는 거야. 표를 빨리 살수록 걸 수 있는 시간이 많아지는 거야. 안내장을 볼 텐가?"

"그러죠."

힌젤만은 새도에게 복사한 안내장을 건네주었다. 클렁커는 엔진과 연료 탱크를 걷어 낸 낡은 차로, 겨울 동안 호수의 얼음 위에 주차된다. 봄이 되면 호수 얼음이 녹고 얼음이 너무 얇아 차의 무게를 지탱하지 못하게 될 때 차가 호수에 가라앉는 것이다. 클렁커가 호수로 가장 빨리 잠긴 것은 2월 27일이었다.("그땐 1998년 겨울이었지. 그걸 겨울이라고 불러야 할지 모르겠지만.") 가장 늦게 가라앉은 때는 5월 1일이었다.("그땐 1950년이었어. 그해에는 도대체 겨울을 끝나게 할 유일한 방법이, 누군가 겨울의 심장에 말뚝이라도 찔러 넣는 것밖에 없는 것 같았지.") 4월 초가 차가 가라앉는 가장 흔한 시기였다. 대개 한낮이었다.

힌젤만의 줄 쳐진 공책에서 4월 오후 낮 시간은 이미 다 표시가 되어 있었다. 새도는 3월 23일 아침 9시에서 9시 25분 사이의 시간을 사고 힌젤만에게 40달러를 지불했다.

"마을의 모든 사람들이 자네처럼 쉽게 샀으면 좋겠네."

"이건 제가 이곳에 도착한 첫날 밤에 태워 주신 것에 대한 보답입니다."

"아니야, 마이크. 이건 어린이들을 위한 것이네."

한순간 힌젤만은 주름진 늙은 얼굴에서 개구쟁이 같던 흔적을 하나도 찾을 수 없을 만큼 진지해 보였다.

"오늘 오후에 오게. 클렁커를 호수에 내려놓는 걸 도와줘야지."

힌젤만은 새도에게 푸른 카드 5장을 건네주었다. 각 카드에는 날짜와 시간이 힌젤만의 옛날식 글씨체로 쓰여 있었다. 그는 각 장의 상세한 내용을 공책에 적어 넣었다.

"힌젤만, 독수리돌에 대해 들어 본 적 있어요?"

"라인랜더 북쪽? 아니, 그건 이글리버지. 들어 본 적 없는 것 같은데."

"그럼 천둥새는요?"

"음, 5번가에 천둥새 사진 갤러리가 있었는데, 거긴 폐쇄됐어. 내 말이 영 도움이 안 되지?"

"예."

"한 가지 말해 줄게. 도서관에 가 보게나. 좋은 사람들이야. 이번 주
는 바자회 때문에 좀 바쁘고 정신없겠지만 말이야. 도서관이 어디 있
는지 내가 보여 줬지, 안 그런가?"

새도는 고개를 끄덕이고 인사를 건넸다. 왜 여태 도서관 생각을 못
했나 싶었다. 새도는 보라색 4 러너에 올라타 중심 도로를 달려 남쪽
을 향했다. 호수를 돌아 최남단 지점으로 가서 시 도서관이 있는 성
같이 생긴 건물에 도착했다. 도서관 바자회 방향 안내판은 지하를 가
리키고 있었다. 정규 도서관은 1층에 있었다. 새도는 부츠에 묻은 눈
을 털고 안으로 들어갔다.

빨간 입술을 굳게 다문 험상궂은 여자가 날카롭게 "뭘 도와 드릴까
요?"라고 물었다.

"도서관 카드가 필요한데요. 그리고 천둥새에 대해 알고 싶어요."

여자는 새도에게 신청서 1장을 내밀었다. 그러고는 도서관 카드 발
급에 일주일이 걸린다고 말했다. 새도는 미국 전역의 모든 도서관에
자신이 도서 대출을 하고 미납한 내역이 있는지 조회하기 위해 일주
일이라는 시간이 필요한 게 아닌가 생각했다.

교도소에 있을 때 도서관 책을 훔친 죄로 복역하는 남자를 본 적
도 있다.

"좀 심한 것 같은데요."

남자의 복역 이유를 듣고는 새도가 말했다.

"50만 달러에 달하는 책들이었어." 남자가 자랑스럽게 말했다. 그자
의 이름은 개리 맥과이어였다. "대학과 도서관에서 훔친 희귀본이나

고서들이었지. 바닥부터 천장까지 책으로 꽉 찬 창고를 발각당했거든.
아주 간단한 사건이었어."

"대체 왜 책을 훔친 건가요?"

"갖고 싶어서."

"도대체 무슨 책을 50만 달러에 이를 정도로!"

개리는 씩 미소를 짓더니 목소리를 낮춰 말했다.

"경찰이 찾아낸 건 물품 보관함 하나뿐이었어. 산클레멘테에 있는
창고는 들키지 않았거든. 거기에 정말 좋은 물건들이 있단 말이지."

개리는 교도소에서 죽었다. 의무실에서 그냥 컨디션이 안 좋아서
겪는 꾀병이라고 말했던 것이 알고 봤더니 맹장파열이었다. 섀도는 지
금 이곳 레이크사이드 도서관에서 산클레멘테의 창고를 생각하고 있
다. 상자에 담긴 희귀하고 아름다운 수많은 책들, 어둠 속에서 변색되
며 곰팡이와 벌레에 좀먹어가고 있는 책들을, 어느 누구도 박스를 열
어 세상 빛을 보도록 해줄 수 없는 그 책들을…….

아메리카 원주민 신앙과 전통에 관한 책은 성처럼 생긴 선반 하나
에 있는 것이 전부였다. 섀도는 책을 몇 권 꺼내 창가 자리에 앉았다.
천둥새는 신화에 나오는 거대한 새로 산꼭대기에 살고 번개를 불러오
며 날개를 퍼덕여 천둥을 일으킨다고 했다. 천둥새가 세상을 창조했
다고 믿는 부족도 있었다. 30분을 더 읽었지만 더 특별한 것은 없었
고, 독수리돌에 대해 나온 것은 도서 색인에서 찾을 수가 없었다.

선반에 책을 다시 꽂아 놓을 때 섀도는 누군가가 자신을 응시하고
있다는 것을 알아챘다. 조그마한 누군가가 육중한 서가에서 진지한
모습으로 섀도를 엿보고 있었다. 그가 돌아보자 얼굴이 사라졌다. 섀

도는 꼬마 녀석에게 등을 돌리고 나서 그 꼬마가 아직도 자신을 보고 있는지 확인하기 위해 고개를 돌려 슬쩍 보았다.

주머니에 자유의 여신상 동전이 들어 있었다. 동전을 꺼내어 오른손에 쥐고 꼬마 녀석이 볼 수 있도록 몸을 틀었다. 섀도는 손가락을 이용해서 동전을 왼쪽 손바닥에 숨기고는 텅 빈 양손을 드러내 보이고 왼손을 입가로 가져가 기침을 한 번 하고 나서, 동전이 왼손에서 오른손으로 떨어지게 만들었다.

꼬마는 동그랗게 눈을 부릅뜨고 보다가 질겁하고 달아나 몇 분 후 웃음기가 없는 마게리트 올센을 끌면서 돌아왔다. 올센은 의심스럽게 섀도를 바라보며 말했다.

"안녕하세요, 아인셀 씨. 당신이 마술을 했다고 레온이 말하네요."

"그냥 간단한 마술이에요.

"하지 마세요."

"죄송해요. 그저 아이를 재미있게 해주려고 했던 것뿐이에요."

그녀는 경직된 태도로 고개를 저었다. *그만둬요.* 섀도는 시키는 대로 따르며 말했다.

"참, 저번에 집 따뜻하게 하는 방법을 알려 주셨는데, 제가 감사 인사 안 드렸죠? 지금은 갓 구운 빵처럼 집이 아주 따뜻해요."

"잘됐네요."

얼음 같은 올센의 표정은 녹지 않았다.

"도서관이 아주 좋아요."

"아름다운 건물이죠. 하지만 이 도시는 미관은 좀 떨어지더라도 효율성이 높은 게 필요하죠. 아래층 도서관 바자회에 갈 건가요?"

"글쎄, 생각 안 하고 있었는데."

"음, 가 보는 게 좋아요. 좋은 일을 위해 하는 거니까. 기금을 모아 새 책을 사고 서가를 정돈하고 아동 코너에 컴퓨터를 들일 거예요. 아예 새 도서관을 빨리 지을수록 더 좋긴 하지만 말이에요."

"그럼 꼭 내려가 보도록 하죠."

"홀로 나가서 아래층으로 내려가면 돼요. 만나서 반가웠어요, 아인 셀 씨."

"마이크라고 부르세요."

올센은 아무 말도 하지 않았고, 레온의 손을 잡고 아동 코너로 갔다. 섀도는 레온이 이야기하는 것을 들을 수 있었다.

"그런데 엄마. 그건 '마설'이 아니었어. 아니었다고. 동전이 사라졌다가 아저씨의 코에서 떨어지는 걸 봤어. 봤다니까."

에이브러햄 링컨의 유화가 벽에서 내려다보고 있었다. 섀도는 대리석과 오크로 된 계단을 통해 도서관 지하로 가서 문을 열고 책상이 가득한 방으로 들어갔다. 책상에는 온갖 종류의 책들이 무작위로 얹혀 난삽하게 놓여 있었다. 문고판, 양장본, 소설, 비소설, 정기간행물, 백과사전, 표지가 위로 놓인 것, 아래로 놓인 것, 모든 것이 뒤섞여 책상 위에 널려 있었다.

섀도는 돌아다니다가 방의 뒤쪽으로 갔다. 낡아 보이는 가죽 정장 책들이 쌓인 책상이 있었고, 도서관 카탈로그 번호가 흰색으로 칠해진 책들이 나란히 꽂혀 있었다.

"오늘 처음으로 그 코너에 오신 분이네요, 손님."

빈 상자와 봉지 더미 그리고 열린 소형 현금 보관함 곁에 있는 남자가 말했다.

"대부분은 스릴러나 아동 도서, 할리퀸 로맨스 소설을 보죠. 제니 커튼, 대니얼 스틸, 뭐 그런 거요."

남자는 애거서 크리스티의 『애크로이드 살인 사건』을 읽고 있었다.

"책상 위에 있는 책은 하나에 50센트 균일가입니다. 아니면 1달러에 3권 가져가실 수도 있어요."

섀도는 고맙다는 인사를 하고 계속 훑어보았다. 껍질이 조금 벗겨진 갈색 가죽 장정의 헤로도토스의 『역사』를 발견했다. 그것을 보니 그가 감옥에 남겨 두고 온 문고판 책이 생각났다. 『놀라운 마술 세계』라는 책이 있었는데 동전 마술을 설명하는 책 같았다. 섀도는 현금 보관함의 남자에게 그 2권을 가져갔다.

"하나 더 사세요. 그래도 1달러예요. 게다가 1권 더 가져가시면 저희에게 좋은 일을 하시는 거예요. 서가 공간이 필요하거든요."

섀도는 낡은 가죽 장정 도서들로 다시 돌아갔다. 아무도 사 가지 않을 것 같은 책을 해방시키기로 결심하고, 『의사가 예증하는 흔한 요로(尿路) 질환』이란 책과 『1872~1884 레이크사이드 시 위원회의 순간들』사이에서 결정하지 못하고 갈등했다. 의학 서적의 삽화는 마을의 10대 소년 누구라도 친구들을 놀리는 데 쓸 수 있을 것 같았다. 그래서 다른 책을 문간의 남자에게 가져가 돈을 내고서, 데이브 식료품점의 갈색 종이 가방에 책을 집어넣었다.

도서관을 나왔다. 돌아가는 내내 호수를 북동쪽 구석 끝까지 전부 또렷이 볼 수 있었다. 심지어 다리 너머 둑 위에 작은 갈색 상자처럼 보이는 자신의 아파트까지 볼 수 있었다. 다리 근처 얼음 위에 남자들이 4~5명 모여 짙은 녹색 차를 흰 호수 가운데로 밀고 있다. 섀도는 호수에 대고 조그맣게 말했다.

"3월 23일. 오전 9시 정각부터 9시 25분."

섀도는 호수나 클렁커가 자신의 소리를 들을 수 있을지 궁금했다. 그리고 호수나 클렁커가 자신에게 주의를 기울이는 게 가능한지, 실제로 그렇다 해도 정말 자신의 말에 귀를 기울여 줄지 생각했다. 물론 그럴 리 없다고 생각했다. 섀도의 세계에서 운이란 건, 행운이란 건 자신이 아니라 다른 사람들이 가진 것이었다.

바람이 얼굴을 사납게 치고 있었다.

경찰관 채드 멀리건이 섀도의 아파트에서 그를 기다리고 있었다. 섀도는 경찰차를 보았을 때 가슴이 두근거리기 시작했으나, 경찰관이 앞자리에서 서류 작업을 하는 것을 보고는 조금 안심이 되었다.

섀도는 책 꾸러미를 들고 차로 다가갔다. 멀리건이 창을 내렸다.

"도서관 바자회?"

"예."

"나도 2, 3년 전에 거기서 로버트 러들럼의 책을 한 상자 샀죠. 읽으려고 계속 생각만 하고 있어요. 우리 사촌이 적극적으로 추천하더군요. 어쩌다 그 책들을 가지고 무인도에 표류하게 되면 그때나 읽을까 싶어요."

"제가 도와 드릴 일이라도 있나요, 서장님?"

"아니, 아무것도. 그냥 들러서 당신이 어떻게 지내나 보려고 왔어요. 중국 속담에 이런 게 있잖아요. 한 사람의 목숨을 건졌으면 그 사람을 책임져야 한다. 그렇다고 내가 지난주에 당신 목숨을 구했다는 말

은 아니고요. 그래도 점검은 해 봐야 할 것 같아서. 그 건너 보라색
차는 어때요?"

"좋습니다, 좋아요. 잘 달려요."

"다행이네요."

"도서관에서 우리 옆집 이웃을 봤어요. 올센 부인요. 궁금한
게……."

"그 여자 엉덩이에 도대체 뭐가 기어 올라가 그녀를 괴롭히고 있나,
그런 거 말이죠?"

"뭐, 그렇게 표현한다면야. 그런 거요."

"얘기가 길어요. 잠깐 탈래요? 그럼, 얘기해 줄게요."

섀도는 한순간 망설였다.

"좋아요."

섀도는 차에 올라 조수석에 앉았다. 멀리건은 마을의 북쪽으로 차
를 몰았다. 조금 후에 그는 라이트를 끄고 노변에 주차시켰다.

"다렌 올센은 마지를 스티븐스 포인트 위스콘신 대학에서 만나 레
이크사이드로 데려왔어요. 마지는 언론학 전공이었죠. 그는 우라질,
호텔 경영, 그런 비슷한 것을 공부하고 있었어요. 그들이 여기 왔을
땐 모두 입이 딱 벌어졌죠. 그때가 몇 년이더라. 13, 14년 전이던가. 정
말 예뻤어요. 그 검은 머리하며."

멀리건은 잠시 말을 멈추었다.

"다렌은 여기서 서쪽으로 30여 킬로미터 떨어진 캠든에 모텔 아메
리카를 운영했죠. 그런데 아무도 캠든에 멈추어 서는 것 같지 않았
고, 결국 모텔이 망해 버렸죠. 그들은 아들 둘을 낳았어요. 그때 샌디

는 11살이었지. 작은 애가 레온이든가? 갓난쟁이였고.

　다렌 올센은 용감한 남자는 아니었어요. 고등학교 때 잘나가는 풋볼 선수였는데, 그때가 마지막으로 잘나가던 때였지. 아무튼, 그는 모텔이 망했다고 마지에게 말할 용기가 없었어요. 그래서 한 달 동안, 아마 두어 달이었을 수도 있고, 아침 일찍 집을 나가 저녁 늦게 집에 돌아와서는 모텔에서 얼마나 힘들었는지 투덜거렸나 봐요."

　"그 사람 그때 뭐했어요?"

　"음, 확실히는 몰라요. 내 생각엔 아이언 우드나 그린 베이로 갔겠죠. 일자리를 구하러 다녔나 봐요. 그러다가 점점 술에 빠져 살게 되고, 떡이 될 때까지 마셔 대고, 가끔 직업여성을 만나 환락에 빠지고 했겠죠. 도박도 했을지 몰라요. 내가 확실히 아는 것은 10주 만에 그가 공동 명의로 된 통장을 거덜 냈다는 거죠. 마지가 아는 건 시간문제였죠. 어라!"

　멀리건은 잽싸게 차를 빼내 사이렌을 울리며 라이트를 켜고, 아이오와 번호판을 달고 방금 시속 110킬로미터로 언덕을 넘어온 조그만 남자를 놀라게 했다.

　아이오와 악당은 딱지를 뗐고, 멀리건은 다시 돌아와 이야기를 했다.

　"어디까지 말했더라? 그래, 그래서 마지는 그를 쫓아내고, 이혼 청구를 했죠. 그건 지독한 양육권 싸움으로 변했죠. 《피플》 같은 데서는 그렇게들 말들 하잖아요. 지독한 양육권 다툼. 양육권 다툼하면 항상 칼과 공격용 화기와 브래스 너클을 지닌 변호사들이 생각난다니까. 마지가 아이를 맡게 되었어요. 다렌은 면회권 같은 걸 갖게 되었지. 그때 레온은 아직 어린애였고, 샌디는 나이도 꽤 먹었고 괜찮은

18

소년이었어요. 아빠를 숭배하는 그런 꼬마 있잖아요. 샌디는 엄마가 아빠 욕을 하는 걸 용납하지 않았어요. 그들은 집을 날렸죠. 원래는 대니얼즈 가에 아주 멋진 집을 가지고 있었어요. 그래서 아파트로 이사했어요. 다렌은 마을을 떠났고, 몇 달 만에 한 번씩 와서 모든 사람을 비참하게 만들었죠.

몇 년이 흘렀어요. 다렌은 가끔씩 와서 아이들에게 돈을 쓰고 마지를 울렸죠. 우리는 모두 그가 다시는 돌아오지 않았으면 하고 바라기 시작했죠. 그의 부모님들은 은퇴하고 위스콘신에서 더는 겨울을 지낼 수가 없다면서 플로리다로 이사를 했어요. 작년에 다렌이 와서 크리스마스에 아이들을 플로리다로 데려가겠다고 말했죠. 마지는 꿈도 꾸지 말라고 꺼지라고 말했어요. 아주 안 좋게 되었어요. 한 번은 내가 갔을 정도니까. 가정폭력이죠. 내가 도착했을 때 다렌은 앞마당에 서서 소리를 지르고 있었고, 아이들은 벌벌 떨며 꼼짝도 못 하고 마지는 울고 있었죠.

내가 다렌에게 하룻밤 구류시킬 거라고 말했죠. 한순간 그가 날 칠 거라고 생각했는데, 그 정도로 취하지는 않았더군요. 나는 그를 마을 남쪽에 있는 트레일러 파크에 데리고 가서 정신 차리라고 말했어요. 이미 그녀를 많이 괴롭혔노라고⋯⋯. 다음 날 다렌은 마을을 떠났죠.

2주 후에, 샌디가 사라졌어요. 통학 버스에 타지 않았어요. 제일 친한 친구한테 아빠를 곧 만날 거라고, 아빠가 자기한테 플로리다에서 크리스마스를 보내지 못하는 것에 대한 보상으로 특별히 멋진 선물을 가져오기로 했다고 말했다더군요. 그 후로 아무도 그 아일 보지 못했어요. 양육권 없는 자에 의한 납치가 가장 어려운 사건이죠. 발견되기를 원하지 않는 아이를 찾는 것도 힘든 일이고요. 이해하겠어요?"

새도는 그렇다고 대답했다. 그리고 다른 것도 알게 되었다. 채드 멀리건은 마게리트 올센을 사랑하고 있었다. 새도는 멀리건이 그게 얼마나 뻔하게 드러나는지 알기나 할까 생각했다.

멀리건은 다시 한번 차를 빼서 라이트를 번쩍거리고, 시속 100킬로미터로 달리는 10대 아이들을 저지했다. 그는 아이들에게는 딱지를 떼지 않고 신에 대한 공포심만 조금 심어 주었다.

그날 저녁 새도는 부엌 식탁에 앉아 1달러짜리 은화를 어떻게 1센트짜리로 바꾸어 놓을지 궁리하고 있었다. 『놀라운 마술 세계』에서 발견한 기술이지만, 책에 나온 설명은 짜증만 불러일으켰고 도움이 되지 않고 모호했다. '그런 다음 페니를 흔한 방법으로 사라지게 한다.' 같은 어구가 문장마다 나왔다. 새도는 궁금했다. 도대체 뭐가 흔한 방법이야? 프렌치 드롭? 소매 트릭? '이런, 세상에, 저기 봐요! 퓨마가 있어요!' 그러면서 관객이 딴 곳을 볼 때 동전을 주머니에 떨어뜨리는 것?

새도는 달과 그에게 그것을 따 주었던 여자를 기억하며 은화를 공중으로 던졌다. 그런 다음 착시를 시도했다. 되는 것 같지 않았다. 욕실로 들어가서 거울 앞에서 해 봤으나, 자신이 옳다는 것만 확인했다. 책에 나온 트릭은 도무지 되지가 않았다. 새도는 한숨을 쉬며 동전을 주머니에 넣고 소파에 앉았다. 싸구려 작은 담요를 다리 위에 덮고 『1872~1884 레이크사이드 시 위원회의 순간들』을 펼쳤다. 두 칼럼에서는 글씨가 너무 작아 거의 읽을 수가 없을 정도였다. 그는 책장을 넘기며 과거의 사진들을 보았고, 그곳에서 레이크사이드 시 위원회의 몇몇 사진을 보았다. 긴 구레나룻, 사기 파이프, 낡은 모자, 빛나는 모자를 쓴 사람들. 그중 많은 사람이 특히 낯익어 보였다. 1882년 시 위원회의 뚱뚱한 비서관이 패트릭 멀리건인 것은 놀라운 일이 아니었다. 수염만 없애고 9킬로그램쯤 살이 빠지면 완전히 채드 멀리건과 붕어빵이었다. 멀리건은 그의 3대, 4대, 5대손인가? 힌젤만의 개척자 할아버지가 사진에 나왔는지 궁금했으나, 시 위원회 자료에는 없는 것 같았다. 사진을 이것저것 넘기다가 힌젤만에 대해 언급한 것을 본 것 같다고 생각했으나, 다시 그걸 찾아 뒤적일 때는 잘 찾을 수가 없는 데다 작은 글씨 때문에 눈이 아팠다.

새도는 책을 가슴 위에 올리고 나서 고개를 끄덕이고 있다는 것을 깨달았다. 아직 정신이 멀쩡한데 소파에서 잠이 드는 것은 어리석은 일이었다. 몇 발짝만 가면 침실이었다. 하지만 5분 후에도 침실과 침대는 여전히 거기 있을 것이고, 게다가 어쨌든 그는 잠을 자려는 게 아니라 잠깐 눈만 붙이려는 것이 아닌가…….

어둠이 깔리고 있었다.

새도는 평원에 서 있었다. 옆에는 그가 예전에 헤쳐 나왔던, 그리고 땅이 그를 쥐어짰던 곳이 있었다. 별들이 하늘에서 떨어지고 붉은 대지에 닿은 별들은 각각 남자나 여자가 되었다. 남자들은 긴 검은 머리와 큰 광대뼈를 가지고 있었다. 여자들은 모두 마게리트 올센처럼 생겼다. 이 사람들은 별의 사람들이다.

그들은 자긍심이 서린 검은 눈으로 새도를 바라보았다.

"천둥새에 대해 말해 주세요, 제발. 절 위해서가 아닙니다. 제 아내를 위해서예요."

그들은 그에게서 등을 돌렸다. 그가 그들의 얼굴을 놓치자 풍경 속으로 하나씩 사라졌다. 그러나 짙은 회색 머리에 군데군데 흰 줄이 섞인 머리를 한, 그들 중 마지막 여자가 몸을 돌리기 전 손가락으로 와인색 하늘을 가리켰다.

"네가 직접 물어봐."

여자가 말했다. 여름 번개가 번쩍거렸고, 순간 지평선에서 지평선까지 세상을 비추었다.

근처에는 높은 바위가 있었고 사암 봉우리와 첨탑이 있었다. 섀도는 가장 가까운 곳에 오르기 시작했다. 첨탑은 오래된 상아색이었다. 그는 손잡이 같은 것을 잡았다. 그것에 손이 베였다. '뼈로군.' 돌이 아니다. 오래되고 건조한 뼈이다.

꿈속에서는 때로 선택의 여지가 없다. 결정 내릴 게 없든지, 꿈이 시작되기 오래전부터 아예 결정이 내려졌든지 둘 중의 하나였다. 섀도는 계속해서 올랐다. 손이 아팠다. 맨발 아래서 뼈가 튀어나오고 부서지고 조각조각 으스러졌다. 섀도는 여기저기 발을 베이며 고통스러웠다. 바람이 섀도를 잡아당기고 있었고, 그는 계속해서 힘을 주어 첨탑을 올랐다.

그것은 오직 한 가지 뼈로 이루어져 반복되고 있었다. 각각의 뼈는 건조했고 공같이 생겼다. 한순간 그는 그것이 오래된 노란 조개껍데기나 또는 무슨 무서운 조류의 알들이 아닌가 상상해보았다. 그러나 번개가 또 한 차례 치면서 그렇지 않다고 말해 주었다. 뼈들엔 눈으로 쓰인 구멍이 있고, 웃음기가 없이 미소를 띤 치아가 있었다.

어딘가에서 새들이 부르고 있었다. 빗방울이 얼굴을 때렸다.

섀도는 지상에서 수백 미터 위로 솟은 해골의 탑에 매달려 있었고, 첨탑 위에서 그림자를 드리운 채 원을 그리며 나는 새들의 날개에는 번개 불빛이 불타고 있었다. 거대하고 검은 콘도르 같은 새였는데, 목에 흰 목털을 가지고 있었다. 거대하고 우아하고 경이로웠다. 새들의 날갯짓은 천둥처럼 쩌렁거렸다.

새들은 첨탑 위를 맴돌며 날고 있었다.

날개 끝에서 끝까지 족히 4미터나 6미터는 될 것 같았다.

첫 번째 새가 날개에서 푸른 번개를 우지직거리며 휘돌아 섀도에게로 다가왔다. 그는 급히 해골의 틈으로 들어갔다. 속이 빈 눈구멍이 그를 노려보았으며 어지럽게 흩어져 있는 이빨이 미소 지었다. 섀도는 해골의 산을 계속해서 올랐다. 날카로운 가장자리를 밟고 짚을 때마다 살이 베였으며, 혐오와 공포와 경외감을 느꼈다.

또 한 마리의 새가 그에게 다가왔다. 손 크기만 한 발톱이 그의 팔에 파고 들었다.

그는 손을 뻗어 날개의 깃털을 잡으려고 시도했다. 천둥새의 깃털 없이 부족에게 돌아가면 명예는 땅에 떨어지고 남자로 대접받지 못할 것이다. 그러나 새가 펄쩍 뛰어올라 깃털을 뽑을 수가 없었다. 천둥새는 움켜쥔 발톱을 풀고 다시 바람을 탔다. 섀도는 계속 올랐다.

해골이 1000개는 있을 것이라고 그는 생각했다. 어쩌면 수백만. 그 해골 모두가 인간의 뼈는 아니었다. 그는 마침내 뾰족탑의 꼭대기에 올라섰다. 거대한 천둥새들이 천천히 주변을 돌면서 날개를 살짝 펄럭여 폭풍의 바람을 조종하고 있었다.

그는 목소리를 들었다. 버펄로 맨의 목소리가 바람을 타고 그를 부르며 해골이 누구의 것인지 말하고 있었다…….

탑이 무너지기 시작하고, 보는 사람의 눈을 멀게 할 만큼 푸릇한 흰빛으로 번쩍번쩍 빛나는, 쩍쩍 갈라진 번개 눈을 가진 제일 큰 새가 천둥 같은 속도로 그를 향해 급강하하는 바람에, 섀도는 해골의 탑 아래로 떨어져 내리고 있었다…….

전화가 비명을 질렀다. 섀도는 전화가 연결됐는지조차도 몰랐다. 비틀거리며 그는 전화기를 들었다.

"씨발."

웬즈데이는 섀도가 그동안 보았던 중에 가장 화가 난 목소리로 소리를 질렀다.

"니미럴, 너 뭐 하고 있는 거야?"

"잠들었어요."

섀도는 수화기에 대고 멍청하게 대답했다.

"네가 죽은 놈까지 다 알 수 있을 만큼 지랄을 떤다면, 레이크사이드 같은 구석탱이에 널 꿍쳐 놓는 게 무슨 소용이겠어?"

"천둥새 꿈을 꿨어요. 그리고 탑도. 해골도……."

섀도는 꼭 꿈 이야기를 해야 할 것만 같았다.

"네가 무슨 꿈을 꾸고 있었는지 알아. 모두가 네가 무슨 꿈을 꾸고 있는지 지랄맞게 잘 안다고. 맙소사, 네가 그딴 식으로 떠벌리고 난리 피우면, 널 숨겨 놓는 게 무슨 소용이냐고?"

섀도는 아무 말도 하지 않았다.

전화기 저쪽에서 침묵이 흘렀다.

"아침에 거기로 갈 거야."

웬즈데이가 말했다. 분노가 사그라진 듯한 목소리였다.

"우린 샌프란시스코에 갈 거야. 머리에 꽃을 꽂든 말든 그건 마음대로 해."

전화가 끊겼다.

섀도는 전화기를 카펫에 내려놓고 뻣뻣한 자세로 앉았다. 아침 6시였고, 밖은 아직 밤처럼 어두웠다. 그는 떨면서 소파에서 일어났다. 언 호수를 건너며 비명을 지르고 있는 바람소리가 들렸다. 또한 벽 하나 떨어진 곳에서 누군가의 울음소리가 들렸다. 마게리트 올센이라는 것을 확실히 알 수 있었다. 그녀의 흐느낌은 낮고 끈질겼으며 가슴을 찢어 놓는 것 같았다.

섀도는 욕실로 들어가 소변을 보고, 침실로 가서 문을 닫아 여자의 울음소리를 차단했다. 밖에서는 마치 잃어버린 아이를 찾는 듯 바람이 울부짖으며 흐느끼고 있었다. 그날 그는 더 잠을 이루지 못했다.

1월의 샌프란시스코는 계절과 어울리지 않게 따뜻해서 목 뒤에 땀이 솟을 정도였다. 웬즈데이는 짙은 푸른색 정장을 입고 금테 안경을 써서 마치 연예계 변호사처럼 보였다.

그들은 하이트 거리를 따라 걷고 있었다. 부랑자와 야바위꾼들과 떠돌이들이 그들이 지나가는 것을 바라보았다. 아무도 그들에게 잔돈을 구걸하는 종이컵을 흔들지도, 어떤 것도 요구하지도 않았다.

웬즈데이는 입을 다물고 있었다. 섀도는 웬즈데이가 아직 화가 나 있다는 것을 알아차리고, 그날 아침 검은색 링컨 차가 아파트 밖에 멈추었을 때 아무런 질문도 하지 않았다. 그들은 공항으로 가는 내내 말을 하지 않았다. 섀도는 웬즈데이가 일등석에 앉고 자신은 이등석에 앉게 되었다는 사실에 안심했다.

오후 늦은 시간이었다. 어렸을 때 이후로 샌프란시스코에 가 본 적 없고 영화의 배경으로만 보았던 섀도는 그곳이 얼마나 친숙한지, 목재 주택들이 얼마나 다채롭고 독특한지, 언덕이 얼마나 가파른지, 다른 지역과는 얼마나 다른 느낌인지 깨닫고는 놀라고 말았다.

"레이크사이드랑 같은 나라라는 것이 믿기지가 않아요."

웬즈데이는 한동안 섀도를 노려보다가 말했다.

"샌프란시스코랑 레이크사이드가 같은 나라에 있다고 하는 게, 뉴올리언스랑 뉴욕이 같은 나라에 있다고 하는 거나, 아니면 마이애미랑 미네아폴리스가 같은 나라에 속한다고 말하는 것보다 더 말이 안 되는 얘기지."

"그래요?"

"사실 그래. 특정한 문화적 상징을 공유할 수는 있어. 돈이나 연방정부, 연예계 같은 거 말이야. 분명 같은 땅이긴 하지. 하지만 한 나라라는 환상을 심어 주는 것은 배춧잎과 투나잇쇼와 맥도날드 같은 것뿐이야."

도로 끝의 주차장에 가까워지고 있었다.

"우리가 만나게 될 숙녀를 잘 모셔. 그렇다고 너무 친절하게는 말고."

"쿨하게 굴게요."

그들은 잔디밭에 발을 디뎠다.

머리를 녹색, 주황, 분홍색으로 물들인 14살도 안 된 어린 여자 애가 그들이 지나쳐 가자 노려보았다. 여자애는 목줄을 맨 잡종 개 옆에 앉아 있었다. 그 애는 개보다 더 배고파 보였다. 개는 그들에게 짖더니 꼬리를 흔들었다.

섀도는 소녀에게 1달러 지폐를 주었다. 소녀는 무엇인지 알 수 없다는 듯 돈을 응시했다.

"개 먹이도 같이 사라."

섀도가 말했다. 소녀는 고개를 끄덕이고 미소를 지었다.

"까놓고 말하겠네. 우리가 만나게 될 숙녀를 아주 조심해야 돼. 그녀가 자네를 좋아할지도 모르는데, 그러면 안 좋아."

"당신 여자 친구예요?"

"신소리하지 마."

웬즈데이가 기분이 좋은 듯 말했다. 화를 누그러뜨렸거나, 나중을 위해 접어 둔 것 같았다. 섀도는 분노가 웬즈데이를 움직이게 만드는 동력은 아닌가 하는 생각이 들었다.

나무 아래 잔디에 여자가 앉아 있었다. 그녀 앞에 펼쳐진 종이 식탁보 위에는 다양한 타파웨어 접시가 있었다.

그녀는 뚱뚱하지 않았다. 전혀 뚱뚱하다고 할 수 없었다. 그녀는 이제까지 섀도가 한 번도 써 볼 이유가 없었던 단어로 말하자면 곡선미가 있었다. 머리는 아주 밝아서 거의 희게 보였는데, 옛날에 죽은 영화배우에게 어울렸을 법한 백금색 머리칼을 지니고 있었다. 입술은 선홍색으로 칠해져 있었고, 25살에서 50살까지 나이도 모호해 보였다.

그녀에게 다가갔을 때 그녀는 맵게 양념한 달걀 요리에서 달걀을 고르고 있었다. 여자는 웬즈데이를 올려다보면서, 달걀을 내려놓고 손을 닦았다.

"안녕하세요, 늙은 사기꾼 양반."

그러나 그녀는 미소 짓고 있었다. 웬즈데이는 고개를 숙여 인사하고 그녀의 손을 잡아 자신의 입술로 들어 올렸다.

"신성해 보이는군요."

"그럼 내가 달리 어떻게 보이겠어요? 어쨌든 당신은 거짓말쟁이예요. 뉴올리언스는 실수였다고요. 난 여기 와서 대략 13킬로그램은 더 졌어요. 맞아, 내가 어기적거리며 걷기 시작했을 때 여길 떴어야 했어. 지금은 걸을 때면 허벅지가 서로 닿아 부딪친다니까요. 세상에, 이게 믿겨요?"

이 마지막 말은 섀도에게 물은 것이었다. 섀도는 어떻게 응답해야 할지 몰랐다. 얼굴이 붉어지는 것을 느꼈다. 여자가 기쁘게 웃었다.

"이 사람 얼굴이 빨개지네! 오, 웬즈데이. 당신이 나한테 얼굴 빨개지는 사람을 데리고 왔어. 아, 자상하기도 하지. 이 사람 이름이 뭐예요?"

"섀도예요."

웬즈데이는 섀도의 불편함을 즐기고 있는 것 같았다.

"섀도, 이스터*에게 인사해."

섀도는 인사말 비슷하게 말했고, 여자가 다시 한번 미소를 지었다. 섀도는 헤드라이트 불빛에 붙잡힌 것 같은 기분이 들었다. 밀렵꾼들이 사슴을 쏘기 전에 꼼짝 못하게 하기 위해서 비추는, 눈이 멀 만큼

---

* Easter, 그리스도의 부활을 기념하는 부활절. 영어의 이스터(Easter)와 독일어의 오스테른 (Ostern)은 튜턴 족의 봄의 여신인 에오스트레(Eostre)에서 파생된 것으로 보인다.

밝은 헤드라이트. 섀도는 자기가 서 있는 곳에서도 이스터의 향수 냄새를 맡을 수 있었다. 자스민과 허니서클 그리고 달콤한 우유와 여자의 피부 냄새가 뒤섞여 취할 것 같았다.

"그래, 트릭은 잘 돼가요?"

웬즈데이가 물었다. 이스터는 목 깊은 곳에서 나오는 웃음을 즐겁게, 온몸으로 웃었다. 저렇게 웃는 여자를 어찌 좋아하지 않을 수 있겠는가?

"다 좋아요. 당신은 어때요, 늙은 늑대?"

"도움을 청하고 싶어요."

"시간 낭비."

"가라고 하기 전에 들어나 봐요."

"쓸데없는 소리. 생각도 말아요."

이스터는 섀도를 보았다.

"여기 앉아서 음식들 좀 먹어요. 한 접시 들고 가득 담아요. 다 맛있어요. 달걀, 통닭구이, 치킨 커리, 치킨 샐러드 그리고 이건 토끼 고기. 차가운 토끼는 정말 기가 막히죠. 저기 저 그릇에는 단지에 넣어 삶은 산토끼가 있어요. 음, 내가 직접 접시를 채워줄게요."

이스터는 플라스틱 접시를 집어 음식을 가득 담은 후 섀도에게 건넸다. 그런 후 그녀는 웬즈데이를 보았다.

"당신도 들겠어요?"

"당신 뜻에 따르리다."

"당신은 똥만 가득 차 있는데 눈이 누리끼리해지지 않는 것도 참 신기해요."

그녀는 웬즈데이에게 빈 접시를 내밀었다.

"맘대로 먹어요."

이스터의 등 뒤에서 오후의 태양이 머리를 백금색 후광으로 불태우고 있었다. 그녀가 닭다리를 아주 맛있게 뜯으며 말했다.

"섀도. 이름이 좋네. 왜 섀도라고 부르는 거죠?"

섀도는 입술이 말라 혀로 핥았다.

"제가 어렸을 때 우리는, 어머니랑 저요, 그러니까 어머니는 비서 같은 거였어요. 이곳저곳에 있는 미국 대사관의 비서요. 우리는 북유럽 전역에서 이 도시 저 도시로 이사 다녔어요. 그런데 어머니가 병 때문에 조기에 퇴직하셔야 해서 미국으로 돌아왔죠. 아이들하고 친해지는 법을 몰랐기 때문에 어른들하고만 있었어요. 어른들을 졸졸 쫓아다니면서 아무 말도 안 했어요. 그저 같이 있을 누군가가 필요했고, 글쎄요. 잘 모르겠어요. 꼬맹이였으니까."

"당신은 다 컸어요."

"예, 컸죠."

이스터는 웬즈데이에게 다시 몸을 돌렸다. 웬즈데이는 차가운 오크라 수프같이 생긴 음식에 숟가락질을 하고 있었다.

"이 아이 때문에 모두 그렇게 혈안이 된 거예요?"

"들었나 보군요?"

"난 귀를 쫑긋 세우고 있어요."

이스터는 섀도에게 말했다.

"당신은 끼어들지 말아요. 세상에는 너무나 많은 비밀 조직이 있고, 거기엔 충성심도 사랑도 없어요. 상업적인 것이든 독립적인 것이든 정부의 것이든, 그들은 모두 같은 배를 타고 있어요. 별 볼 일 없는 것도 있고 아주 위험한 조직까지 아주 다양해요. 이봐요, 늙은 늑대 씨. 내가 얼마 전에 당신이 좋아할 만한 농담을 하나 들었어요. 케네디 암살에 CIA가 연루되지 않았다는 것을 어떻게 알 수 있는지 알아요?"

"그거 들었소."

"이런."

이스터는 섀도에게 주의를 돌렸다.

"하지만 당신이 만난 사람들, 그네들은 달라요. 그들은 자신들이 존재해야만 한다는 것을 모든 사람이 알기 때문에 존재하는 거예요."

이스터는 화이트 와인처럼 보이는 액체가 담긴 종이컵을 비우고 자리에서 일어섰다.

"섀도는 좋은 이름이야. 모카치노가 마시고 싶네. 자, 이리 와요."

이스터가 걷기 시작했다.

"음식은 어떡하려고? 여기다 그냥 두면 안 되죠."

웬즈데이가 물었다.

이스터는 웬즈데이에게 미소를 짓고 개 옆에 앉아 있는 소녀를 가리켰다. 그런 후 하이트 거리와 세상을 향해 팔을 뻗었다.

"저들이 먹게 합시다."

이스터는 다시 걷기 시작했다. 웬즈데이와 섀도는 뒤를 좇았다.

"알잖아요. 난 부자예요. 아주 잘 지낸다고요. 내가 왜 당신을 도와 줘야 해?"

이스터가 웬즈데이에게 물었다.

"당신도 우리와 같은 존재이니까. 당신도 우리하고 마찬가지로 잊히고 사랑받지 못하고 기억되지 못하니까. 당신이 누구 편에 서야 할지는 아주 명백해요."

그들은 보도 옆 커피점에 들어가 앉았다. 웨이트리스는 1명밖에 없었는데, 카스트를 표시하는 눈썹 피어싱을 하고 있었다. 카운터 안에는 커피를 만들고 있는 여자가 있었다. 웨이트리스가 그들에게 다가와서는 기계적으로 미소를 짓더니, 자리에 앉히고 주문을 받았다.

이스터가 날씬한 손을 웬즈데이의 각진 잿빛 손등에 얹었다.

"난 말예요, 아주 잘 지내요. 축제일에 사람들은 부활과 번식을 상징하는 달걀과 토끼, 사탕, 살코기를 먹어요. 모자에 꽃을 달고 서로에게 꽃을 선물해요. 내 이름으로 그런 것을 한다고요. 점점 더 많은 사람이 매년. 내 이름으로 말야, 이 늙은 늑대 씨."

"그러면 당신은 그들의 숭배와 사랑에 점점 더 살이 찌고 풍요로워지나요?"

"바보같이 굴지 마요."

갑자기 이스터는 매우 피곤해 하는 것 같았다. 그녀는 모카치노를 마셨다.

"진지한 질문 하나 할게요. 확실히 많은 사람들이 당신의 이름으로 서로에게 상징물을 주고 여전히 당신의 축제 의식을 치르고, 심지어 숨겨 놓은 달걀을 찾는 일까지 한다는 거 인정해요. 하지만 그중에 당신이 누구인지 아는 사람이 얼마나 되겠어요? 저기, 실례해요, 아가씨?"

웬즈데이는 웨이트리스를 불러 세웠다.

"에스프레소 한 잔 더 드릴까요?"

"아뇨. 아가씨가 혹시라도 우리가 벌이는 작은 언쟁을 해결할 수 있을지 해서요. 우리 친구랑 내가 '이스터'란 말이 무슨 뜻인지에 대해서 서로 의견이 달라서 말이죠. 혹시 알아요?"

여자는 마치 녹색 두꺼비가 말을 하기라도 하는 것처럼 웬즈데이를 응시하더니 말했다.

"전 기독교에 대해서 아무것도 몰라요. 무교랍니다."

카운터 안에 있던 여자가 말했다.

"제 생각엔 그게 라틴어로 '예수가 일어나시다'란 뜻인 것 같은데요."

"진짜요?"

"예, 확실해요. 이스터. 동쪽에서 태양이 뜨듯*, 그런 거요."

"일어선 아들. 개중 논리적인 추측이군."

카운터의 여자는 미소를 짓고 다시 커피를 갈기 시작했다.

웬즈데이는 웨이트리스를 올려다보았다.

"괜찮다면, 에스프레소 한 잔 더 하고 싶어요. 그리고 이교도로서 당신이 누굴 섬기는지 말해 줄래요?"

"섬긴다고요?"

"그렇죠. 내 생각엔 아가씬 아주 많은 걸 폭넓게 받아들일 수 있는 사람 같아서 말이지. 아가씬 집 제단에 누구를 모시나요? 누구에게 고개 숙여 절을 하죠? 새벽과 땅거미 무렵에 누구에게 기도하죠?"

웨이트리스는 무언가를 이야기하려고 몇 차례 입술을 씰룩거리다가 마침내 말했다.

"여성적 본질이요. 그게 힘을 주니까요. 아시잖아요."

"그래요. 당신의 그 여성적 본질. 이름이 있나?"

---

* The risen son, 여기서 아들(son)이라는 말은 동음이의어인 태양(sun)을 함께 내포하고 있다.

"그녀는 우리 모두 안에 있어요."

눈썹 피어싱을 한 여자가 얼굴을 붉히면서 말했다.

"이름 같은 건 필요 없어요."

"아."

웬즈데이가 원숭이처럼 커다란 웃음을 띠며 말했다.

"그럼 당신은 그 신을 기리기 위해 대단한 잔치라도 하나요? 보름달이 뜰 때 은촛대에 붉은 초를 불태우며 피의 와인을 마시나요? 옷을 벗고 파도에 발을 담근 채 황홀경에 빠져 당신의 그 이름 없는 여신을 부르면 파도가 당신의 다리를 핥고 천 마리 표범의 혀처럼 당신의 허벅지를 때리나요?"

"절 놀리고 계시는군요. 손님이 말씀하신 그런 건 하지 않아요."

웨이트리스가 숨을 깊게 몰아쉬었다. 섀도는 그녀가 열까지 세고 있는 건 아닐까 생각했다.

"손님도 커피 더 드려요? 숙녀 분도 모카치노 한 잔 더 드릴까요?"

웨이트리스의 표정은 그들이 처음 들어왔을 때 지었던 미소로 돌아가 있었다. 그들은 고개를 저었고 웨이트리스는 다른 손님을 맞으러 갔다. 웬즈데이가 말했다.

"봐요! '믿음도 없고 또 재미도 볼 생각 없는' 사람이 여기 하나 있잖소. 체스터턴*이 한 말 말이오. 진짜 이교도. 이스터, 거리로 나가 계속해 볼까요? 얼마나 많은 행인들이 이스터 축제의 이름이 새벽의 에오스트레에서 유래한 걸 아는지 알아볼까요? 100명에게 물어봅시다.

---

* Gilbert Keith Chesterton(1874~1936), 영국 작가로 소설, 시, 단편, 에세이 등 다작 작가이다. 가톨릭 옹호자로서, 많은 글에서 기독교적 주제와 상징이 나타난다.

진실을 아는 사람이 하나씩 나타날 때마다, 당신이 내 손가락을 하나씩 잘라 내고 손가락이 다 잘려 나가면 발가락을 하나씩 떼죠. 모르는 사람이 20명이 될 때마다 당신은 나와 하룻밤 사랑을 나누는 거예요. 당신에게 더 유리하죠. 여기는 샌프란시스코잖아요. 이 무모한 거리에는 이교도들도 많고, 무교도 있고, 위칸 교도들도 수없이 많아요."

이스터의 녹색 눈이 웬즈데이를 들여다보았다. 봄날 햇빛이 반짝이는 나뭇잎과 아주 똑같은 색이라고 섀도는 생각했다. 이스터는 아무 말도 하지 않았다.

"시도는 해 볼 수 있잖소. 하지만 난 결국 열 손가락, 열 발가락을 그대로 가지고 당신과 닷새 밤을 침대에서 보내게 될 거예요. 그러니 사람들이 당신을 숭배하고 당신의 축제일을 지킨다고 말하지 말아요. 사람들은 당신의 이름을 지껄이지만 그건 그들에게 아무런 의미도 없어요. 전혀 의미가 없다고."

이스터의 눈에서 눈물이 흘렀다.

"나도 알아. 난 바보가 아냐."

"그래요. 당신은 바보가 아니죠."

'그녀를 너무 몰아세웠어.' 섀도는 생각했다.

웬즈데이는 무안한 듯 고개를 숙였다.

"미안해요."

섀도는 그의 목소리에서 진심을 읽을 수 있었다.

"우린 당신이 필요해요. 당신의 에너지가 필요해요. 당신의 권능이 필요해요. 폭풍이 오면 우리 곁에서 싸워 주시겠소?"

이스터는 망설였다. 왼쪽 손목에는 둘러 가며 푸른색 물망초*가 문신으로 새겨져 있었다.

이스터가 한참 만에 대답했다.

"그래요. 그럴게요."

웬즈데이는 자신의 손가락에 입을 맞추고, 그것을 이스터의 뺨에 갖다 댔다. 웬즈데이는 커피 값을 치르려고 웨이트리스를 불러서 조심스럽게 돈을 센 후 청구서에 접어 넣고 그녀에게 건네주었다.

웨이트리스가 걸어갈 때 섀도는 말했다.

"저기, 여보세요? 이거 떨어뜨린 것 같은데."

섀도는 바닥에서 10달러 지폐를 주웠다.

"아니에요."

웨이트리스는 자신의 손에 접힌 청구서를 보고는 말했다.

"떨어지는 거 봤어요. 다시 세어 보세요."

웨이트리스는 손에 있는 돈을 다시 세고 어리둥절하여 말했다.

"세상에, 손님 말씀이 맞네요. 죄송해요."

웨이트리스는 섀도에게서 10달러를 받아 가 버렸다.

이스터는 그들과 함께 보도로 나왔다. 빛이 사그라지고 있었다. 그녀는 웬즈데이에게 고개를 끄덕이고는 섀도의 손을 만지며 말했다.

"어젯밤에 무슨 꿈 꿨어?"

"천둥새요. 해골 산에 있는."

"누구 해골인지 알아?"

"목소리가 들렸어요. 꿈속에서요. 그 목소리가 말해 줬어요."

이스터는 고개를 끄덕이고 기다렸다.

---

* 물망초의 영문 이름은 Forget me not으로, '나를 잊지 말아요'라는 뜻이다.

"그 목소리가 그게 제 것이라고 말했어요. 저의 옛 해골들. 수천 수백만 개였죠."

이스터는 웬즈데이를 보고 말했다.

"내 생각엔 이 사람이 파수꾼 같은데요."

이스터는 밝게 웃은 다음 섀도의 팔을 한 번 쓰다듬고 걸어가 버렸다. 섀도는 그녀가 걸어가는 것을 보며 양 허벅지가 서로 부딪치는 것에 대해 생각하지 않으려고 노력했지만, 실패하고 말았다.

공항으로 가는 택시에서 웬즈데이는 섀도에게 몸을 돌렸다.

"젠장, 그 10달러, 뭐야?"

"웨이트리스한테 돈을 제대로 주지 않았잖아요. 돈이 모자라면 월급에서 까일 텐데."

"네가 뭔데 상관해?"

웬즈데이는 진짜 화가 난 것 같았다. 섀도는 한순간 생각하고 나서 말했다.

"음, 다른 사람이 나한테 그렇게 하는 게 싫어요. 그 여잔 잘못한 게 아무것도 없잖아요."

"없다고?"

웬즈데이는 먼 곳을 바라보았다. 그러더니 말했다.

"7살 때 그녀는 고양이를 옷장에 처박아 놓았어. 며칠 동안 그곳에서 야옹거리는 것을 들었지. 우는 것을 멈추었을 때, 그녀는 고양이를 꺼내 신발 박스에 넣어서 뒷마당에서 불태워 버렸어. 무언가 매장하고 싶었지. 그녀는 끊임없이 자기가 일하는 곳에서 물건을 훔치곤 하지. 보통 잔돈푼이야. 작년에는 양로원에 갇혀 있는 할머니를 찾아갔어. 할머니의 침대 옆 테이블에 있는 골동품 금시계를 훔쳤고, 다른 방들도 돌면서 잔돈푼과 황혼기에 접어든 사람들의 개인 소지품을 훔쳤어. 집에 돌아가서는 자기가 훔쳐 온 물건들을 어떻게 해야 할지 몰랐고, 누군가 자기를 쫓아올지 겁이 나서 현금만 빼고 모조리 버렸어."

"알겠어요."

"또 증상이 없는 임질에 걸렸어. 전염이 되었을지도 모른다고 의심은 했지만 아무것도 하지 않았지. 예전 남자 친구가 자기한테 병을 옮겼다고 탓을 하니까, 그녀는 상처받고 기분이 상해서 다시는 그를 보지 않겠다고 말했지."

"그런 거까지 말할 필요 없잖아요. 알겠다고 말했잖아요. 당신은 아무한테나 이럴 수 있죠, 그렇죠? 모든 사람들 잘못을 나한테 까발리지 그래요."

"물론이지. 사람들은 모두 똑같은 짓들을 하지. 그들은 자신들의 죄가 독창적인 거라고 생각할지 모르지만, 대부분 그 죄들은 좀스럽고 반복적이지."

"그렇다고 당신이 그녀에게서 10달러를 훔치는 게 옳은 건가요?"

웬즈데이는 택시비를 냈고, 두 남자는 공항으로 걸어 들어와서 게이트로 갔다. 탑승은 아직 시작되지 않았다. 웬즈데이가 말했다.

"젠장, 그럼 내가 달리 뭘 할 수 있겠어? 사람들은 나에게 양이나 황소를 바치지 않아. 살인자와 노예들을 교수대에 매달고 까마귀가 쪼게 해서 그 영혼을 나한테 보내지 않는다고. 그들이 날 만들고, 그들이 날 잊었어. 이제 나는 조금 되받을 뿐이야. 그게 공정하지 않아?"

"우리 어머니가 인생이란 공정하지 않은 거라고 말씀하시곤 했죠."

"물론 그랬겠지. 그건 엄마들이 하는 이야기 중 하나야. 친구들이 전부 절벽에서 뛰어내린다고 너도 그럴래?"

"당신은 그 여자에게 10달러를 속였고, 난 그녀에게 슬쩍 되돌려 준 거라고요. 그게 옳은 일이라 그렇게 했을 뿐이에요."

비행기가 탑승을 시작했다는 안내 방송이 나왔다. 웬즈데이는 일어섰다.

"네 선택이 언제나 그렇게 명확하기를 빌어."

그는 완전히 진지해 보였다.

'역시 옛말이 옳구나. 진지한 척 할 수 있다면, 이미 성공한 것이다.'

섀도는 생각했다.

이른 아침에 웬즈데이가 섀도를 내려 주었을 때 추운 날씨는 누그러지고 있었다. 레이크사이드는 아직도 징글맞게 추웠으나, 믿기지 않을 정도는 아니었다. 차를 타고 마을을 지나다 보니 앰앤에이 은행 옆에 있는 불 켜진 간판에 '오전 3:30'과 '-20℃'가 번갈아 번쩍였다.

아침 9시 30분에 경찰서장 채드 멀리건이 아파트 문을 두드리더니, 섀도에게 앨리슨 맥거번이란 아이를 아느냐고 물었다.

"모르는 아이인 것 같은데요."

섀도가 졸음에 겨운 목소리로 말했다.

"이게 그 애 사진이에요."

멀리건이 말했다. 고등학교 사진이었다. 섀도는 사진 속의 인물을 즉시 알아보았다. 푸른색 고무 밴드 치아 교정기를 달고 있는 아이, 친구에게서 알카셀처 알약을 오럴 섹스에 쓰던 법을 배우던 아이.

"아, 그래요. 맞아요. 이 마을로 들어오던 날 버스에 같이 탔던 여자애예요."

"아인셸 씨, 어제 어디 계셨지요?"

섀도는 자신의 세계가 빙글빙글 돌며 멀어지는 것을 느꼈다. 그는 죄책감을 느낄 아무런 이유가 없다는 것을 알고 있었다.('당신은 가짜 이름으로 집행유예를 어기며 사는 범법자이다.' 그의 마음속에서 평온한 목소리가 속삭였다. '그걸로 충분하지 않은가?')

"샌프란시스코, 캘리포니아요. 삼촌을 도와 침대를 날랐어요."

"뭐, 증명할 방법이 있습니까? 표라든가, 뭐 그런 거?"

"물론이죠."

섀도는 뒷주머니에 있던 탑승권을 꺼냈다.

"무슨 일인데요?"

채드 멀리건은 탑승권을 살펴보았다.

"앨리슨 맥거번이 사라졌어요. 레이크사이드 봉사 협회에서 봉사를 했던 아이예요. 동물들 먹이를 주고 산책을 시키고, 그런 거요. 학교 끝나고 와서 몇 시간씩 일하는 식으로. 거, 왜 동물 좋아하는 애들 있잖아요. 뭐, 끝나면 봉사 협회를 운영하는 돌리 노프가 밤에 그 애를 집까지 태워 주곤 했어요. 어젠 앨리슨이 오지 않았어요."

"사라졌군요."

"예, 앨리슨네 부모가 어젯밤에 전화했어요. 바보 같은 것이 봉사 협회까지 히치하이킹을 하곤 했다고. 협회는 카운티 W에 있는데, 꽤 외진 곳이죠. 그 애 부모님이 히치하이킹하지 말라고 했는데, 이곳은 그런 일이 벌어질 만한 곳이 아니라……. 여기 사람들은 문도 잠그지 않는데, 알아요? 게다가 아이들이란. 자, 다시 사진을 보세요."

앨리슨 맥거번은 웃고 있었다. 사진 속 치아의 고무 밴드는 파란 게 아니라 빨간색이었다.

"당신은 솔직하게 그녀를 납치하거나 강간하거나 살해하거나 하지 않았다고 말할 수 있죠?"

"샌프란시스코에 있었어요. 그리고 그따위 짓은 안 해요."

"나도 그렇게 생각했어요. 그럼 찾는 걸 도와주지 않겠어요?"

"제가요?"

"네. 오늘 아침 K-9 소속 사람들을 풀었는데 아직 아무런 소식이 없어요."

멀리건이 한숨을 쉬었다.

"제길, 마이크. 난 그저 그 아이가 멍청한 남자애랑 트윈 시티에 나타나기만을 바랄 뿐입니다."

"그럴 거라고 생각하세요?"

"그럴 수도 있겠죠. 수색대에 참여하시겠어요?"

섀도는 헤닝스 마트에서 소녀를 보았던 때를 기억했다. 수줍은 푸른 치아 교정기의 미소가 반짝 빛나던 그 애. 어느 날 그 아이가 얼마나 아름다운 처녀로 변할지 그는 짐작할 수 있었다.

"그럴게요."

스물댓 명의 남녀가 소방서 로비에서 기다리고 있었다. 힌젤만과 몇몇 낯익은 얼굴들도 보였다. 푸른색 제복을 입은 경찰관들과 갈색 제복을 입은 럼버 카운티 보안관서 소속의 남녀 몇 명이 있었다.

채드 멀리건은 그들에게 앨리슨이 사라졌을 때 입고 있던 옷을 설명했다.(자주색 방한복과 녹색 장갑, 방한복에 달린 모자 속엔 푸른색 털 모자였다.) 그리고 지원자들을 3명씩 짝지어 팀을 만들었다. 섀도, 힌 젤만과 브로건이라는 이름의 남자가 한 팀을 이루었다. 그들은 낮이 아주 짧다는 경고를 받은 다음, 그런 일은 없어야겠지만 혹시라도 앨 리슨의 사체를 발견한다면 아무것도 만져서는 안 되며 도움을 요청 하는 무전을 치되, 그 애가 살아 있으면 도움의 손길이 닿을 때까지 몸을 따뜻하게 유지하라는 말을 들었다.

그들은 카운티 W에 내렸다.

힌젤만과 브로건, 섀도는 얼어붙은 시냇가를 따라 걸었다. 3명씩 이 뤄진 팀마다 길을 나서기 전, 손에 드는 자그마한 무전기를 지급받았다.

구름이 낮게 깔려 있었고 세상은 잿빛이었다. 지난 36시간 동안 눈 이 내리지 않았다. 바삭바삭한, 반짝이는 눈의 껍질에 발자국들이 새 겨졌다.

브로건은 퇴역 군인처럼 보였다. 콧수염이 가늘게 나 있고 관자놀 이가 희었다. 그가 그들을 이끌면서 자신은 퇴직한 고등학교 교장이 라고 말했다.

"젊어질 수 없다는 사실을 깨닫고 조기퇴직 했어요. 요새도 아이들 을 가르치고 있고 학교 연극도 합니다. 1년 중 제일 좋은 때예요. 지금 은 사냥도 해요. 파이크 호수에 조그만 별장도 가지고 있는데, 그곳에 서 너무 많은 시간을 보낸답니다."

출발하면서 브로건이 말했다.

"어쨌든 그 애를 찾아냈으면 해요. 그러면서도 찾게 된다면 그 애를 발견하는 게 우리가 아니라 다른 사람이었으면 좋겠어요. 무슨 뜻인지 알죠?"

섀도는 그가 무슨 말을 하는지 정확히 알고 있었다.

세 남자는 말을 많이 하지 않았다. 그들은 자주색 방한복 혹은 녹색 장갑 혹은 푸른 털모자 혹은 흰 몸을 찾으며 걸었다. 무전기를 들고 있던 브로건은 이따금 채드 멀리건과 이야기를 했다.

점심 때에 수색대의 다른 멤버들과 함께 통학 버스에 앉아 핫도그와 뜨거운 수프를 먹었다. 누군가 앙상한 나무에서 붉은 꼬리를 가진 독수리를 가리켰고, 또 누군가가 그것이 매같이 생겼다고 말했으나 새가 날아가 논쟁이 끝이 났다.

힌젤만은 할아버지의 트럼펫 이야기를 해 주며, 추운 날씨 동안 할아버지가 그것을 연주하기 위해 얼마나 연습을 했는지, 그리고 할아버지가 연습을 하던 헛간 밖의 날씨가 어찌나 추웠는지 소리가 나오지 않더라는 이야기를 해 주었다.

"그때 할아버지가 안으로 들어와서 트럼펫을 녹이기 위해 장작 난로 옆에 두었지. 음, 그날 밤 가족들이 전부 잠자리에 들었을 때 갑자기 트럼펫에서 해동된 음악이 나오기 시작했어. 할머니가 얼마나 기겁하셨던지 좀처럼 진정을 못 하셨다네."

오후는 끝이 없었고 결실이 없었으며 우울했다. 날이 서서히 저물고 있었다. 거리감이 무너지고 세상은 쪽빛을 띠었다. 바람은 너무나 차갑게 불어 얼굴을 쓰리게 만들 정도였다. 수색을 계속하지 못할 정도로 어두워졌을 때 멀리건이 무전을 쳐서, 그날 밤은 철수한다고 전해 왔다. 그들은 차에 실려 다시 소방서로 돌아왔다.

소방서 다음 구역에 벅 스탑스 히어라는 술집이 있었다. 수색대 사람들이 거의 다 그곳에 모였다. 지쳐 녹초가 되었고 사기가 떨어진 상태였다. 그들은 머리 위 하늘에서 원을 그리며 날던 콘도르에 관한 이야기며 너무 추워진 날씨 따위에 대해 이야기를 나누었다. 또 하루 이틀 뒤면 앨리슨이 나타날 거라고, 그 애가 모두를 얼마나 고생시켰는지 모른다고 이야기를 나누었다.

"이 일 때문에 마을을 나쁘게 생각하면 안 돼요. 여긴 좋은 마을이에요."

브로건이 말했다.

서로 소개를 했지만 섀도가 이름을 잊어버린, 말끔한 한 여자가 말했다.

"레이크사이드는 노스우드에서 가장 좋은 마을이에요. 레이크사이드에 실업자가 얼마나 되는지 아세요?"

"아뇨."

"20명도 안 돼요. 이 마을과 마을 근처에는 5000명이 넘는 사람들이 살고 있어요. 우리는 부자는 아닐지라도, 모든 사람들이 일을 하고 있죠. 북동부의 도시들처럼 광산 마을이 아니에요. 그 마을들은 지금은 대부분 유령 도시가 되었죠. 우유나 돼지 가격이 떨어져 퇴락한 농업 도시도 있죠. 중서부 지방에서 농부들의 자연사가 아닌 죽음 중에 가장 큰 원인이 무엇인지 아세요?"

"자살요?"

여자는 실망한 듯한 얼굴이었다.

"예, 맞아요. 스스로 목숨을 끊는 거죠."

여자는 고개를 저었다. 그러더니 말을 이었다.

"이 근방에 있는 많은 마을이 사냥꾼이나 휴가 온 사람들의 돈만 바라고 있어요. 트로피와 벌레에 물린 상처만을 안겨주고 사람들을 그냥 돌려보내는 마을들이 너무나 많답니다. 또 기업 도시도 있는데, 모든 것이 그저 느긋하게 잘 굴러가다가 어느 날 월마트가 유통 센터를 이전한다거나 3M이 CD 케이스 제조를 중단하면 갑자기 수많은 사람들이 주택 대출금을 지불하지 못하게 되는 그런 도시들이죠. 죄송해요, 당신 이름이 뭐였죠?"

"아인셀, 마이크 아인셀입니다."

섀도가 마시고 있던 맥주는 그 지역에서 나오는 샘물로 제조된 것이었다. 맛있었다.

"전 칼리 노프에요. 돌리의 언니죠."

칼리의 얼굴은 추위로 아직도 불그레했다.

"제 말은 레이크사이드는 운이 좋다는 거예요. 이곳엔 모든 것이 조금씩 다 있어요. 농사도 짓고 경공업도 있고 관광, 공예도 있어요. 좋은 학교도 있고요."

섀도는 아리송한 얼굴로 칼리를 보았다. 그녀가 말하는 모든 것의 밑바닥에는 무언가 텅 빈 느낌이 있었다. 자신의 제품에 대한 확신에 차 있지만 상대가 집에 돌아갈 때 브러시나 백과사전 한 질을 꼭 사가게 만들려고 안달하는 훌륭한 세일즈맨의 이야기를 듣고 있는 것 같은 느낌이었다. 칼리는 섀도의 얼굴에서 그러한 낌새를 알아챈 것 같았다.

"죄송해요. 무언가를 너무 좋아하면 계속 그것에 대해 이야기하게 되잖아요. 아인셀 씨는 뭘 하세요?"

"뭐, 힘쓰는 일입니다. 우리 삼촌이 전국을 돌며 골동품을 사고팔아요. 크고 무거운 것을 운반하는 일을 합니다. 파손하면 물론 안 되고요. 괜찮은 일이에요. 하지만 꾸준히 있는 일이 아닙니다."

술집 마스코트인 검은 고양이가 섀도의 다리 사이로 들어와서 부츠에 이마를 비볐다. 고양이는 그의 옆 벤치 위로 펄쩍 뛰어 올라앉아 잠이 들었다.

"그래도 여기저기 구경 많이 하겠군요. 뭐 다른 거 하는 거 있어요?" 브로건이 물었다.

"동전 8개 있어요?"

섀도가 물었다. 브로건이 잔돈을 뒤적거리더니 동전을 5개 꺼내 탁자 위에 건넸다. 칼리 노프가 3개를 더 내놓았다.

섀도는 동전을 4개씩 2줄로 펼쳤다. 거의 실수하지 않고, 테이블을 뚫고 지나는 동전 묘기를 했다. 동전들 반이 나무 테이블을 통과해 왼손에서 떨어져 오른손으로 받는 것처럼 보이게 했다.

그 다음 섀도는 동전을 4개씩 2줄로 쌓아올렸다. 오른손으로 8개 모두를 집었고, 왼손에는 빈 물컵을 잡고 물컵을 냅킨으로 덮은 후 동전을 하나씩 그의 오른손에서 사라지게 해 쨍강쨍강 소리를 내며 냅킨 아래 잔 속으로 떨어지게 했다. 마침내 섀도는 오른손을 펴고 손이 비어 있다는 것을 보여 주고 냅킨을 치워 잔 속에 있는 동전을 보여 주었다.

섀도는 동전을 돌려주었다. 3개는 칼리에게, 5개는 브로건에게 나누어 주고 브로건의 손에서 25센트 동전 하나를 다시 받아 4개만 남게 했다. 섀도가 입김을 불었더니 1센트 동전이 되었다. 섀도는 동전을 브로건에게 주었고, 브로건은 자신이 가진 25센트 동전을 세고는 여전히 5개가 있는 것을 보고 황당해 했다.

"자넨 후디니구먼."

힌젤만이 신나서 낄낄거렸다.

"자네가 바로 그 사람이야!"

"그냥 아마추어예요. 아직도 멀었어요."

그래도 섀도는 아주 조금은 뿌듯했다. 그들이 그의 첫 번째 성인 관객이었다.

섀도는 집으로 돌아가는 길에 식품점에 들러 우유 한 팩을 샀다. 계산대에 있는 빨간 머리의 여자는 낯익어 보였는데, 울어서 눈 주위가 빨갛게 변해 있었다. 여자애의 얼굴은 하나의 크나큰 주근깨였다.

"너를 안단다. 넌……."

섀도는 알카셀처 소녀라고 말하려다가 꾹 참고 말을 고쳤다.

"넌 앨리슨 친구구나. 버스에서 봤지. 그 아이가 괜찮았으면 좋겠는데."

소녀는 코를 훌쩍이고 고개를 끄덕였다.

"저도요."

소녀는 휴지에 세게 코를 풀고 휴지를 소매 안에 넣었다.

소녀의 명찰에는 '안녕! 난 소피야! 30일에 9킬로그램 빼는 방법을 나한테 물어봐!'라고 씌어 있었다.

"오늘 종일 그 애를 찾았어. 아직 소식이 없구나."

소피는 고개를 끄덕이고 눈을 깜박거려 눈물을 떨구었다. 소녀는 스캐너 앞에 우유 팩을 흔들었고 스캐너는 삑 소리를 내며 가격을 알렸다. 섀도는 소녀에게 2달러를 주었다.

"난 이 빌어먹을 마을을 떠날 거예요."

소녀가 갑자기 목이 잠긴 목소리로 말했다.

"애슐랜드에 있는 우리 엄마랑 살러 갈 거예요. 앨리슨도 없어졌고. 샌디 올센은 작년에 갔어요. 조 밍은 그전 해에 없어졌어요. 내년이 내 차례면 어떡해요?"

"샌디 올센은 아버지가 데려간 줄 알았는데."

"그래요."

소녀가 쓰디쓴 목소리로 말했다.

"분명 그가 그랬을 거예요. 그리고 조 밍은 캘리포니아로 갔고, 사라 링귀스트는 하이킹 갔다가 사라졌는데 찾지 못했어요. 어쨌든 난 애슐랜드로 갈 거예요."

아이가 깊게 숨을 쉬더니 잠깐 숨을 멈추었다. 그런 다음, 예기치 않게 섀도를 향해 미소를 보였다. 그 미소엔 표리부동함은 없었다. 잔돈을 건넬 땐 미소를 짓는 것이 자신이 할 일이라는 사실을 잘 아는 사람의 미소였다. 아이는 섀도의 손에 잔돈과 영수증을 쥐여주면서 "좋은 하루 되세요."라고 말했다. 그런 다음 섀도의 뒤에 가득 채운 쇼핑 카트를 잡고 서 있는 여자에게 몸을 돌리고 물건들을 꺼내 스캔했다. 소피 또래의 남자아이가 물건을 담기 위해서 느긋하게 걸어왔다.

섀도는 우유를 챙기고 차를 몰아 주유소와 얼음 위에 있는 클렁커를 지나, 다리를 건너서 집으로 돌아왔다.

소녀가 있었다. 그리고 그녀의 삼촌은 그녀를 팔았다. *아이비스는 완벽한 동판 서체로 썼다.*

그것이 주제이다. 나머지는 상세한 내용들이다.

실제 이야기가 있다. 그 이야기 속에 나오는 각 개인의 이야기들은 각각 고유하고 비극적이다. 비극 중에 최악은 우리가 이미 들어본 바가 있는 동시에 우리가 아주 깊이 공감할 수 없는 것이다. 우리는 마치 제 몸을 찌르는 모래 알갱이를 부드러운 진주층으로 코팅하는 굴처럼 그 이야기를 에워싸는 껍데기를 짓는다. 바로 그런 식으로 우리는 매일 타인의 고통과 상실에 무감한 채 걷고 말하고 살아간다. 만약 그것이 그대로 우리에게 닿는다면 우리는 불구가 되거나 성자가 될 것이다. 그러나 대개는 그것은 우리에게 닿지 않는다. 우리가 그렇게 놔두지를 않는다.

오늘밤 식사를 하면서 할 수 있다면 숙고를 해 보라. 세상에는 우리의 마음이 감당할 수 없을 만큼 많은 수의 아이들이 배고픔에 죽어가고 있다. 100만 명 정도의 오류는 눈감아 줄 수 있을 정도이다. 당신이 이러한 사실에 대해 숙고해 보는 것이 불편할 수도 있다. 혹은 그렇지 않을 수도 있다. 그러나 불편하건 말건 당신은 식사를 할 것이다.

마음을 연다면, 우리에게 너무 깊은 상처를 줄 이야기들이 있다. 보라, 여기 선한 남자가 있다. 자신의 기준으로도, 친구들의 기준으로도 선한 사람이다. 그는 아내에게 신실하고 진실했고, 아이들을 사랑하고 애지중지하며, 나라를 사랑하고, 자기 일에 꼼꼼하게 최대한 노력을 기울인다. 그리하여 그는 선의를 가지고 효율적으로 유대인을 말살한다. 그는 그들을 달래기 위해 연주되는 음악을 좋아한다. 그는 유대인들에게 샤워실에 들어갈 때 식별 번호를 잊지 말라고 조언한다. 많은 사람들이 샤워실에서 나올 때 자기 번호를 잊고, 다른 옷을 입는다고 말한다. 이것이 유대인들을 진정시킨다. 샤워 후에도 살 수 있을 거라고, 스스로를 안심시킨다. 그러나 그들이 틀린 것이다. 우리의 남자는 유대인들의 몸을 오븐에 집어넣는 상세한 과정을 감독한다. 그가 안좋게 생각하는 게 있다면, 해충들에게 가스를 주입하는 것이 여전히 꺼림칙하게 여겨진다는 점이다. 그가 진실로 선한 사람이라면, 지구상에서 해충을 없애는 것이니까 기뻐해야 할 일이지, 찜찜한 심정을 가질 이유가 없다는 것을 그는 알고 있다.

그자를 멀리하라. 너무 깊은 상처를 준다. 그가 우리와 너무 가까이 있으면, 그것이 상처를 준다.

소녀가 있었다. 그리고 그녀의 삼촌은 그녀를 팔았다. 그렇게 표현하니 아주 단순해 보인다.

시인 존 던은 선언했다. 세상 그 누구도 섬이 아니다. 그가 틀렸다. 우리가 섬이 아니라면 우리는 각자의 비극에 빠져 길을 잃게 될 것이다. 우리는 우리가 가진 섬으로서의 본성에 의해, 그리고 이야기의 반복적인 모양과 형태에 의해, 다른 사람의 비극으로부터 단절되어(기억하라, 말 그대로 '단절되다(insulated)'는 말은 '섬으로 만들어진다'는 뜻을 가진 말이다.)* 있다. 우리는 그 모양을 알고 있고 그 모양은 변하지

---

* '섬으로 만들다'라는 어원을 가지며 '절연하다', '단열하다', '격리하다' 등의 뜻을 지닌 영어 'insulate'를 설명하고 있는 것이다.

않는다. 태어나 살다가 이런저런 이유로 죽은 한 인간이 있다. 그렇다. 당신은 자신의 경험들로 세부를 채울 수 있다. 다른 이야기들처럼 뻔하게, 다른 삶처럼 독특하게. 삶은 눈 결정체이다. 우리가 전에 본 대로 패턴을 만들지만, 마치 꼬투리(꼬투리 속에 든 콩들을 본 적이 있는가? 그러니까 진짜 그것을 본 적이 있는가? 1분만 자세히 본다면 콩 하나하나를 착각할 가능성은 하나도 없다.) 속에 들어 있는 콩처럼 서로 닮았으면서도 세세하게 들여다보면 유일무이한 모양을 이룬다.

　우리는 개개인의 이야기가 필요하다. 우리는 개인이 아니라 단지 숫자만을 본다. 1000명의 죽음, 10만 명의 죽음. "사상자가 100만에 이를 수 있습니다." 개인의 이야기들이 함께 할 때 통계는 인간적인 것이 된다. 하지만 그것조차 거짓이다. 왜냐하면 망연자실해 멍해질 정도로 많은 사람들이 계속 고통 받기 때문이다. 보라, 아이의 부어오른 배며 눈가에 꼬인 파리 떼며 뼈만 남은 앙상한 팔다리를 보라. 그렇게 한 아이를 들여다본다고 아이의 나이, 꿈, 두려움을 더 쉽게 알 수 있을까? 아이의 내면을 볼 수 있을까? 설령 그렇다 하더라도, 그렇게 되면 우리는 그 아이의 옆에서 뜨거운 먼지 속에 누워 기형적으로 부풀어 오른 아이의 어린 누이에게 오히려 피해를 주는 것은 아닐까? 게다가 우리가 그 아이들에 대해 동정을 느낀다 해서, 똑같이 기아에 허덕이는 수천 명의 다른 아이들, 꿈틀거리는 수천 마리 파리 떼의 밥이 될 수천 명의 어린아이들보다 그 아이들이 더 중요할까?

　우리는 그러한 고통의 순간에 선을 긋고는 섬 안에 머문다. 그러면 그들은 우리에게 상처를 줄 수가 없다. 아이들은 부드럽고 안전한 진주층으로 덮어 버린다. 우리의 영혼은 진정한 고통 없이 그들로부터 매끄럽게 차단된다.

허구의 이야기 덕분에 우리는 다른 이의 머릿속이나 다른 장소로 들어갈 수 있고, 다른 이의 눈을 통해 볼 수 있다. 그리고 또한 이야기 속에서 우리는 죽기 직전에 멈추고, 혹은 죽더라도 대리를 통하거나 해를 입지 않고 죽으며, 이야기 너머의 세계에서 우리는 페이지를 넘기거나 책을 덮고서 우리의 삶을 다시 시작한다.

그 어떤 삶과도 다른 하나의 삶.

그리고 진실은 이렇다. 소녀가 있었고, 그녀의 삼촌이 그녀를 팔았다.

그 아이의 고향 마을에서는 이런 말이 나돈다. "한 아이의 아버지가 누구인지 누구도 확신할 순 없지만 어머니는, 아, 어머니는 알 수 있지." 혈통과 재산은 모계를 통해서 전해지는 것이었다. 그러나 힘은 남자의 손에 있었다. 남자는 누이의 아이들에 관해 전적인 소유권을 가지고 있었다.

그곳에서 전쟁이 일어났다. 조그만 전쟁이었으며, 반목하는 두 마을의 남자들 사이에 벌어진 작은 접전일 뿐이었다. 거의 논쟁 같은 것이었다. 한 마을이 논쟁에서 승리했고, 다른 한 마을이 졌다.

상품으로서의 삶, 소유물로서의 인간. 노예화는 수천 년 동안 그 지역 문화의 일부가 되어 왔다. 아랍의 노예 상인들이 동아프리카의 위대한 마지막 왕국들을 파괴했으며, 서아프리카 국가들은 서로를 멸망시켰다.

삼촌이 조카 쌍둥이들을 팔아 버리는 것이 패역(悖逆)하거나 이상하지 않았다. 삼촌은 조카 쌍둥이들에게 그들을 팔아 버릴 것이라 말하지 않았다. 왜냐하면 쌍둥이는 마법의 존재라 여겨졌으며, 삼촌은 쌍둥이가 자신의 그림자를 해쳐 자신을 죽일까 두려워했기 때문이다. 그들은 12살이었다. 여자아이는 '전령새'라는 뜻의 '우투투'라고 불렸으며, 남자아이는 죽은 왕의 이름인 '아가수'라고 불렸다. 건강한 아이들이었으며 남매 쌍둥이였기 때문에, 사람들은 그들에게 신에 대한 이야기를 많이 들려주었다. 그리고 그들은 쌍둥이였기 때문에 당연히 이야기들을 들었으며, 또 그것을 기억했다.

삼촌은 뚱뚱하고 게으른 남자였다. 그가 많은 가축을 소유하고 있었다면, 아이들 대신 가축 한 마리를 포기했을지도 모른다. 그러나 그는 가축을 많이 소유하고 있지 않았다. 그는 쌍둥이들을 팔았다. 그로서는 당연한 일이었다. 그를 더 설명하지 않을 것이다. 우리는 쌍둥이를 쫓아간다.

그들은 전쟁에서 약탈되고 매매된 다른 노예들과 함께 10~20킬로미터를 행진해 변경의 조그만 식민지로 갔다. 이곳에서 그들은 다른 사람 13명과 함께 창과 칼을 가진 여섯 사람들에게 팔아넘겨졌다. 그들을 산 여섯 남자들은 바다를 향해 서쪽으로 그들을 데리고 가 해안을 따라 몇 킬로미터를 걸었다. 노예들은 전부 15명이었다. 그들의 손은 느슨하게 묶여 있었고 목과 목이 밧줄로 연결되어 있었다.

우투투는 아가수에게 무슨 일이 벌어질지 물었다.

"나도 몰라."

아가수는 자주 웃던 소년이었다. 아가수의 이는 희었고 완벽했다. 그는 이를 드러내면서 웃었고, 그의 행복한 미소가 우투투를 행복하게 만들곤 했다. 아가수는 이제 웃지 않았다. 대신 누이를 위해 담대해지려 노력했고, 머리를 젖히고 어깨를 활짝 펴 자긍심이 드러나도

록 했으며, 위협적으로 보이려 했다. 아가수는 목털을 세운 강아지처럼 우스워 보였다.

우투투의 뒤에 서 있던 뺨에 흉터가 나 있는 남자가 말했다.

"저들은 우리를 흰 악마에게 팔아넘길 거야. 그러면 그 흰 악마들은 바다 건너 그들의 집으로 우리를 데리고 갈 거야."

"그럼 그곳에서는 우리를 어떻게 하죠?"

우투투가 물었다. 남자는 아무 말도 하지 않았다.

"네?"

우투투가 말하는 동안 아가수는 어깨 너머를 재빨리 보려고 했다. 그들은 걸으면서 말하거나 노래 부르는 것이 허락되지 않았다.

"그들이 우리를 잡아먹을지도 몰라. 그렇게 들었어. 그래서 그들은 그렇게 많은 노예들이 필요한 거야. 항상 배가 고프기 때문이야."

우투투는 걸으면서 울기 시작했다. 아가수가 말했다.

"누이야, 울지 마. 널 잡아먹지 않을 거야. 내가 널 보호해 줄게. 우리의 신들이 널 보호해 줄 거야."

하지만 우투투는 무거운 가슴을 안고 걸으면서 계속해서 울었고, 어린아이로서 느낄 수 있을 만큼의 고통과 분노와 공포를 느꼈다. 그것은 있는 그대로의 감정이었고, 압도적인 느낌이었다. 우투투는 흰 악마들이 자신을 잡아먹을 것에 대해 걱정하지 않는다고 아가수에게 말할 수 없었다. 우투투는 살아남을 것이다. 그녀는 그것을 확신했다. 우투투는 그들이 오빠를 잡아먹을 것이 두려웠고, 자신이 오빠를 지켜 줄 수 있을지 확신이 서지 않았다.

교역지에 다다랐고 열흘 동안 그곳에 머물렀다. 열흘째 아침에 그들은 움막에 감금되었다.(먼 곳에서 사람들이 노예를 묶을 밧줄을 가지고 도착하면서 마지막 며칠은 아주 붐볐다. 일부는 수백 킬로미터 떨어진 곳에서 온 사람들이었다.) 그들은 항구로 끌려갔고, 우투투는 그들을 데려갈 배를 보았다.

처음에 든 생각은 그 배가 참으로 크다는 것이었고, 두 번째 생각은 그들 모두를 태우기에는 배가 너무 작다는 것이었다. 배는 물 위에 가볍게 떠 있었다. 조그만 보트들이 왔다 갔다 하면서 포로들을 배에 실었다. 배의 아래 갑판에서 선원들이 노예들에게 족쇄를 채우며 정리했다. 선원들 중에 일부는 붉은 벽돌색 피부나 햇빛에 그을린 피부를 하고 있었고, 이상하게 뾰족한 코와 짐승처럼 보이는 턱수염이 있었다. 몇몇은 해안까지 그녀를 데리고 왔던 남자들처럼 그녀 부족과 같은 생김새였다. 남자와 여자와 아이들은 분리되었고, 노예 갑판에서 서로 다른 곳으로 끌려갔다. 배에 전부 싣기에는 노예들이 너무 많아서 열댓 명의 남자들은 갑판 위 바깥에 사슬로 묶였고, 그 위에 승무원들이 해먹을 매달아 놓았다.

우투투는 여자들이 아니라 아이들과 함께 넣어졌고, 사슬로 묶이는 대신 감금되어 있었다. 아가수는 청어 묶음처럼 남자들과 함께 사슬에 묶였다. 승무원들이 마지막 하역을 마치고 바닥을 박박 문질러 댔지만 갑판 밑은 여전히 고약한 냄새가 났다. 나무에 밴 냄새였다. 두려움과 우울과 설사와 죽음의 냄새, 신열과 광기와 증오의 냄새. 우투투는 아이들과 함께 뜨거운 칸에 앉아 있었다. 우투투는 양옆에서 다른 아이들이 땀을 흘리는 것을 느낄 수 있었다. 파도 때문에 조그만 소년 하나가 그녀에게로 쏠렸다. 소년은 우투투가 모르는 언어로 사과를 했다. 우투투는 어두침침한 그곳에서 그에게 미소를 지어 보이려 했다.

배가 돛을 올렸다. 배는 물 위를 무겁게 나아가고 있었다.

우투투는 하얀 남자들이 어디서 왔는지 궁금했다.(하기야 그들 중 그 누구도 진짜 희지는 않았지만 말이다. 그들은 바다와 태양에 그을려서 피부가 까무잡잡했다.) 먹을 것이 부족해 먹을거리를 구하기 위해서 그녀의 땅까지 사람들을 보냈어야 하는가? 아니면 그들이 이미 너무나 많은 것들을 먹어서 이젠 검은 피부를 가진 사람의 살만이 군침을 돌게 만들기 때문에 그녀가 귀한 특별식이 되는 것인가?

항해를 시작한 지 이틀째에 배가 돌풍을 만났다. 아주 지독한 것은 아니었지만 갑판이 흔들리고 덜컹거렸으며, 토사물 냄새가 오줌과 물똥과 두려움의 땀 냄새와 섞였다. 노예 갑판실의 천장에 있던 통풍 쇠창살에서 비가 양동이로 퍼붓듯 쏟아졌다.

항해가 일주일째 접어들고 육지가 보이지 않게 되었을 때, 노예들은 노예 갑판실 창살 밖으로 나갈 수 있도록 허락받았다. 그들은 반항하거나 문제를 일으키면 상상도 못 할 벌을 받게 된다는 경고를 받았다.

노예들은 아침으로 콩과 비스킷을 먹었고, 초에 절인 라임 주스를 한 모금씩 얻어먹었다. 주스가 어찌나 쓰던지 사람들이 얼굴을 찌푸렸고 기침을 하는 바람에 입속의 것이 밖으로 튀어나왔다. 일부는 라임 주스를 숟가락으로 뜨면서 신음을 내뱉으며 울부짖었다. 그래도 내뱉어 버릴 수가 없었다. 뱉거나 질질 흘리다가 잡히면 채찍으로 맞거나 주먹질을 당했기 때문이었다.

밤에는 소금에 절인 쇠고기가 나왔다. 맛은 불쾌했고, 고기의 잿빛 표면에는 무지개색 광채가 나 있었다. 항해 초기였다. 항해가 계속되면서 고기는 더욱 상해 갔다.

할 수 있었다면, 우투투와 아가수는 서로 모여 엄마와 집과 친구들에 대해서 이야기했을 것이다. 가끔은 엄마가 들려준 이야기를 우투투가 아가수에게 해 주었을 것이다. 신 중에 가장 장난이 심한 엘레그바는 위대한 마우의 눈과 귀가 되어 마우에게 메시지를 전달해 주고 또 마우의 답변을 다시 세상에 전달해 주는 신이었다는 이야기 같은 것을 말이다.

저녁에는 항해의 단조로움을 쫓기 위해서 선원들이 노예들에게 노래를 하고 춤을 추도록 시켰다.

우투투는 아이들과 함께 있어서 운이 좋았다. 아이들은 빼곡히 처박혀 무시되었다. 여자들은 항상 운이 좋은 것만은 아니었다. 몇몇 노예선에서 여자들은 선원들에 의해 반복적으로 강간을 당했는데, 선원들의 암묵적인 특권 같은 것이었다. 이 배는 그런 배가 아니었다. 그렇다고 강간이 없는 것은 아니었다.

남자, 여자, 아이들 100여 명이 항해 중 사망해서 바다로 내던져졌다. 그중 일부는 아직 죽지 않았는데도 산 채로 수장되었다. 녹색 바다의 냉기가 마침내 그들의 마지막 신열을 가라앉혔고, 그러면 그들은 어찌할 바를 몰라 도리질을 치고 숨을 꼴딱거리면서 가라앉았다.

우투투와 아가수가 탄 배는 네덜란드 선박이었으나 그들은 그 사실을 몰랐다. 따라서 영국이나 포르투갈이나 스페인 아니면 프랑스 따위의 다른 나라 배라고 생각하는 것도 충분히 가능했다.

배에 있던 흑인 승무원 남자들의 피부는 우투투의 피부보다 더 검었는데, 그자들이 포로들에게 어디로 갈지, 무엇을 할지, 언제 춤을 출지를 명했다. 어느 날 우투투는 한 흑인 승무원이 자신을 바라보고 있는 것을 발견했다. 식사를 하고 있을 때, 남자가 우투투에게 다가와 입을 꾹 다물고 잠자코 그녀를 내려다보았다.

우투투가 남자에게 물었다.

"왜 이런 일을 하죠? 당신은 왜 하얀 악마들을 위해 일을 하죠?"

남자는 우투투가 던진 질문이 이 세상에서 가장 웃긴 질문이라도 되는 듯 바라보며 웃었다. 남자는 입술이 우투투의 귀에 스칠 만큼 몸을 기울였다. 귀에 닿은 뜨거운 입김 때문에 우투투는 갑자기 구역 질이 나올 것 같았다. 남자가 말했다.

"네가 더 나이가 들었더라면 나의 물건으로 널 기쁨에 넘쳐 소리 지르게 만들었을 텐데. 어쩌면 오늘 밤에 할지도 몰라. 참 기가 막히 게 춤을 잘 추더구나."

우투투는 갈색 눈으로 남자를 바라보며 움츠러들지 않고 미소를 띠며 말했다.

"당신이 그걸 내 안에 집어넣으면 내 아래 있는 이빨들이 그걸 물어 뜯을 거예요. 난 마녀라서, 내 밑에는 아주 날카로운 이빨이 있답니다."

우투투는 남자의 표정이 바뀌는 것을 보면서 즐거워했다. 남자는 아무 말도 하지 못하고 가 버렸다.

우투투의 입에서 나왔지만 그녀가 한 말이 아니었다. 그녀는 그런 걸 생각하거나 만들어 내지 않았다. 우투투는 깨달았다. 그것은 요술 쟁이 엘레그바의 말이었다. 마우가 세상을 만들었고, 엘레그바의 장 난 덕분에 마우는 세상에 관심을 잃었다. 우투투를 통해 말을 한 것은 똑똑한 수완과 쇠붙이같이 단단한 발기로 무장한 엘레그바였다. 그런 엘레그바가 한순간 우투투 안에 내려왔던 것이다. 그날 밤 잠자리에 들기 전 우투투는 엘레그바에게 감사드렸다.

포로들 중 몇몇은 먹는 것을 거부했다. 그들은 음식을 입에 넣고 삼킬 때까지 매를 맞았으며, 매질은 너무나 혹독하여 두 남자가 매를 맞다 죽기까지 했다. 이제, 배에 있던 사람 중 아무도 배를 곯아 자유를 찾으려 하지 않았다. 남자 1명과 여자 1명이 바다로 뛰어들어 자살을 시도했다. 여자는 성공했다. 남자는 구조되었고, 돛대에 묶여 하루 종일 채찍질을 당해 결국 등이 피로 물들었고 밤이 될 때까지 방치되었다. 그에게는 먹을 것도 주지 않았고 자신의 오줌 이외에는 마실 것도 주지 않았다. 사흘째 되던 날 그는 미쳤고, 머리가 부풀어 오르면서 오래된 멜론처럼 물컹물컹해졌다. 발광을 멈추었을 때 그는 바다로 뛰어들었다. 포로들은 닷새 동안 족쇄와 사슬을 차게 되었다.

포로들에게는 길고 혹독한 항해였고, 승무원들에게는 유쾌하지 못한 항해였다. 승무원들은 심장을 단련하는 법을 배웠고, 자신들은 시장에 가축을 내다 파는 농부들에 지나지 않는다며 스스로를 위안했다.

어느 화창하고 온화한 날 그들은 바베이도스의 브리지포트에 정박했다. 포로들은 해안까지 낮은 보트에 실려 이동하였고, 그곳에서 다시 시장 광장으로 옮겨져 빽빽 내지르는 고함을 들으며, 획획 휘두르는 몽둥이세례를 받으며 줄을 맞춰 정렬했다. 시장 광장을 가득 메운 사람들은 호각을 불고 여기저기 쿡쿡 찌르고, 붉은 얼굴의 남자들이 고함을 치고 검열을 하고 이름을 부르고 평가하고 투덜댔다.

그때 우투투와 아가수는 서로 떨어지고 말았다. 순식간이었다. 커다란 남자가 아가수의 입을 강제로 벌려 그의 이를 보고 팔 근육을 만져 보더니 고개를 끄덕였고, 다른 두 남자가 아가수를 끌고 갔다. 아가수는 저항하지 않았다. 아가수는 우투투를 불렀다.

"용감해야 돼."

우투투는 고개를 끄덕였고, 시야는 눈물로 흐려졌다. 우투투는 흐느꼈다. 함께 있을 때 그들은 매혹적이었고, 힘이 넘치는 쌍둥이였다. 떨어져서는 고통에 빠진 두 아이들에 불과했다.

우투투는 다시는 살아서 아가수를 보지 못 했다.

아가수에겐 다음과 같은 일이 일어났다. 우선 그들은 아가수를 향신료 농장으로 데려갔다. 아가수는 잘못을 했건 하지 않았건 날마다 매를 맞았고, 겉핥기식의 영어를 배웠으며, 새까만 피부 때문에 '잉키 잭'이라는 이름을 얻었다. 도망치려 했을 때 그들은 사냥개를 동원해 그를 사냥하여 다시 데리고 와서는, 끌로 발가락 하나를 절단해 결코 잊지 못할 교훈을 가르쳐 주었다. 아가수는 먹는 것을 거부해 굶어 죽으려고도 했는데, 그가 먹기를 거부하자 아가수의 앞 이빨을 부러뜨리고 강제로 멀건 죽을 쏟아 부었다. 아가수는 삼키든가 숨 막혀 죽든가, 둘 중에 선택할 수밖에 없었다.

그때까지도 그들은 아프리카에서 끌려온 노예들보다 노예에게서 태어난 노예들을 선호했다. 자유롭게 태어난 노예들은 도망치려 하거나 죽으려 했고, 그리하면 이익은 사라져 버리는 꼴이었다.

잉키 잭이 16살이 되었을 때 그는 다른 노예들과 함께 산토도밍고 섬의 설탕 농장으로 팔려 갔다. 그들은 커다랗고 이 빠진 노예 잉키

객을 '히아신스'라고 불렀다. 히아신스는 그 농장에서 같은 마을 출신의 나이 든 여인을 만났다. 손가락이 마디지고 관절염이 심해지기 전까지 그녀는 집안 노예로 일했다. 그녀는 백인들이 반란이나 봉기를 막기 위해서 같은 마을이나 지역 출신의 노예들을 의도적으로 갈라 놓는다고 히아신스에게 말해 주었다. 백인들은 노예들이 모국어로 이야기하는 것을 좋아하지 않았다.

히아신스는 프랑스어를 조금 배웠고 가톨릭 교회의 교리도 배웠다. 그는 매일 아침 해가 뜨기 훨씬 전부터 해가 질 때까지 사탕수수대를 잘랐다.

히아신스는 아이를 몇 낳았다. 비록 금지되어 있었지만, 그는 오밤중에 다른 노예들과 함께 숲으로 가서 검은 뱀의 형태를 지어 뱀의 신인 담발라 웨도에게 칼린다 춤을 추면서 노래를 바쳤다. 히아신스는 노예들이 자신들의 마음속에, 자신들의 비밀스런 가슴속에 품고 온 엘레그바, 오투, 상고, 자카 그리고 다른 많은 신들을 위해 노래 불렀다.

산토도밍고 사탕수수 농장의 노예들은 대개 10년 넘게 살지 못했다. 그들에게 주어진 자유 시간인 오후의 열기 속에서의 2시간과 밤 11시부터 4시까지 5시간은 그들 스스로 먹을거리를 경작할 수 있는 시간(그들의 주인들은 먹을 것을 주지 않았고, 경작할 수 있는 조그만 땅뙈기를 주어 먹고살게 했다.)이었고, 또한 잠을 자고 꿈을 꿀 수 있는 시간이었다. 그들은 시간을 내어 함께 모여 춤을 추고 노래하고 신을 섬겼다. 산토도밍고의 토양은 비옥했고, 다호메이와 콩고와 니제르의 신들은 그곳에 깊게 뿌리를 내리고 무성하고 거대하고 깊게 자라나, 밤에

숲에서 자신들을 숭배하는 자들에게 자유를 주겠노라고 약속했다.

25살 때, 거미 1마리가 히아신스의 오른손 손등을 물었다. 물린 상처는 감염되었고 손등의 살은 썩어 들어갔다. 곧 팔 전체가 부어오르며 보랏빛으로 변했고, 손은 썩는 냄새를 풍겼다. 맥이 고동쳤고 타는 듯이 아팠다.

그들은 히아신스에게 조야한 럼주를 마시라고 주었고, 붉고 희게 달아오를 때까지 칼날을 불에 달구었다. 그들은 톱으로 그의 팔을 어깨에서부터 잘라 냈고, 지글지글 타는 칼날로 절단 부위를 지졌다. 히아신스는 일주일 동안 신열에 들떠 누워 있었다. 그런 후 다시 일을 하게 되었다.

히아신스라 불리는 외팔이 노예는 1791년 노예 봉기에 참여했다.

엘레그바 자신이 숲에서 히아신스를 사로잡아 백인이 말을 타듯 그를 타고 그를 통해 말했다. 히아신스는 말한 것을 거의 기억하지 못했지만, 같이 있던 사람들은 그가 그들을 노예 상태에서 자유롭게 해주겠다고 약속했다는 것을 말해 주었다. 히아신스는 단지 쇠막대처럼 단단히 선 고통스러운 발기와 두 손, 그가 가지고 있던 한 팔과 사라진 또 다른 팔을 달을 향해 치켜들었던 것만을 기억했다.

그 농장의 남녀들은 돼지 한 마리를 죽여 그 피를 마시며 동지애에 스스로를 바칠 것을 맹세했다. 그들은 자유의 군대로서 맹세를 하고, 약탈물이 되어 떠난 고향 땅의 모든 신들에게 다시 맹세했다.

"우리가 만일 백인들과 싸우다가 죽는다면 우리는 아프리카에서, 우리의 집에서, 우리의 부족 마을에서 다시 태어날 것이다."

그들은 서로에게 말했다.

봉기에 참여한 사람 중에 또 다른 히아신스가 있었기 때문에 그들은 아가수를 '큰 외팔이'라고 불렀다. 큰 외팔이는 싸웠고, 숭배했고, 희생했고, 전략을 짰다. 그리고 친구들과 사랑하는 사람들이 죽어 가는 것을 보며 계속 싸웠다.

그들은 12년 동안 농장주들과 프랑스에서 파견된 군대에 맞서 광기 어리고 피가 낭자한 싸움을 계속했다. 그들은 싸우고 또 싸웠으며, 마침내 불가능하게만 여겨지던 독립을 이루어 냈다.

1804년 1월 1일, 아이티 공화국이라고 세계에 알려지게 될 산토도밍고가 독립을 선언했다. 큰 외팔이는 독립을 보지 못하고 죽었다. 그는 1802년 8월에 프랑스 병사의 총검에 찔려 죽었다.

큰 외팔이(한때 히아신스라 불렸고, 그전에는 잉키 잭이라 불렸고, 그의 가슴속에서는 언제나 아가수였던)의 죽음 바로 그 순간에, 우투투라 알려졌던, 그녀가 처음에 팔려 간 캐롤라이나 농장에서는 메리라 불렸고, 집안 노예가 되었을 때는 데이지였고, 뉴올리언스로 흐르는 강 하구에 살던 라베르 집안에 팔렸을 때는 수키라 불렸던 누이는 차가운 총검이 그녀의 갈비뼈 사이를 지나가는 것을 느끼고 통제할 수 없을 정도로 비명을 지르고 통곡했다. 수키의 쌍둥이 딸들이 잠에서 깨어 울부짖기 시작했다. 아이들은 크림커피색 피부를 가진 갓난아기들로, 그녀가 농장에 있던 시절 어린 소녀를 갓 벗어났을 때 낳았던 흑인 아이들과는 달랐다. 그 아이들은 15살과 10살이었을 때 이후로 보지 못했다. 중간에 낳은 딸아이는 1년 전에 팔려 가서 죽었다.

메리는 해안에 도착한 이후로 자주 매를 맞았다. 한 번은 상처에 소금을 문질렀다. 또 한 번은 너무나 심하게 오랫동안 매를 맞아서 앉아 있을 수가 없었고, 며칠 동안 아무것도 등에 대지 못했다. 메리는 어렸을 때 몇 차례 강간을 당했다. 초라한 나무 침대를 같이 쓰라고 명받았던 흑인 남자들에게 강간당했고, 백인 남자들에게도 강간당했다. 메리는 사슬에 얽매이기도 했다. 그래도 그녀는 울지 않았다. 오빠와 헤어진 후 딱 한 번 울었다. 노스캐롤라이나에 있었을 때였다. 노예 아이들과 개한테 주는 음식이 똑같은 나무 그릇에 담겨 있는 것을 보았다. 그리고 자신의 아이들이 남은 부스러기 음식을 서로 먹기 위해서 개들과 몸싸움을 하는 것을 보았다. 메리는 어느 날 그 일이 벌어지는 것을 보았다. 전에도 농장에서 그런 일이 벌어지는 것을 매일 보았으며, 또 떠나기 전까지 수없이 보아야 했다. 어느 날 본 그 광경은 메리의 가슴을 무너뜨렸다.

한때 메리는 아름다웠다. 그러나 고통의 세월 탓에 그녀는 더이상 아름답지 않았다. 얼굴엔 주름이 지고 갈색 눈에는 너무나 많은 고통이 담겨있었다.

11년 전 메리가 25살이었을 때 그녀의 오른팔이 시들어 버렸다. 백인들은 아무도 어떻게 해야 할지 몰랐다. 살이 뼈에서 녹아 내리는 것 같았고, 그녀의 오른팔은 옆구리에 볼품없이 매달렸다. 그저 거죽만 붙은 채로 뼈만 남아 거의 움직이지 않았다. 그런 일이 있고 난 후 데이지는 집안 노예가 되었다.

농장 소유주인 캐스터튼 가족은 데이지의 요리와 집안일 솜씨에 탄복했지만, 캐스터튼 부인은 데이지의 시든 팔이 보기에 혐오스러워, 루이지애나 출신으로 1년 동안 잠시 머물던 라베르 집안에 팔아넘겼다. 라베르 씨는 뚱뚱하고 쾌활한 남자로 요리사와 모든 집안일을 돌

볼 하녀가 필요했고, 데이지의 시든 팔 따위는 조금도 역겨워하지 않는 사람이었다. 1년 후 루이지애나로 돌아갈 때 그들은 노예를 데리고 갔다.

뉴올리언스에서는 치료법과 사랑의 부적과 작은 주물(呪物)들을 구하기 위해 여자들과 남자들이 수키에게 왔는데, 물론 흑인들이었다. 그렇지만 백인들도 있었다. 라베르 집안은 그것을 묵인했다. 아마도 그들은 경외심을 일으키고 존경받는 노예를 가졌다는 특권 의식을 느꼈을지도 모른다. 그렇다고 그들이 그녀에게 자유를 주지는 않았다.

수키는 늦은 밤에 늪으로 가서 칼린다와 밤불라를 추었다. 산토도밍고의 춤꾼들과 고향 땅의 춤꾼들처럼 늪의 춤꾼들은 부두교 토템으로 검은 뱀을 섬기고 있었다. 그래도 고향의 신들과 다른 아프리카 나라들의 신들은 오빠와 산토도밍고 사람들을 사로잡았듯이 그녀의 사람들을 사로잡지 않았다. 수키는 그 신들을 불러내고 신들의 이름을 부르고 기도하였다.

수키는 백인들이 산토도밍고에서 일어난 일, 그들이 말한 대로라면 '봉기'에 대해 들었고, "생각해 봐요! 식인의 나라!"라며 실패할 것이 분명하다더니 그들이 더 그것에 대해 일언반구도 하지 않는 것을 알게 되었다.

곧 그들이 산토도밍고라고 불리던 곳이 전혀 존재하지도 않았던 것처럼 가장하는 것을 그녀는 알아차렸다. 아이티라는 단어도 결코 언급되지 않았다. 미국이란 나라 전체가 카리브 해의 꽤 큰 섬이 더 이상 존재하지 않기를, 단지 그렇게 바라면 그렇게 될 수 있다고 생각하는 것 같은 태도였다.

수키의 세심한 보호 아래 한 세대의 라베르 가문 아이들이 자라났다. 그중에 막내는 어렸을 때 '수키'라는 발음을 하지 못해서 그녀를 마마 조조라고 불렀는데, 그게 이름이 되고 말았다. 1821년이었고, 수키는 50대 중반이 되었다. 그녀는 훨씬 늙어 보였다.

마마 조조는 카빌도 앞에서 캔디를 팔았던 늙은 사니테 데데보다도, 자신을 부두 여왕이라 불렀던 마리 살로페보다도 더 많은 비밀을 알고 있었다. 두 여인은 모두 유색인이면서 자유인이었다. 허나 마마 조조는 노예였으며, 끝내 노예로 삶을 마감하게 될 것이다. 앞으로의 일이야 모르겠지만, 마마 조조의 주인은 그렇게 말했다.

남편한테 무슨 일이 일어났는지 알고 싶어 마마 조조를 찾아온 젊은 여자는 자신을 미망인 파리스라고 칭했다. 그녀는 가슴이 봉긋했으며 젊고 자존심이 셌다. 아프리카와 유럽과 인디언 피가 섞여 있었고, 피부는 불그스레했으며, 머리는 반짝반짝 빛나는 검은 머리였다. 눈은 검고 거만했다. 남편 자크 파리스는 아마도 죽었을 것이다. 계산이 가능하다면 4분의 3은 백인이었으며, 한때 잘나가던 가문의 서자로 산토도밍고에서 벗어난 많은 이민자들 중 하나였고, 눈길을 끄는 아내처럼 자유인으로 태어났던 사람이었다.

"나의 자크, 그이가 죽었나요?"

미망인 파리스가 물었다. 그녀는 까다로운 사회적 제약이 있기 전, 이 집 저 집을 돌아다니면서 뉴올리언스의 고상한 숙녀들의 머리를 매만지던 미용사였다.

마마 조조는 뼈다귀를 살피더니 고개를 저었다.

"이곳으로부터 북쪽 어딘가에서 백인 여자랑 함께 살고 있어요. 금발을 한 백인 여자. 살아 있어요."

마법이 아니었다. 자크 파리스가 데리고 도망간 여자가 누구이며 그녀의 머리색이 무엇인지는 당시 뉴올리언스에서 상식 같은 것이었다. 파리스가 자크는 매일 밤 콜팩스에서 분홍빛 살결을 지닌 소녀의 몸 안에 자신의 쿼드룬* 오줌을 집어넣고 있다는 사실을 아직 모르고 있다는 사실을 깨닫고 마마 조조는 놀랐다. 그러니까 아주 고주망태는 아니라서 그의 물건을 오줌 싸는 일하고 별반 차이도 없는 다른 일에 써먹을 수 있는 그런 날 밤에 말이다.

아마도 미망인 파리스는 알았을 것이다. 그녀가 마마 조조를 찾아온 건 다른 일 때문일 것이다.

미망인 파리스는 일주일에 1~2번 늙은 노예 여인을 보러 왔다. 한 달 후엔 늙은 여인을 위해서 선물을 가지고 왔다. 머리 장식, 씨가 든 과자 그리고 검은 수탉 1마리였다.

"마마 조조, 나한테 당신이 알고 있는 것을 가르쳐 줄 때예요."

"그래."

마마 조조는 바람이 어떤 방향으로 불고 있는지 알았다. 게다가 미망인 파리스는 자신이 물갈퀴를 가진 발가락을 가지고 태어났다고 이미 고백했다. 그 말인즉 쌍둥이 형제가 자신 때문에 어머니 배 속에서 죽었다는 말이다. 그러니 마마 조조에게 달리 무슨 선택권이 있었겠는가?

마마 조조는 육두구 2개를 줄에 매어 목에 걸고 줄이 끊어질 때까지 기다리면 심장의 잡음이 치료되고, 한 번도 날아 보지 못한 비둘

---

* 백인과 반백인과의 혼혈아, 흑인의 피를 4분의 1 받은 사람.

기의 배를 갈라 환자의 머리에 얹어 놓으면 열을 가라앉힐 수 있다고 가르쳐 주었다. 또 기복 주머니를 만드는 방법도 가르쳐 주었다. 13페니와 목화씨 9개, 검은 개의 털이 담긴 조그만 가죽 주머니였다. 마마 조조는 소원을 이루기 위해서 그 주머니를 어떻게 문질러야 하는지 가르쳤다.

　미망인 파리스는 마마 조조가 가르쳐 준 모든 것을 배웠다. 그녀는 신들에 대해서는 사실 조금도 관심이 없었다. 그녀는 실용적인 것에 관심이 있었다. 미망인 파리스는 다음과 같은 것을 배우고는 매우 기뻐했다. 즉, 살아 있는 개구리를 꿀에 담가 개미굴에 넣은 후 하얗게 뼈만 남게 될 때 자세히 살펴보면 하트 모양으로 생긴 납작한 뼈가 드러나고 갈고리 모양으로 생긴 또 다른 뼈가 나타나는데, 갈고리 모양의 뼈를 자신을 사랑해 주었으면 하는 사람의 옷에 붙이고 하트 모양의 뼈는 안전하게 본인이 지니고 있으면 영락없이 자신이 사랑하는 사람이 자신의 사람이 된다는 것이었다. 만약 잃어버리면 그 사람이 미친개처럼 공격할 것이다.

　미망인 파리스는 말린 뱀 가루를 적의 얼굴에 바르는 분에 넣으면 적이 눈멀게 된다는 것을, 적의 속옷을 빼내 뒤집어서 자정에 벽돌 밑에서 태우면 적이 저절로 물에 빠져 죽게 된다는 것을 배웠다.

　마마 조조는 미망인 파리스에게 '월드 원더 루트', 즉 정복자 존의 크고 작은 뿌리*들을 보여 주었고, 용의 피와 쥐오줌풀과 다섯손가락풀을 보여 주었다. 또한 마시는 사람을 시들어 버리게 하는 차와 날·따르라·물, 뽕·나와라·물을 주조하는 법을 가르쳐 주었다.

　마마 조조는 다른 더 많은 것들을 미망인 파리스에게 보여 주었지만, 늙은 여인에겐 여전히 실망스러웠다. 마마 조조는 숨겨진 진실들, 깊은 지식을 미망인 파리스에게 가르쳐 주려 최선을 다해 노력했고, 엘레그바, 마우, 부두 뱀인 아이도 후웨도 등등을 가르치려 했으나, 미망인 파리스(이제 나는 그녀가 태어날 때 얻었던 이름과 후에 명성을 날린 이름을 말할 것이다. 그녀는 마리 라보였다. 그러나 여러분이 들어 보았을 그 위대한 마리 라보는 아니었다. 미망인 파리스는 위대한 마리 라보의 어머니로, 나중에 미망인 글라피온이 되었다.)는 머나먼 땅의 신들에는 관심이 없었다. 산토도밍고가 아프리카 신들이 살 수 있는 무성한 검은 대지였다면, 옥수수와 멜론과 가재와 면화의 땅인 이 땅은 메마른 불모의 땅이었다.

"그녀는 알고 싶어 하지 않아."

마마 조조는 그 지역의 많은 집을 돌면서 커튼과 침대보를 세탁하는 일을 하는 절친한 친구 클레멘틴에게 불평을 토로했다. 클레멘틴은 뺨에 꽃처럼 화상 자국이 있었고 그녀의 아이들 중 하나는 솥이 뒤집어졌을 때 데어 죽고 말았다.

"그럼 가르치지 마."

"난 그녀를 가르치는데, 무엇이 귀중한 건지 보지 못해. 오로지 관심은 그걸 가지고 무엇을 할까 하는 데만 가 있어. 다이아몬드를 주

---

* World Wonder Root, 즉 정복자 존 풀뿌리(John the Conqueror root)는 미국의 아프리카계 사람들의 민속에서 유래한 식물이다. 정복자 존은 아메리카에 노예로 팔려 온 아프리카의 왕자로서, 노예 신분에도 불구하고 용기를 잃지 않고 갖가지 마법을 부린 아프리카계 미국인들의 '트릭스터'이며 전설적인 인물이다. 정복자 존 풀뿌리는 미국나팔꽃식물(Ipomoea jalapa)의 일종으로 나팔꽃과 고구마와 같은 계열의 식물이며, 주로 초자연적 힘을 발휘하는 요술 주머니를 만드는 성분으로 쓰였고 성적 묘약으로 쓰이기도 했다.

는데 예쁜 유리에만 신경을 쓰는 꼴이야. 최고급 보르도 포도주를 주
는데 그녀는 강물을 마셔. 메추라기를 주면 쥐나 먹고 싶어 해."

"그럼 왜 그렇게 계속하는 거야?"

마마 조조는 시든 팔을 흔들면서 가는 어깨를 으쓱한다.

그녀는 대답하지 못한다. 살아 있는 것이 감사해 가르친다고 말할
수 있을 뿐이다. 정말 그러했다. 마마 조조는 너무나 많은 사람들이
죽어 가는 것을 보았다. 그녀는 노예들이 라플라스에서 일어선 것처
럼(그리고 진압된 것처럼) 언젠가 노예들이 일어서리라는 것을 꿈꾸지
만 아프리카의 신들 없이는, 엘레그바와 마우의 호의 없이는 그들이
결코 백인들을 이길 수 없을 것이며 고향 땅에도 돌아가지 못할 것이
라는 점을 마음속 깊이 알고 있다고 말할 수 있었다.

거의 20년 전 그 끔찍한 밤에 잠에서 깨어났을 때 마마 조조는 갈
비뼈 사이에 차가운 쇠붙이를 느꼈고, 그때가 바로 마마 조조의 생명
이 끝나던 때였다. 이제 그녀는 살아 있지 않은 사람이고, 증오에 찬
사람이었다. 당신이 그녀에게 증오에 대해 묻는다면, 악취 나는 배에
타고 있던 12살 난 소녀에 대해선 말할 수 없었을 것이다. 마마 조조
의 마음에 딱지가 생겼다. 너무나 많은 매질과 구타를 당했다. 너무나
많은 밤 족쇄에 매여 있었고, 너무나 많은 이별이 있었고, 너무나 큰
고통을 겪었다. 그래도 자신의 아들에 대해서 말해 줄 수 있었을 것
이다. 그리고 주인이 그 애가 읽고 쓸 수 있다는 사실을 발견하고는
어떻게 아들의 엄지손가락을 잘라 버렸는지 말할 수도 있었을 것이
다. 자신의 딸에 대해서도 말할 수 있었을 것이다. 12살 난 딸이 벌써
감독관에게 강간당해 임신 8개월째였고, 그들이 붉은 땅을 파고 구멍

70

을 만든 다음 그곳에 딸의 임신한 배를 집어넣고 등에서 피가 날 때까지 매질했던 것을 말할 수 있었을 것이다. 구멍을 조심스럽게 팠는데도, 딸은 어느 일요일 아침 아기와 함께 목숨을 잃고 말았다, 백인들 모두가 교회에 있었던 때에……

너무나 많은 고통.

"그들을 숭배하라."

마마 조조가 자정에서 1시간 지난 시각, 늪에서 젊은 미망인 파리스에게 말했다. 그들은 둘 다 허리까지 발가벗고 있었다. 습한 밤에 땀을 흘리면서 피부는 흰 달빛을 받아 빛나고 있었다.

자크(3년 후 그의 죽음은 몇 가지 대단한 점을 드러내게 된다.)가 예전에 산토도밍고의 신들에 대해서 조금 말해 주었으나, 미망인 파리스는 신경 쓰지 않았다. 권능은 신들에게서가 아니라 의식(儀式)에서 왔다.

마마 조조와 미망인 파리스는 늪에서 함께 낮은 소리로 노래를 부르고 발을 구르며 통곡했다. 그들은 검은 뱀의 형상을 하고 노래를 불렀다. 유색 인종의 자유인과 시든 팔을 가진 노예 여인.

"그저 너희가 번영하고 너의 적들이 실패하는 것 말고도 또 다른 것들이 있다."

마마 조조가 말했다.

의식의 많은 말들, 마마 조조가 한때 알고 있던 말들, 그녀의 형제도 알고 있던 말들, 이러한 말들이 기억에서 빠져나갔다. 마마 조조는 예쁜 마리 라보에게 말이 중요한 것이 아니라 음률과 박자가 중요한 것이라고 말했다. 그리고 검은 뱀의 옷을 입고 늪에서 노래 부르고 발을 구르면서 이상한 환영을 본다. 마마 조조는 노래의 박자들, 칼린다

박자, 밤볼라 박자 그리고 적도 아프리카의 모든 리듬이 천천히 이 자정의 땅을 가로질러 퍼져 나가는 것을 본다. 그러다가 온 사방이 떠나온 땅의 옛 신들의 박자에 맞추어 부르르 떨며 빙글빙글 돈다. 그럼에도 그것조차도 충분치 않다는 것을 알게 된다.

마마 조조는 예쁜 마리에게 몸을 돌려 마리의 눈을 통해 자신의 모습을 본다. 검은 피부를 가진 늙은 여인. 얼굴은 주름지고 뼈만 남은 팔이 옆구리에 힘없이 축 처져 매달려 있다. 그녀의 눈은 자신의 아이들이 개 밥그릇의 밥을 먹기 위해 개들과 발버둥을 치던 모습을 보았던 눈이다. 그녀는 자신의 모습을 보고, 그때 처음으로 옆에 있는 젊은 여자가 자신에 대해 가지고 있던 혐오감과 공포를 알게 되었다.

마마 조조는 웃음을 터뜨렸고 몸을 웅크려 온전한 손으로, 길이는 어린 나무만 하고 굵기는 배의 밧줄만 한 검은 뱀을 들어 올렸다.

"여기, 여기 우리의 부두교 토템이 있어."

마마 조조는 마리가 들고 있던 노란 바구니에 저항하지 않는 뱀을 던져 넣었다.

그때 달빛 아래서 두 번째 환영이 마지막으로 마마 조조를 사로잡았고, 아가수를 보았다. 아가수는 브리지타운 시장에서 마지막으로 보았던 12살 난 소년이 아니라, 부러진 이를 드러내고 씩 웃고 있는 커다란 대머리 남자였고, 등에는 깊은 상처가 줄지어 있었다. 그는 한 손에 마체테 칼을 들고 있었다. 그의 오른팔은 그루터기와 같았다.

마마 조조는 자신의 멀쩡한 왼손을 뻗었다. 그리고 속삭였다.

"기다려, 잠시만 기다려. 내가 갈게. 내가 곧 오빠에게 갈게."

마리 파리스는 늙은 여인이 자신에게 말을 한다고 생각했다.

제12장

미국은 자신의 도덕과 종교를 소득을 내는 우수한 증권에 투자했다.
미국은 너무나 당연하다는 듯 그 누구도 침범하지 못할 국가적 지위를 스스로 받아들였다.
그리고 미국의 아들들은 그들이 다른 신앙에 영향을 끼치든, 무시를 하든,
이러한 국가적 신조에 스스럼없이 지지를 보낸다.
— 아그네스 레플리어, 『시대와 경향』

샤도는 서쪽으로 달려, 위스콘신과 미네소타를 가로질러 노스다코타로 갔다. 그곳은 눈에 덮인 언덕들이 잠을 자는 거대한 버펄로처럼 보였다. 가도 가도 아무것도 보이지 않았다. 그들은 남쪽으로 향해 사우스다코타로 들어가 인디언 보호 구역으로 향했다.

웬즈데이는 샤도가 좋아했던 링컨 타운카를 덜거덕거리며 무겁게 달리는 구닥다리 위네바고로 바꾸었다. 그 차엔 딱 꼬집어 말할 순 없지만 그래도 분명 수고양이 냄새라고 할 수 있을 만한 냄새가 온통 배어 있었다. 샤도는 그 차를 운전하는 게 아주 불쾌했다.

러시모어 산의 표지판을 처음으로 지나쳤을 때, 아직도 수백 킬로미터나 남았건만 웬즈데이가 낮은 목소리로 말했다.

"음, 저긴 성스러운 곳이야."

샤도는 웬즈데이가 잠든 줄 알았다.

"인디언들에게는 성스러운 곳이었죠."

"성스러운 곳이야. 그게 아메리카식이지. 사람들에게, 찾아와서 숭

배할 거리를 제공할 필요가 있는 거야. 요즘은 아무 목적 없이 산을 구경하지 않아. 그래서 미스터 거즌 보글럼의 거대한 대통령 얼굴 조각들이 생긴 거야. 일단 그 조각상들을 새겼으니 허락이 떨어진 것이고, 그러면 사람들은 이미 수많은 엽서에서 보았던 것을 직접 보기 위해서 떼를 지어 몰려오는 거지."

"몇 년 전에 머슬 팜에서 웨이트 트레이닝을 하던 어떤 남자가 있었는데요. 그가 말하길, 젊은 다코타 인디언 남자들은 산에 올라 죽음을 무릅쓰고 인간 띠를 만들어서 맨끝에 있는 남자가 대통령의 코에 오줌을 싼다고 그러더군요."

웬즈데이가 껄껄 웃었다.

"그래, 좋아. 아주 좋아! 그럼 특별히 그들이 분노를 퍼부은 대통령이 있는가?"

섀도는 어깨를 으쓱했다.

"그건 말 안 했어요."

위네바고의 바퀴 밑으로 몇 킬로미터가 사라졌다. 섀도는 미국의 풍경이 시속 107킬로미터의 속도로 그들을 지나치고 자신은 가만히 있는 것이라 상상하기 시작했다. 겨울 안개가 사물을 흐려 놓았다.

길을 나선 지 이틀째 정오 무렵에 그들은 거의 목적지에 다다랐다. 생각에 잠겨 있던 섀도가 말했다.

"지난주에 레이크사이드에서 여자애 하나가 사라졌어요. 우리가 샌프란시스코에 있었을 때 말이죠."

"음?"

웬즈데이는 관심 없다는 투로 반응했다.

"앨리슨 맥거번이라는 앤데요. 애가 사라진 게 그게 처음이 아니더 군요. 다른 아이들도 몇몇 사라졌나 봐요. 다들 겨울에 사라졌고요."

웬즈데이의 이마에 주름이 잡혔다.

"비극이군, 안 그런가? 우유 팩에 나온 어린아이들 말이야. 물론 난 우유 팩이나 고속도로 휴게소 벽에서 마지막으로 아이 얼굴을 본 적 이 언젠지 생각도 안 나지만. '날 본 적 있나요?' 때를 잘 타서 그렇게 묻는다면 아주 실존적인 질문이 되겠지. '날 본 적 있어요?' 다음 출 구에서 나가게."

섀도는 머리 위에서 헬리콥터 소리를 들은 것 같았으나, 구름이 낮 게 깔려 있어 아무것도 보이지 않았다.

"왜 레이크사이드를 고르셨어요?"

"말했잖아. 자넬 숨겨 놓기에 아주 좋은 곳이라고. 장외에 있는 거 야. 레이더망 밖에 있는 거라고."

"왜요?"

"그냥 그렇기 때문이지. 자, 왼쪽으로 빠져."

섀도는 좌회전을 했다.

"뭔가 잘못됐군. 씨발, 니미럴, 염병할. 속도를 줄이되 멈추지는 마."

"좀 살펴볼까요?"

"그럴 필요 없어. 다른 길 아나?"

"아뇨. 사우스다코타엔 처음 오는걸요. 게다가 전 지금 어딜 가는지 도 몰라요."

언덕 다른 편에 무언가 안개에 얼룩져 빨갛게 번쩍거렸다.

"길이 봉쇄되었군."

웬즈데이는 무언가를 찾기 위해 한쪽 주머니에 손을 깊숙이 찔러 넣었다가 다른 쪽에도 넣었다.

"멈출 수도 있고, 돌아갈 수도 있어요. 지프가 있었다면 비포장도로로 가겠지만 위네바고는 저 도랑으로 지나가다간 뒤집힐 거예요."

"돌아갈 수 없어. 우리 뒤에도 그들이 있어. 속도를 15나 25킬로미터로 줄여."

섀도는 거울을 흘끗 쳐다보았다. 1.5킬로미터쯤 뒤에 헤드라이트가 번쩍였다.

"정말로 그렇게 해요?"

웬즈데이가 콧방귀를 꼈다.

"계란이 계란인 것만큼 정말이고말고. 칠면조 농부가 거북이를 부화시켜 놓고 성공했다고 우기는 것만큼 확실해."

그리고 주머니 한쪽에서 흰 백묵 하나를 꺼냈다.

웬즈데이는 캠프용 자동차의 계기반에 백묵을 가지고 끼적거리기 시작했고, 대수학 퍼즐을 풀기라도 하듯 알 수 없는 것들을 썼다. 아니면 부랑자가 부랑자 코드로 다른 부랑자에게 긴 메시지를 전달하는 것 같다고 섀도는 생각했다. 여긴 나쁜 개, 위험한 마을, 좋은 여자, 하룻밤 묵을 괜찮은 감방……

"좋아. 이제 속도를 50킬로미터로 높이게. 더 느리게는 가지 말아."

그들 뒤를 쫓아오던 차들 중 한 대가 라이트와 사이렌을 켰고 그들을 향해 속도를 높였다.

"속도를 늦추지 마. 저들은 우리가 봉쇄된 길에 도착하기 전에 우리가 속도를 늦추기를 바라."

끼적. 끼적. 끼적.

그들은 언덕 마루를 올랐다. 봉쇄된 곳은 400미터도 채 남지 않았다. 길을 따라 12대의 차가 늘어서 있었고, 도로 한쪽에는 경찰차와 몇 대의 크고 검은 SUV가 있었다.

"저기."

웬즈데이는 백묵을 치웠다. 위네바고의 계기반은 룬 문자 같은 낙서들로 가득 차 있었다.

사이렌을 울리던 차는 그들 바로 뒤에 있었다. 그 차는 속도를 늦추고, 확성기에 대고 소리를 쳤다.

"차를 대요!"

섀도가 웬즈데이를 쳐다보았다.

"오른쪽으로 돌아. 길에서 빠지라고."

"비포장 길로 갈 수 없어요. 뒤집힐 거예요."

"괜찮아. 우회전해. 지금!"

섀도는 오른손으로 운전대를 돌렸다. 위네바고는 비틀리고 흔들렸다. 한순간, 섀도는 자동차가 뒤집힐 것이라고 생각했다. 그리고 나자 차의 앞창 너머 세상은 바람이 호수 표면을 스칠 때 그 물에 비친 영상처럼 부서지고 가물거렸다. 그러다가 앞에 다코타가 펼쳐졌다.

구름과 안개와 눈과 낮이 사라졌다.

이제 머리 위엔 별들이 얼어붙은 빛의 창살처럼 밤하늘을 찌르면서 빛나고 있었다.

"여기에 주차해. 나머지 길은 걸어갈 수 있어."

섀도는 엔진을 껐다. 그는 위네바고의 뒷좌석으로 가서, 소렐 겨울

부츠를 신고 장갑을 꼈다. 그런 후 차에서 내려 기다렸다.

"좋아요. 가죠."

웬즈데이는 즐거움과 짜증을 함께 담아 섀도를 바라보았다. 아니면 자긍심이었을 수도 있다.

"왜 딴죽을 걸지 않나? 이 모든 게 불가능한 일이라고 왜 소리치지 않느냐 말이야? 젠장, 왜 군소리 안 하고 내가 시키는 대로 다 하느냐고?"

"저한테 질문하라고 월급을 주는 게 아니니까요."

말이 입 밖으로 튀어나오면서 섀도는 진리를 깨닫는다.

"어쨌든 로라 이후에 더 놀랄 일은 아무것도 없어요."

"로라가 죽어서 되돌아온 후로 말인가?"

"그녀가 로비랑 놀아난다는 것을 안 후로 말입니다. 그건 정말 마음 아팠어요. 다른 모든 것은 껍데기에 불과해요. 지금 어디 가는 거예요?"

웬즈데이는 어딘가를 손가락으로 가리켰다. 그들은 걷기 시작했다. 발밑의 땅은 돌이었는데, 매끈매끈한 화산암으로 곳곳에서 유리 같은 느낌이 났다. 공기는 차가웠으나, 겨울처럼 찬 것은 아니었다. 그들은 그 자리에서 옆으로 비켜 어정쩡하게 언덕 아래로 내려갔다. 거친 길이 나 있었는데, 그 길을 따라갔다. 섀도는 언덕 아래를 내려다보고는 지금 자신이 보고 있는 광경이 있을 수 없는 일이라는 사실을 깨달았다.

"젠장, 이게 뭐죠?"

섀도가 물었으나 웬즈데이는 손가락을 입술에 갖다 대고 날카롭게 고개를 저었다. 침묵.

그건 마치 푸른색 금속으로 만들어진 기계 거미 같아 보였다. 발광 다이오드 불빛을 반짝이고 있었고, 트랙터 크기만 했으며, 언덕 아래 웅크리고 있었다. 그 너머에는 여러 가지 뼈들이 섞여 있었는데, 각각의 뼈에 촛불보다 조금 더 큰 화염이 깜박이고 있었다.

웬즈데이는 섀도에게 이 물체들로부터 떨어져 있으라고 몸짓을 했다. 섀도는 옆으로 한 발 더 비켜섰는데, 유리 같은 길에서 그런 행동은 실수였다. 발목이 뒤틀리고 미끄러져 넘어지면서 마치 누군가 그를 들어 던진 것처럼 경사를 따라 구르고 통통 튀다가 떨어졌다. 섀도는 떨어져 내리다가 바위를 움켜쥐었는데, 흑요석 모서리에 걸린 가죽 장갑이 종잇장처럼 찢어졌다.

섀도는 언덕 아래 기계 거미와 뼈들 사이에 멈추었다.

자리에서 일어나기 위해 손으로 짚고 보니, 손바닥으로 대퇴골 같은 것을 짚고 있었다. 그리고 그는…….

……햇빛 속에 서서 담배를 피우면서 시계를 보고 있었다. 주변에 차들이 서 있었는데 몇 대는 빈 차였고, 몇 대에는 사람이 타고 있었다. 그는 '커피를 마시지 말걸.' 하는 생각을 하고 있었다. 엄청나게 소변이 마려워서 거의 통제 불능 상태에 빠지고 있었기 때문이었다. 그 지역 경찰관 하나가 다가왔다. 해마 같은 콧수염에 서리가 낀 커다란 남자였다. 그는 이미 그 남자의 이름을 잊어버렸다.

"어떻게 그들을 놓칠 수 있었는지 모르겠습니다."

경찰이 미안하고 당황스러운 듯 말한다.

"착시 현상이었어요. 괴상한 날씨 조건에 처한 거죠. 안개 말입니다.

신기루였어요. 그들은 다른 길로 운전하고 있었던 거고. 이 길로 가는
줄 알았는데 말이죠."

경찰관은 실망한 표정을 짓는다.

"오, 엑스파일 같은 거였나 보군요."

"그렇게 흥미진진한 건 아닙니다."

그는 이따금 재발하는 치질을 앓고 있었다. 항문은 가려워지기 시
작했다. 재발의 징조였다. 다시 워싱턴 DC로 돌아가고 싶다. 돌아가
등지고 있을 만한 나무 한 그루가 있었으면 싶다. 오줌을 싸고 싶은
생각이 더욱 간절해지고 있다. 그는 담배를 버리고 발로 비빈다.

지역 경찰관은 경찰차 한 대에 다가가 운전자에게 무어라 말한다.
그들은 둘 다 고개를 젓는다.

그는 그저 이를 악물고 지금 자신이 마우이섬에 있는 것이고 주변
에는 아무도 없으며 자동차 뒷바퀴에다 오줌을 싸는 상상을 해야 하
나 생각한다. 자신이 그렇게 오줌 싸는 일에 있어 까다롭지 않았으
면 얼마나 좋을까 생각한다. 좀 더 참을 수 있을 거라 생각하다가 갑
자기 30년 전 남학생 회관에 누군가 붙여놓았던 신문기사 한 대목이
떠오른다. 어느 노인이 화장실이 고장 난 장거리 버스에서 오줌을 참
으며 타고 가다가 결국엔 소변줄을 차야만 소변을 볼 수 있게 되었다
는 경고성 기사였다.

어이가 없다. 그는 그만큼 늙지 않았다. 4월에 50살이 되고, 아직
비뇨 기관은 멀쩡하다. 뿐만 아니라 다른 데도 멀쩡하다.

그는 전화기를 꺼내 메뉴를 누르고, 전화번호부 창을 쭉 훑어 내리
며 '세탁소'라고 쓴 주소 이름을 찾는다. 전에 그것을 입력하면서 그는

많이 웃었다. 그것은 「엉클 요원」*에서 따온 것이었다. 그리고 그는 번호를 보면서 세탁소가 아니라 양복점이라는 사실을 깨닫는다. 그는 「겟 스마트」**를 생각하며, 이제 와 어렸을 때 그것이 코미디라는 것을 깨닫지 못하고 그저 신발 전화를 가지고 싶어 했던 것에 대해 어이없고 황당하다는 생각이 들며…….

전화에서 여자의 목소리가 흘러나왔다.

"예?"

"나 미스터 타운이오. 미스터 월드 부탁합니다."

"기다리세요. 전화 받을 수 있는지 볼게요."

침묵이 흘렀다. 타운은 다리를 꼬고, 벨트를 배 위쪽으로(근래 찐 9킬로그램을 빼야 되는데.) 그리고 방광에서 멀리 힘껏 당긴다. 그때 도회적인 느낌의 목소리가 들려온다.

"미스터 타운, 안녕하시오."

"놓쳤어요."

타운은 뱃속에 좌절의 매듭을 느낀다. 그것들은 후레자식들이고, 우디와 스톤을 죽인 더러운 개새끼들이야. 그 좋은 사람들을. 좋은 사람들을. 그는 아주 간절히 우디의 마누라와 자고 싶어 하지만, 아직 작업을 걸기엔 우디가 죽은 지 얼마 되지 않은 시점이란 걸 알고 있

---

* 「The Man from u.n.c.l.e.」, 1964년 시작한 텔레비전 시리즈물로 가상의 비밀 국제 경찰 기관인 엉클(the United Network Command for Law Enforcement)이 세계를 정복하려는 야심을 품은 조직 THRUSH(Technological Hierarchy for the Removal of Undesirables and the Subjugation of Humanity)와 대결해서 싸우는 내용이다. 뉴욕에 있는 '엉클'의 본부는 세탁소 뒷문에 비밀 출입구가 있다. 또 다른 두 개의 비밀 출입구는 이발소와 양복점이다.
** 「Get Smart」, 1965년 시작한 시대 풍자적 텔레비전 코믹 시리즈물, 스파이 역의 주인공 남자는 신발 전화를 사용한다.

다. 그래서 그는 미래에 대한 투자로 몇 주마다 한 번씩 그녀에게 저녁 식사를 대접하고, 그녀는 신경 써 주는 것에 감사하고 있으며…….

"어떻게?"

"몰라요. 바리케이드를 쳐 놓고 있었고 도대체 갈 길이 없었는데, 아무튼 사라졌어요."

"인생의 작은 미스터리 중 하나군. 걱정마. 지역민들은 진정시켰나?"

"착시 현상이라고 말했어요."

"그렇게 믿던가?"

"그런 거 같습니다."

미스터 월드의 목소리에서 무언가 아주 낯익은 점이 느껴졌다. 이렇게 말하는 게 정말 이상하다는 사실을 그도 안다. 지금까지 2년을 그의 밑에서 일했고 날마다 그와 말을 하는 마당이니, 목소리에 낯익은 구석이 있는 것도 당연하지 않은가.

"지금쯤은 멀리 도망쳤을 거야."

"인디언 보호 구역으로 사람들을 보내 잡아야 할까요?"

"상황을 악화시킬 뿐이야. 관할권의 문제가 너무 복잡하고, 하루에 우리가 처리할 수 있는 일에는 한계가 있어. 시간은 충분해. 그냥 이리로 돌아와. 지금은 정책 회의 조직하느라 너무 바빠."

"문제라도?"

"기 싸움이지, 뭐. 난 이곳에서 하자고 제안했지. 기술자들은 오스틴이나 새너제이에서 하자고 하고, 배우들은 할리우드에서 하자고 하고, 보이지 않는 손들은 월스트리트에서 하자고 해. 모두가 자신들의 앞마당에서 하길 원하지. 아무도 포기하려 하지 않아."

"제가 할 일이 있습니까?"

"아직은. 그들 일부한테는 으르렁거리고, 또 다른 쪽은 구슬릴 거야. 뻔한 거 아닌가."

"예."

"빨리 오게, 타운."

연결이 끊겼다.

타운은 특별 기동대 팀을 짜서 그 빌어먹을 위네바고를 잡았어야 하는 건 아니었는지, 혹은 도로에 지뢰를 설치했어야 하는 건 아닌지, 혹은 빌어먹을 전술 핵* 장치를 설치해서, 그 개자식들에게 자신들이 심각하다는 것을 보여 주었어야 하는 것은 아니었는지 생각한다. 예전에 미스터 월드가 그에게 "우리는 불의 글씨로 미래를 쓰고 있다."라고 말한 것 같다. 그리고 미스터 타운은 제기랄, 지금 당장 오줌을 싸지 않으면 방광이 터져 버릴 것이라고 생각한다. 그건 마치 어렸을 때 아빠와 같이 떠난 긴 여행길에서 그의 아빠가 항상 말하곤 했던 "내 어금니가 떠 있는 거 같아."라고 한 것 같은 느낌이었다. 미스터 타운은 아직도 그 날카로운 양키 억양으로 "오줌을 당장 싸야겠어. 내 어금니가 떠 있어."라고 말하는 것을 들을 수 있을 것 같았으며…….

……그리고 그때 섀도는 어떤 손이 대퇴골을 움켜쥐고 있던 자신의 손을 잡고 한 번에 손가락 하나씩 비틀어 펴는 것을 느꼈다. 그는 요의를 느끼지 않았다. 그것은 다른 사람이었다. 섀도는 별빛 아래 유리 같은 바위 평원에 서 있었다. 바닥에 있는 그 뼈 옆에 다른 뼈들도 있었다.

---

* '핵(nuclear)'을 제대로 발음하지 못한 것이다.

웬즈데이가 다시 조용히 하라는 사인을 보냈다. 그는 걷기 시작했고, 섀도는 그를 따랐다.

기계 거미에서 삐걱거리는 소리가 났고, 웬즈데이는 움직임을 멈추고 얼어붙었다. 섀도도 움직임을 멈추고 그와 함께 기다렸다. 녹색 불빛이 거미의 측면에서 무더기로 위아래로 깜박거렸다. 섀도는 숨도 크게 쉬지 않으려 노력했다.

섀도는 방금 일어난 일이 무엇인지 생각했다. 마치 창을 통해 다른 사람의 마음속을 들여다보는 것과 같았다. 그리고 섀도는 생각했다. '미스터 월드. 그의 목소리가 낯이 익다고 생각한 것은 나였다. 나의 생각이었지, 타운의 생각이 아니었다. 그래서 이상했던 것이다.' 섀도는 마음속에서 그 목소리를 밝혀내려고 노력했고 그 목소리가 지닌 특성들의 범주를 짜맞추어 보려 했으나 헛수고였다.

'생각날 거야. 조만간, 알게 될 거야.'

녹색 불빛이 파란색으로 변하더니 그 다음엔 탁한 붉은색으로 변했고, 거미는 금속으로 된 궁둥이를 바닥에 대고 앉았다. 웬즈데이는 앞으로 걷기 시작했다. 별빛 아래 고독한 모습으로, 챙이 넓은 모자를 쓰고 해진 검은 외투는 어디서 부는지 모를 바람에 아무렇게나 나부꼈으며 지팡이는 유리 같은 바위 바닥을 두드리고 있었다.

금속 거미가 평원 먼 곳 별빛 속에서 먼 반짝거림으로 아득해졌을 때, 웬즈데이가 말했다.

"이제 말해도 안전할 거야."

"여기가 어디죠?"

"무대 뒤야."

"뭐라고요?"

"무대 뒤라고 생각하면 돼. 극장이나 뭐 그런 데 말이야. 난 우리를 관중의 시야에서 사라지게 했어. 지금 우리는 무대 뒤에서 걷고 있는 거야. 지름길이야."

"제가 그 뼈를 만졌을 때 난 타운이란 남자의 마음속에 들어가 있었어요. 그 스파이 영화에 나올 것 같은 남자 말이에요. 그는 우리를 증오해요."

"그래."

"그의 보스는 미스터 월드예요. 누군가를 닮았는데, 누군지 모르겠어요. 전 타운의 머릿속을 들여다보고 있었어요. 아니면 머릿속으로 들어갔나. 확실하진 않아요."

"우리가 어디로 가는지 그들이 알던가?"

"지금은 추적을 포기하는 것 같던데요. 인디언 보호 구역까지 우리를 추적하려 하지 않았어요. 인디언 보호 구역으로 가나요?"

"어쩌면."

웬즈데이는 잠시 지팡이에 기댔다가 다시 계속 걸었다.

"그 거미 같은 건 뭐였어요?"

"패턴이 나타난 거야. 서치 엔진이지."

"위험한가요?"

"최악의 것을 생각하면 내 나이가 돼."

섀도가 웃었다.

"그 나이가 얼만데요?"

"내 혀만큼 나이 먹었지. 그리고 내 이보다 몇 달 더 나이 먹었고."

"당신은 카드를 너무 가슴에 바짝 대고 게임하고 있어요. 그리고 난 그게 진짜 카드인지도 모르겠어요."

웬즈데이는 투덜거리기만 했다.

언덕을 오를수록 점점 더 올라가기 힘든 언덕이 나타났다.

섀도는 머리가 아파오기 시작했다. 별빛에는 무언가 쿵쾅거림 같은 게 느껴졌는데, 관자놀이와 가슴에 맥박과 같이 울렸다. 다음 언덕 아래서 섀도는 비틀거렸고 무언가를 말하려 입을 열었을 때 예고도 없이 구토를 했다.

웬즈데이는 안주머니에 손을 넣어 조그만 포켓 위스키 병을 꺼냈다.

"한 모금 마시게, 한 모금만."

액체는 썼고 술맛 같지는 않았으나 좋은 브랜디처럼 입 안에서 증발했다. 웬즈데이는 병을 받아 주머니에 다시 넣었다.

"관객이 무대 뒤에서 돌아다니는 자기 모습을 발견하는 건 그리 좋지 않아. 그래서 구토가 이는 거야. 자네를 여기서 빼내려면 서둘러야겠어."

그들은 빨리 걸었다. 웬즈데이는 힘차게 터벅터벅 걸었고 섀도는 이따금 비틀거렸으나 액체를 마시고 났더니 훨씬 나았다. 입 안에서 오렌지 껍질과 로즈마리 오일, 박하, 정향 맛이 났다.

웬즈데이가 섀도의 팔을 잡았다.

"저기."

웬즈데이가 왼쪽 편에 있는 똑같이 생긴 2개의 얼어붙은 유리 바위 언덕을 가리켰다.

"저 두 언덕 사이로 걸어가. 내 옆에서 걸어."

그들은 걸음을 옮겼다. 차가운 공기와 밝은 낮의 빛이 섀도의 얼굴을 동시에 때렸다. 그는 발걸음을 멈추고 밝은 빛에 눈이 부셔 눈을 감았다. 그러고 나서 손으로 빛을 가리며 다시 눈을 떴다.

그들은 완만한 언덕의 중간쯤에 서 있었다. 안개는 사라졌고 태양은 밝고 차가웠으며 하늘은 완벽한 푸른색이었다. 언덕 밑에는 자갈길이 있었고, 붉은색 스테이션왜건이 어린아이의 장난감 자동차처럼 그 길을 따라 털털거리며 나아가고 있었다. 나무 타는 연기가 섀도의 얼굴을 때렸다. 눈물이 났다. 연기는 근처 건물에서 나고 있었는데, 30년 전에 누군가 언덕 한쪽에 갖다 놓은 이동 주택으로 보였다. 주택은 수리를 많이 했고, 군데군데 덧댄 흔적이 있었다. 섀도는 장작 연기가 나고 있는 양철 굴뚝이 원래부터 설치되어 있던 것이 아님을 알 수 있었다.

그들이 문에 다다랐을 때 문이 열렸고, 검은 피부와 매서운 눈매, 칼로 그은 것 같은 입을 가진 중년의 남자가 그들을 내려다보면서 말했다.

"에, 백인 남자 2명이 날 보러 온다는 이야기를 들었어. 위네바고를 타고 오는 두 백인. 사방팔방에 표지판을 달지 않으면 으레 백인이 그렇듯, 그들이 길을 잃었다는 소식도 들었어. 자, 여기 문간에 서 있는 이 불쌍한 두 짐승을 봅시다. 당신들이 라코타 땅에 있다는 것은 알고 있소?"

중년 남자는 긴 회색 머리를 하고 있었다.

"언제부터 라코타에 있었나, 이 늙은 사기꾼 양반아?"

웬즈데이는 코트를 입고 귀를 덮는 모자를 쓰고 있었는데, 그가 바로 몇 분 전 별빛 아래 챙이 넓은 모자를 쓰고 해진 외투를 입고 있었다는 것이 섀도에게는 거짓말 같아 보였다.

"그래, 위스키 잭. 이 나쁜 자식! 배가 고파 죽겠어. 여기 내 친구는 아침 먹은 걸 다 게워 냈어. 안으로 들어가도 돼?"

위스키 잭은 겨드랑이를 긁었다. 그는 청바지와 자신의 머리처럼 회색인 속옷 셔츠를 입고 있었다. 가죽신을 신고 있었는데, 추위를 느끼지 않는 것 같아 보였다.

"난 여기가 좋아. 자, 들어오게, 위네바고를 잃은 백인들이여."

트레일러 안 공기에서 장작 태운 냄새가 났다. 테이블에 또 한 남자가 앉아 있었다. 남자는 사슴 가죽으로 만든 바지를 입고 있었고, 맨발이었다. 피부는 나무껍질 색이었다.

웬즈데이는 즐거운 표정이었다.

"음, 우리가 늦은 것이 행운인 것 같군. 위스키 잭과 애플 조니. 일석이조로구면."

식탁에 앉아 있는 애플 조니는 웬즈데이를 응시하고 나서 한 손을 사타구니에 넣고 둥글게 말며 말했다.

"또 틀렸네. 점검 좀 해봤지. 내 돌 두 알이 그냥 제자리에 있고만."

애플 조니는 섀도를 올려다보고 손바닥을 펴 손을 들었다.

"난 존 채프먼이여. 자네 보스가 나에 대해 뭐라고 나불거리든 신경 쓰지 말게. 저 인간은 화상이여. 항상 화상이었고, 앞으로도 계속 화상일 거여. 그게 다여."

"마이크 아인셸입니다."

채프먼은 털이 송송 난 턱을 문질렀다.

"아인셀. 그건 이름이 아녀. 하지만 위기시에는 소용이 될 거여. 자 넬 무어라 부르는가?"

"섀도입니다."

"그럼, 난 자넬 섀도라 부르겠네. 어이, 위스키 잭."

그러나 그가 부른 이름은 정확히 '위스키 잭'이 아니라고 섀도는 생 각했다. 음절이 너무 많았다.

"먹을 것은 어떻게 돼 가는겨?"

위스키 잭은 나무 스푼을 들고 장작을 때는 화덕 위에서 부글부글 끓고 있는 검은 쇠 냄비 뚜껑을 열었다.

"준비 다 되었네."

위스키 잭은 플라스틱 그릇을 4개 꺼내고 냄비에 담긴 것을 숟가락 으로 떠 그릇에 담고는 식탁에 올려놓았다. 그리고 나서 문을 열고 눈 이 쌓인 밖으로 나가 눈더미 속에서 플라스틱 단지를 꺼냈다. 그는 그 것을 가지고 안으로 들어와 커다란 잔 4개에 흐리멍텅한 누런 갈색 액체를 따랐다. 그리고 각자의 그릇 옆에 두었다. 마지막으로 스푼 4개 를 챙겨서 다른 남자들과 함께 탁자에 앉았다.

웬즈데이가 의심스러운 표정으로 잔을 들었다.

"오줌 같아."

"자네 아직 그딴 거 마시나? 너희들 백인들은 돌았어. 이게 나아."

위스키 잭은 섀도에게 말했다.

"스튜는 대부분 야생 칠면조로 만든 거야. 여기 존이 사과로 만든 술을 가져왔어."

"이건 약한 사과준데. 난 말이여, 센 술은 좋아하지 않아. 사람을 돌게 만들거든."

스튜는 맛있었고 사과주도 아주 맛이 좋았다. 새도는 천천히 먹으
려고 애를 쓰면서 음식을 꿀떡꿀떡 삼키지 않으려고 했으나, 생각했
던 것보다 훨씬 더 배가 고팠다. 새도는 스튜를 한 그릇 더 먹었고 사
과주도 한 잔 더 마셨다.

"루머 여사가 말하던데. 자네가 온갖 사람들을 만나고 돌아댕기면
서 그네들한테 온갖 것을 다 제안했다더만. 자네가 노인네들을 데리
고 전쟁에 나갈 거라고 허더라고."

존 채프먼이 말했다. 새도와 위스키 잭은 식탁을 치우고 남은 음식
을 타파웨어 그릇에 담았다. 위스키 잭은 그릇들을 현관문 밖 눈더미
안에 넣고 우유 상자를 그 위에 놓아 다음에 다시 찾을 수 있도록 표
시했다.

"돌아가는 상황을 아주 적절하게 요약한 말인 것 같군."

"그들이 이길 거야."

위스키 잭이 단호하게 말했다.

"그들은 이미 이겼어. 자넨 이미 졌고. 백인들과 우리가 싸웠을 때처
럼 말이야. 그자들이 이겼지. 그들이 졌을 때는 조약을 맺더군. 그러
고 나서 그들은 그 조약을 어기고. 그러고는 또 이기는 거야. 난 또 잃
어버린 명분을 위해 싸우진 않을 거야."

"그리고 날 봐 봤자 소용없당께. 왜냐허면 내가 자넬 위해 싸운다고
해 봤자여. 물론 그러지도 않겠지만. 난 자네헌티 별 소용이 없다니
께. 지저분한 쥐꼬리를 한 호로자식 새끼덜이 날 데리고 와 놓고는 그
냥 깡그리 무시해 버렸어."

채프먼은 말을 멈추고 잠시 후 다시 입을 열었다.

"폴 버니언."

채프먼은 천천히 고개를 젓고 다시 그것을 말했다.

"폴 버니언."

섀도는 악의 없는 두 단어가 그렇게 저주받은 소리를 내는 것은 들어 본 적이 없다.

"폴 버니언이요? 뭘 어쨌는데요?"

"그가 헤드스페이스*를 차지해 버렸어."

위스키 잭이 대답했다. 그는 웬즈데이에게서 담배 한 개비를 얻어 담배를 피웠다. 웬즈데이가 설명했다.

"그건 마치 바보들이, 벌새들이 몸무게나 충치나 그딴 말도 안 되는 것들을 걱정한다고 생각하는 것이나 다름없지. 그들은 그냥 벌새들에게 설탕의 악덕을 피하게 해 주고 싶어 하는지도 몰라. 그래서 그들은 벌새 새장에 인공 감미료를 가득 넣어 주지. 새들이 그것을 마셔. 그러고는 죽어. 왜냐하면 그 먹이는 새들의 작은 배를 가득 채우긴 하지만 칼로리는 전혀 없거든. 그게 바로 폴 버니언이야. 아무도 폴 버니언 이야기를 하지 않았고 아무도 그동안 폴 버니언을 믿지 않았어. 그는 1910년 뉴욕의 한 광고 회사에서 비틀거리며 나와서 이 나라 신화의 위장을 텅 빈 칼로리로 가득 채웠지."

"난 폴 버니언이 좋아. 몇 년 전에 아메리카 몰**에서 폴 버니언을 탔어. 꼭대기에서 커다란 늙은 폴 버니언을 보고 그런 다음 아래로

---

* 액체 따위를 밀봉한 용기 안의 상부의 공간 부분.
** 미네소타 주 블루밍턴 외곽의 트윈시티에 있는 쇼핑몰.

꽝 떨어지는 거지. 꽝. 나한텐 괜찮아. 나는 그가 존재하지 않았다는 것에도 개의치 않네. 그건 그가 어떤 나무도 베지 않았다는 뜻이야. 그렇다고 나무를 베지 않은 게 나무를 심은 것만큼 좋은 건 아니야. 심은 게 더 좋아."

"자네 중요한 말을 했고만."

웬즈데이는 담배 연기를 둥글게 말아 내뱉었다. 연기는 워너 브라더스 사의 만화영화의 한 장면처럼 공중에 머물며, 천천히 나선 모양으로 흩어졌다.

"제길, 위스키 잭. 그게 요지가 아니야. 자네도 그걸 알잖아."

"난 자네를 돕지 않을 거야. 엉덩이를 차이거든 여기로 돌아오게. 그때도 내가 여기 있으면 또 밥해줄게. 가을에는 먹거리가 최고라네."

"다른 대안은 모두 내 제안보다 더 나쁜 거야."

"다른 대안이 뭔지 자네는 몰라."

위스키 잭은 섀도를 보았다.

"자네는 사냥을 하고 있는 거야."

담배로 걸걸해진 그의 목소리는 새어 나오는 장작 연기와 담배 연기로 뿌예진 그 공간에서 크게 울려 퍼졌다.

"전 일하고 있는데요."

섀도가 말했다. 위스키 잭이 고개를 저었다.

"자네는 무언가를 사냥하고 있기도 해. 뭔가 갚으려고 하고 있어."

섀도는 로라의 푸른 입술을 생각했고 손에 묻은 피를 생각했다. 그러고 나서 고개를 끄덕였다.

"보게. 여기에 처음엔 여우가 있었네. 그리고 그의 형은 늑대였어.

여우는 사람들이 영원히 살 거라고 말했지. 늑대가 말했어. 아니, 사람들은 죽을 거야. 사람들은 죽고 말 거야. 살아 있는 모든 것은 반드시 죽을 거야. 아니면 그들이 세계로 퍼져 세계를 다 덮어 버리고 모든 연어와 순록과 버펄로를 잡아먹을 거야. 호박과 옥수수를 죄다 먹을 거야. 어느 날 늑대가 죽어서는 여우에게 말했지. '빨리 나를 살려 줘.' 그러자 여우가 말했어. '아니, 죽은 자는 반드시 죽은 상태로 있어야 해. 네가 나에게 확신을 주었어.' 여우는 그 말을 하면서 울었지. 그래도 여우는 그렇게 말했고, 그것이 마지막이었어. 이제 늑대가 죽은 자의 세계를 지배하고 여우는 항상 태양과 달 아래서 살며 여전히 자신의 형제를 애도한다네."

웬즈데이가 말했다.

"자네가 참여하지 않겠다면 안 하는 거지. 우리는 계속 추진할 걸세."

위스키 잭의 얼굴은 무표정했다.

"난 이 젊은 친구하고 이야기하는 거야. 자넨 도무지 어쩔 수가 없지만 이 젊은이는 아니야."

위스키 잭은 섀도를 향해 고개를 돌렸다.

"알지? 자네는 내가 원치 않는 한 이곳에 올 수 없어."

섀도는 그 사실을 알고 있었다는 것을 깨달았다.

"네."

"자네의 꿈에 대해 얘기해 보게."

"해골 탑을 올라가고 있었어요. 그 주변에는 거대한 새들이 날고 있었고요. 새들의 날개에서 번개가 치고 있었죠. 그 새들이 저를 공격했어요. 탑이 무너졌고요."

"꿈이야 누구나 꿔. 자, 이제 가자고?"

웬즈데이가 물었다.

"모든 사람이 천둥새 와킨야우를 꿈꾸는 것은 아니야. 천둥치는 걸 여기서도 느꼈다니까."

위스키 잭이 말했다.

"섀도, 너한테 말했잖아. 이런 제길."

웬즈데이가 다그쳤다.

채프먼이 느긋하게 말했다.

"웨스트버지니아에 천둥새 새끼들이 한 무리 있걸랑. 적어도 암놈 2마리랑 늙은 수놈 1마리 정도 되고, 또 알을 품는 한 쌍도 있어. 사람들은 그곳을 프랭클린 주라고 불렀는데, 늙은 벤은 켄터키와 테네시 사이에 자기 주를 갖지 못했어. 물론 허긴, 한창 전성기 때도 천둥새는 그 수가 별로 많지 않았으니까."

위스키 잭은 붉은 찰흙 색깔의 손을 뻗어 섀도의 얼굴을 부드럽게 만졌다. 그의 홍채는 밝은 갈색으로 어두운 갈색 띠가 함께 있었다. 얼굴에 대비해 그 눈이 밝게 빛나는 것 같았다.

"에, 사실이야. 자네가 천둥새를 사냥하면 자네의 여자를 다시 불러올 수 있을 거야. 하지만 그녀는 땅에서 걷지 않는 늑대, 즉 죽은 자의 공간에 속한단 말이야."

"어떻게 아세요?"

위스키 잭의 입술은 움직이지 않았다.

"버펄로가 자네에게 뭐라고 했나?"

"믿으라고요."

"좋은 충고군. 그걸 따를 건가?"

"뭐, 그렇죠."

그들은 말없이, 입 없이, 소리 없이 말하고 있었다. 섀도는 방 안에 있던 나머지 두 남자에게 자신과 위스키 잭이 심장이 한 번 뛸 동안, 아니, 그 반만큼이라도 움직이지 않고 서 있었던 것으로 보였는지 궁금했다.

"자네 종족을 만나면 나를 보러 돌아오게. 내가 도와줄 수 있어."

"그럴게요."

위스키 잭은 손을 내렸다. 그런 후 웬즈데이를 향해 고개를 돌렸다.

"자네 호 청크를 가져올 건가?"

"뭐라고?"

"호 청크. 위네바고는 스스로를 그렇게 부른다네."

웬즈데이는 고개를 저었다.

"너무 위험해. 그걸 다시 찾는 덴 문제가 많아. 그들이 찾아낼 거야."

"그거 훔친 차인가?"

웬즈데이는 모욕을 당한 것 같이 보였다.

"천만의 말씀. 서류는 자동차 글러브 박스에 있어."

"키는?"

"제가 가지고 있어요."

섀도가 대답했다.

"내 조카인 해리 블루제이는 81년식 뷰익을 가지고 있어. 자네 캠프용 자동차 키를 나한테 주지 그러나? 자네는 해리의 차를 타면 돼."

웬즈데이가 신경을 곤두세웠다.

"무슨 거래가 그런가?"

위스키 잭이 어깨를 으쓱했다.

"자네가 차를 버린 곳에서 그걸 되찾아오는 게 얼마나 어려운지는 자네도 알지 않나? 난 자네한테 호의를 베푸는 거라고. 그러든지 말든지 맘대로 해. 난 상관 안 해."

위스키 잭은 칼로 그은 듯한 입을 닫았다.

웬즈데이는 화난 듯했고, 이윽고 화는 회오(悔悟)가 되었다.

"섀도, 저 사람한테 위네바고 키를 주게."

섀도는 위스키 잭에게 자동차 키를 건네주었다.

"조니, 이 사람들을 데리고 가서 해리 블루제이를 찾아보겠나? 내가 걔 차를 이들한테 주랬다고 말하게."

위스키 잭이 말했다.

"알아 모시지."

채프먼은 자리에서 일어나 문으로 걸어가서 문 옆에 놓인 조그만 삼베 배낭을 들고는 문을 열고 밖으로 나갔다. 섀도와 웬즈데이는 그를 따랐다. 위스키 잭은 문간에서 기다렸다. 그리고 웬즈데이에게 말했다.

"이봐, 자네, 여기 다시 오지 말게. 자넨 환영받지 못해."

웬즈데이는 가운뎃손가락을 하늘로 가리키며 상냥하게 말했다.

"좆 까."

그들은 쌓인 눈을 헤치며 언덕을 내려갔다. 채프먼은 앞에서 걸어갔는데, 그의 맨발은 딱딱하게 얼어붙은 눈의 표면에서 붉은색을 띠

96

고 있었다.

"춥지 않으세요?"

"내 마누라는 촉토 족이었어."

"그럼 부인이 추위를 물리치는 신비한 방법을 가르쳐 주셨나요?"

"아녀. 마누라는 내가 미쳤다고 생각했지. 이렇게 말하곤 혔어. '조
니, 기냥 부츠 신지 그려요?'"

언덕의 경사는 점점 더 가팔라졌고 그들은 어쩔 수 없이 대화를
멈추어야 했다. 세 남자는 눈 위에서 비틀거리고 미끄러지며, 균형을
잡고 넘어지지 않기 위해 언덕에 있는 자작나무의 둥치를 잡고 나아
갔다. 땅이 약간 더 평평해졌을 때 채프먼이 말했다.

"물론 지금 마누라는 죽고 없지. 우리 마누라 죽었을 때 난 아마 쬐
금 돌아버린 거 같어. 그런 일은 누구헌티나 일어날 수 있는 거여. 자
네헌티도 일어날 수 있어."

채프먼은 섀도의 팔을 두들겼다.

"어라, 자네 진짜 크기도 하구먼."

"그렇게들 말하죠."

그들은 또다시 30분 동안 터벅터벅 언덕길을 내려갔고, 언덕을 에
워싼 자갈길에 도달했다. 세 남자는 그 길을 따라 걸어가 언덕 위에서
보았던 몇 채의 건물이 모여 있는 쪽으로 향했다.

차 한 대가 천천히 속도를 줄이더니 멈추었다. 운전하던 여자가 조
수석의 창을 내리고 말했다.

"아저씨들, 태워 드려요?"

"부인, 참 친절하시군요. 우리는 미스터 해리 블루제이를 찾고 있습

니다."

웬즈데이가 말했다.

"체육관에 있을 거예요. 타요."

여자가 말했다. 여자는 40대라고 섀도는 추측했다.

그들은 차에 올랐다. 웬즈데이는 조수석에 탔고 존 채프먼과 섀도는 뒷좌석에 탔다. 섀도는 다리가 너무 길어 뒷좌석에 앉기가 불편했으나, 최대한 몸을 조정했다. 차는 급하게 앞으로 튀면서 자갈길을 내려갔다.

"그래, 세 분은 어디서 오셨나요?"

"그냥 친구한테 들렀다 왔어요."

웬즈데이가 대답했다.

"저기 언덕에 사는 친구입니다."

섀도가 덧붙였다.

"무슨 언덕요?"

섀도는 언덕을 보려 먼지 낀 차 뒤창을 돌아보았다. 그러나 거기엔 높은 언덕이 없었다. 그저 평원에 구름만이 떠 있을 뿐이었다.

"위스키 잭이요."

"아, 우린 여기선 그를 잉크토미라고 불러요. 같은 사람일 거예요. 우리 할아버지는 그에 대해서 몇몇 재미난 이야기를 말씀해 주시곤 했어요. 물론 재미난 이야기들 중에 괜찮은 것들은 좀 추잡한 것이었지만."

그들은 도로에 튀어나온 곳을 들이받았고, 여자가 욕설을 내뱉었다.

"뒤에들 괜찮아요?"

"예, 괜찮어유."

조니 채프먼이 말했다. 그는 두 손으로 뒷좌석을 꼭 붙잡고 있었다.

"인디언 보호 구역 길이에요. 익숙해질 거예요."

"길이 다 이렇습니까?"

섀도가 물었다.

"뭐, 그런 편이죠. 이 근방은 모두 이래요. 그럼 카지노에서 쏟아지는 그 많은 돈은 다 어디로 가냐고 묻겠죠? 말도 말아요. 제정신 박힌 사람이라면 누가 이 길들을 통해 카지노로 가겠어요? 이곳에선 카지노에서 번 돈은 구경도 못해요."

"안됐군요."

"그렇게 생각할 필요 없어요."

그녀는 끽 소리, 덜컹 소리와 함께 기어를 바꾸었다.

"이 근방에선 백인들이 전부 몰락하고 있는 걸 알잖아요? 유령 도시들 뿐이에요. 텔레비전에서 세상을 본 사람들을 어떻게 농장에 붙잡아 두겠어요? 어쨌든 배드랜드*에서 농사를 짓는 건 가치가 없어요. 그들이 우리 땅을 빼앗고 이곳에 정착하더니 이제는 떠나고 있죠. 그들은 남쪽으로, 서쪽으로 가고 있어요. 뉴욕, 마이애미, LA로 갈 때까지 기다린다면 우리는 싸우지 않고도 중앙부 전체를 되찾을 수 있을 거예요."

"행운을 빌어요."

섀도가 말했다.

그들은 체육관에서 해리 블루제이를 발견했다. 그는 당구대에서 묘

---

* 사우스다코타 주 남서부와 네브래스카 주 북서부의 황무지를 일컫는다.

기 당구를 치며 여자들을 후리고 있었다. 해리 블루제이는 오른손 등에 푸른색 어치 문신을 하고 있었고, 오른쪽 귀에는 피어싱을 여러 개 하고 있었다.

"호 호카, 해리 블루제이."

채프먼이 말을 걸었다.

"꺼져, 이 미친 맨발의 흰 귀신아. 당신을 보면 소름 끼쳐."

해리 블루제이가 아무렇지도 않게 말했다.

방의 저쪽 구석에는 더 나이 든 남자들이 있었는데 일부는 카드를 치고 있었고 일부는 이야기를 나누고 있었다. 그곳에는 다른 남자들도 있었는데 해리 블루제이 정도의 더 젊은 층으로, 그들은 당구대에서 차례가 오기를 기다리고 있었다. 당구대는 풀 사이즈였고, 한쪽 귀퉁이의 녹색 당구대 커버의 찢어진 부분은 은회색 테이프로 덧대어 있었다.

채프먼이 아무렇지도 않게 말했다.

"자네 삼촌이 전할 말이 있대. 삼촌이 자네 차를 이 두 양반헌티 주라 허시더구먼."

그 홀에는 30명에서 40명 정도의 사람들이 있는 것 같았다. 그들은 모두 열중해서 자신들의 카드나 발이나 손톱을 보고 있었고, 최선을 다해 못 듣는 척하고 있었다.

"그자는 내 삼촌이 아냐."

담배 연기가 새털구름처럼 홀 위에 걸려 있었다. 채프먼은 크게 미소를 지어 인간의 치아 중에 새도가 본 중 가장 최악의 치아를 드러냈다.

100

"삼촌한테 그렇게 말하고 싶은가? 삼촌은 라코타에 머무는 유일한 이유가 자네라고 하던데."

"위스키 잭은 아무 말이나 마구 지껄이지."

해리 블루제이가 앵돌아지며 말했다. 그러나 그도 위스키 잭이라고 발음하지 않았다. 새도의 귀에는 거의 비슷하게 들렸지만 똑같은 발음은 아니었다. '위사커드잭'이라고 그는 생각했다. 사람들이 그렇게 말한다. 절대 '위스키 잭'이 아니다.

새도가 덧붙였다.

"예, 그리고 우리 위네바고를 당신의 뷰익과 맞바꾼다는 말도 했어요."

"위네바고가 어디 있어?"

"삼촌이 자네헌티 위네바고를 가지고 올 거여. 그가 그럴 거라는 건 자네도 알잖는가."

해리 블루제이가 묘기를 부리려다 놓쳤다. 손맛이 일정치 않았다.

"난 늙은 여우의 조카가 아니야. 그가 사람들에게 그렇게 말하지 않았으면 좋겠어."

"죽은 늑대보다 살아 있는 여우가 낫지."

웬즈데이가 너무나 깊어 거의 으르렁거리는 소리로 말했다.

"자, 우리에게 자네 차를 팔겠나?"

해리 블루제이는 눈에 보일 만큼 격렬히 몸을 떨었다.

"좋아요, 좋아요. 그저 농담한 거예요. 농담을 많이 해요, 난 말예요."

해리 블루제이는 당구대에 큐를 내려놓고, 문간 옆 벽에 걸린 비슷비슷한 외투들 중에서 두꺼운 외투를 집었다.

"내 차에서 물건 나부랭이 좀 꺼내고요."

해리 블루제이는 마치 노인네가 금방이라도 폭발해 버리지나 않을까 염려하는 것처럼 계속해서 웬즈데이의 눈치를 살폈다.

해리 블루제이의 차는 100미터쯤 떨어진 곳에 주차되어 있었다. 그들은 차를 향해 걸으면서 흰색으로 칠해진 조그만 가톨릭교회를 지나쳤다. 문간에서 수사복을 입은 금발의 남자가 그들을 응시했다. 그는 담배를 피우고 있었는데, 담배 피우는 게 싫은 표정을 하고 있었다.

"좋은 하루 보내시우, 신부님!"

조니 채프먼이 인사했으나 빳빳이 칼라를 세운 남자는 아무 대답도 하지 않았다. 그는 뒷굽으로 담배를 짓이겨 끄고 꽁초를 주워 문 옆에 있던 쓰레기통에 넣고는 안으로 들어가 버렸다.

"지난번 여기 왔을 때 저 사람에게 그 팸플릿 주지 말라고 내가 했잖아요."

"틀린 건 내가 아니고 저 사람이여. 내가 준 스베덴보리 책을 읽었다면 저 사람도 그걸 알았을 텐데. 그건 말이지, 그 사람 삶에 빛을 가져다줄 거란 말이지."

해리 블루제이의 차는 사이드 미러가 떨어지고 없었고, 타이어는 새도가 본 것 중 가장 많이 닳아빠져 완벽하게 매끄러운 검은 고무였다. 해리 블루제이는 차가 기름을 많이 먹지만, 기름만 넣어 준다면 멈추지 않고 영원히라도 달릴 수 있을 것이라고 그들에게 말했다.

해리 블루제이는 뚜껑을 돌려 따게 되어 있는 다 마시지 않은 싸구려 맥주 몇 병과 은박지에 싸여 자동차의 재떨이 밑에 꽁꽁 숨겨 둔 작은 마리화나 봉지와 스컹크 꼬리, 스물댓 개의 컨트리와 웨스턴 카

세트테이프, 낡아빠져 누레진 『낯선 땅의 낯선 이』를 꺼내 검은 쓰레기 봉투에 집어넣었다.

"미안해요, 당신을 짜증 나게 했어요."

해리 블루제이가 웬즈데이에게 자동차 키를 건네주면서 말했다.

"위네바고는 언제 받을 수 있을지 아세요?"

"삼촌에게 물어봐. 잘난 중고차 딜러잖아."

웬즈데이가 으르렁댔다.

"위스키 잭은 내 삼촌이 아녜요."

해리 블루제이가 말했다. 그는 검은 쓰레기봉투를 들고 가장 가까이에 있는 집으로 들어가서 문을 닫았다.

그들은 수폴스의 한 유기농 식품점 앞에 조니 채프먼을 내려줬다.

웬즈데이는 운전하면서 아무 말도 하지 않았다. 무언가 골몰한 표정이었다.

세인트 폴 성당 바로 밖에 있는 패밀리 레스토랑에서 섀도는 누군가 놓고 간 신문을 하나 집어 들자마자 읽은 다음, 다시 그것을 웬즈데이에게 보여 주었다. 그는 위스키 잭의 집을 떠난 이래로 내내 뿌루퉁해 있었다.

"이것 봐요."

웬즈데이는 한숨을 짓더니 고개를 숙이는 것이 말로는 형용할 수 없을 정도로 큰 통증을 유발한다는 듯 고통스러운 표정으로 신문을 보았다.

"그래, 항공 통제관들의 분쟁이 노동쟁의까지 가지 않고 해결된 것이 기쁘네."

"그거 말고요. 봐요. 2월 14일이라고 하잖아요."

"해피 밸런타인데이."

"그러니까 우리가 1월 언제더라, 20일인가 21일에 출발했잖아요. 날짜를 따지고 있는 건 아니었지만 아무튼 1월 셋째 주였어요. 우린 길 위에서 사흘을 보냈어요. 그런데 어떻게 2월 14일이 돼요?"

"왜냐하면 우리가 거의 한 달 정도 걸었거든. 배드랜드. 무대 뒤에서."

"엄청난 지름길이군요."

웬즈데이가 신문을 밀어 놓았다.

"염병할 조니 애플시드, 항상 폴 버니언만 지껄여 대고. 진짜 삶에서 채프먼은 사과 농장을 14개나 가지고 있었어. 수만 평방미터를 일구었지. 그래, 그는 서부 개척자들과 보조를 맞추었는데도 그에 대해 떠도는 이야기에는 제대로 된 게 하나도 없어. 그가 한때 살짝 미쳤다는 것만 빼고. 하지만 뭐, 그런 게 뭐가 문제겠어. 신문들이 늘 그러 듯이 진실이 그다지 대단치 않으면 전설을 꾸며내 찍어 내는 거야. 이 나라는 전설이 필요해. 그리고 전설조차도 이상 진실을 믿지 않아."

"하지만 당신은 진실을 알잖아요."

"난 한물간 사람이지. 젠장, 누가 나한테 신경 쓰겠어?"

섀도는 부드럽게 말했다.

"당신은 신이잖아요."

웬즈데이가 날카롭게 섀도를 쩨려보았다. 웬즈데이는 무언가를 말하려 하다가 자리에 무너지듯 주저앉아 메뉴를 내려다보며 말했다.

"그래서?"

"신이 된다는 건 좋은 거잖아요."

"그래?"

웬즈데이가 물었는데 이번에는 섀도가 시선을 돌렸다.

레이크사이드에서 40킬로미터 떨어진 곳의 한 주유소 화장실 옆 벽에서 섀도는 집에서 만들어 복사해 붙여놓은 전단지를 보았다. 앨리슨 맥거번의 흑백 사진 하나와 그 위에 '절 보셨나요?'라고 손으로 쓴 것이었다. 똑같은 학교 앨범 사진이었다. 고무 밴드 치아 교정기를 윗니에 하고 자신만만하게 미소를 짓는 소녀, 커서 동물들과 함께 일하고 싶어 하는 아이.

'절 보셨나요?'

섀도는 스니커즈 하나, 물 1병, 《레이크사이드 뉴스》 한 부를 샀다. 우리의 기자 마게리트 올센이 쓴 신문의 1면 머리기사에서 한 소년과 노인이 언 호수 위 헛간같이 생긴 얼음낚시 통나무집 옆에 서 있는 사진이 보였는데, 그들은 커다란 물고기 1마리를 들고 있었다. 그들은 웃고 있었다. '아버지와 아들, 지역 최고 기록의 창꼬치를 잡다. 자세한 이야기는 기사에.'

웬즈데이가 운전하면서 말했다.

"신문에 재미있는 게 있으면 아무거나 읽어 줘."

섀도는 자세히 보며 천천히 페이지를 넘겼지만, 아무것도 찾을 수가 없었다.

웬즈데이는 섀도를 그의 아파트 앞에 내려 주었다. 잿빛의 고양이 1마리가 길에서 그를 응시했다. 쓰다듬어 주려고 몸을 구부리자 도망쳐 버렸다.

섀도는 아파트 앞 나무 데크에서 걸음을 멈추고 여기저기 녹색과 갈색의 얼음낚시 오두막이 점점이 흩어져 있는 호수를 굽어보았다. 그 오두막들 옆에는 대개 자동차가 서 있었다. 다리 근처 얼음 위에 낡은 녹색의 클렁커가 신문에서와 똑같이 그대로 세워져 있었다. 섀도가 기운을 불어넣듯 말했다.

"3월 23일. 아침 9시 15분경. 넌 할 수 있어."

"어림도 없어요."

여자의 목소리가 들렸다.

"4월 3일. 오후 6시. 그때가 날이 풀려 얼음이 깨지는 때라고요."

섀도는 미소를 지었다. 마게리트 올센은 스키복을 입고 있었다. 그녀는 데크의 저쪽 끝에서 새장에 흰 쇠기름 덩어리 먹이를 채우고 있었다.

"《레이크사이드 뉴스》에 실린 창꼬치 낚시 기사를 읽었어요."

"재미있었죠?"

"음, 교육적인 것 같더군요."

"당신이 돌아오지 않을 줄 알았어요. 한동안 떠나 있었죠? 그쵸?"

"우리 삼촌 일 때문에요……. 시간이 참 빨리 도망을 친 것 같군요."

마게리트 올센은 새장에 마지막 수지 벽돌을 집어넣고, 플라스틱 우유병에서 엉겅퀴 씨앗을 꺼내 망사 양말 한 짝을 채우기 시작했다. 올리브색 겨울 깃털을 가진 오색방울새 몇 마리가 근처 무화과나무에서 조급하게 보채고 있었다.

"신문에서 앨리슨 맥거번에 대한 이야기는 하나도 보지 못했어요."

"보도할 거리가 아무것도 없었어요. 아직 그 앨 찾지 못했어요. 누군가 디트로이트에서 보았다는 소문이 있었는데 거짓으로 드러났어요."

"불쌍한 녀석."

마게리트 올센은 병의 뚜껑을 다시 닫고는 사무적으로 말했다.

"난 그 애가 죽었기를 바라요."

"왜요?"

"다른 일이 벌어진 거라면 그보다 더 끔찍하니까요."

오색방울새가 사람들이 가기를 바라며 무화과나무 이 가지에서 저 가지로 미친 듯 조급하게 펄쩍거렸다. 솜털이 보송보송한 딱따구리 한 마리가 그 새들과 합류했다.

'당신은 앨리슨을 생각하는 게 아니군요. 당신은 아들을 생각하고 있어요. 샌디를 생각하고 있는 거죠.'

그는 누군가 '샌디가 그리워.'라고 말한 것이 기억났다. 그게 누구였지?

"반가웠습니다."

"예, 저도요."

해가 짧은 2월의 잿빛의 날들이 이어졌다. 어떤 날은 눈이 오고 대부분은 오지 않았다. 날씨는 따뜻해지고 있었고, 정말 좋은 날엔 영상으로 오르기도 했다. 섀도는 아파트에서만 머물다가 감방 같다는 생각이 들기 시작했고, 웬즈데이가 자신을 필요로 하지 않는 날에는 산책을 했다.

섀도는 하루 중 많은 시간을 산책으로 보냈다. 터벅터벅 마을을 빠져나가 멀리까지 걸었다. 혼자서 걷다가 북쪽과 서쪽에 있는 국유림이나 남쪽의 옥수수 밭과 방목 목초지에 다다르곤 했다. 섀도는 럼버 카운티의 황야 오솔길을 걸었고, 낡은 철로를 따라 걸었으며, 시골길을 걸었다. 심지어 언 호수 위를 북에서 남으로 걷기도 했다. 때때로 지역 주민들을 보거나 관광객이나 조깅을 하는 사람들을 만났고, 그러면 손을 흔들거나 "안녕하세요?" 하고 인사를 했다. 대개 아무도 보지 못했고 까마귀나 피리새만 보았으며, 가끔 차에 치여 죽은 주머니쥐나 너구리를 뜯어먹고 있는 매를 보기도 했다. 특히 기억에 남았던 건 독수리 1마리가 가장자리는 얼어 있지만 중앙에서는 물살이 빠르게 흐르고 있는 화이트라인 강 중간에서 은색 물고기를 낚아채는 장면이었다. 물고기는 독수리의 발톱에서 꿈틀거리고 튀면서 한낮의 태양빛 아래 반짝이고 있었다. 섀도는 물고기가 속박에서 벗어나 하늘을 가로질러 헤엄치는 것을 상상하고는 음울하게 미소를 지었다.

걷고 있으면 생각을 하지 않아도 된다는 것을 깨닫게 되었고, 섀도는 그것이 좋았다. 생각을 할 때는 마음이 통제하지 못하는 곳으로 흘러가 불편했다. 지쳐서 녹초가 되는 것이 가장 좋았다. 지쳤을 때는 생각이 로라에게로 빠지거나, 이상한 꿈을 꾸거나, 혹은 존재하지 않고 할 수도 없는 것들로 빠지지 않았다. 산책에서 집으로 돌아오면 어렵지 않게 잠을 잤고 꿈도 꾸지 않았다.

섀도는 마을 광장에 있는 조지 이발소에서 경찰서장 채드 멀리건과 우연히 마주쳤다. 섀도는 이발을 할 때마다 항상 기대를 하지만 한 번도 만족한 적이 없었다. 항상 똑같아 보였고 머리 길이만 조금 짧아질 뿐이었다. 이발소에서 섀도의 옆 자리에 앉은 채드는 외모에 신경을 많이 쓰는 것 같았다. 이발을 마치자 거울 속 자신의 모습을 우울하게 바라보았는데, 거울 속 자신의 모습에 속도위반 딱지라도 끊어 주려는 표정이었다.

"보기 좋아요."

섀도가 채드에게 말했다.

"당신이 여자라도 이 모습이 좋아 보이겠어요?"

"그럴 것 같은데요."

그들은 함께 광장을 가로질러 마벨로 가서 핫 초콜릿을 시켰다. 채드가 말했다.

"이봐요, 마이크. 경찰 일 해 볼 생각은 없소?"

섀도는 어깨를 으쓱했다.

"그런 적 없는데요. 알아야 할 게 너무 많을 것 같은데요."

채드는 고개를 저었다.

"이런 곳에서 경찰이 주로 뭘 하는지 알잖아요? 그저 침착함만 잃지 않으면 돼요. 무슨 일이 벌어지면, 누가 당신에게 고함을 치거나 큰일 났다고 비명을 지르면, 그저 그 모든 게 실수라고 말해주고 그들이 조용히 물러난 후 모든 것을 정리하는 거지. 그리고 그것에 진심을 담기만 하면 돼요."

"그런 다음 마무리를 하고요?"

"대개 수갑을 채우면서 마무리가 돼요. 하지만 어쨌건 마무리하기 위해 할 일을 해야죠. 당신이 자리를 원하는지 알고 싶군요. 사람을 구하고 있거든요. 게다가 당신 같은 사람을 찾고 있던 터라."

"염두에 두지요. 삼촌과의 일이 잘되지 않으면요."

그들은 핫 초콜릿을 마셨다. 멀리건이 물었다.

"저기, 마이크. 당신한테 사촌이 있다면 어떻게 하겠어요? 미망인이라고 칩시다. 그녀가 당신한테 전화를 걸기 시작했다면?"

"어떻게요?"

"전화로. 장거리 전화. 다른 주에 살아요."

채드의 뺨이 홍조를 띠었다.

"작년에 오리건 주에서 있었던 집안 결혼식에서 그녀를 보았어요. 그때는 유부녀였어요. 그게, 남편이 아직 살아 있었다는 말이죠. 게다가 집안사람이고. 사촌은 아니고 꽤 먼 친척."

"마음이 가나 봐요?"

홍조.

"잘 모르겠어요."

"음, 그렇다면 이렇게 물어볼게요. 그분은 마음이 있는 거 같아요?"

"음, 전화해서는 이런저런 말들을 하더라고요. 아주 예뻐요."

"그래서…… 어떻게 하시려고요?"

"그녀더러 이곳으로 오라고 말할까 생각하고 있어요. 그래도 되겠죠, 그렇지 않은가요? 이곳에 와보고 싶다고, 그런 식으로 말했거든요."

"둘 다 성인이잖아요. 나 같으면 도전하라고 하겠네요."

채드는 고개를 끄덕였고, 뺨을 붉혔고, 다시 한번 고개를 끄덕였다.

섀도의 아파트 전화는 아직 침묵을 지키며 죽어 있었다. 전화를 걸어 볼까 생각해 보았으나 전화를 걸고 싶은 사람을 하나도 생각해 낼 수가 없었다. 어느 밤 늦은 시간에 섀도는 전화기를 들어 보았다. 바람 소리, 그리고 제대로 알아들을 수 없는 아주 낮은 목소리로 사람들이 이야기를 나누는 것을 들을 수 있다고 확신했다. "여보세요? 누구 있나요?" 하고 말을 걸었다. 그러나 아무런 대답이 없었고, 그저 갑작스러운 침묵 다음에 먼 곳에서 나는 웃음소리가 들렸는데, 너무나 희미해서 상상이 아니라고 확신할 수 없었다.

　섀도는 몇 주 동안 웬즈데이와 여행을 떠났다.

　그는 로드아일랜드에 있는 어느 별장에서는 주방에서 대기했다. 웬즈데이는 어두운 침실에 앉아 침대에서 꿈쩍도 하지 않고 얼굴도 보이지 않을 거라고 완강하게 버티는 여자와 언쟁을 벌이고 있었다. 냉장고에는 귀뚜라미가 가득 찬 봉투가 있었고 또 다른 봉투에는 죽은 새끼 쥐들이 들어 있었다.

　쩌렁쩌렁 밴드 음악이 귀청을 때리는 시애틀에 있는 한 록 클럽에서는 웬즈데이가 푸른 나선형 문신을 한 짧고 붉은 머리의 젊은 여자에게 소리 질러 인사하는 것을 보았다. 웬즈데이가 기쁘게 씩 웃으면서 돌아온 걸 보면 그 이야기는 잘 풀렸음이 틀림없었다.

　닷새 후 섀도는 렌터카에서 기다리고 있었고, 웬즈데이는 댈러스의 한 사무실 건물 로비에서 인상을 쓰면서 걸어 나오고 있었다. 웬즈데이는 차를 타며 꽝 소리를 내면서 문을 닫고는 잠시 조용히 앉아 있었다. 얼굴은 분노에 차 붉으락푸르락했다.

　"운전해. 제기랄, 알바니아 놈들. 누가 신경이나 쓴대?"

　그로부터 사흘 후 그들은 비행기를 타고 볼더로 가서 젊은 일본 여자 5명과 즐겁게 점심 식사를 했다. 식사 자리는 예의 바르면서도 유쾌했는데, 섀도는 거기서 뭐라도 동의한 게 있는지 혹은 결정한 게 있는지 알지 못한 채 돌아왔다. 그래도 웬즈데이는 충분히 즐거워 보였다.

　섀도는 레이크사이드로 돌아가기를 고대하기 시작했다. 그곳에는 평화가 있었고 환영해 주는 사람들이 있었다. 섀도는 그것이 좋았다.

웬즈데이를 위해 일을 떠나는 날이 아니면 매일 아침 섀도는 차를 몰고 다리를 건너 마을 광장으로 가곤 했다. 그는 마벨에서 패스티를 2개 사서 그곳에서 1개를 먹고 커피를 마시곤 했다. 누군가가 신문을 놓고 가 버리면 그것을 읽기도 했다. 그렇다고 신문을 사서 볼 만큼 뉴스에 관심을 가진 건 절대 아니었다.

섀도는 남은 패스티를 종이봉투에 싸 가져가 점심으로 먹었다.

어느 날 아침 《USA 투데이》를 읽고 있었는데 마벨이 말했다.

"이봐, 마이크. 오늘 어디 가?"

하늘은 창백한 푸른색을 띠고 있었다. 아침 안개가 나무에 흰 서리를 남겼다.

"모르겠어요. 아마 또 숲을 산책하겠지요."

마벨은 그에게 커피를 또 따라 주었다.

"큐 카운티 동쪽으로 가 본 적 있어? 그쪽 길이 좀 예쁜 편인데. 20번가에 있는 카펫 매장 건너편에서 시작하는 작은 길이야."

"아뇨. 한 번도 가 본 적 없어요."

"음, 정말 예뻐."

그 길은 정말 예뻤다. 섀도는 마을의 가장자리에 차를 주차시키고 길 한쪽으로 걸었다. 구불구불한 시골길은 언덕을 돌아 동쪽으로 이어지고 있었다. 언덕마다 잎이 떨어진 단풍나무와 뼈처럼 흰 자작나무, 어두운 전나무와 소나무로 가득 차 있었다. 섀도는 인도가 없어서 도로 한 중간을 따라 걸으면서 차 소리가 날 때마다 옆으로 비켜섰다.

어떤 지점에서 어두운 색의 조그만 고양이 1마리가 나타나 그와 보조를 맞추어 걸었다. 고양이는 흙 색깔이었고 앞발은 희었다. 그는 고양이에게 가까이 다가갔다. 고양이는 도망가지 않았다.

"야, 고양이."

섀도는 자기도 모르게 고양이에게 말을 걸었다.

고양이는 고개를 한쪽으로 기울이며 에메랄드빛 눈으로 섀도를 올려다보았다. 그러더니 쉿쉿 소리를 냈는데 그를 향해서가 아니라 길 옆 위에 있는, 섀도가 볼 수 없는 무언가를 향해서 내는 소리였다.

"괜찮아."

섀도가 말했다. 고양이는 길을 건너 수확을 하지 않은 옥수수 밭으로 살그머니 사라졌다.

다음 굽이진 길을 돌아 조그마한 묘지에 다다랐다. 비석은 풍파에 깎였으나, 그래도 몇몇 비석 앞에는 신선한 꽃들이 놓여 있었다. 묘지 주위로 벽이나 울타리가 없었으며, 얼음과 세월에 구부러진 멀베리 나무만이 가장자리를 따라 낮게 서 있었다. 섀도는 길 한편에 있는 얼음 더미와 눈 진창 위에 올라섰다. 묘지 입구를 나타내는 돌 2개로 된 문기둥이 서 있었다. 그러나 문은 없었다. 섀도는 두 기둥 사이를 통해 묘지 안으로 걸어 들어갔다.

묘지 주변을 배회하며 비석들을 바라보았다. 1969년 이후의 비명(碑銘)은 없었다. 섀도는 단단해 보이는 화강암 천사 조각에서 눈을 쓸어내고 거기에 기댔다.

주머니에서 종이봉투를 꺼내 패스티를 꺼내고 윗부분 포장을 벗겨냈다. 패스티는 한 줄기 희미한 증기를 뿜어냈다. 정말 좋은 냄새가 났다. 한 입 베어 물었다.

뒤에서 무언가 스치는 소리가 났다. 한순간 고양이라고 생각했으나, 그때 향수 냄새가 났고 향수 냄새 아래 무언가 썩고 있는 냄새도 풍겼다.

"날 보지 마, 제발."

섀도의 뒤에서 여자가 말했다.

"안녕, 로라."

로라의 목소리는 어딘지 주저하는 것 같다고, 심지어 조금은 두려움에 떨고 있는 것 같았다.

"안녕, 퍼피."

섀도는 패스티를 조금 잘랐다.

"좀 먹을래?"

로라는 바로 뒤에 서 있었다.

"아니, 자기 먹어. 난 이제는 음식을 먹지 않아."

섀도는 패스티를 먹었다. 맛있었다.

"당신이 보고 싶어."

"별로 좋지 않을 거야."

"안 될까, 제발?"

로라는 천사 석상 주변으로 돌아 나왔다. 섀도는 햇빛 속에서 그녀를 보았다. 무언가 달라져 있었고 또 무언가는 똑같았다. 로라의 눈은 변하지 않았고 비뚤어진 희망의 표정도 달라지지 않았다. 그리고 너무나 명백하게 죽은 자였다. 섀도는 패스티를 다 먹었다. 그는 자리에서 일어나 종이봉투에서 부스러기를 털어낸 다음 그것을 접어 주머니에 집어넣었다.

케이로의 장례식장에서 보낸 시간 덕분에 로라와 함께 있는 것이 더 편해졌다. 섀도는 그녀에게 무슨 말을 해야 할지 몰랐다.

로라의 차가운 손이 섀도의 손을 더듬었고, 섀도는 로라의 손을 잡고 지그시 힘을 실었다. 그는 자기 심장이 뛰는 것을 느낄 수 있었다. 섀도는 두려웠다. 그 순간이 정상으로 보인다는 사실이 두려웠다. 로라와 함께 있는 것이 편안해서 그 자리에 영원히라도 기꺼이 있고 싶었다.

"당신이 그리워."

섀도가 말을 건넸다.

"나, 여기 있어."

"이런 때가 당신이 가장 그리워. 당신이 있을 때가. 당신이 여기 없을 때, 당신이 그저 과거의 유령이거나 다른 생에서 온 꿈이라면, 그러면 더 편할 거야."

로라가 손에 힘을 주었다.

"그래? 죽음은 어때?"

"힘들어. 그냥 계속 그래."

로라는 섀도의 어깨에 머리를 기댔고, 그것이 섀도를 혼란스럽게 만들었다.

"좀 걸을까?"

"좋아."

로라가 섀도를 바라보며 죽은 얼굴에 긴장되고 비뚤어진 미소를 지어 보였다.

그들은 작은 묘지에서 나와 길을 따라 마을을 향하여 손을 잡고 걸었다. 로라가 물었다.

"어디 있었어?"

"대부분 이곳에 있었어."

"크리스마스부터 당신을 놓쳤어. 난 당신이 어디 있는지 몇 시간 며칠 정도는 알 수 있어. 당신은 여기저기서 나타나던데. 그러다가 다시 당신이 사라졌어."

"난 이 마을에 있었어. 레이크사이드. 여긴 좋은 마을이야."

"오."

로라는 매장될 때 입었던 푸른 정장을 입고 있지 않았다. 지금은 스웨터 몇 벌과 검은 롱스커트와 자주색 롱부츠 차림이었다. 섀도는 차림새에 대해 말했다.

로라는 고개를 숙이고 미소 지었다.

"부츠 멋지지 않아? 시카고의 큰 신발 가게에서 구했어."

"그래, 시카고에서 왜 왔어?"

"아, 시카고 간 지는 오래됐어, 퍼피. 남쪽으로 내려오고 있었지. 추워서 힘들었어. 당신은 내가 추운 걸 좋아할 거라고 여기겠지. 하지만 추위는 죽음과 관련된 거야, 나에게 그건 추위가 아니라 일종의 무(無)로 느껴져. 죽었을 때 유일하게 두려운 것이지. 텍사스로 가려고 했어. 갤베스턴에서 겨울을 보내기로 계획했어. 어렸을 때 갤베스턴에서 겨울을 나곤 했던 것 같아."

"내 생각엔 그러지 않은 것 같은데. 옛날에 한 번도 그런 말 한 적 없어."

"안 했나? 그럼 다른 사람이었나? 모르겠네. 바다 갈매기가 생각나.

갈매기 먹으라고 빵을 허공에 던지곤 했는데 수백 마리가 날개를 퍼덕이며 하늘을 온통 뒤덮고 빵 조각을 낚아채곤 했어."

로라는 잠시 말을 멈추었다.

"내가 본 게 아니라면, 다른 사람이 본 거겠지."

자동차 한 대가 모퉁이를 돌아오고 있었다. 운전자는 그들에게 손을 흔들어 인사했다. 섀도는 손을 맞받아 흔들었다. 아내와 함께 걷는 것이 아주 멋질 만큼 정상적으로 느껴졌다.

"기분 괜찮은데."

로라가 섀도의 마음을 읽기라도 한 것처럼 말했다.

"그래. 자기도 기분이 좋다니 기쁘다."

"호출이 와서 난 서둘러 돌아와야 했어. 텍사스에 거의 도착했는데."

"호출?"

로라는 섀도를 올려다보았다. 그녀의 목에서 황금 동전이 반짝였다.

"그건 호출처럼 느껴졌어. 당신 생각을 하기 시작했어. 갤베스턴 말고 자기와 함께 있었다면 얼마나 재미있고 좋았을까, 당신이 보고 싶어 미치겠다 그런 생각. 마치 배가 고픈 것 같았어."

"그때 내가 여기 있다는 것을 알았어?"

"그래."

로라가 걸음을 멈추었다. 그녀는 인상을 썼다. 그리고 윗니로 푸른색 아랫입술을 지그시 누르며 살짝 깨물고는 머리를 한쪽으로 기울이고 말했다.

"그랬어. 갑자기 알게 됐어. 당신이 날 부르는 거라고 생각했어. 하지만 그건 당신이 아니었어, 그렇지?"

"그래."

"당신은 내가 보고 싶지 않았구나."

"그런 말이 아냐."

섀도가 주저했다.

"아니, 난 당신이 보고 싶지 않았어. 당신을 보면 가슴이 너무 아프거든."

발밑에서 눈이 바스락거렸고, 햇빛이 닿자 눈은 다이아몬드처럼 번쩍였다.

"어려워, 살아 있지 않다는 건."

"죽어 있는 게 힘들다는 말이야? 봐, 난 아직도 당신을 제대로 되살릴 방법을 찾고 있어. 제대로 돼 가고 있는 거 같은데……."

"아니, 내 말은……. 고마워. 그리고 난 당신이 진짜 그렇게 할 수 있기를 바라. 난 나쁜 일을 아주 많이 저질렀어……."

로라는 고개를 저으며 말을 이었다.

"그런데 그건 당신에 대해 말한 거야."

"난 살아 있어. 죽지 않았다고. 알잖아?"

"당신은 죽지 않았어. 그렇다고 당신이 살아 있는 건지도 확신이 가지 않아. 진짜로 말이야."

'대화가 이런 식으로 가면 안 되는데.' 섀도는 생각했다. '이건 얼토당토않아.'

"사랑해."

로라가 열의 없이 말했다.

"당신은 나의 퍼피야. 하지만 진짜로 죽으면 사물이 더 명확하게 보이거든. 그런데 마치 아무도 없는 것 같아. 알아? 당신은 크고 단단한 인간 모양의 구멍 같다고."

로라는 인상을 썼다.

"우리가 같이 있었을 때조차 말이야. 난 당신과 함께 있는 것이 좋았어. 왜냐면 당신은 날 사랑했고 날 위해서라면 뭐든지 다 했잖아. 하지만 때때로 방으로 들어가면 난 그곳에 누가 있다고 생각되지 않았어. 그러고 불을 켜고, 아니면 불을 끄고 난 당신이 거기 있다는 것을 깨달았어. 혼자 앉아서, 책을 읽는 것도 아니고 텔레비전을 보는 것도 아니고 아무것도 하지 않으면서 말이야."

로라는 자신의 말에서 가시를 빼내듯 섀도를 껴안고 말했다.

"로비한테 가장 좋았던 것은 그가 존재감이 있다는 점이었어. 때론 얼간이 같기도 하고 실없기도 하고 사랑을 나눌 때면 자기가 나랑 섹스하는 것을 보기 위해서 사방에 거울을 두기도 했지만, 그는 살아 있었어, 퍼피. 로비는 뜨거운 것을 원했어. 공간을 채웠단 말이야."

로라는 말을 멈추고 섀도를 올려다보며 고개를 한쪽으로 약간 기울였다.

"미안해. 기분 나빴어?"

섀도는 자신의 목소리에 감정이 묻어나지 않을 자신이 없어서 그저 고개를 저었다.

"좋아."

그들은 휴게소에 자동차를 주차시켰다. 섀도는 무언가 말해야 할 것 같다고 느꼈다. '사랑해.' 아니면 '제발 가지 마.' 혹은 '미안해.' 예고도 없이, 어두운 곳으로 비틀거리며 들어가 버린 대화를 다시 이어 줄 수 있는 그런 말들. 대신 섀도는 이렇게 말했다.

"난 죽지 않았어."

"그럴지도 모르지. 하지만 자기가 살아 있다고 확신해?"

"날 봐."

"그건 대답이 되지 못해. 알게 될 거야. 자기가 살아 있을 때."

"그럼 지금은 뭐야?"

"음, 당신 봤으니 이제 난 다시 남쪽으로 갈 거야."

"텍사스로 다시?"

"따뜻한 곳으로. 어디든 상관 안 해."

"난 여기서 기다려야 해. 내 두목이 날 필요로 할 때까지."

"그건 삶이 아니야."

로라는 한숨을 쉬었다. 그러더니 미소를 지었는데, 보고 또 봐도 언제나 섀도의 마음을 끄는 한결같은 미소였다. 로라가 섀도를 향해 미소 지을 때마다 언제나 그에게는 처음같았다.

"자기, 또 볼 수 있는 거지?"

로라는 그를 올려다보더니 미소를 멈췄다.

"아마도 그러겠지. 결국, 아무것도 끝난 게 아니잖아, 그러지 않아?"

"맞아. 안 끝났어."

섀도는 로라의 몸에 팔을 감았으나, 그녀는 고개를 젓고 섀도에게서 벗어났다. 로라는 눈이 덮인 피크닉 테이블 가장자리에 앉아서, 섀도가 차를 몰고 떠나는 것을 보았다.

전쟁은 시작되었고 아무도 그것을 보지 못했다. 폭풍이 내려오고 있었고 아무도 그것을 알지 못했다.

전쟁은 언제나 일어나고 있다. 바깥세상은 조금도 현명해지지 않았다. 범죄와의 전쟁, 빈곤과의 전쟁, 마약과의 전쟁. 이 전쟁은 그러한 전쟁들보다는 작은 것이지만 더 거대하고 더 선택적이다. 그러면서도 그 어떤 전쟁 못지않게 실제적이다.

맨해튼에서 교량 대들보가 쓰러져 이틀 동안 길이 봉쇄되었다. 그 사고로 2명이 사망했는데, 아랍인 택시 기사와 승객이었다.

덴버의 트럭 운전사가 자신의 집에서 죽은 채 발견되었다. 시체 옆 바닥에 살인 도구로 쓰인 고무 손잡이가 달린 노루발장도리가 남아 있었다. 그의 얼굴은 멀쩡했는데 뒤통수는 완전히 으깨어져 있었고, 욕실 거울에 갈색 립스틱으로 외국어 알파벳 몇 글자가 쓰여 있었다.

애리조나 피닉스의 우편 분류국에서 한 남자가 광기를 부렸다. 저녁 뉴스에서는 이렇게 표현했다. '그는 격분했다.' 그리고 트레일러에서 혼자 살며 병적 비만이 있고 동작이 굼뜬 '트롤' 테리 에벤슨을 총으로 쐈다. 우편 분류국의 몇몇 사람들을 향해서도 총을 겨누었으나 에벤슨만 죽었다. 처음에 불만에 찬 우체국 직원이라고 생각했던 총을 쏜 남자는 잡히지 않았고, 정체도 밝혀지지 않았다.

'트롤' 테리 에벤슨의 상관이 5시 뉴스에서 말했다.

"솔직히 이 근방에서 누군가 미쳐 날뛴다면 트롤일 거라고 생각했을 거예요. 일은 괜찮게 한 직원이었는데, 이상한 남자였죠. 그러게 사람 일이라는 게 어떻게 될지 모르는 거잖아요, 안 그래요?"

그날 밤 뉴스에서는 그 인터뷰 부분이 편집되어 나갔다.

은둔자 9명이 살던 몬태나의 한 공동체에서 사람들이 사망한 채 발견되었다. 기자들은 그것이 집단 자살이라고 추측했지만, 곧 낡은 난방 시스템에서 새어 나온 일산화탄소 중독이 사인이라고 발표되었다.

애틀랜타의 한 해물 레스토랑 로비에 있던 로브스터 수조가 박살났다.

키 웨스트 공동묘지에서 납골당이 훼손당했다.

암트렉 열차 한 대가 아이다호에서 UPS 트럭을 치어 트럭 운전사가 사망했다. 승객들은 아무도 다치지 않았다.

이 단계만 해도 아직 차가운 전쟁이었고 가짜 전쟁이었으며 이길 것도 질 것도 없는 별것 아닌 전쟁이었다.

바람이 나뭇가지들을 흔들었다. 불에서 불꽃이 튀었다. 폭풍이 다가오고 있었다.

부계 혈통에 악마의 피가 섞였다고 알려진 시바의 여왕, 마녀이자 현자이자 여왕인 그녀는 시바가 역사상 가장 풍요로운 땅이었던 시절, 향신료와 보석과 향이 나는 목재가 배나 낙타에 실려 지구의 구석구석으로 퍼졌던 시절에, 가장 현명한 왕들에게서 숭배받았다. 살아생전에도 마찬가지였다. 시바를 다스렸던 여왕이 오후 2시 선셋 대로의 보도에서, 검은 네온 웨딩 케이크 위에 꽂혀 있는 단정치 못한 플라스틱 신부처럼, 멍하니 흐르는 교통을 바라보고 있다. 그녀는 마치 보도와 자신을 둘러싼 밤을 소유하기라도 한 것처럼 서 있다.

누군가 그녀를 똑바로 쳐다보았을 때 그녀는 마치 혼잣말을 하는 것처럼 입술을 움직인다. 차를 탄 남자들이 지나칠 때면 그녀는 눈을 맞추고 미소를 짓는다. 그녀는 인도에서 자신의 옆을 지나치는 사람들을 못 본 척 한다.(어디든 사람들이 걸어 다닌다. 심지어 웨스트 할리우드도 마찬가지다.) 최선을 다해 지나치는 사람들이 존재하지 않는다고 생각한다.

긴 밤이었다.

긴 한 주였고, 긴 4000년이었다.

그녀는 아무에게도 빚진 것이 없다는 점이 자랑스럽다. 거리의 다른 여자들은 포주가 있고 마약 중독에 빠졌으며 아이가 있고 버는 돈을 챙겨가는 사람들이 있다. 하지만 그녀는 아니다.

그녀의 일에는 성스러운 것이 아무것도 남아 있지 않다. 더이상은 아니다.

일주일 전에 로스앤젤레스에서 비가 시작되었다. 비는 도로를 미끄럽게 만들어 사고를 일으키고, 구릉의 진흙을 쓸어 내고, 집들을 무너뜨려 계곡을 이루게 하고, 세상을 씻어 내려 도랑과 폭풍의 배수구로 만들고, 부랑아와 거지들을 강바닥으로 익사시켰다. 로스앤젤레스에 비가 올 때 비는 항상 사람들을 기습한다.

빌키스는 지난주를 실내에서 보냈다. 인도에 서 있을 수가 없어 생간 색깔을 한 자신의 방 침대에서 몸을 웅크리고, 창문 에어컨의 금속 상자에 부딪히는 빗소리를 들으며 인터넷에 글을 올렸다. 빌키스는 '성인 친구 만들기(adultfriendfinder.com)', 'LA 에스코트(LA-escorts.com)', '멋진 할리우드 아가씨(Classyhollywoodbabes. com)'에 프로필을 올리고 익명의 이메일 주소를 하나 만들었다. 빌키스는 새로운 영역과 타협을 보는 것에 대해 자긍심을 느꼈으나 초조함도 느꼈다. 빌키스는 오랫동안 개인의 과거를 탐색하는 데 실마리가 될 만한 기록을 남기는 것을 피해 왔다. 그녀는 《LA 위클리》의 뒤 페이지에 조그만 광고 하나 내지 않았고, 자신의 고객을 직접 고르는 것을 좋아했으며, 자신이 좋아하는 방식으로 자신을 숭배할 사람들, 자신이 원하는 그 모든 방식으로 할 수 있는 사람들을 골랐다…….

그리고 이제 골목에서 떨며 서 있는(왜냐하면 늦은 2월의 비가 그쳤어도 비가 가져온 냉기는 남아 있기 때문에) 빌키스는 자신이 코카인이나 헤로인을 하는 창녀들처럼 중독되고 있다는 생각이 들었다. 이것이 그녀에게 스트레스를 주고, 그리하여 그녀의 입술이 다시 움직이기 시작한다. 루비처럼 빨간 그녀의 입술을 가까이에서 본다면 이렇게 말하는 것을 들을 수 있을 것이다.

"나는 이제 일어나서 도시의 거리를 돌아다니며 내가 사랑하는 사람을 폭넓게 찾을 것이다."

빌키스는 또다시 속삭인다.

"나는 내가 사랑하는 사람의 것이고 내가 사랑하는 사람은 내 것이다. 그는 내 몸이 야자수와 같고 내 가슴은 포도송이와 같다고 말했다. 그는 그때 내게 오겠다고 말했다. 나는 내가 사랑하는 사람의 것이고 그의 욕망은 오로지 나를 향한다."

빌키스는 비가 그쳐서 남자들이 다시 돌아오게 되기를 바란다. 그녀는 1년 중 대부분 선셋 대로에서 차가운 LA의 밤을 즐기며 2~3블록을 걷는다. 한 달에 한 번 사바라는 이름의 LA의 경찰 하나를 대접하는데, 그 남자 전에 LA 경찰국의 또 다른 경관을 대접하곤 했다. 그 경찰은 사라졌다. 그의 이름은 제리 르벡이었고, 그의 실종은 LA 경찰국의 미스터리가 되었다. 그는 빌키스에게 집착해서 그녀를 쫓아다녔다. 어느 날 오후 빌키스는 소음에 놀라 잠에서 깨어 아파트 문을 열었는데, 제리 르벡이 사복을 입고서 닳아빠진 카펫에 무릎을 꿇고 고개를 숙인 채 몸을 흔들면서 그녀가 나오기를 기다리고 있었다. 빌키스가 들은 소음은 그가 무릎을 꿇은 채 앞뒤로 몸을 흔들면서 머리를 아파트 문에 부딪는 소리였다.

빌키스는 제리 르벡의 머리를 쓰다듬었고 안으로 들어오라고 말했다. 나중에 빌키스는 그의 옷을 검은 쓰레기봉투에 넣어 몇 블록 떨어져 있는 호텔 뒤 쓰레기장에 던져 버렸다. 그의 총과 지갑은 식료품 봉투에 넣었다. 커피 찌꺼기와 음식 쓰레기를 그 위에 넣고, 봉투의 주둥이를 봉해 버스 정류장의 쓰레기통에 버렸다.

빌키스는 기념품을 간직하지 않았다.

서쪽으로 밤하늘이 오렌지색으로 반짝였다. 바다 저편 멀리 번개가 치고 있었다. 빌키스는 비가 곧 내릴 것이라는 사실을 알고 있다. 그녀는 한숨을 쉰다. 비를 맞고 싶지 않다. 아파트로 돌아가서 목욕을 하고 다리 면도를 하리라고 생각한다. 다리 면도를 늘 하는 것 같다는 생각이 든다. 그러고는 잠을 잘 것이다.

"밤이면 나는 내 침대에서 내 영혼이 사랑하는 그이를 찾았다. 그이의 입이 내게 키스를 한다. 내가 사랑하는 사람은 나의 것이고 나는 그의 것이다."

빌키스는 옆길로 빠져 언덕을 올라 차를 세워둔 곳으로 향한다.

그 뒤로 헤드라이트가 따라오다가 가까워지자 속도를 늦춘다. 빌키스는 고개를 돌리고 미소를 짓는다. 흰 스트레치 리무진이라는 것을 보고 미소가 얼어붙는다. 스트레치 리무진에 탄 남자들은 빌키스의 성소에서 조용히 관계를 맺는 것보다 차 안에서 하길 원한다. 그래도 그것은 미래를 위한 투자가 될 수 있을 것이다.

색이 입혀진 차 유리가 스르르 소리를 내며 내려가고, 빌키스는 미소를 지으며 리무진에 다가간다.

"안녕, 자기. 뭘 찾고 있어?"

"달콤한 사랑."

스트레치 뒤에서 목소리가 났다. 빌키스는 열린 창을 통해 볼 수 있는 만큼 자동차 안을 곁눈질로 살펴본다. 풋볼 선수 5명이 탄 스트레치에 탔다가 진짜 심하게 다친 여자를 알고 있다. 그러나 차 안에는 단지 사내 1명만이 보일 뿐이고 사내는 아주 어려 보인다. 그는 숭배를 할 만한 남자로 보이지는 않으나, 손에는 그녀에게 넘어올 두툼한 돈다발이 있음에 틀림없다. 돈은 그 자체로 그녀가 쓸 수 있는 에너지, 즉 예전에는 '바라카'라 불리던 에너지가 된다. 솔직히 요즘은 다소나마 도움이 되는 게 돈이다.

"얼마야?"

사내가 묻는다.

"당신이 뭘 원하며 얼마나 오래 원하는지에 따라 다르지. 그리고 당신의 지불 능력에 따라 달라지기도 하고."

빌키스는 리무진 창밖으로 흘러나오는 연기 냄새를 맡는다. 그것은 와이어를 태우는 냄새 같기도 하고 회로판이 과열되어 나는 냄새 같기도 하다. 안에서 밀어 문을 연다.

"원하는 걸 갖기 위해서라면 얼마든지 낼 수 있어."

사내가 말한다. 빌키스는 차 안으로 몸을 들이밀고 안을 둘러본다. 안에는 사내 이외에 아무도 없다. 술을 마실 수 있을 만큼도 나이 들어 보이지 않는 통통한 얼굴의 애송이만 있을 뿐이다. 그 외엔 아무도 없다. 빌키스는 안으로 들어간다.

"부자 꼬마네, 응?"

"부자보다 더 부자야."

그는 가죽 의자에서 빌키스 쪽으로 다가오며 말한다. 그는 엉거주춤 움직인다. 빌키스는 미소를 짓는다.

"음. 날 뜨겁게 만드네, 자기. 내가 둘러본 인터넷 사이트 중의 하나를 보고 왔구나?"

그는 의기양양해져서 황소개구리처럼 입을 뻐끔거리며 연기를 내뿜는다.

"그래. 그렇지. 난 테크니컬 보이야."

차가 움직인다.

"그래, 내 물건을 빠는 데 얼마야, 빌키스?"

"날 뭐라 불렀어?"

"빌키스."

테크니컬 보이가 다시 말한다. 그러더니 노래에 어울리지 않는 목소리로 노래를 부른다.

"그대는 물질 세계에 사는 비물질적인 여인."

그의 노랫말에는 마치 거울 앞에서 연습을 한 것 같은 분위기가 묻어난다.

빌키스는 웃음을 멈춘다. 표정이 바뀌면서 생각에 잠기는 것 같다가 날카롭게 경직된다.

"뭘 원해?"

"말했잖아. 달콤한 사랑."

"당신이 원하는 건 뭐든 주겠어."

빌키스는 리무진에서 나가야만 한다. 차는 너무 빨리 달려서 차 밖으로 몸을 내던질 수도 없다는 것을 알지만, 말로 해서 빠져나가지 못하게 되면 그렇게라도 할 것이다. 여기서 무슨 일이 벌어지든 모두 싫다.

"내가 원하는 거, 그래."

테크니컬 보이는 말을 멈춘다. 혀로 입술을 핥는다.

"난 깨끗한 세상을 원하지. 내일을 소유하길 원해. 진화와 퇴화와 혁명을 원해. 내 종족이 삼류 변두리로부터 주류의 높은 지대로 옮겨오길 원해. 너희 종족은 지하에 있어. 그건 잘못이야. 우리는 스포트라이트를 받아야 하고 빛나야 해. 정면 그리고 중앙에서. 너희 종족은 너무나 오랫동안 지하에 묻혀 있는 바람에 눈이 멀었어."

"내 이름은 아에샤야. 당신이 무슨 이야기를 하는지 모르겠네. 저 골목에 또 다른 여자가 있는데, 그 여자 이름이 빌키스야. 선셋 대로로 다시 돌아가서 당신이 우리 둘을 모두 데리고……."

"오, 빌키스."

테크니컬 보이가 연극처럼 한숨을 쉰다.

"믿음은 일회적이야. 저들이 우리에게 줄 수 있는 한계에 다다르고 있어. 금이 간 믿음."

그러더니 다시 한 번 음조가 없이 비음을 섞은 목소리로 노래한다. "그대는 디지털 세계에 사는 아날로그 여인."

리무진이 코너를 너무 빨리 돌아 빌키스 쪽으로 사내의 몸이 쏠린다. 자동차 운전사는 색유리에 감추어져 보이지 않는다. 흰 리무진은 마치 허비 더 러브 버그*처럼 자체의 동력으로 비벌리힐스를 달리고 있다는, 비이성적인 확신이 빌키스를 사로잡는다.

그때 사내가 손을 뻗어 유리를 두드린다.

차가 속력을 늦추고 멈추기 전에 빌키스는 문을 밀어젖히고 아스팔트 위로 몸을 던져 반쯤 내동댕이쳐진다. 언덕길이다. 그녀의 왼쪽으로는 가파른 언덕이고, 오른쪽으로는 완전한 낭떠러지이다. 빌키스는 길을 따라 아래로 뛰기 시작한다.

리무진은 움직이지 않은 채 서 있다. 비가 오기 시작하고 하이힐은 미끄러지고 뒤틀린다. 빌키스는 하이힐을 벗어 던지고 속옷까지 젖은 채, 도로에서 벗어날 수 있는 곳을 찾으며 달린다. 그녀는 두렵다. 능력이 있는 것은 사실이나, 그것은 배고픔의 마법이며 성기의 마법이다. 그것이 이제껏 이 땅에서 오랫동안 그녀를 살린 건 사실이지만, 단순한 목숨 부지 이외의 일엔 자신의 날카로운 눈과 마음, 고귀함과 존재를 이용한다.

오른쪽 언덕 아래로 차들이 떨어지지 못하게 막아 놓은 무릎 높이의 철제 보호난간이 있었다. 빗물은 언덕길을 강으로 만들 만큼 철철

---

* Herbie the Love Bug, 1968년 영화 「The Love Bug」에 나오는 폭스바겐 자동차 '비틀'로, 스스로 움직이며 레이싱을 한다.

흘러내리고 있으며, 발바닥에선 피가 나기 시작했다.

LA의 불빛이 그녀 앞에 펼쳐져 있다. 그것은 가상의 왕국을 나타내는 명멸하는 전기 지도이며, 이곳 지구에 펼쳐진 천상이다. 빌키스는 안전을 위해서는 도로에서 벗어나는 수밖에 없다는 것을 알고 있다.

나는 검으나 잘생겼다. 그녀는 밤과 비에 대고 소리 내어 말한다. *나는 샤론의 장미이며, 계곡의 백합. 포도주로 나의 갈증을 풀어 주오, 사과로 날 위로해 주오, 난 사랑에 지쳤으니.*

밤하늘을 가로질러 한 줄기 번개가 녹색으로 불탄다. 발을 헛디디고 몇 미터 미끄러지는 바람에 다리와 팔꿈치 살이 벗겨진다. 자동차 불빛이 언덕을 내려와 가까이 다가오는 것을 보고는 자리에서 일어서려 한다. 자동차는 너무 빨리 내달리고 있어 빌키스는 오른쪽으로 몸을 내던져 몸이 으깨지는 길을 택할지, 아니면 왼쪽 도랑으로 나가떨어져야 할지 갈피를 잡을 수가 없다. 빌키스는 도로를 가로질러 뛰면서 젖은 흙 위로 올라가려 한다. 그때 흰 스트레치 리무진은 미끄러운 언덕길을 좌우로 미끄러지면서 내려오고 있다. 염병할 속도는 시속 128킬로미터가 넘을 것이며 도로 표면 위에서 수상스키라도 타듯 질주할 것이다. 빌키스는 손으로 잡초와 흙더미를 움켜쥐고 자리에서 일어나 도망치려 한다. 젖은 흙이 무너져 내리면 도로 아래로 미끄러져 추락할 것이다.

자동차는 쇠창살을 찌그러뜨릴 만한 충격으로 그녀를 들이받아 꼭두각시 인형처럼 공중으로 내던진다. 빌키스는 리무진 뒤 도로 바닥으로 나가떨어진다. 그 충격에 골반은 산산조각이 나고, 두개골은 조각조각 쪼개진다. 차가운 빗물이 그녀의 얼굴 위로 흐른다.

빌키스는 살인자를 저주하기 시작한다. 입술을 움직일 수가 없기 때문에 조용히 그를 저주한다. 깨어 있는 상태에서 또 잠들어 있는 상태에서, 삶에서 또 죽음에서 그를 저주한다. 그녀는 부계 쪽 반 악마만이 저주할 수 있는 방식으로 그를 저주한다.

자동차 문이 열린다. 누군가 빌키스를 향해 다가온다. 그가 다시 음조 없이 노래한다.

"그대는 디지털 세계에 사는 아날로그 여인."

그러더니 그가 말한다.

"그대들은 씨팔 성녀들. 그대들은 온통 씨팔 성녀들."

그는 자리를 뜬다. 자동차 문이 꽝 닫힌다.

리무진은 후진해서 천천히 그녀를 밟고 지난다. 바퀴 밑에서 뼈가 으스러진다. 리무진은 언덕 아래로 내려간다.

마침내 리무진이 언덕길로 내려가 버렸을 때, 도로에 남겨진 것이라고는 차에 치여 문질러진, 사람이라고는 볼 수 없는 붉은 살덩이였다. 조만간 그것마저 빗물에 씻겨 사라질 것이다.

막간 2

"안녕, 사만다."

"매그스? 언니야?"

"그럼 누구겠어? 샤워하고 있을 때 새미 이모가 전화했다고 레온이 그러더라고."

"우린 재미있게 얘기했어. 레온은 너무 귀여워."

"그래. 잘 돌봐야지."

모두에게 불편한 한순간이 흐르고, 전화선 너머 나직이 우지직거리는 소리가 들린다.

"새미, 학교 생활은 어때?"

"일주일 동안 방학이야. 난방이 고장 났어. 그곳은 어때?"

"음, 우리 옆집에 새 이웃이 왔어. 동전 마술을 하더라구. 《레이크사이드 뉴스》서신 칼럼에서 최근에 우리 마을 호수 남동쪽 연안에 있는 오래된 공동묘지 옆에다 마을 땅을 재구획하는 문제에 대해서 신랄한 논쟁을 다루고 있는데, 이 문제에 대해서 어느 편도 자극하지 않고, 신문사의 쓴소리 입장을 요약해서 실어야 하거든. 그런데 도통 아무도 우리의 입장이 어떤 건지 알 수 없을 정도야."

"재미있겠는걸."

"아니. 앨리슨 맥거번이 지난주에 실종됐어. 질리와 스탠 맥거번의 큰 딸 말이야. 넌 아마 그 집 애들 본 적 없을 거야. 착한 애였는데. 몇 번 레온을 봐주기도 했는데."

새미가 무언가를 말하기 위해서 입이 열렸으나 다시 다문다. 그리고 대신 이렇게 말한다.

"끔찍하네."

"그래."

"그래서……."

뒤이어 나올 말 중에 가슴 아프지 않을 말이 아무것도 없어서, 새미는 그냥 이렇게 말한다.

"귀여워?"

"누구?"

"새로 이사 왔다는 이웃."

"이름은 아인셀이야. 마이크 아인셀. 괜찮아. 나한테는 너무 젊지. 몸집이 커. 생긴 건…… 뭐더라. ㅁ으로 시작하는 단어 있잖아?"

"밉상? 무던? 몸집이 큰? 미혼?"

매그스는 짧게 웃고 나서 말했다.

"아냐, 그 사람 기혼인 것 같아. 그게, 기혼자가 어떤 공통적 인상을 가지고 있다면 그 사람이 그렇다는 거야. 하지만 내가 생각한 말은 그게 아니고 멜랑콜리였어. 멜랑콜리하게 생겼어."

"게다가 미스터리하고?"

"그런 건 아니고. 그 사람 이사 왔을 때 속수무책 같았어. 창문 봉하는 방법도 모르더라고. 요즘도 자기가 여기서 뭘 하는지 모르고 있는 것 같아. 여기 있을 때는 여기 있는데, 그러다 또다시 없어지곤 해. 이따금 산책하는 걸 봤어. 말썽 일으키는 사람은 아니야."

"은행 강도인가 보네."

"오호라. 내가 생각하고 있던 거네."

"아니야. 그건 내 아이디어였어. 자, 매그스 언니, 어때? 언니 괜찮아?"

"그래."

"진짜야?"

"아니."

다시 긴 침묵.

"언니 보러 갈게."

"새미, 그러지 마."

"주말 지나서야 난방도 고치고 학교도 다시 시작해. 재미있을 거야. 나는 거실 소파에서 자면 돼. 그 미스터리한 이웃 남자도 저녁 식사에 초대하고."

"샘, 너 지금 중매하는구나."

"누가 중매를 해? 지옥에서 온 잡년 클로딘을 사귄 다음부턴 나도 남자한테 갈 준비가 됐어. 크리스마스 때 엘파소로 가면서 히치하이킹했는데, 이상하지만 괜찮은 남자를 만났어."

"오. 얘, 샘. 너 히치하이킹 그만 해."

"내가 어떻게 레이크사이드로 갈 것 같아?"

"앨리슨 맥거번도 히치하이킹했어. 이런 마을에서조차 안전하지 못해. 내가 돈 부쳐 줄게. 버스 타고 와."

"괜찮아."

"새미."

"알았어. 언니가 더 편히 잠잘 수 있을 것 같으면 돈 부쳐 줘."

"알았어."

"좋아, 보스 같은 큰언니. 내 대신 레온 한번 껴안아 주고 새미 이모가 갈 거라고 얘기해. 그리고 이번에는 내 잠자리에 장난감 감추어 놓지 말라고 말해 둬."

"알았어, 말할게. 결과가 좋으리라고는 장담 못 한다. 그래, 언제 올래?"

"내일 밤. 정거장에 나올 필요 없어. 힌젤만 아저씨한테 테시로 태위 달라고 할게."

"너무 늦었어. 테시는 겨울잠 자러 들어갔어. 하지만 힌젤만 아저씨가 어쨌든 태워 주긴 할 거야. 아저씨는 널 좋아해. 넌 아저씨 이야기를 들어 주잖아."

"언니, 힌젤만 아저씨한테 언니를 위해서 사설을 써 달라고 해도 되겠다. 들어 봐. '오래된 공동묘지 옆 땅의 재구획에 관하여, 어느 겨울에 우리 할배가 호수 옆 오래된 공동묘지 옆에서 수사슴 한 마리를 쐈어요. 할배는 총알이 떨어져서 우리 할매가 할배를 위해 싸 준 점심 도시락에서 체리스톤을 꺼내 그것을 쐈어요. 그건 수사슴의 두개골을 스쳤고 사슴은 벌벌 떨었죠. 2년 후에 할배가 그 길로 다시 가서, 이 큰 수사슴 뿔 사이에 체리 나무가 뻗어 자라는 것을 보았어요. 그래서 그는 그것을 쐈고, 할머니는 그걸로 체리 파이를 많이 만들어 다음 해 7월 4일 날에도 먹게 해······.'"

그리고 그들은 둘 다 웃었다.

막간 3

플로리다, 잭슨빌. 오전 2시.

"직원을 구한다는 간판을 보아서요."
"저희는 수시 채용입니다."
"전 밤 근무만 할 수 있습니다. 그게 문제가 될까요?"

"문제없죠. 신청서를 드릴게요. 이전에 주유소에서 일하신 적 있으세요?"

"아뇨. 어려운 일인가요?"

"뭐, 대단한 일이야 아니죠. 그건 확실합니다."

"저는 이곳 사람이 아니에요. 전화기도 없고. 설치 신청해놓고 기다리고 있어요."

"어떤지 알겠어요. 알고말고요. 항상 그런다니까, 빨리빨리 하지 않고 기다리게 만드는 거. 저, 그런데 이렇게 말씀드린다고 기분 나쁘게 생각하지 마시고요. 얼굴이 어디 아픈 것처럼 보이는데요."

"그럴 거예요. 이건 일종의 특수질환인데요. 보이는 것처럼 안 좋은 건 아니에요. 뭐, 목숨이 달린 그런 병은 아니랍니다."

"좋아요. 신청서를 작성하셔서 저에게 주세요. 지금 밤 근무 할 직원이 정말 부족하거든요. 이곳에서는 우리는 밤 근무를 좀비 근무조라고 부릅니다. 봅시다……. 이름이 '라나'인가요?"

"로라예요."

"로라. 좋아요. 음, 이상한 인간들도 가끔 있는데 꺼리지 않았으면 좋겠네요. 그런 사람들은 밤에 오니까요."

"그렇겠죠. 괜찮아요."

제13장

이봐, 친구.
어떤가, 친구?
잘하게, 친구,
옛 친구 좀 봐 주게.
뭐 그리 어두운가?
우리는 영원히 갈 거라네.
너, 나, 그,
너무나 많은 목숨이 걸렸다네…….
— 스티븐 손드하임, 『옛 친구』

토요일 아침이었다. 섀도가 문을 열었다.

마게리트 올센이었다. 그녀는 안으로 들어오지 않고 햇빛 속에서 심각한 표정을 짓고 있었다.

"아인셀 씨……?"

"마이크라고 불러 주세요."

"그래요, 마이크. 오늘 저녁에 저희집으로 식사하러 오실래요? 6시 쯤에요. 뭐, 대단한 건 아니고 스파게티랑 미트볼 정도지만요."

"좋습니다. 스파게티하고 미트볼, 저도 좋아합니다."

"뭐, 다른 계획이 있으시면……."

"다른 계획은 없습니다."

"그럼 6시에 오세요."

"꽃이라도 가져갈까요?"

"좋으실 대로요. 하지만 이건 이웃으로서 초대하는 거예요. 남녀 사이의 그런 건 아니에요."

그녀가 돌아서며 문을 닫았다.

섀도는 샤워를 했다. 그리고 다리께까지 잠깐 산책을 다녀왔다. 집으로 돌아올 때쯤 태양은 녹슨 동전처럼 하늘에 걸려 있었고, 코트 밑으로 땀이 흘렀다. 기온이 영상임에 틀림없다. 4 러너를 타고 데이브 상점으로 가서 포도주 한 병을 샀다. 20달러였는데, 그 값이 품질을 보증하는 보증서처럼 여겨졌다. 섀도는 포도주에 문외한이었지만 20달러면 분명 맛있는 와인일 거라고 생각했다. 캘리포니아산 카베르네였다. 어린 시절 사람들이 자동차에 범퍼 스티커를 달고 다니던 때에 어떤 차의 범퍼 스티커에 '인생이란 카베르네이다'라고 쓰인 것을 보고 웃은 기억이 있기 때문이었다.

선물로 화분을 하나 샀다. 녹색 잎이 있었고 꽃은 없었다. 화분에 로맨틱한 분위기는 전혀 없었다.

또 우유 한 팩을 샀는데 마시지 않았고, 과일들을 샀지만 먹지 않았다.

그는 마벨로 가서 점심 메뉴 패스티를 시켰다. 마벨은 그를 보자 얼굴이 밝아졌다.

"힌젤만 씨 만났어?"

"아저씨가 날 찾고 있는 줄 몰랐는데요."

"힌젤만 씨가 자네하고 얼음낚시 가고 싶어 하던데. 채드 멀리건도 자네를 보았냐고 물어보더라고. 자기 사촌이 다른 주에서 여기로 왔거든. 남편이 죽고 혼자되었다네. 그 사람 6촌인데 우리는 그런 친척을 뽀뽀 사촌이라고 부르곤 했지. 아주 예뻐. 자네도 좋아할 거야."

마벨은 패스티를 갈색 종이 봉투에 넣고 패스티가 식지 않도록 봉투 주둥이를 비틀었다.

새도는 집까지 운전해 오는 길에 한 손으로 패스티를 먹으면서 김이 모락모락 나는 빵 부스러기를 청바지와 자동차 바닥에 흘렸다. 호수의 남쪽 연안에 있는 도서관을 지나쳤다. 마을은 얼음과 눈에 덮여 흑백이었다. 봄은 상상할 수도 없을 정도로 멀어 보였다. 클렁커는 언제고 얼음 위에 서 있을 것이고, 얼음낚시터와 픽업트럭과 스노모빌 트랙도 그대로 있을 것만 같았다.

아파트에 도착해서 주차를 하고, 현관 앞길과 나무 계단을 걸어 올랐다. 새장에 있는 오색방울새들과 동고비들은 그에게 눈길조차 주지 않았다. 집 안으로 들어갔다. 화분에 물을 주고 포도주를 냉장고에 넣어야 할지 말아야 할지 생각했다.

6시까지는 아직도 시간이 많이 남았다.

새도는 다시 편안하게 텔레비전을 볼 수 있기를 바랐다. 아무 생각 없이 앉아서 소리와 빛들이 그를 덮치게 두면서 즐기고 싶었다. '루시의 젖꼭지 보고 싶어?' 그의 기억 속에서 루시의 목소리가 섞인 무언가가 속삭였고, 새도는 자신을 바라보는 사람이 아무도 없었음에도 불구하고 고개를 저었다.

새도는 긴장하고 있었다. 3년 전에 체포된 이래 다른 사람들, 그러니까 수감된 사람이나 신이나 전설적 영웅이나 꿈속의 존재가 아닌 보통의 사람들하고 나누는 진짜 사교 관계가 될 것이다. 새도는 마이크 아인셀로서 대화를 나누어야 할 것이다.

시계를 들여다보았다. 2시 30분이었다. 마게리트 올센은 6시에 오라고 했다. 정확히 6시를 말하는 건가? 조금 일찍 가야 하는가? 조금 늦게? 결국 6시 5분에 옆집에 가기로 결정했다.

섀도의 전화가 울렸다.

"예?"

"그건 전화 받는 태도가 아니지."

웬즈데이가 투덜거렸다.

"전화를 연결하게 되면 예의 바르게 받을게요. 뭘 도와 드릴까요?"

"나도 몰라."

침묵이 흘렀다.

"신들을 조직하는 게 마치 고양이들을 몰아 줄을 세우는 것 같네. 영 쉽지가 않아."

웬즈데이의 목소리에는 섀도가 한 번도 들어보지 못한 무기력함과 지친 느낌이 묻어났다.

"뭐가 문제예요?"

"너무 힘들어. 젠장, 너무 힘들다고. 이게 잘될지 나도 모르겠어. 어쩌면 우리 멱을 따는 게 나을지도 몰라. 그저 우리 멱을 따는 게."

"그렇게 말씀하시면 안 되죠."

"그래, 맞아."

섀도가 침울해하는 웬즈데이를 즐겁게 해 주기 위해 노력하며 말했다.

"음, 당신이 목을 따면……. 아마 아프지도 않을걸요."

"아파. 우리 종족들도 고통은 여전히 아파. 물질세계에서 돌아다니고 행동하다 보면 물질세계가 작용하는 거야. 탐욕이 우릴 취하게 하고 욕망이 우리를 불태우듯 고통은 아프게 마련이야. 우린 여간해선 죽지 않을지는 몰라도, 물론 쉽사리 죽지는 못하지만, 어쨌거나 우리도 죽을 수 있어. 우리가 여전히 사랑받고 사람들이 여전히 우리를 기억해 주면 우리와 완전히 같은 무언가가 생겨나고 우리를 대신하면서, 그 모든 염병할 것들이 완전히 다시 시작하는 거지. 그리고 잊히면 우리는 끝나는 거야."

섀도는 무슨 말을 해야 할지 몰랐다.

"그래, 어디에서 전화하시는 거죠?"

"젠장, 자네가 상관할 바가 아냐."

"취하셨어요?"

"아직 아냐. 그냥 계속 토르 생각을 하고 있어. 자네는 그자를 몰라. 자네처럼 아주 큰 사내야. 마음이 따뜻하고. 똑똑하진 않아. 허나 달라고 하면 자기 옷이라도 벗어 줄 자야. 스스로 목숨을 끊었어. 1932년에 입에다 총을 넣고 머리를 날려 버렸어. 도대체 신이 그렇게 죽는 법이 어디 있느냔 말이야?"

"안됐네요."

"지랄맞게 의견 따위는 말하지 마. 그는 꼭 너 같았어. 크고 미련한 게."

웬즈데이가 말을 멈추었고 기침을 했다.

"무슨 문젠데요?"

섀도가 두 번째로 물었다.

"그들이 연락을 취했어."

"누구요?"

"반대파."

"그래서요?"

"그들은 휴전을 의논하고 싶어 해. 평화 협상. 씨발, 공존공영이라 이거지."

"그래서 어떻게 되는 건가요?"

"난 캔자스시티 비밀 조합 센터로 가서 현대적 화상들과 맛없는 커피를 마실 거야."

"좋아요. 태우러 오실 거예요, 아니면 제가 어디로 만나러 갈까요?"

"자넨 거기 잠자코 있어. 말썽 일으키지 말고. 알아들어?"

"하지만……"

딸깍 소리가 났고 전화는 먹통이 되었다. 다이얼 톤은 없었다. 하긴 그런 게 들린 적도 없었다.

시간 죽일 일밖엔 아무 할 일이 없었다. 웬즈데이와의 대화로 섀도는 평온을 잃었다. 섀도는 산책을 나갈까 하고 자리에서 일어났으나, 이미 햇빛이 스러져서 다시 자리에 앉았다.

섀도는 『1872~1884 레이크사이드 시 위원회의 순간들』을 집어들었고, 페이지를 넘기며 눈으로 조그마한 프린트를 훑다가 이따금 자신의 눈을 사로잡는 대목을 더 자세히 읽기 위해서 멈추곤 했다.

섀도는 1874년 7월 시 위원회가 마을에 유입되는 해외 벌목 노동자들의 수치에 신경을 쓰고 있었다는 것을 읽었다. 3번가와 브로드웨이의 코너에 오페라 하우스가 지어질 예정이었다. 지류에 댐을 건설하는 공사로 생긴 폐해는 그곳이 일단 호수가 되면 없어질 것이라고 예측되었다. 시 위원회에서는 주택이 수몰될 지역에 사는 새뮤엘 새뮤엘스와 헤이키 살미넨에게 땅값과 이전비를 포함하여 각각 70달러와 85달러를 지불할 것을 인가했다.

호수가 인공 호수라는 사실을 섀도는 이제껏 한 번도 생각해 보지 못했었다. 그렇다면 댐으로 막아 호수를 만든 곳인데, 왜 이름이 레이크사이드가 되었는가? 계속해서 읽다가, 원래 브런즈윅의 후뎀물렌이었던 힌젤만이 호수 공사 프로젝트의 책임자였고, 시 위원회에서 그 프로젝트에 370달러를 책정했으며, 부족액은 공공 기부금으로 충당된 것이라는 사실을 발견했다. 섀도는 화장지 조각을 찢어 내어 책갈피 대신 페이지에 끼웠다. 자신의 할아버지에 대해 이야기할 때 힌젤만이 기뻐할 모습을 상상했다. 자신의 가족이 호수를 건설하는 데 기여했다는 것을 힌젤만이 알고 있는지 궁금했다. 섀도는 책장을 앞으로 넘기며, 호수 공사에 대한 언급이 더 있는지 살펴보았다.

그들은 1876년 봄에 기념식을 열어 호수를 장차 마을의 100주년 기념의 상징물로 지정했다. 힌젤만에 대한 감사 표결이 평의회에서 이루어졌다.

섀도는 시계를 보았다. 5시 30분이었다. 욕실로 가서 면도를 하고 머리를 빗은 다음 옷을 갈아입었다. 그럭저럭 마지막 15분이 지났다. 포도주와 화분을 들고 옆집으로 갔다.

노크를 하자 문이 열렸다. 마게리트 올센은 섀도만큼이나 긴장한 것 같았다. 그녀는 포도주와 화분을 받고 감사하다고 말했다. 텔레비전에는 「오즈의 마법사」 비디오가 돌아가고 있었다. 그것은 여전히 세피아 색이었는데, 도로시는 여전히 캔자스에서 마벨 교수의 마차에 앉아 눈을 감고 있었고, 늙은 사기꾼은 그녀의 마음을 읽는 체했다. 그녀의 삶을 뒤집어 놓을 회오리바람이 불고 있었다. 레온은 스크린

앞에 앉아서 장난감 소방차를 가지고 놀고 있었다. 레온이 섀도를 보았을 때 아이의 얼굴에는 기쁨의 표정이 스치고 지나갔다. 레온은 자리에서 일어나 흥분 속에 발을 덤벙거리면서 침실로 들어가더니 잠시 후 승리감에 취한 듯 동전을 흔들면서 다시 나타났다.

"보세요, 마이크 아인셀 아저씨!"

레온이 소리쳤다. 그러더니 두 손을 쥐고 오른손에 동전을 넣는 모양을 하더니 손을 펼쳤다.

"내가 동전을 사라지게 했어요, 마이크 아인셀 아저씨!"

"정말이네. 밥 먹고 난 후에 엄마가 허락하시면, 아저씨가 그것보다 더 자연스럽게 하는 방법을 가르쳐 줄게."

"지금 해도 괜찮아요. 아직 사만다가 와야 해요. 크림을 사러 보냈어요. 왜 이렇게 오래 걸리는지 모르겠네."

마게리트가 말을 마치자, 마치 그 말이 신호라도 되는 듯 나무 데크에 발자국 소리가 났고 누군가가 현관문을 어깨로 밀쳐 열었다. 섀도는 처음에는 그녀를 알아보지 못했다. 그때 그녀가 말했다.

"칼로리가 들어 있는 크림을 원하는지, 아니면 벽지 붙이는 풀 맛같은 걸 원하는지 몰라서 그냥 칼로리 있는 걸로 사 왔어."

섀도는 그녀를 알아보았다. 케이로로 가던 중 만났던 여자.

"좋아. 샘, 이분이 우리 이웃인 마이크 아인셀 씨야. 마이크, 이 사람은 내 동생 사만다 블랙 크로예요."

'난 당신을 몰라.' 섀도는 필사적으로 생각했다. '우린 한 번도 본 적이 없어. 우리는 완전한 이방인이야.' 섀도는 예전에 눈 생각을 통해 눈을 내리게 했던 것을 기억하려 애썼고, 그것이 얼마나 손쉬웠는지 생각하려 애썼다. 아주 필사적이었다. 섀도는 손을 빼고 말했다.

"만나서 반가워요."

그녀는 눈을 깜빡거렸고, 고개를 들어 섀도를 올려다보았다. 순간 어리둥절함이 서리다가 눈에 깨닫는 기색이 스쳤다. 그녀는 입 한쪽 끝을 말아 올려 미소를 지었다.

"안녕하세요."

"음식이 잘되는지 봐야겠네요."

마게리트는 부엌의 음식을 한순간이나마 들여다보지 않고 그냥 놔두면 금방이라도 탈 것처럼 긴장된 목소리로 말했다.

샘은 두터운 코트와 모자를 벗었다.

"음, 당신이 멜랑콜리하지만 미스터리한 이웃이군요. 누가 생각이나 했겠어요?"

샘은 목소리를 낮추었다.

"그리고 당신은 샘 아가씨군. 이 문제는 나중에 이야기합시다."

"어떻게 된 일인지 말해 준다고 약속하면요."

"좋아요."

레온이 섀도의 바짓가랑이를 잡아당겼다.

"지금 보여 주세요."

아이가 조르면서 동전을 꺼냈다.

"좋아. 하지만 마술의 대가는 아무한테도 그 마술의 방법을 말하지 않는다는 거야. 꼭 명심해야 해."

"약속할게요."

레온은 진지하게 대답했다.

새도는 왼손으로 동전을 쥐고 레온의 오른손을 잡아 자기 손 안에서 동글게 말게 했다. 새도의 손이 아이의 손과 대비되어 거대해 보였다. 그러고 나서 아이에게 실제로는 동전을 새도의 왼손에 그대로 놔두고 오른손으로 쥐는 것처럼 보이게 하는 방법을 보여주었다. 그는 레온의 왼손에 동전을 넣고서 그 동작을 똑같이 반복해보라고 시켰다.

몇 번의 시도 끝에 꼬마 마술사는 그 동작을 마스터했다.

"자, 이제 넌 반을 배운 거야. 왜냐면 동작이 반이야. 나머지 반은 이거야. 동전이 있어야 할 곳에 집중해야 해. 동전이 가기로 되어 있는 곳을 쳐다보란 말이야. 네 눈길이 똑같이 따라가야 해. 동전이 너의 오른손에 있는 것처럼 행동하면 아무도 왼손은 쳐다보지 않을 거야. 네가 얼마나 서툴든지 간에 그건 상관없어."

샘은 고개를 한쪽으로 기울인 채 이 모든 것을 바라보면서 아무 말도 하지 않았다.

"저녁 됐어요!"

마게리트가 김이 나는 스파게티 그릇을 손에 든 채 부엌에서 나오면서 소리쳤다.

"레온, 가서 손 씻고 와."

음식은 맛있었다. 바삭바삭한 마늘빵과 붉고 진한 소스와 맛있고 매콤한 미트볼이 나왔다. 새도는 마게리트의 음식 솜씨를 칭찬했다.

"가정식 요리예요. 코르시카 집안에서 내려오는 방식으로 만든 거죠."

"전 당신이 미국 원주민인 줄 알았는데요."

샘이 말을 받았다.

"아빠는 체로키 족이었어요. 매그스 언니의 외할아버지는 코르시카

출신이고요."

샘만 카베르네를 마셨다.

"아빠는 언니가 10살 때 집을 떠나 마을 건너편으로 이사를 갔어요. 그로부터 6개월 후 내가 태어났고요. 엄마와 아빠는 이혼 절차가 끝나자 결혼했어요. 그리고 한동안 결혼생활을 유지하기 위해 두 분이 애썼던 거 같아요. 하지만 내가 10살 때 아빠는 떠났어요. 아빠는 10년 주기로 있던 곳에서 떠나는 기질이 있나 봐요."

"음, 아버지는 오클라호마에 10년 있었어요."

마게리트가 덧붙였다.

"우리 외가는 유럽계 유대인이었어요. 공산 국가였던 나라 중에 하나 말예요. 지금 그곳은 엉망진창으로 혼돈 속에 빠졌지만. 엄마는 아마도 체로키 족과 결혼한다는 생각을 좋아했던 모양이에요. 튀긴 빵과 잘게 썬 간 그런 거."

샘은 포도주를 한 모금 마셨다.

"샘의 엄마는 강한 여자였죠."

마게리트가 얼마간 만족한 표정으로 말했다.

"우리 엄마가 어디 있는지 알아요?"

샘이 물었다. 새도는 고개를 저었다.

"호주에 있어요. 엄마는 인터넷으로 호바트에 사는 남자를 만났어요. 직접 만났을 때 엄마는 그 남자가 멋대가리 없는 사람이란 걸 알았죠. 하지만 엄마는 태즈메이니아를 진짜로 좋아했어요. 그래서 그곳에 여자들 한 무리랑 살면서 그들에게 납염법에 대해 가르치고 있어요. 멋지지 않아요, 그 나이에?"

새도는 그렇다고 말하고, 미트볼을 먹었다. 샘은 영국인들이 태즈메이니아의 원주민들을 말살한 이야기, 영국인들이 그들을 잡기 위해 섬을 가로질러 인간 사슬을 만든 방법과 그 결과로 결국 노인 1명과 병든 아이 하나만을 잡게 된 이야기를 해 주었다. 또한 태즈메이니아 늑대들이 양 떼를 잡아먹을까 봐 걱정한 나머지 농부들이 늑대들을 죽인 이야기, 그리고 1930년대 마지막 늑대 개체들이 죽고 난 후에야 정치인들이 태즈메이니아 늑대들을 보호해야 한다는 사실을 깨달은 이야기를 했다. 그녀는 두 번째 포도주잔을 비우고 한 잔 더 따랐다.

뺨이 붉어지면서 갑자기 샘이 말했다.

"그래, 마이크. 당신의 가족에 대해서 말해 보세요. 아인셀가 사람들은 어떤가요?"

얼굴에는 미소를 짓고 있었고 그 미소에는 장난기가 묻어 있었다.

"우리는 진짜 재미없어요. 우리 가문 중 누구도 태즈메이니아까지 가 본 사람이 없어요. 그래, 당신은 매디슨에서 학교에 다닌다고요? 그 생활은 어떤가요?"

"당신도……. 난 미술사와 여성학을 공부하고, 소조를 하고 있어요."

"난 커서 마술을 할 거야. 짠! 날 가르쳐 주실래요, 마이크 아인셀 아저씨?"

레온이 물었다.

"그럼, 엄마만 괜찮다면."

마게리트는 어깨를 으쓱했다.

"저녁 먹고 난 후에, 언니가 레온 잠자리 봐 줄 동안 마이크한테 한 시간 정도 벽 스탭스 히어까지 태워 달라고 부탁 좀 해야겠는데."

마게리트는 어깨를 으쓱하지 않았다. 머리가 움직였고, 눈썹은 살짝 올라갔다.

"재미있는 분인 것 같아. 이야깃거리가 많은 것 같아서."

마게리트는 섀도를 쳐다보았고 섀도는 뺨에 묻지도 않은 붉은 소스 얼룩을 종이 냅킨으로 닦아 내느라 바빴다.

"뭐, 둘 다 성인이니."

마게리트는 말은 그렇게 해도 목소리는 그게 아니라는 뜻을 한껏 내포하는 말투로 그렇게 말했다.

저녁 식사 후 섀도는 샘의 설거지를 도왔다. 손을 닦고는 레온을 위해 마술을 했고, 레온의 손바닥에 놓인 페니 동전들을 세어 주었다. 레온이 손바닥을 펼칠 때마다 세어 놓은 숫자에서 꼭 하나씩이 부족했다. 마지막에는 이랬다.

"꼭 누르고 있어, 꼭."

레온은 손바닥을 펼치고는 1페니가 10센트 동전으로 바뀐 것을 보았다.

"어떻게 했어요? 엄마, 어떻게 한 거야?"

레온이 애달프게 조르면서 복도까지 섀도를 따라왔다.

샘은 섀도에게 코트를 건넸다.

"자."

샘의 뺨은 포도주로 인해 붉었다.

밖은 추웠다.

섀도는 아파트에 들러 『1872~1884 레이크사이드 시 위원회의 순간들』을 비닐 봉투에 넣어 가져왔다. 힌젤만이 벅 스탑스 히어에 있을지 모르는 일이었고, 힌젤만에게 그의 할아버지에 대한 글을 보여 주고 싶었다.

그들은 나란히 걸었다.

섀도가 차고 문을 열자 샘은 웃기 시작했다.

"세상에나."

4 러너를 보자 말했다.

"폴 건터의 차. 당신이 폴 건터의 차를 샀군요. 세상에."

섀도는 샘을 위해 차 문을 열었다. 그러고는 돌아서 차에 탔다.

"이 차를 알아?"

"두세 해 전에 여기 왔을 때 이 차를 보라색으로 칠하라고 설득했던 게 바로 나예요."

"아, 욕할 대상을 만나서 참 잘됐네."

섀도는 거리로 차를 몰았다. 밖으로 나와 차고 문을 닫고 차 안으로 들어왔다. 샘은 섀도가 차를 탈 때 확신을 잃어가는 것처럼 묘한 표정으로 그를 바라보고 있었다. 섀도가 안전벨트를 맬 때 샘이 말했다.

"나 무서워요. 이건 참 바보 같은 짓이에요, 안 그래요? 사이코 킬러랑 차에 함께 타는 거."

"지난번에 무사히 집까지 태워 줬잖아."

"당신은 두 남자를 죽였어요. 연방 수사관이 당신을 찾고 있다고요. 그리고 지금은 가짜 이름으로 우리 언니 옆집에 살고 있고요. 마이크 아인셀이 진짜 이름이 아니라면 말이죠."

"맞아."

섀도는 한숨을 쉬었다.

"진짜 이름이 아니야."

섀도는 말하고 싶지 않았다. 무언가 중요한 것을 잃는 느낌이었다. 이름을 부정함으로써 마이크 아인셀을 버리는 심정이었고, 친구에게 작별을 고하는 것 같았다.

"그 남자들을 죽였어요?"

"아니."

"그들이 우리집에 찾아왔어요. 우리가 함께 있는 걸 봤다고 하더군요. 그 남자가 나한테 당신 사진을 보여 주었어요. 그 사람 이름이 뭐였더라? 미스터 모자? 아니, 미스터 타운이란 사람이었어요. 이건, 뭐「도망자」도 아니고! 하지만 난 당신을 보지 못했다고 말했어요."

"고마워."

"어떻게 된 일인지 말해요. 내 비밀을 지켜 준다면 나도 당신 비밀을 지켜 주겠어요."

"난 아가씨 비밀은 아무것도 모르는데."

"음, 이 차를 보라색으로 칠한 게 내 생각이었다는 걸 알잖아요. 그래서 몇몇 읍에 걸쳐 폴 건터를 경멸과 조롱의 대상으로 만들어 버렸고, 걔는 아주 마을을 떠나야 했다는 거예요. 우린 좀 취해 있었거든요."

"그게 대단한 비밀이라는 생각은 안 드는데. 레이크사이드 사람들이라면 전부 다 알걸. 취한 보라색이잖아."

샘은 매우 조용하면서도 빠르게 말했다.

"날 죽일 거라면 제발 아프게 하지 마세요. 당신과 함께 오지 말았어야 했어요. 난 진짜 멍청한 인간이에요. 어쩌면 이렇게 멍청할 수가 있지. 당신을 처음 봤을 때 도망을 치거나 경찰을 불렀어야 하는데. 밀고할 수 있는데. 난 진짜 멍청한 인간이야."

섀도는 한숨을 쉬었다.

"난 사람을 죽인 적이 한 번도 없어. 진짜야. 지금은 아가씰 벅 스탑스 히어에 데려다 줄 거고. 아니면, 원하면 말만 해. 바로 차 돌려서 집에다 데려다줄 테니까. 아가씨가 미성년자가 아니면 술을 한잔 사주겠고, 미성년자라면 음료 한잔 사줄게. 그러고 나서 마게리트가 있는 집에 안전하게 데려다줄 거야. 아가씨가 경찰에 신고 안 하기만을 바랄 뿐이야."

둘은 다리를 건너면서 침묵을 지켰다.

"그 남자들은 누가 죽인 거예요?"

"내가 말해도 믿지 못할걸."

"믿을 수도 있죠."

샘은 이제 더 화가 난 듯했다. 섀도는 포도주를 가지고 갔던 것이 잘한 일이었는지 생각했다. 인생은 확실히 카베르네가 아니었다.

"믿기가 쉽지 않아."

"난 뭐든지 믿을 수 있어요. 내가 뭘 믿을 수 있는지 당신은 몰라요."

"진짜야?"

"난 진실인 것을 믿을 수 있고, 진실이 아닌 것을 믿을 수 있고, 사실인지 아닌지 아무도 몰라도 믿을 수 있어요. 산타클로스를 믿을 수 있고 부활절 토끼와 마릴린 먼로와 비틀즈와 엘비스와 미스터 에드를 믿을 수 있어요. 이봐요, 인간들이 완전해질 수 있다고도 믿고, 지식이 무한하다는 것도 믿고, 세상이 비밀 은행 카르텔에 의해 돌아간다는 것도 믿고, 정기적으로 외계인들이 방문한다는 것도 믿고, 주름진 여우원숭이같이 생긴 착한 외계인들과 가축들을 못 쓰게 만들고 물과 여자들을 원하는 나쁜 외계인들도 믿어요. 미래가 꽝이라는 것을 믿고 미래가 흔들린다는 것도 믿고, 어느 날 흰 버펄로 여자가 돌아와서 모든 사람을 골탕 먹일 거라는 이야기도 믿어요. 모든 남자가 의사소통에 문제가 있는 다 자란 애어른이라고 믿고, 아메리카에서 건전한 섹스가 쇠퇴한 게 이곳저곳 사방에 널려 있는 자동차 극장의 쇠퇴와 맞물려 있다는 것도 믿어요. 모든 정치인이 훈육도 제대로 받지 못한 사기꾼들이라는 것을 믿고, 그래도 그들이 다른 대안들보다는 낫다는 것도 믿어요. 큰 재앙이 닥치면 캘리포니아가 바다 밑으로 가라앉을 것이고, 플로리다는 광기와 악어 떼와 유해 물질로 녹아날 거라는 것도 믿어요. 항박테리아 비누가 흙과 질병에 대한 면역력을 망쳐서 어느 날 「화성 침공」의 화성인들처럼 감기로 멸종되고 말 것이라고 믿어요. 지난 세기의 가장 위대한 시인들이 이디스 시트웰과 돈 마퀴즈라고 믿고, 옥(玉)이 용의 정자를 말린 것이라고 믿고, 수천 년 전 전생에 내가 외팔이 시베리아 샤먼이었다는 걸 믿어요. 인간의 운명은 별에 있다는 것을 믿어요. 사탕이 어렸을 때 진짜 더 맛있었다는 걸 믿고, 공기 역학적으로 땅벌이 나는 것은 불가능하며, 빛은 하나의 파장과 입자이고, 어딘가에 있는 상자 안에 살아 있기도 하고 죽어 있기도 한 고양이가 있다는 것(상자를 열고 먹이를 주지 않으면 그것은 결국 두 가지의 다른 죽음이 되겠지만)과 우주 자체보다 수십억 년 더 나이를 먹은 별들이 우주에는 있다는 것을 믿어요. 나를 보살피고 걱정하고 내가 하는 모든 것을 굽어보는 신이 있다는 걸 믿어요. 우주를 돌게 하고 여자 친구들이랑 놀러 가서 내가 살아 있다는 것조차 모르는 비인간적인 신에 대해서도 믿어요. 인과 관계가 분명치 않고 잡음과 순전한 요행으로 이루어진, 신이 없고 공허한 우주도 믿어요. 섹스가 과대평가되었다고 말하는 사람은 섹스를 적절히 하지 못해서 그런다고 믿어요. 세상사를 알고 있다고 주장하는 사람들은 조그만 것에 대해서도 거짓말할 거라고 믿어요. 절대적 정직함과 센스 있는 사회적 거짓말을 믿어요. 여자들의 선택의 권리, 아이들의 삶의 권리를 믿어요. 사법 제도를 신뢰하는 사람에게는 '모든 인간은 소중하다'는 주장과 사형제도가 이율배반적이지 않을 수 있다는 걸 믿어요. 뭐, 물론 얼간이나 사법 제도를 신뢰하겠지만요. 인생이란 농담이고 잔인한 게임이며 삶이란 건 우리가 살아 있을 때 벌어지는 일이라는 걸, 우린 그저 느긋이 앉아 즐기면 된다는 걸 믿어요."

샘은 숨이 차서 말을 멈추었다.

섀도는 박수를 치려고 핸들에서 손을 뗄 뻔했다.

"좋아. 그러면 내가 그동안 알게 된 것을 말해도 날 돌아 버린 놈이라고 생각하지 않겠지."

"아마도요. 한번 말해 봐요."

"사람들이 지금까지 상상해 왔던 그 모든 신들이 아직도 우리와 함께 한다면 믿겠어?"

"……어쩌면."

"게다가 새로운 신들이 생겼어. 컴퓨터의 신과 전화의 신들, 뭐든 말이야. 그들은 양 진영 모두가 이 세상에 존재하기엔 공간이 부족하다고 생각하는 것 같아. 일종의 전쟁이 벌어질 것 같단 말이지."

"그 신들이 그 두 남자를 죽였단 말인가요?"

"아니, 내 아내가 죽였어."

"아내는 죽었다고 말한 것으로 아는데요."

"죽었어."

"그럼, 죽기 전에 그들을 죽였단 말이죠?"

"죽은 후에. 묻지 마."

샘은 손을 올려 이마로 내려온 머리카락을 쓸어 넘겼다.

그들은 중심가의 벅 스탑스 히어 밖에 차를 댔다. 창문 위 간판에는 놀란 표정의 사슴이 맥주잔을 들고 서 있는 것이 보였다. 섀도는 책이 든 봉투를 움켜쥐고 밖으로 나왔다.

"전쟁은 왜 하는 거죠? 쓸데없는 것 같은데요. 뭘 얻으려고 하는 거죠?"

"나도 몰라."

"신보다 외계인을 믿는 게 더 쉽겠네요. 아마 미스터 타운과 미스터 뭔지는 '맨 인 블랙'인지도 모르죠. 외계인의 일종 말예요."

"그럴지도 모르지."

그들은 벅 스탑스 히어 밖 보도에 있었다. 샘은 걸음을 멈추고 섀도를 올려다보았고, 그녀의 숨결은 밤 공기 속에 옅은 구름처럼 걸려 있었다.

"그냥 당신은 착한 쪽 사람이라고만 말해 줘요."

"그럴 수 없어. 나도 그렇게 말할 수 있었으면 좋겠어. 하지만 최선을 다하고 있어."

샘은 섀도를 올려다보고, 아랫입술을 깨물었다. 그리고 고개를 끄덕였다.

"좋아요. 당신을 밀고하지 않을게요. 맥주나 한잔 사주세요."

문을 열자 맥주 냄새와 햄버거 냄새가 구름처럼 떠 있는 따뜻한 공기와 음악의 폭풍이 그들을 맞았다. 안으로 들어섰다.

샘은 몇몇 친구들에게 손을 흔들었다. 섀도는 앨리슨 맥거번을 찾던 날 보았던, 이름은 몰라도 낯익은 한 무리의 사람들에게, 혹은 아침에 마벨에서 만났던 사람들에게 고개를 끄덕였다. 채드 멀리건은 바에 있었는데, 빨간 머리의 조그만 여자의 어깨에 팔을 두르고 있었다. '뽀뽀 사촌이군.' 하고 섀도는 생각했다. 섀도는 그녀가 어떻게 생겼는지 궁금했으나, 그녀는 등을 보이고 있었다. 채드는 섀도를 보자 손을 올려 경례하는 시늉을 했다. 섀도는 씩 웃음을 머금고 그에게 손을 흔들어 주었다. 섀도는 힌젤만을 찾아 둘러보았으나, 노인은 그날 밤 그곳에 온 것 같지 않았다. 섀도는 뒤쪽에 있는 빈자리를 찾아 그쪽으로 걸어가기 시작했다.

그때 누군가 소리를 지르기 시작했다.

목청을 한껏 열어서 내는 끔찍한 비명이었고, 귀신을 보았을 때나 낼 법한 찢어지는 비명이었다. 그 비명이 모든 대화를 잠재웠다. 섀도는 주변을 둘러보았고 누가 죽게 된 건지 살폈는데, 그때 그는 술집에 있는 모든 이의 눈이 자신을 향한다는 사실을 깨달았다. 심지어 낮 동안 창가에서 잠을 자던 검은 고양이마저 꼬리를 높게 치켜세우고 등을 아치처럼 구부린 채 주크박스 위에 올라서서 그를 노려보고 있었다.

시간은 아주 천천히 흘렀다.

"저놈 잡아요!"

히스테리 직전의 여자가 소리를 쳤다.

"오, 제발, 누가 저 사람 잡아요! 도망치게 내버려 두지 마세요! 제발!"

그가 알고 있는 목소리였다.

아무도 움직이지 않았다. 그들은 섀도를 노려보았다. 섀도는 그들을 되받아 쳐다보았다.

채드 멀리건이 사람들을 헤치고 앞으로 걸어 나왔다. 조그만 여자가 조심스럽게 그의 뒤에서 걸어왔는데, 금방이라도 비명을 지를 듯 눈을 크게 뜨고 있었다. 섀도는 그녀를 알고 있었다. 물론이었다.

채드는 여전히 맥주를 들고 있다가 옆에 있는 탁자에 내려놓았다.

"마이크."

"채드."

오드리 버튼이 채드 멀리건의 한 발 뒤에 서 있었다. 오드리의 얼굴은 창백했고 눈에는 눈물이 차올랐다. 소리를 지른 건 바로 그녀였다.

"섀도, 이 나쁜 자식. 이 살인마, 악마 같은 자식."

"이 사람, 확실히 아는 사람이야?"

채드가 물었다. 그는 불편해 보였다.

그는 분명 이곳에서 일어나고 있는 일이 사람을 잘못 보고 벌어진 일로, 나중에 껄껄 웃어넘길 수 있는 해프닝이길 바라고 있는 것이 틀림없었다.

오드리 버튼은 믿을 수 없다는 듯이 그를 쳐다보았다.

"제정신이야? 이 사람은 몇 년 동안 로비랑 일했어. 이 남자의 암캐

같은 마누라는 나하고 제일 친한 친구였다고. 이 인간은 살인 혐의를 받고 있어. 난 심문까지 받았다니까. 이 사람은 도주한 죄수란 말이야."

오드리의 과장이 가관이 아니었다. 억누른 목소리로 히스테릭하게 떨면서 에미상을 노리는 TV 드라마의 여배우처럼 흐느끼며 말하고 있었다. '뽀뽀 사촌.' 섀도는 무심하게 생각했다.

술집에 있는 아무도 아무런 말도 하지 않았다. 채드 멀리건은 섀도를 올려다보았다.

"아마 실수일 거야. 이 문제를 잘 해결할 수 있을 거야."

채드가 분별 있게 말했다. 그러고 그는 모두 들을 수 있게 말했다.

"괜찮아요. 걱정할 건 없어요. 이 문제를 해결할 수 있어요. 다 괜찮을 거예요."

그러고는 섀도를 향해 말했다.

"밖으로 나갑시다, 마이크."

조용한 능력. 섀도는 감명받았다.

"좋아요."

섀도는 어떤 손이 그의 손을 잡는 것을 느꼈다. 돌아보니 샘이 그를 응시하고 있었다. 섀도는 최대한 노력을 기울여 그녀를 안심시키기 위해 미소를 지어 보였다. 샘은 오드리 버튼에게 말했다.

"난 당신이 누군지는 몰라. 하지만, 너. 너는 나쁜 년이야."

그러더니 샘은 까치발을 하고 섀도를 자기 쪽으로 잡아당기더니 그의 입술에 진하게 입을 맞추었다. 섀도에겐 입과 입이 마주친 그 순간이 몇 분 동안 지속되는 것같이 느껴졌다. 그러나 똑딱거리는 시계의 시간으로 치자면 실제로는 불과 5초 정도였을지도 모를 일이다.

'기묘한 입맞춤.' 샘의 입술이 자신의 입술을 누르고 있을 때 섀도는 생각했다. 그것은 그를 향한 키스가 아니었다. 술집에 있는 다른 사람들 보라고 한 것이었고, 샘이 그의 편이라는 것을 알리려는 목적의 키스였다. 깃발을 날리는 키스였다. 샘이 키스를 하는 동안 섀도는 그녀가 자신을 좋아하지 않는다는 것을 확실히 알 수 있었다. 뭐, 아무튼 그런 식은 아닌 것이다.

그래도 섀도가 오래전 꼬마였을 때 읽었던 이야기가 하나 떠올랐다. 한 여행자가 절벽에서 미끄러졌는데, 위에는 식인 호랑이들이 있고 아래로는 깎아지른 낭떠러지가 있었다. 그는 낭떠러지에서 굴러 떨어지다가 중간에 가까스로 멈춘 채 매달려 있었다. 그의 옆에는 산딸기 덤불이 있었고, 위아래로는 분명 죽음이 있었다. '그가 어떻게 해야 할까?' 그것이 질문이었다.

답은 '딸기를 먹으라.'였다.

어렸을 때는 그 이야기가 도대체 이해가 가지 않았다. 지금은 이해가 간다. 섀도는 눈을 감고 키스에 자신을 내맡겼고, 샘의 입술과 그의 피부에 닿는 부드러운, 야생 딸기만큼이나 달콤한 그녀의 피부만을 느꼈다.

채드 멀리건이 엄중하게 말했다.

"자, 마이크. 제발. 밖으로 나갑시다."

샘은 뒤로 물러났다. 그녀는 자신의 입술을 핥고 환한 미소를 지었다.

"나쁘진 않네. 키스, 괜찮게 하는데요. 좋아요, 밖에 나가서 플레이합시다."

샘은 오드리 버튼에게 돌아섰다.

"하지만 너는 그래도 나쁜 년이야."

섀도는 샘에게 자신의 자동차 키를 던져 주었다. 샘은 그것을 한 손으로 받았다. 섀도는 술집에서 나왔고, 채드 멀리건이 뒤를 따랐다. 눈이 부드럽게 내리기 시작했다. 눈송이들은 술집의 네온사인으로 휘돌며 떨어졌다.

"얘기 좀 해 볼까요?"

"저 체포되는 건가요?"

오드리는 그들을 따라 보도로 나갔다. 그녀는 언제라도 다시 비명을 지를 태세였다. 그녀가 떨리는 목소리로 말했다.

"저 사람은 두 남자를 죽였어, 채드. FBI가 우리 집으로 왔었어. 저놈은 사이코야. 자기가 원하면 내가 경찰서로 함께 갈 수 있어."

"그 정도 야단법석 떨었으면 된 거 아닌가. 제발 돌아가."

섀도의 목소리는 자신에게조차 피곤해 보였다.

"채드? 저 말 들었지? 날 위협했어!"

"안으로 들어가, 오드리."

채드 멀리건이 말했다. 오드리는 말대꾸를 하려다가 입술이 창백해질 만큼 굳게 입을 앙다물고 술집 안으로 들어갔다.

"그녀가 말한 것에 대해 할 말 있어?"

"난 아무도 죽인 적이 없어요."

채드가 고개를 끄덕였다.

"난 당신을 믿어요. 이 혐의들을 쉽게 풀 수 있으리라 확신하고요. 분명 별일 아닐 거요. 어쨌든 내가 확인해야 하는 일이라. 당신은 말썽이 나지 않게 할 거야. 그렇죠, 마이크?"

"그럼요. 이건 모두 실수예요."

"맞아. 그러니 경찰서로 가서 정리를 해 봐야 할 것 같은데?"

"구속되는 건가요?"

섀도가 다시 한 번 물었다.

"아니, 당신이 원하지 않으면 아니에요. 그게, 나와 같이 경찰서로 갑시다. 시민의 의무감을 가지고 나와 함께 가서 깨끗하게 해결하기 위해 할 수 있는 일이 뭐든 해봅시다."

채드는 섀도의 몸을 손으로 훑곤 아무 무기도 없다는 것을 확인했다. 그들은 멀리건의 차에 탔다. 섀도는 뒷자리에 타고는 쇠창살을 통해 밖을 보았다. 'SOS 구조 요청, 오버. 도와줘.' 섀도는 생각했다. 그는 시카고의 경찰에게 그랬던 것처럼 머릿속에서 멀리건에게 영향력을 행사해보려 했다. '난 당신의 오랜 친구 마이크 아인셀이야. 당신은 나의 목숨을 구해 주었어. 이게 얼마나 어리석은 짓인지 모르겠어? 이 모든 것을 다 그만두면 안 되겠나?'

"당신을 저기서 빼내 온 게 잘한 것 같네. 조금만 더 있었으면 누군가가 당신이 앨리슨 맥거번을 살해했다고 큰 소리로 떠들어 댈 것이고, 그러면 폭도들이 린치를 가하듯 난리가 났을 거요."

"맞아요."

"나에게 할 말이 확실히 아무것도 없어요?"

"네, 아무 할 말 없습니다."

레이크사이드 경찰서까지 가는 길에 둘은 침묵을 지켰다. 경찰서 밖에 차를 대면서, 채드는 경찰서 건물이 사실상 카운티 보안부서에 속한다고 말했다. 경찰서는 몇 개의 사무실로 이루어져 있었다. 그곳에서 방 몇 개만 사용하고 있다고 했다. 조만간 카운티에서 좀 더 현대적인 건물을 지을 것이다. 지금으로서는 현재의 상태에 만족해야 한다는 것이다.

그들은 안으로 걸어 들어갔다.

"변호사를 불러야 하나요?"

"고소된 건 아니니, 당신 의사에 달렸어요."

그들은 자동문을 통해 들어갔다.

"저기 앉아요."

섀도는 옆쪽에 담배로 지진 흔적이 있는 나무 의자에 자리를 잡았다. 멍청하고 어리석다는 생각이 들었다. 게시판에는 조그만 포스터가 붙어 있었고, 그 옆에는 금연이라고 쓰인 커다란 표지가 있었다. 포스터에는 행방불명이라고 쓰여 있었다. 사진은 앨리슨 맥거번의 것이었다.

나무 탁자 위에 지난 호 《스포츠 일러스트레이트》와 《뉴스위크》가 몇 부 놓여 있었다. 표지의 주소 라벨이 깔끔하게 도려내어져 있었다. 등불은 희미했다. 벽의 페인트는 노란색이었으나 원래는 흰색이었던 것 같았다.

10분 후 채드는 자동판매기에서 핫 초콜릿이 담긴 물기 묻은 컵을 빼서 섀도에게 가져다주었다.

"봉투에 뭐가 있나요?"

채드가 물었다. 그때서야 섀도는 자신이 아직도 책이 든 비닐봉투를 들고 있다는 것을 깨달았다.

"옛날 책이에요. 당신 할아버지의 사진이 여기 있어요. 아니면 증조

할아버지일 수도 있겠네요."

"그래요?"

섀도는 책장을 넘겨 시 위원회원의 사진을 찾았고, 멀리건이란 남자를 가리켰다. 채드는 껄껄거렸다.

"이거 참, 놀랍군."

그 방에서 1분, 2분이 지났고, 1시간, 2시간이 흘렀다. 섀도는《스포츠 일러스트레이트》를 2권이나 읽었고《뉴스위크》를 읽기 시작했다. 채드는 섀도가 화장실에 가야 할 것인지 보기 위해 한 번, 햄롤 하나와 작은 감자칩 봉지 하나를 가져다주기 위해 또 한 번 들렀다.

섀도는 그것을 받으면서 말했다.

"고마워요. 저 체포된 건가요?"

채드는 이 사이로 바람을 빨아들였다.

"음, 뭐, 금방 알게 되겠죠. 당신은 법적으로 마이크 아인셀이 아닌 것 같은데. 하지만 여기선 원하는 대로 자신을 불러도 상관없어요. 그게 사기를 치기 위한 게 아니라면 말이지. 그냥 편안히 있어요."

"전화 한 통화 해도 돼요?"

"시내 전화인가?"

"시외 전화요."

"전화 카드를 이용하면 돈을 아낄 수 있을 거요. 아니면 홀에 있는 전화에 동전으로 10달러를 넣든가."

'그렇겠지요. 그런 식으로 하면 당신은 내가 누르는 번호를 알 수 있겠지. 그리고 당신은 내선으로 통화 내용을 들을 수 있을 거야.'

"좋아요."

그들은 채드의 사무실 옆 빈 사무실로 들어갔다. 그곳은 약간이나마 불빛이 더 밝았다. 섀도가 채드에게 돌려 달라고 준 번호는 일리노이 주 케이로에 있는 장례식장 번호였다. 채드가 다이얼을 돌렸고 섀도에게 수화기를 건넸다.

"통화해요."

채드는 사무실을 나갔다.

전화는 몇 번 울리다가 연결되었다.

"자켈 앤드 아이비스입니다. 무엇을 도와 드릴까요?"

"안녕하세요, 저 마이크 아인셀입니다. 크리스마스 때 거기서 일을 거들었던 사람이에요."

잠깐의 망설임 후에 대답이 나왔다.

"아, 마이크. 잘 지내나?"

"별로요, 아이비스 씨. 문제가 좀 생겼어요. 체포될 것 같아요. 삼촌하고 연락하실 수 있죠? 말씀 좀 전해 주셨으면 해서요."

"알아볼 수 있어. 잠깐만, 마이크. 자네하고 얘기하고 싶어 하는 사람이 있어."

전화는 누군가에게로 건네졌고, 자욱한 연기 같은 여자의 목소리가 들렸다.

"안녕, 자기. 당신이 그리워."

섀도는 그 목소리를 한 번도 들어 본 적이 없다고 확신했다. 하지만 섀도는 그녀를 안다. 자신이 그녀를 알고 있는 것이 확실했다…….

'놓아 버려.' 연기 같은 목소리가 섀도의 마음속에서, 꿈속에서 속삭였다. '모두 놓아 버려.'

"당신이 키스한 여자가 누구야, 자기? 날 질투 나게 하는 거야?"

"우린 그저 친구예요. 무언가를 증명하려 했던 것뿐이에요. 그녀가 나에게 키스한 걸 어떻게 알아요?"

"난 우리 사람들이 다니는 곳에는 어디든 눈을 가지고 있어. 자기, 잘 지내야 해……."

한순간 침묵이 흘렀고 아이비스가 전화를 다시 받아 말했다.

"마이크?"

"예."

"자네 삼촌하고 연락 취하는 데 문제가 있어. 일에 매인 것 같아. 하지만 내가 자네 숙모 낸시에게 연락해서 메시지를 전달해 줄게. 행운을 비네."

전화가 끊겼다.

섀도는 자리에 앉아 채드가 돌아오길 기다렸다. 그는 비어 있는 사무실에 앉아 무언가 주의를 돌릴 게 있었으면 했다. 내키진 않지만, 그는 『1872~1884 레이크사이드 시 위원회의 순간들』을 들고 중간쯤을 펼쳐 읽기 시작했다.

보도와 공공건물의 바닥에 침 뱉는 행위와 담배를 버리는 행위를 금하는 조례가 1876년 12월에 입안되어 8 대 4로 통과되었다.

1876년 12월 13일 12살 난 레미 하우탈라가 '정신착란 상태에서 사라져 버린 것 같다.'라고 쓰여 있었다. '즉각 추적했지만, 시야를 가리는 폭설이 장애가 되었다.' 평의회는 하우탈라 집안에 애도를 표하는 것을 만장일치로 합의했다.

그 다음 주 올센 마차 대여소에 일어난 화재는 인명이나 말의 손실이나 부상 없이 진화되었다.

　새도는 조그맣게 프린트된 칼럼을 훑어보았다. 레미 하우탈라에 대한 언급은 더 이상 찾아볼 수 없었다.

　그는 무엇인가를 알아차린 듯 해 페이지를 넘겨 1877년에 대한 부분을 펼쳐 보았다. 새도가 찾고 있는 것이 1월의 기록에 여담으로 언급되어 있었다. 나이는 나오지 않았으나 흑인 아이 제시 러뱃이 12월 28일 밤에 사라졌다. 그녀는 '소위 떠돌이 행상에게 납치되었을' 수도 있을 것이라고 추정된다. 그들 행상 일당은 그 전 주에 마을에서 쫓겨 도망갔는데 절도 행각을 벌인 것으로 밝혀졌다. 소식통에 따르면 그들은 세인트폴로 향했다고 한다. 세인트 폴로 전보를 쳤으나, 그 후 그곳에서 보고된 결과는 없었다. 러뱃 가족에게는 애도를 표하지 않았다.

　1878년 겨울의 기록들을 훑어보는 중에 채드 멀리건이 노크를 하고, 좋지 않은 성적표를 가지고 집에 들어오는 아이처럼 창피해 하는 표정으로 들어왔다.

　"아인셀 씨, 정말 유감이군요. 이 일에 협조해 줘서 고맙소. 개인적으로 난 당신이 좋아요. 하지만 그렇다고 상황이 바뀌는 건 아닙니다, 알죠?"

　새도는 안다고 말했다.

　"난 어쩔 수 없이, 당신을 가석방 위반으로 체포할 수밖에 없어요."

　경찰서장 채드 멀리건은 새도에게 그의 권리를 읽어 주었다. 그는 몇몇 서류를 작성하고 새도의 지장을 찍었다. 그런 후 새도를 데리고 건물의 다른 편에 있는 카운티 감방으로 갔다.

　그곳의 한쪽에는 긴 카운터와 출입구 몇 개가 있었다. 한 감방은 선객이 있었는데, 한 남자가 시멘트 침대에서 얇은 이불을 덮고 자고 있었다. 다른 감방은 비어 있었다.

카운터 안쪽에 갈색 유니폼을 입은 졸려 보이는 여자가 조그마한 흰색 휴대용 텔레비전에서 「제이 레노 쇼」를 보고 있었다. 그녀는 채드에게 서류를 받아서 사인을 했다. 채드는 더 머물면서 다른 서류를 작성했다. 여자가 카운터를 돌아 나와 섀도의 몸을 훑어 지갑, 동전, 현관 키, 책, 시계 등 소지품을 받아 카운터에 놓고, 주황색 옷이 든 비닐 봉투를 건네주며 빈 감방으로 들어가 옷을 갈아입으라고 말했다. 속옷과 양말은 그대로 입을 수 있었다. 섀도는 안으로 들어가 주황색 옷으로 갈아입고 슬리퍼를 신었다. 슬리퍼에서 지독한 냄새가 났다. 그가 뒤집어쓴 주황색 윗도리 등판에 럼버 카운티 형무소라고 검은 글씨가 크게 쓰여 있었다.

감방 안에 있는 금속 변기는 물이 막혀, 뒤범벅된 갈색의 액체 배설물과 시큼하고 맥주 같은 오줌이 넘칠 듯 차 있었다.

섀도는 다시 나와서 여자에게 자신의 옷가지를 건넸다. 여자는 그것을 섀도의 나머지 물건과 함께 비닐봉투에 집어넣었다. 그녀는 섀도에게 짐에 대해 서명하게 했다. 섀도는 마이크 아인셀로 서명했다. 서명을 하면서도 이미 그는 그 이름을 과거에 매우 좋아했지만 이제 다시는 볼 수 없는 누군가로 기억하고 있었다. 섀도는 옷가지를 건네주기 전에 지갑을 몰래 훑었다.

"이거 좀 잘 보관해 주세요. 내 전 생애가 여기에 있는 것이나 다름없어요."

여자는 섀도에게서 지갑을 건네받고는 걱정하지 말라고 했다. 그녀는 채드에게 자신의 말이 맞지 않냐며 동의를 구했고, 채드는 서류 작업을 하다가 고개를 들고 리즈의 말이 맞으며, 그들은 죄수들의 소지품을 잃어버린 적이 한 번도 없다고 말해 주었다.

섀도는 옷을 갈아입으면서 지갑에서 몰래 꺼낸 지폐 400달러를 주머니에서 꺼낸 자유의 여신상 은화와 함께 양말 속에 집어넣었다.

섀도가 나오면서 물었다.

"저기, 읽고 있던 책을 마저 읽어도 괜찮을까요?"

"미안해요, 마이크. 규칙은 규칙이라."

채드가 말했다.

리즈는 뒷방에서 섀도의 소지품을 봉투에 집어넣었다. 채드는 섀도를 일 잘하는 리즈 경관에게 맡기겠다고 말했다. 리즈는 피곤하고 무표정해 보였다. 채드가 나갔다. 전화가 울렸고 리즈 경관이 전화를 받았다.

"예, 예. 알았어요. 예. 문제없어요. 예."

리즈는 수화기를 내려놓고 인상을 썼다.

"문제가 있나요?"

"예. 아니, 뭐 그렇죠. 당신을 데려가기 위해 밀워키에서 사람을 보낸대요. 자, 혹시 당뇨나 뭐, 그런 건강상의 문제는 없나요?"

"없는데요. 그런 건 없습니다. 그런데 그게 왜 문제가 되나요?"

"내가 여기서 당신을 3시간 동안 데리고 있어야 하거든요. 게다가 저기 감방은……."

리즈는 한 남자가 자고 있는 문가에 있는 감방을 손가락으로 가리켰다.

"저기는 이미 사람이 들었잖아요. 저 사람은 자살 위험이 있기 때문에 계속 지켜봐야 해요. 당신을 같이 넣어 둘 순 없어요. 또, 당신을 우리 카운티에 사인하고 받아들였다가 다시 사인하고 내보내는 수고를 할 필요까지는 없죠."

리즈는 섀도가 옷을 갈아입었던 빈 감방을 가리켰다.

"변기가 막혔잖아요. 냄새가 고약하지 않던가요?"

"예, 지독했어요."

"인간적으로 그럴 순 없는 거죠. 하루라도 빨리 새 시설이 들어와야지 안 되겠어요. 들어온 여자 중에 하나가 변기에다 생리대를 넣고 물을 내렸나 봐요. 그러지 말라고 했구먼. 쓰레기통도 따로 있는데 말이죠. 파이프가 막혔어요. 생리대 때문에 한 번 막힐 때마다 배관공을 부르면 100달러를 지불해야 하죠. 그래서 내가 당신을 저기다 넣지 않는 거예요. 대신 수갑을 채워야 해요. 그렇지 않으면 감방으로 들어가야 하거든요. 당신 맘대로 하세요."

"뭐, 상관없습니다. 그럼 수갑을 찰게요."

리즈는 허리 벨트에서 수갑을 꺼낸 다음, 그게 거기 있다는 것을 섀도에게 알리려는 것처럼 권총집에 있는 반자동 권총을 톡톡 두드렸다.

"손을 등 뒤로 돌리세요."

섀도는 손목이 아주 굵어서 수갑이 꽉 죄었다. 수갑을 채우고 나서 두 발목을 묶고 카운터의 맨끝에 섀도를 앉혔다.

"날 귀찮게 하지 마세요. 그럼 나도 당신을 귀찮게 하지 않을게요."

리즈는 텔레비전을 돌려서 섀도가 볼 수 있게 했다.

"고마워요."

"새 사무실로 가게 되면, 이런 난리는 치르지 않아도 될 거예요."

「투나잇 쇼」가 끝났다. 제이와 게스트들이 웃으며 끝인사를 보냈다. 「치어스」 한 편이 시작되었다. 섀도는 「치어스」를 제대로 본 적이 없었다. 딱 한 번 보았는데 그것은 코치의 딸이 술집으로 오는 장면이 나오는 회였다. 그 회는 몇 번 반복해서 보았다. 섀도는 잘 보지 않는 텔레비전 연속물의 경우, 몇 년의 기간을 두더라도 언제고 봤던 회만 다시 보게 된다는 느낌이 들었다. 그게 무슨 보편적인 법칙의 하나가 아닐까 하는 생각이 들었다.

리즈 경관은 의자에 기대앉았다. 분명 졸고 있는 것은 아니었지만, 그렇다고 완전히 깬 상태도 아니었다. 그래서 「치어스」의 출연진들이 말을 멈추고 주고받던 농담에서 벗어나 일제히 스크린 밖으로 시선을 향해 섀도를 쳐다보는 것을 알아차리지 못했다.

자신을 지성인이라고 생각하는 금발의 웨이트리스인 다이앤이 가장 먼저 말을 걸었다.

"섀도, 우린 당신을 정말 걱정하고 있어. 당신은 세상에서 너무 멀어졌어. 당신을 다시 보니 반가워. 물론 구속되어 주황색 옷을 입고 있긴 하지만."

술집 죽돌이 클리프가 점잔빼며 말했다.

"내 생각은 말이야, 모든 사람이 주황색 옷을 입은 사냥 시즌에 도망가야 한다는 거야."

섀도는 아무런 말을 하지 않았다. 다이앤이 말했다.

"아, 입을 다물기로 했나 보네. 음, 너 쫓는 거 재밌었다!"

섀도는 고개를 돌렸다. 리즈 경관이 조용히 코를 골기 시작했다. 몸집이 작은 웨이트리스인 칼라가 느닷없이 소리를 질렀다.

"이봐, 바보 같은 놈아! 우리는 네 그 빌어먹을 바지에 오줌을 지리게 만들 수 있다는 걸 보여 주려고 방송을 멈추고 있단 말야. 준비됐어?"

스크린이 깜빡거리다가 화면이 나갔다. 화면의 왼쪽 밑에 흰색으로 '라이브'라는 글자가 떨고 있었다. 억눌린 여자의 목소리가 해설하기 시작했다.

"승리하는 편으로 바꾸기엔 아직 늦진 않았다. 하지만 알다시피 당신에겐 그냥 있던 곳에 머무를 수 있는 자유가 있어. 그게 바로 미국인의 특징이지. 미국의 기적이야. 결국 믿음의 자유라는 것은 잘못된 것을 믿을 자유를 의미하지. 표현의 자유가 침묵할 자유를 주는 것처럼 말이야."

영상은 이제 길거리 장면을 보여 주었다. 카메라가 실사 다큐멘터리를 찍을 때 쓰는 핸디 캠처럼 앞쪽으로 비틀렸다.

머리가 성글어지고 피부는 까무잡잡한, 약간 비굴한 표정의 사내가 화면을 채웠다. 그는 플라스틱 컵의 커피를 홀짝거리면서 벽 옆에 서 있었다. 그가 카메라를 바라보면서 말했다.

"테러리즘이란 말로 입방아 찧기는 아주 쉽다. 다시 말해 진짜 테러리스트들은 자유의 전사 같은 교묘한 말들 뒤에 숨는다는 뜻이다. 실제로는 그자들은 그저 살인을 일삼는 쓰레기들일 뿐이다. 그것이 우리의 일을 쉽게 만들진 않는다. 어쨌건 우리는 적어도 우리가 변화를 꾀하는 중요한 일을 한다는 것을 알고 있다. 우리는 목숨을 내걸고 중요한 일을 하고 있다."

새도는 그 목소리를 알아차렸다. 자신이 한때 그자의 머릿속으로 들어간 적이 있었다. 미스터 타운은 안에서는 목소리가 다르게 났었다. 그때는 더 깊고 공명감이 있었다. 하지만 지금도 틀림없이 그의 목소리였다.

카메라가 뒤로 물러나 미스터 타운이 어느 미국 거리의 벽돌 건물 밖에 서 있는 모습을 보여 주었다. 문 위에는 삼각자와 컴퍼스가 G자를 두르고 있었다.*

"위치로."

화면 밖에서 누군가가 말했다.

"실내의 카메라들이 돌고 있는지 볼까요."

여자의 목소리가 화면 밖에서 흘러나왔다. 마치 '당신처럼 현명한 사람만이 이러한 구매 기회를 놓치지 않아요.'라고 말하는 광고 속의 목소리처럼 안심을 주는 목소리였다.

'생방송'이라는 단어가 화면 왼쪽 하단에서 계속 깜빡거렸다. 이제 영상은 조그만 홀의 실내를 보여 주었다. 실내는 어두침침했다. 한쪽 구석에 있는 테이블에 남자 2명이 앉아 있었다. 그중 하나가 카메라를 등지고 있었다. 카메라가 들썩들썩 흔들리며 그들을 향해 서투르게 줌인했다. 한순간 초점이 흐려졌다가 다시 선명해졌다. 카메라를 마주하고 있는 남자가 일어서서, 마치 체인에 묶인 곰처럼 걷기 시작했다. 웬즈데이였다. 어떤 면에서는 이것을 즐기고 있는 것처럼 보였

---

* 비밀 결사 조직이라 알려진 '프리메이슨'의 상징이다. 삼각자는 여성, 땅, 생식의 원리, 기저, 관능적 자연을 의미하고, 컴퍼스는 남성, 생식의 원리, 하늘, 더 좋은 곳, 영적인 자연을 의미하며, 중간에 새겨진 글자 G는 이집트 신의 삼위일체인 오시리스, 이시스, 호루스를 표현한 것으로 간주된다.

다. 다시 초점이 맞추어지자 펑 하는 소리가 났다.

　스크린에 등을 돌리고 있는 남자가 말을 하고 있었다.

　"우린 끝낼 기회를 주겠다고 제시하는 거야. 여기 이 자리, 바로 지금 말이지. 더이상의 유혈도, 공격도, 고통도, 살상도 없도록 말이지. 이 정도면 양보할 가치가 있지 않나?"

　웬즈데이는 걸음을 멈추고 돌아보았다. 그의 콧구멍이 벌어졌다. 그리고 성난 소리로 말했다.

　"우선 당신이 그런 식으로 말을 하면 내가 우리 측 사람들, 즉 이 나라 전역에 퍼져 있는, 나와 위치가 같은 모든 이를 대변해야 한다고 요구하는 것과 같아. 알지? 그건 말도 안 돼. 그자들은 자기들이 할 일을 할 것이고 난 그에 관해 왈가왈부할 수 없어. 둘째, 도대체 뭘 보고 당신들 말을 믿을 수가 있다고 생각하나?"

　카메라에 등을 돌린 남자가 머리를 움직였다.

　"왜 이렇게 스스로를 깎아내리시나. 당신들에게 리더가 없는 건 인정해. 하지만 그들은 당신 말을 듣고 있어. 당신에게 주목하고 있다고, 카고 씨. 약속을 지키는 문제에 관하자면, 음, 이 예비회담은 현재 필름에 찍히고 생방송으로 방영되고 있어."

　그는 카메라를 향해 손짓했다.

　"당신네 중 일부는 우리가 이야기하는 이 순간 우릴 지켜보고 있지. 다른 자들은 비디오테이프를 보게 될 거고. 또 어떤 이들은 말로 전해 듣겠지. 자기들이 신뢰하는 사람들에게서 말이야. 카메라는 거짓말을 하지 않아."

　"거짓말은 누구나 하지."

섀도는 카메라에 등을 돌린 남자의 목소리를 알아차렸다. 섀도가 타운의 머릿속에 있었을 때 휴대 전화로 타운과 통화했던 미스터 월드였다.

"우리가 한 약속을 못 믿는다는 건가?"

"당신들 약속은 깨지기 위해 있는 것이고, 당신네 맹세는 부인하기 위해 있다고 생각하는데. 하지만 나는 내가 한 약속을 지킬 거야."

"좋은 게 좋은 거지. 우리 쪽은 휴전하자고 합의했어. 그나저나 당신의 젊은 부하가 다시 우리의 손아귀에 들어왔네."

웬즈데이가 코웃음쳤다.

"아니야."

"우리는 곧 일어날 시스템의 변화에 대처할 방법을 논하고 있었네. 서로 적이 될 필요는 없지. 안 그런가?"

웬즈데이는 여전히 동요하는 것 같았다.

"나는 힘 닿는 한 무엇이든지 할 거……."

섀도는 텔레비전 스크린에서 웬즈데이의 이미지가 무언가 이상하다는 것을 알아차렸다. 그의 왼쪽 눈, 유리 눈에 붉은 섬광이 이글거렸다. 그 눈은 진홍색 불빛과 함께 타오르고 있었다. 그 섬광이 그의 움직임에 따라 잔상을 남겼다. 웬즈데이는 그것을 인식하지 못하는 것 같았다.

"여긴 거대한 나라야."

웬즈데이가 생각을 정리하면서 말했다. 머리를 움직이자 진홍색 불빛 얼룩이 뺨으로 미끄러져 내려와 레이저 조준점을 만들었다. 그러더니 다시 유리 눈으로 올라왔다.

"뭔가 여지가……."

그때 꽝 하는 소리가 들렸다. 소리 죽인 텔레비전 스피커 탓에 소리는 작게 들렸다. 웬즈데이의 머리 한쪽이 폭발했다. 그의 몸이 뒤로 쓰러졌다.

여전히 카메라에 등을 돌린 채 미스터 월드가 자리에서 일어나 화면에서 벗어났다.

"이걸 다시 이번에는 슬로모션으로 봅시다."

아나운서의 목소리가 안심시키듯 말했다.

'생방송'이라는 글자는 재생으로 바뀌었다. 붉은 레이저 조준점이 천천히 웬즈데이의 유리 눈을 추적했고, 다시 한번 그의 얼굴 한쪽이 피 구름과 함께 무너져 내렸다. 정지 화면이 떴다.

"그렇습니다. 여긴 아직 신의 나라입니다."

기자의 끝맺음 멘트처럼 아나운서가 말했다.

"문제는 어떤 신이냐 하는 거죠?"

또 다른 목소리가 말했다. 섀도는 그것이 미스터 월드의 목소리라고 생각했다. 낯익은 특징이 있었기 때문이었다.

"이제 정규 방송으로 돌아가겠습니다."

「치어스」에서 코치가 그의 딸에게 엄마와 똑같이 정말 아름답다고 말해 주고 있었다.

전화가 울렸고, 리즈 경관은 깜짝 놀라 깨서 수화기를 들었다.

"알았어요. 좋아요. 예. 알았어요. 금방 갈게요."

전화를 끊고 카운터 안에서 나와 섀도에게 말했다.

"미안하지만 당신을 감방에 넣어야겠어요. 변기는 사용하지 마세요. 볼일을 봐야 하면 문 옆에 버저를 누르세요. 내가 최대한 빨리 와서 밖에 있는 화장실로 안내해 줄게요. 라파예트 보안관서에서 조만간 당신을 데리러 올 거예요."

리즈는 수갑과 족쇄를 풀고 그를 감방에 넣었다. 문을 닫으니 냄새는 더욱 고약해졌다.

섀도는 콘크리트 침대에 앉아 양말에서 자유의 여신상 동전을 꺼내 손가락에서 손바닥으로, 이 위치에서 저 위치로, 손에서 손으로 움직이면서, 혹시라도 안을 들여다볼 사람이 보지 못하도록 하는 것에만 열중하며 묘기를 부렸다. 그렇게 시간을 죽였다. 섀도는 무감각했다.

갑자기, 그리고 강렬하게 웬즈데이가 그리웠다. 웬즈데이의 자신감, 그의 태도가 그리웠다. 그의 확신.

섀도는 손을 펴고, 자유의 여신상의 은색 조상을 내려다보았다. 손가락으로 동전 위를 덮고 꽉 움켜쥐었다. 자신이 하지 않은 일 때문에 목숨을 내놓게 되는 사람 중의 하나가 되지 않을까 생각했다. 그 지경까지 갔다면 말이다. 미스터 월드와 미스터 타운이 보인 행동을 생각할 때, 그들이 섀도를 시스템에서 끄집어내는 데에는 아무런 문제가 없을 것이다. 아마도 다음 시설까지 가는 길에 불행한 사고를 당할지도 모른다. 탈출을 시도하다가 총에 맞을 수도 있다. 전혀 불가능한 일이 아닌 것 같았다.

유리 건너편 방이 부산스러웠다. 리즈 경관이 다시 들어왔다. 리즈가 버튼을 눌렀다. 그러자 섀도에겐 보이지 않는 문이 열렸으며, 갈색 보안관 제복을 입은 흑인 보안관보가 들어와 씩씩하게 데스크로 걸어왔다.

샤도는 동전을 양말 속에 다시 집어넣고 발목까지 밀어 내렸다.

보안관 보는 서류를 건넸고, 리즈 경관은 그것을 훑어보고 서명했다. 채드 멀리건이 들어와 남자에게 몇 마디 말한 다음 감방문을 열고 안으로 들어왔다.

"냄새 한번 고약하군."

"누가 아니랍니까."

"자, 당신을 데리러 사람들이 왔소. 이거 원, 당신 일이 국가적 보안 차원의 문제인 것 같네. 알고 있었어요?"

"《레이크사이드 뉴스》의 첫 페이지를 장식하겠네요."

채드는 표정 없이 샤도를 바라보았다.

"가석방 위반으로 유랑 노동자가 잡혔다고 말이오? 뭐, 그건 대단한 뉴스거리는 아닌데."

"그런 건가요?"

"그렇게들 이야기하더군."

채드 멀리건이 말했다. 샤도는 손을 앞으로 내밀었고 채드가 수갑을 채웠다. 채드는 발목에 밧줄을 묶었고 수갑과 발목의 밧줄에 막대기를 달았다.

'날 밖으로 데려가는군. 아마 탈출을 시도할 수 있을 거야. 어떻게든 도망을 꾀할 수 있지 않을까. 족쇄와 수갑과 얇은 오렌지색 옷을 입고 저 바깥 눈 속으로 간다.'

샤도는 그게 얼마나 멍청하고 가소로운 생각인지 스스로 잘 알고 있었다.

채드는 섀도를 데리고 나와 사무실로 갔다. 리즈 경관은 텔레비전을 껐다. 흑인 보안관보가 그를 보았다.

"덩치가 크군."

리즈 경관은 보안관보에게 섀도의 소지품이 든 검은 봉투를 건넸고, 보안관보는 서명했다.

채드는 섀도를 보았고, 그런 후 보안관보를 보았다. 그는 조용히, 그러나 섀도가 들을 수 있을 정도로 말했다.

"저, 난 이런 일이 벌어지는 게 영 불편하다는 말을 하고 싶군요."

보안관보가 고개를 끄덕였다. 그의 목소리는 대량학살 사건이 나도 너끈히 기자단 브리핑을 총괄할 만한 느낌을 주는, 깊고 점잖으며 교양 있는 목소리였다.

"관련 당국에 넘겨야 해요, 경관님. 우리가 할 일은 그를 데려다주는 것이고요."

채드가 불쾌한 표정을 짓고는 섀도를 돌아보았다.

"자, 저 문을 통해 나가 비상문으로 가세요."

"뭐라고요?"

"저기. 차가 있는 곳으로."

리즈 경관이 문을 열었다.

"그 주황색 수감복 돌려주는 거 잊지 마세요. 지난번에 라파예트로 보낸 죄수는 수감복을 돌려받지 못했어요. 그럼 카운티에서 비용을 치른다고요."

그들은 섀도를 비상구로 데려갔다. 그곳에 차가 서 있었다. 보안관서 차량이 아니라, 검은색 타운카였다. 또 다른 보안관보는 회색 머리

178

에 콧수염을 기른 백인이었는데 차 옆에 서서 담배를 피우고 있었다. 그들이 가까이 다가오자 담배를 발로 비벼 끄고는 섀도를 위해서 뒷문을 열어 주었다.

섀도는 수갑과 족쇄 때문에 움직임이 자유롭지 못해서 어정쩡하게 앉았다. 자동차의 앞과 뒤 사이에는 창살이 없었다.

보안관보 두 명이 자동차 앞좌석에 올랐다. 흑인 보안관보가 시동을 걸었다. 그들은 비상구 문이 열리기를 기다렸다.

"자, 자."

흑인 보안관보가 손가락을 운전대에 똑똑 치면서 말했다.

채드 멀리건이 옆 창을 두드렸다. 백인 보안관보가 운전자를 흘끗 보더니 창을 내렸다.

"이건 잘못됐어요. 그저 그걸 말씀드리고 싶군요."

"말씀을 염두에 두고 당국에 적절히 보고하겠습니다."

운전자가 말했다.

바깥세상을 향한 문이 열렸다. 여전히 흩날리는 눈이 자동차의 헤드라이트를 향해 치달으면서 시야를 뿌옇게 했다. 운전자는 가속 페달을 밟았고, 그들은 도로로 나와 중심 도로로 향했다.

"웬즈데이에 대해 들었나?"

운전자가 물었다. 목소리가 달라졌다. 그는 더 늙어 보였고 또한 낯익었다.

"죽었어."

"예, 알아요. 텔레비전에서 봤어요."

"개새끼들."

백인 경관이 말했다. 그게 그가 처음 한 말이었다. 거칠고 억양이 강했으며 섀도가 알고 있는 목소리였다.

"개새끼들이야, 개새끼들."

"데리러 와 주셔서 감사합니다."

"뭐 별거 아니네."

운전자가 말했다. 다가오고 있는 차의 불빛에 그는 더 늙어 보였다. 또한 더 왜소해 보였다. 섀도가 마지막으로 그를 보았을 때 그는 레몬색 장갑과 체크무늬 윗옷을 입고 있었다.

"우리는 밀워키에 있었네. 그랬어도 아이비스가 전화했을 때 미친 듯이 서둘러 운전해 온 거야."

"아직 망치로 자네의 머리를 부수길 고대하는 이 시점에, 그냥 갇혀 있다가 사형 의자에 앉도록 놔둘 거라고 생각했나?"

백인 보안관보가 주머니에서 담뱃갑을 꺼내려 꼼지락거리며 음울하게 말했다. 그의 억양은 동유럽 사람의 것이었다.

"1시간 이내에 진짜 그놈들이 들이닥칠 거야."

미스터 낸시는 시시각각 그의 모습을 찾고 있었다.

"저들이 자네를 데리고 가기 위해서 말이지. 53번 고속도로에 닿기 전에 차를 대고 자네를 풀어 주고, 옷도 갈아입게 해 주겠네."

체르노보그가 수갑 열쇠를 들어 올리고 미소를 지었다.

"콧수염이 멋있네요. 어울려요."

체르노보그가 노란 손가락으로 열쇠를 톡톡 쳤다.

"고맙네."

"웬즈데이, 그는 진짜로 죽은 건가요? 속임수 같은 건 아닌가요?"

섀도는 자신이 지푸라기라도 잡는 심정으로 기대를 걸고 있다는 것을 깨달았다. 비록 어리석은 것이라 할지라도. 하지만 낸시의 얼굴 표정은 그가 알아야 할 모든 것을 말해 주었고, 희망이 사라졌다.

아메리카로 돌아오다
기원전 14,000년

환영(幻影)이 보였을 때 날씨는 추웠고 어두웠다. 최북단 지역에는 한낮에도 희미한 회색 빛이 오락가락했기 때문이다. 어둠 사이의 막간이었다.

그들은 북부 평야의 유목민들로, 그때는 큰 부족이 아니었다. 그들에게는 신이 있었다. 매머드의 해골이었고 매머드의 거친 가죽으로 망토를 만들어 입은 모습이었다. 그들은 그 신을 누뉴니나라 불렀다. 여행하지 않을 때에는 그 신은 사람 키 높이의 나무 틀 위에 놓여 있었다.

그녀는 부족의 성녀였고, 비밀의 수호자였으며, 이름은 아출라, 즉 '여우'였다. 아출라는 긴 장대 위에 신을 얹어 나르는 부족 남자 2명 앞에서 걷고 있었다. 아출라는 곰 가죽으로 몸을 감싸 불경스러운 눈길이 닿지 않도록 했으며, 또한 신성하지 않은 때에 사람들의 눈에 띄지 않도록 했다.

그들은 천막을 들고 툰드라를 배회했다. 천막 중에 가장 좋은 것은 순록 가죽으로 만들어진 것으로 성스러운 천막이었고, 그 안에는 네 명이 들어갔다. 사제 아출라, 부족의 연장자 구그웨이, 전쟁 장수

야누, 정찰병 칼라누가 그들이었다. 아출라가 예언적 환상을 본 다음 날, 아출라는 그들을 그곳으로 불러모았다.

아출라는 이끼를 긁어모아 불에 넣은 후, 시든 왼손으로 마른 잎들을 던져 넣었다. 그들은 담배를 피우며 눈을 찌르는 회색 연기를 뿜었고 이상하고 날카로운 냄새를 풍겼다. 아출라는 나무로 된 단상에서 나무 컵을 들어 구그웨이에게 건넸다. 컵은 짙은 노란색 액체로 반쯤 채워져 있었다.

아출라는 오로지 진정한 성녀만이 발견할 수 있는 점 7개가 박힌 편지 버섯을 발견했고, 달빛이 없을 때 그것들을 따서 사슴 연골 줄에 널어 말렸다.

어제 잠들기 전 아출라는 말린 버섯 머리 3개를 먹었다. 꿈은 혼란스러웠고 무서웠는데, 밝은 빛들이 빨리 움직이고 고드름처럼 위로 뻗치는 불빛들로 가득 찬 바위산들에 관한 꿈이었다. 밤중에 그녀는 요의를 느끼고 땀을 흘리면서 잠에서 깼다. 아출라는 나무 컵에 쭈그리고 앉아 오줌을 누었다. 그녀는 천막 밖 눈 속에 컵을 가져다 놓고 다시 잠자리에 들었다.

잠에서 깨었을 때 아출라는 어머니가 가르쳐준 대로 나무 컵에서 얼음 덩어리들을 꺼내 버리고 짙은 색의 농축액은 남겨 두었다.

아출라는 가죽 천막 주변에 두었던 이 액체를 첫째는 구그웨이, 그 다음 야누, 그 다음 칼라누에게 돌렸다. 그들은 많은 액체를 한 번에 꿀떡 삼켰고, 아출라가 마지막으로 마셨다. 아출라는 그것을 삼키고 나서 남은 것은 누뉴니니에게 드리는 제주(祭酒)로서 신 앞에 뿌렸다.

그들은 연기가 자욱한 천막에 앉아 신의 말을 기다리고 있었다. 밖

182

의 어둠 속에서는 바람이 울며 숨을 쉬고 있었다.

정찰병 칼라누는 남장을 하고 남자처럼 걷는 여자였다. 심지어 14살 먹은 여자 아이 달라니를 아내로 삼기까지 했다. 칼라누는 눈에 힘을 주어 깜빡였고, 자리에서 일어나 매머드 해골을 향해 걸어갔다. 칼라누는 매머드 가죽 망토를 몸에 두르고 매머드 해골을 머리에 쓰고 일어섰다.

"이 땅에 악마가 있다."

누뉴니니가 칼라누의 목소리로 말했다.

"악마, 너희들의 어머니들과 어머니의 어머니들이 이 땅에 머물렀듯이 너희들이 여기 머물면 너희들은 모두 멸망할 것이다."

듣고 있던 셋은 신음소리를 내뱉었다.

"악마는 노예 소유자들입니까? 아니면 늑대들입니까?"

머리가 길고 희며 얼굴이 가시나무의 잿빛 껍질처럼 주름진 구그웨이가 물었다.

"노예 소유자들이 아니다. 늑대들이 아니다."

오래된 회색 곰 가죽의 누뉴니니가 말했다.

"그럼 기아인가요? 기아가 닥쳐 오고 있습니까?"

구그웨이가 물었다.

누뉴니니는 침묵했다. 칼라누가 해골을 벗고 나머지 사람들과 함께 기다렸다.

구그웨이가 매머드 가죽과 해골을 뒤집어썼다.

"너희들이 알고 있는 그런 기아가 아니다."

누뉴니니가 구그웨이의 입을 통해 말했다.

"하지만 기아가 따를 것이다."

야누가 물었다.

"그렇다면 무엇입니까? 난 두렵지 않아요. 맞서 싸울 겁니다. 우리는 창이 있고 돌멩이가 있어요. 힘센 전사 100명이라도 오게 하세요. 그래도 우리는 이길 겁니다. 우리는 저들을 늪으로 이끌 것이고 그들의 해골을 돌로 빠개 버릴 겁니다."

"그것은 인간과 관련된 것이 아니다. 그것은 하늘에서 올 것이며, 너희들의 창과 돌멩이로는 너희들을 보호하지 못할 것이다."

아출라가 물었다.

"그럼 우리를 어떻게 지킬 수 있나요? 나는 하늘에서 불길을 본 적이 있어요. 나는 벼락 10개보다 더 큰 소리를 들어 봤어요. 나는 숲이 무너지고 강이 끓는 것을 본 적이 있어요."

"아아……."

누뉴니니가 소리를 냈으나 더 말하지 않았다. 구그웨이가 해골을 벗고 뻣뻣하게 몸을 구부렸다. 그는 노인이었고 손가락 관절이 부풀어 오른 데다 손마디가 굳었다.

침묵이 흘렀다. 아출라가 불에 나뭇잎을 더 집어넣자 연기가 눈을 자극해 모두들 눈물이 났다.

그때 야누가 매머드 머리로 걸어가, 넓은 어깨에 망토를 걸치고 해골을 뒤집어썼다. 그의 목소리가 울렸다.

"너희들은 여행을 떠나야 한다. 태양이 뜨는 쪽으로 여행해야 한다. 태양이 뜨는 곳에서 너희들은 새로운 땅을 찾게 될 것이고, 그곳에서 너희들은 안전할 것이다. 먼 여행이 될 것이다. 달이 부풀어 오르고 사그라지며, 두 번 살고 두 번 죽을 것이다. 그곳에 노예 소유자들과 짐승들이 있을 것이다. 그러나 내가 너희들을 이끌어 줄 것이고 안전하게 지켜 줄 것이다. 다만 너희들은 태양이 뜨는 곳을 향해 가야만 한다."

아출라가 바다의 진흙에 침을 뱉고 말했다.

"아니요."

아출라는 신이 자신을 노려보고 있다는 것을 느낀다.

"아니요. 우리에게 이런 말을 하는 걸 보니 당신은 나쁜 신이군요. 우리는 죽을 것이오. 우리가 모두 죽으면 누가 당신을 높은 곳에서 높은 곳으로 옮길 것이며, 누가 당신의 천막을 칠 것이며, 당신의 큰 엄니를 기름칠해 줄 수 있나요?"

신은 아무 말도 하지 않았다. 아출라와 야누가 자리를 바꾸었다. 아출라의 눈이 누런 매머드 뼈 사이로 응시하고 있었다.

"아출라는 믿음이 없다."

누뉴니니가 아출라의 목소리로 말했다.

"아출라는 새로운 땅에 도착하기 전에 죽을 것이다. 그러나 나머지 너희들은 살 것이다. 날 믿으라. 동쪽에 인간이 없는 땅이 있을 것이다. 그 땅은 너희들의 땅이 될 것이며 너희들의 자손, 그 자손의 자손의 땅, 7대의 땅, 7대의 7배의 땅이 될 것이다. 하지만 아출라의 불신은 너희들이 영원히 비밀로 간직해야 할 것이다. 아침에 천막과 물건들을 싸서 태양이 뜨는 곳으로 떠나라."

그러자 구그웨이와 야누와 칼라누는 머리를 조아렸고, 누뉴니니의 힘과 지혜에 감탄을 보냈다.

달이 차고 기울고 또 차고 기울었다. 부족의 사람들은 동쪽으로, 태양이 뜨는 쪽으로 걸어가면서 드러난 살을 마비시키는 얼음처럼 차가운 바람을 뚫고 지나갔다.

누뉴니니는 그들에게 진정으로 약속했다. 여행길에 아기를 낳다가 죽은 여자 하나만 빼고는 부족 중 누구도 잃지 않았다. 산모는 누뉴니니가 아니라 달에 속하는 것이다.

그들은 땅의 다리를 건넜다.

칼라누는 길을 정찰하기 위해서 새벽 첫 빛이 뜨자 떠났다. 이제 하늘은 어두웠고 칼라누는 돌아오지 않았다. 밤하늘은 깜빡이고 구부러지는 불빛들이 매듭을 지으며 흰색과 녹색과 자주색과 붉은색으로 고동치며 살아 흘렀다. 아출라와 부족 사람들은 이전에는 북방의 빛을 한 번도 본 적이 없었다. 그들은 이전에는 한 번도 보지 못한 현현인 그 불빛들에 겁을 먹었다.

밤하늘의 불빛들이 흐르고 있을 때 칼라누가 그들에게 돌아왔다.

칼라누가 아출라에게 말했다.

"때때로 난 그냥 팔만 뻗으면 하늘로 떨어질 것같이 느끼곤 해."

"그건 네가 정찰병이기 때문이지. 네가 죽으면 넌 하늘로 떨어져 별이 되고, 이 생에서 그랬듯 우리들을 인도해 줄 것이야."

"동쪽에 얼음 절벽이 있어, 아주 높은 절벽이야."

까마귀같이 검은 머리를 남자처럼 길게 늘어뜨린 칼라누가 말했다.

"거기 오를 수 있겠지만 며칠이 걸릴 거야."

"너는 우리를 안전하게 이끌 거야. 나는 절벽 밑에서 죽을 거고. 그러면 그 희생으로 너희들은 새로운 땅으로 들어갈 수 있을 것이다."

그들이 떠나왔던 땅인 서쪽으로는 몇 시간 전에 태양이 저물었고, 창백한 노란 불빛이 번개보다 더 밝게, 햇빛보다 더 밝게 번쩍였다. 그것은 순수한 빛의 폭발이었다. 땅의 다리 위에 있는 사람들은 눈을 가리고 침을 뱉고 소리를 질렀다. 아이들은 울기 시작했다.

"저것은 누뉴니니가 우리에게 경고했던 심판이다. 분명 그는 현명한 신이며 위대한 신이다."

늙은 구그웨이가 말했다.

"그는 모든 신 중 최고의 신이다. 우리의 새 땅에서 우리는 그를 높은 곳에 모시고, 그의 엄니와 해골을 생선 기름과 동물 지방으로 윤낼 것이며, 우리는 우리 아이들에게, 우리 아이들의 아이들에게, 그리고 우리의 7대손에게도, 누뉴니니가 모든 신 중 가장 위대한 신이며 결코 잊히지 않으리라고 말할 것이다."

칼라누가 말했다.

"신들은 위대하다. 그러나 심장이 더 위대하다. 왜냐하면 신들은 우리의 심장에서 나오기 때문이며, 우리의 심장으로 돌아오기 때문……."

아출라가 마치 대단한 비밀을 깨닫는 것처럼 천천히 말했다.

어떠한 이견도 받아들이지 않겠다며 단호하게 말을 끊지 않았더라면, 그녀가 얼마나 더 오랫동안 계속 신성을 모독했을지 알 수 없는 일이었다.

서쪽에서 분출한 포효가 얼마나 컸던지, 사람들의 귀에서 피가 났다. 그들은 한동안 아무것도 들을 수 없었다. 일시적으로 눈이 멀고 귀가 멀었으나, 죽지 않고 살아남았기 때문에 서쪽에 있는 다른 부족들보다 자신들이 운이 좋다는 것을 깨달았다.

"좋군."

아출라가 말했으나, 그녀의 머릿속에서 그 말을 들을 수는 없었다.

아출라는 봄 태양이 정점에 다다랐을 때 절벽의 어귀에서 죽었다. 그녀는 새로운 땅을 보지 못하고 죽었다. 부족 사람들은 성녀 없이 이 땅에 걸어 들어갔다.

그들은 절벽을 기어올랐고, 남서쪽으로 가다가 신선한 물이 있는 계곡과 은색 물고기가 넘쳐나는 강을 발견했다. 이제껏 한 번도 인간을 본 적이 없는 사슴을 보았는데, 사슴이 너무나 온순하여 그들은 죽이기 전에 침을 뱉고 사슴의 정령에게 용서를 빌어야 했다.

달라니는 아들 셋을 낳았고 사람들은 칼라누가 마지막 마법을 행해 신부에게 남자구실을 할 수 있었다고 말하기도 했다. 하지만 다른 사람들은 어린 신부의 남편이 멀리 떠나 있을 때 늙은 구그웨이가 그녀와 함께 있어 주지도 못할 만큼 늙었던 게 아니라고 말했다. 분명 구그웨이가 죽고 나자 달라니는 더 아이를 낳지 않았다.

얼음의 시대가 왔고 또 얼음의 시대가 갔다. 사람들은 사방으로 퍼져 나가 새로운 부족을 이루고 스스로 새로운 토템을 선택했다. 까마귀와 여우와 땅에 사는 나무늘보와 커다란 고양이들과 버펄로를 골랐는데, 그 각각의 터부 짐승이 각각 부족의 정체성을 상징했고, 각 짐승이 하나의 신이었다.

새로운 땅의 매머드는 시베리아 평원의 매머드보다 더 커졌고 더 느려졌고 더 어리석어졌다. 일곱 점을 가진 펀지 버섯은 새로운 땅에서 더 발견되지 않았고, 누뉴니니는 부족에게 말을 걸지 않았다.

달라니와 칼라누의 손자 대에, 크게 번성하던 종족의 구성원인 일단의 전사들이 북쪽에서 노예를 잡아오는 원정을 마치고 남쪽에 있는 그들의 집으로 돌아오다가 첫 정착인의 계곡을 발견했다. 그들은 모든 남자들을 죽이고 여자들과 아이들을 포로로 잡았다.

아이들 중 하나가 관용을 빌며 언덕에 있는 동굴로 그들을 데리고 갔다. 그곳에서 그들은 매머드 해골과 너덜너덜해진 매머드 가죽 망토와 나무 컵과 사제 아출라의 보존된 머리를 발견했다.

새로운 부족의 전사들은 신성한 물건들을 건지고 첫 정착인의 신들을 훔쳐 그들의 힘을 소유하는 데 정신이 팔린 반면, 다른 이들은 그러한 일에 반대하면서 불운이 따르고 신의 진노를 살 것이라고 말했다. 이 사람들은 까마귀 부족 사람들이었고, 까마귀는 질투가 많은 신이었기 때문이다.

그리하여 그들은 언덕 저편 골짜기로 물건을 버리고 첫 정착민의 생존자들을 데리고 남쪽으로 먼 길을 떠났다. 까마귀 부족들과 여우 부족들은 점점 더 강해졌으며, 곧 누뉴니니는 완전히 잊혔다.

| 제3부 |

폭풍의 순간

제14장

사람들은 어둠 속에 있다. 그들은 무엇을 해야 할지 모른다.
나는 작은 손전등을 가지고 있었다. 오, 하지만 그것도 꺼지고 말았다.
나는 손을 뻗는다. 나는 너도 그러길 바란다.
나는 그저 너와 함께 어둠 속에 있고 싶을 뿐이다.
— 그레그 브라운, 「너와 함께 어둠 속에」

그들은 미니애폴리스 공항에 있는 주차장에서 아침 5시에 차를 바꿔 탔다. 꼭대기 층까지 차를 몰고 올라갔다. 그곳은 노천 주차장이었다.

새도는 주황색 수감복을 벗고 수갑과 족쇄를 풀어서 그동안 소지품을 담아 두었던 갈색 봉투에 담아 주차장 쓰레기통에 던져 넣었다. 10분이 지나고 마침내 가슴이 두꺼운 젊은 남자가 공항 문을 통해 밖으로 나와 다가왔다. 그는 버거킹 감자튀김을 먹고 있었다. 새도는 즉시 그를 알아보았다. 하우스 온 더 록을 떠날 때 자동차의 뒷좌석에 앉아서 차가 떨릴 정도로 아주 깊은 소리로 콧노래를 부르던 사내였다. 가슴이 발달한 그 젊은 남자는 하우스 온 더 록에서 만났을 때는 없었던 흰 줄무늬가 섞인 겨울 턱수염을 기르고 있었다. 수염 때문에 더 나이 들어 보였다.

사내는 손에 묻은 기름기를 스웨터에 닦아 내고는 커다란 손을 새도에게 내밀었다.

"아버지 신이 죽었다는 소식을 들었어요. 저들은 대가를 치를 것이오. 아주 비싸게 말이오."

"웬즈데이가 당신의 아버지였습니까?"

"그는 만물의 아버지였소."

남자의 깊은 목소리가 목구멍에 걸렸다.

"당신이 저들에게 말하시오, 저들 모두에게. 우리가 필요할 때 우리 쪽 사람들이 집결할 것이라고 말하시오."

체르노보그가 이 사이에 물고 있던 담배 박편(剝片)을 언 진창에 뱉어냈다.

"자네들 얼마나 되나? 10명? 20명?"

두꺼운 가슴의 남자가 턱수염을 쫑긋 세웠다.

"그럼 우리 10명이 저들 100명의 가치가 없던가요? 누가 감히 우리가 전투에 나설 때 우리에게 맞서겠습니까? 하지만 우리들은 그보다 많아요, 도시의 변두리에 말이죠. 일부는 산에도 있고요. 캣스킬스에 좀 있고, 플로리다의 카니 타운에 몇 명 살고 있어요. 그들은 도끼를 갈고 있을 겁니다. 내가 부르면 올 거예요."

"그러게, 엘비스."

낸시가 말했다. 섀도는 낸시가 어쨌든 '엘비스'라고 말했다고 생각했다. 그러나 확신할 순 없었다. 낸시는 보안관 유니폼 대신 두꺼운 갈색 카디건으로 갈아입고 코르덴 바지와 갈색 캐주얼 신발을 신었다.

"자네가 그들을 부르게. 그게 바로 그 늙은 후레자식이 원했던 걸세."

"저들은 그를 배신했어요. 저들이 그를 살해했어요. 내가 웬즈데이를 비웃었지만, 내가 틀렸어요. 우리들 그 누구도 안전하지 못해요."

이름이 엘비스일지도 모르는 사내가 말했다.

"하지만 당신은 우리를 믿으면 된다오."

엘비스는 섀도의 등을 부드럽게 다독였지만, 그 힘은 가히 섀도를 널브러지게 할 만한 것이었다. 마치 건물 해체용 철구가 가볍게 등을 치는 것 같았다.

체르노보그는 주차장 주변을 둘러보며 말했다.

"이렇게 묻는 걸 용서해 주게. 우리 차는 어떤 건가?"

두꺼운 가슴의 남자가 한쪽을 가리켰다.

"저기 저거요."

체르노보그가 콧방귀를 꼈다.

"저거?"

1970년식 VW 버스였다. 뒤창에 무지개색 도안 그림이 있었다.

"좋은 차예요. 게다가 당신이 저걸 타고 다닐 줄 저들이 꿈이나 꾸겠어요? 즉, 그자들이 찾을 가망성이 가장 낮은 차란 말이죠."

체르노보그는 차 주변을 둘러보았다. 그러더니 기침을 하기 시작했는데, 그 기침은 새벽 5시에 폐가 덜컹거리는 흡연자가 내뱉는 노인의 기침이었다. 심한 기침을 하면서 가래를 내뱉고 가슴에 손을 얹어 통증을 달랬다.

"그래, 저들이 의심하지 않을 만한 차로군. 경찰이 히피들이나 마약 중독자를 검거한다고 우리 차를 조사하게 되면 어쩌나, 어? 우리는 마법의 버스를 타러 온 게 아니야. 주변에 섞이러 온 거란 말이야."

턱수염 난 남자가 버스의 문을 열었다.

"그러면 당신을 쳐다보고 히피가 아니라는 걸 알아보고는 잘 가라

고 손을 흔들겠죠. 완벽한 위장 아닌가요? 게다가 당장 살 수 있는 것
으로는 이게 딱이었어요."

체르노보그가 입씨름을 더 이어가려 했으나, 낸시가 수완 좋게 끼
어들었다.

"엘비스, 자네가 우리를 위해 해냈어. 감사하게 생각하네. 자, 이 차
는 시카고로 다시 돌아가야 하네."

"그 차는 블루밍턴에 놓을 거예요. 늑대들이 알아서 할 거예요. 더
생각할 필요가 없습니다."

엘비스는 고개를 돌려 섀도를 쳐다보았다.

"다시 말하는데, 당신은 나의 동정을 얻었고 나는 당신의 고통을
함께합니다. 행운을 빌어요. 만약 경야가 당신 몫으로 돌아가면 나는
경탄을 아끼지 않고 동정도 함께 보내겠습니다."

엘비스는 포수의 주먹 같은 손에 우애와 동정을 담아 섀도의 손을
움켜잡았다. 손이 아팠다.

"웬즈데이의 시신을 보거든 전해요. 빈달프의 아들 엘비스가 충성
하겠노라고."

VW 버스는 파출리 향료와 향과 입담배 냄새가 났다. 바닥과 벽에
는 낡은 분홍색 카펫이 깔려 있었다.

"저 사람 누구였어요?"

섀도가 경사로를 달릴 때 삐거덕거리며 기어를 바꾸면서 물었다.

"자기가 말한 대로 빈달프의 아들 엘비스지. 난쟁이들의 왕이야. 모
든 난쟁이들 중에 가장 크고 힘세고 위대한 난쟁이야."

"하지만 그는 난쟁이가 아니었잖아요. 그 사람 적어도 170센티미터,

아니, 175는 되겠던데요?"

"그래서 그가 난쟁이 중 거인이라니까."

섀도의 등 뒤에서 체르노보그가 말했다.

"미국에서 가장 큰 난쟁이."

"경야에 대한 말은 뭐예요?"

두 노인은 아무런 말도 하지 않았다. 섀도는 오른쪽으로 돌아보았다. 미스터 낸시가 창밖을 내다보고 있었다.

"그 사람이 경야에 대해 말했잖아요. 들으셨잖아요."

체르노보그가 뒷자리에서 말했다.

"그거 자네가 안 해도 될 거야."

"뭘 말이에요?"

"경야. 그자는 말이 많아. 난쟁이들은 모두 말이 너무 많아. 그리고 노래하지. 언제나 노래하고 노래하고 노래하지. 별거 아냐. 신경 쓸 거 없어."

그들은 간선도로를 피해가며 남쪽으로 내려갔다.("우린 간선도로가 적의 손에 넘어갔다고 생각할 수밖에 없어. 아니면 그 자체가 적의 손인지도 모르는 일이지." 미스터 낸시가 말했다.) 남쪽을 향해 운전해 가는 것은 마치 시간을 뛰어넘어 가는 것 같았다. 눈은 천천히 지워졌고 다음 날 아침 버스가 켄터키에 도착했을 때에는 완전히 사라져 버렸다. 켄터키에는 겨울이 이미 지났고, 봄이 오고 있었다. 섀도는 그러한 것을 설명할 수 있는 일종의 등식이 있나 생각해 보기 시작했다. 아마 남쪽으로 내려갈수록 대략 80킬로미터 정도마다 미래를 향해 하루 앞당기는 것일지도 모른다.

섀도는 자신의 동행들에게 자신의 생각을 말로 끄집어낼 수도 있었으나, 낸시는 앞쪽 조수석에서 잠들었고 체르노보그는 뒤에서 끊임없이 코를 골고 있었다.

그 순간 시간은 유동적인 구성체같이 느껴졌다. 운전하면서 섀도가 상상하고 있는 환상 같은 것. 섀도는 고통스러울 정도로 새와 짐승들을 인식하고 있는 것을 느꼈다. 길 한편에서, 혹은 버스 도로에서 까마귀들이 차에 치여 죽은 짐승을 쪼아 대는 것을 보았다. 여러 무리의 새들이 무언가를 나타내려는 듯 뚜렷한 모양을 이루며 하늘을 가로지르고 있었다. 잔디밭과 울타리에서 고양이들이 노려보고 있었다.

체르노보그는 콧김을 내뿜으며 잠에서 깨어 천천히 몸을 일으켜 앉았다.

"이상한 꿈을 꾸었네. 내가 진짜 빌레보그가 된 꿈을 꿨어. 세상에 영원히 우리 둘, 즉 빛의 신과 어둠의 신이 있는 것 같았어. 하지만 이제는 우리 둘 다 늙었고, 나는 언제나 나뿐이고, 그들에게 선물을 주고 내 선물을 빼앗길 뿐."

체르노보그는 러키 스트라이크의 필터를 분질러 입술 사이에 넣고 라이터로 불을 붙였다.

섀도가 창을 내렸다.

"폐암 걱정 안 하세요?"

"내가 암이야. 난 내 자신을 놀라게 하지 않아."

그가 껄껄거리기 시작했다. 껄껄거림은 곧 할딱거림으로 변했고 할딱거림은 다시 기침으로 변했다.

낸시가 덧붙였다.

"우리 같은 자들은 암에 걸리지 않아. 우리는 동맥경화증이나 파킨 슨 병이나 매독 같은 것도 걸리지 않아. 말하자면 죽이기가 어렵지."

"저들이 웬즈데이를 죽였잖아요."

섀도는 차를 멈추어 기름을 넣고 나서 이른 아침 식사를 하기 위해 옆에 있는 식당으로 갔다. 막 안으로 들어가려 할 때 입구에 있던 공 중전화가 울리기 시작했다. 그들이 받지 않고 지나치자 벨이 멈추었다.

그들은 근심스러운 표정이 담긴 미소를 보내는 나이 많은 여자에게 주문을 했다. 그녀는 그들이 들어올 때 제니 커튼의 문고판 책『내 가 슴이 뜻하는 것』을 읽고 있었다. 전화가 다시 울리기 시작했다. 여자 는 한숨을 쉬고 몸을 돌려 수화기를 들었다.

"예."

그러더니 홀을 한 바퀴 휘 둘러보고 말했다.

"그런 것 같네요. 잠깐 기다리세요."

여자는 낸시에게 돌아왔다.

"댁 전화예요."

"알았어요. 저, 아줌마, 감자튀김은 아주 바삭하게 익혀 줘야 해요. 탔다 싶을 정도로요."

낸시는 전화기로 걸어갔다.

"전화 바꿨습니다."

"……."

"도대체 무슨 근거로 내가 당신을 믿을 수 있을 거라 생각하는 거 야?"

"……."

"찾을 수 있어. 어딘지 알아."

"……."

"그래. 원하지. 우리가 원한다는 걸 알잖나. 그리고 당신이 그걸 없애 버리고 싶어 하는 것도 알아. 그러니 더 말하지 마."

낸시는 전화를 끊고 테이블로 돌아왔다.

"누구였어요?"

"말 안 했어."

"뭘 원해요?"

"휴전을 제의하더군. 시체를 넘겨주고 말이야."

"거짓말이야. 우리를 꼬드기려는 거야. 그런 다음 죽이려는 거지. 저들이 웬즈데이에게 한 짓 말야. 내가 항상 했던 거 아닌가."

체르노보그가 음침한 자긍심을 담아 말했다.

"뭐든 약속해주고 그냥 내 하고 싶은 대로 하는 거야."

"중립 지역이어야 돼. 진짜 중립적인 곳."

낸시가 말했다.

체르노보그가 껄껄거렸다. 마치 마른 해골에 부딪는 쇠공 소리 같았다.

"나도 그렇게 말하곤 했지. 중립 지역으로 오라고 내가 말해 놓고는 밤에 일어나서 다 죽이는 거야. 그때가 좋은 시절이었지."

낸시가 어깨를 으쓱거렸다. 그는 어두운 갈색의 감자튀김 위로 웅크리고는 만족한 듯 씩 웃었다.

"음음. 그래, 이래야지."

"저들을 믿을 수 없습니다."

"자, 난 자네보다 나이도 더 많고 자네보다 더 현명하고 자네보다 얼굴도 더 잘생겼어."

미스터 낸시가 케첩 병 바닥을 쳐서 감자튀김에 케첩을 뿌렸다.

"난 자네가 1년 내내 얻을 수 있는 계집보다 더 많은 계집을 한나절이면 추릴 수 있어. 천사처럼 춤을 출 수 있고 궁지에 몰린 곰처럼 싸울 수 있고 여우보다 더 계획을 잘 짤 수 있고 지빠귀처럼 노래를 할 수 있고……."

"당신의 요지는……?"

낸시의 갈색 눈이 섀도의 눈을 노려보았다.

"그리고 저들은 우리가 시체를 원하는 만큼이나 시체를 치우고 싶어 한다는 말씀이야."

체르노보그가 말했다.

"그러한 중립 지역이란 없네."

"하나 있지. 중앙 지대."

낸시가 말했다.

체르노보그는 갑자기 고개를 저었다.

"아니야. 그자들은 거기서 우릴 만나지 않을 거야. 거기서는 우리에게 아무것도 할 수가 없어. 우리 모두에게 나쁜 곳이야."

"바로 그래서 그자들이 중앙 지대에서 양도를 하겠다고 제안한 거야."

체르노보그는 이 점에 대해 한동안 생각에 잠기는 것 같았다. 그러더니 말을 꺼냈다.

"그럴지도 모르겠군."

"도로로 나가면 운전하세요. 잠 좀 자야 할 것 같네요."

섀도가 말했다.

무언가의 정중앙을 결정짓는다는 것은 잘해도 문제투성이다. 살아 있는 것, 즉 사람을 예로 들어 보면 문제는 무형적이라는 것이다. 한 사람의 중앙이란 어디인가? 꿈의 중앙은 무엇인가? 미 대륙의 경우에는 중앙을 찾을 때 알래스카를 끼워야 하는가? 또 하와이는 어떤가?

1930년대에 마분지로 미국의 48개 주 모형을 만들었다. 그리고 중앙을 찾기 위해서 핀으로 꽂아 보다가 균형이 맞는 한 지점을 찾았다.

최대한 중지를 모아 미대륙의 정중앙 지점은 캔자스 주의 레버넌에서 몇 킬로미터 떨어진 스미스 카운티의 조니 그립의 돼지 농장으로 정해졌다. 레버넌 사람들은 그 돼지 농장 정중앙에 기념비를 세우기 위해 준비했으나, 조니 그립은 수백만의 관광객들이 몰려와서 농장을 이리저리 들쑤시고 다니며 돼지들을 괴롭히는 것을 원하지 않았다. 지역민들도 그의 말이 일리가 있다고 생각하여, 마을에서 북쪽으로 3킬로미터 떨어진 곳에 미국의 지리적 중앙점 기념비를 세웠다. 그들은 공원을 짓고 석조 기념비와 기념비에 놓을 황동 명판도 만들었다. 명판에는 정확히 미연합중국의 지리적 정중앙임을 알리는 글이 새겨졌다. 마을에서 그 작은 공원으로 이르는 길을 포장했고, 레버넌으로 관광객들이 밀려들 것을 확신하고는 기념비 옆에 모텔까지 지었다. 그들은 작은 이동 예배당도 들이고는 바퀴를 떼어버렸다. 그런 다음 관광객들과 휴가객들이 오기를 기다렸다. 아메리카의 정중앙에 가보았노라, 가서 탄복하고 기도했노라 세상에 자랑하고 싶어 하는 모든 사람들을……

관광객들은 오지 않았다. 아무도 오지 않았다.

이제 그것은 초라한 작은 공원이 되었다. 얼음낚시 오두막보다 조금 더 클 뿐, 조그만 장례 행렬에도 맞지 않는 이동 예배당이 하나 딸리고, 죽은 눈 같은 창이 나 있는 모텔이 하나 있을 뿐이었다.

낸시가 미주리 주 휴먼스빌로 진입하면서 결론지었다.

"그래서 미국의 정중앙은 황폐해진 조그만 공원, 돌무더기 그리고 쓰러져 가는 모텔이란 말씀이지."

"돼지 농장, 아메리카의 진짜 중앙은 돼지 농장이라고 자네가 금방 말했잖나."

체르노보그가 말했다.

"그거야 중요한 게 아니야. 중요한 것은 사람들의 생각이지. 그 모든 것은 어쨌든 상상의 산물이야. 그래서 그게 중요한 거지. 사람들은 단지 가상의 것을 위해서만 싸우는 거야."

"우리들이요? 아니면 당신들이요?"

섀도는 버스 뒷자리에서 편안한 자세를 취하려고 했다. 잠은 조금밖에 못 잤다. 아주 조금뿐이었다. 뱃속에 기분 나쁜 느낌이 찾아왔다. 감옥에 있었을 때 느꼈던 것보다, 로라가 그에게 돌아와 강도짓에 대해 말해 주었을 때 느꼈던 것보다 더 나쁜 느낌이었다. 정말 나빴다. 뒷덜미가 욱신거렸고 메스꺼움을 느꼈으며 몇 차례 두려움을 느꼈다.

낸시가 휴먼스빌의 한 슈퍼마켓 앞에 주차를 했다. 낸시가 먼저 안으로 들어갔고 섀도가 따라 들어갔다. 체르노보그는 주차장에서 담배를 피우며, 또 다리 스트레칭을 하며 기다렸다.

안에는 소년보다 약간 더 나이 들어 보이는 젊은 금발 남자가 있었는데 아침 식사 시리얼 칸에 물건을 채우고 있었다.

"이보게."

"안녕하세요. 사실이죠, 그렇죠? 저들이 그를 죽였지요?"

젊은이가 물었다.

"그래, 저들이 그를 죽였어."

젊은이는 캡 앤드 크런치 몇 상자를 선반 위에 쿵 소리를 내며 놓았다.

"저들은 우릴 무슨 바퀴벌레처럼 뭉개 버릴 수 있다고 생각해요."

그는 뺨 한쪽과 이마에 여드름이 올라와 있었다. 한쪽 팔뚝에는 은 팔찌를 두르고 있었다.

"우린 그렇게 쉽게 뭉개지지 않아요, 그렇죠?"

"그래, 우린 뭉개지지 않아."

"동참하겠어요, 선생님."

젊은이가 옅은 푸른 눈을 번뜩이면서 말했다.

"자네가 그러리라 믿네, 귀디온."

미스터 낸시가 RC 콜라 큰 병 몇 개, 휴지 여섯 뭉치, 괴상스럽게 보이는 검은 엽궐련 한 갑, 바나나 한 송이, 더블 민트 껌 하나를 샀다.

"저 앤 착해. 7세기에 웨일스에서 넘어왔어."

버스는 구불구불거리면서 서쪽으로 가다가 나중엔 북쪽을 향했다. 봄이 다시 겨울의 죽은 끝자락으로 뒷걸음질치고 있었다. 캔자스는 우울하고 외로운 잿빛 구름들로 가득 차 있었고, 빈 창문들과 상심한 마음들로 채워져 있었다. 새도는 수다를 떠는 채널과 댄스 음악 채널을 좋아하는 낸시와 클래식을 좋아하며 우울한 음악일수록, 특히 복음교회 방송 스타일이 가미된 우울한 클래식일수록 더 좋아하는 체르노보그 사이에서 협상을 이끌어 내어 라디오 채널 고르는 전문가가 되어 가고 있었다. 섀도 자신은 흘러간 팝을 틀어주는 채널을 좋아했다.

오후의 끝자락에 그들은 체르노보그의 요구에 따라, 캔자스 체리베일의 외곽에 차를 댔다. 체르노보그는 그들을 이끌고 마을 외곽 초원으로 갔다. 나무 그늘에는 아직도 눈의 흔적이 남아 있었고 풀은 흙색깔이었다.

"여기서 기다리게."

체르노보그는 혼자서 초원의 중앙으로 걸어갔다. 그는 그곳에서 2월의 바람 속에 한동안 서 있었다. 처음에는 고개를 숙였고, 나중엔 몸짓을 했다.

"마치 누군가와 이야기하고 있는 것 같은데요."

"귀신들하고. 그들이 여기서 100년도 더 전에 체르노보그를 숭배했다네. 그들은 그를 위해 망치로 제물을 죽여 피로 헌주를 올렸어. 시일이 지나자, 왜 그토록 많은 사람들이 마을을 지나가고서 다시 돌아오지 않는지 마을 사람들이 알아차리게 되었다네. 여기가 바로 사체를 숨겨 놓았던 곳이야."

체르노보그가 들판의 중앙에서 돌아왔다. 수염은 더 짙어 보였고, 잿빛 머리엔 검은 가닥들이 보였다. 그는 쇠로 된 이를 드러내며 미소를 지었다.

"이제 기분이 좋군. 아아, 머물러 있는 것이 있어. 그중 피는 가장 오래 머물지."

그들은 초원을 다시 가로질러 VW 버스를 주차해 놓은 곳으로 돌아왔다. 체르노보그는 담배에 불을 붙였으나, 기침은 하지 않았다.

"그들은 망치를 가지고 했어. 그림니르, 그는 교수대와 창에 대해 말을 했지만, 나로서는 그건 한 가지……."

체르노보그는 니코틴으로 물든 손가락을 뻗어 섀도의 이마 중앙을 세게 쳤다.

"좀 하지 마세요."

섀도는 정중하게 말했다.

"좀 하지 마세요."

체르노보그가 흉내를 냈다.

"어느 날 망치를 들고 그것보다 더 끔찍하게 널 쳐 버릴 거야, 친구. 기억하지?"

"예, 하지만 다시 내 머릴 때리면 손을 부러뜨리겠어요."

체르노보그가 콧방귀를 뀌며 말했다.

"감사해 할 거야. 여기 사람들 말이지. 위대한 힘이 치솟았거든. 저들이 우리들을 힘으로 밀어붙여 숨게 만든 지 30년 후에도 이 땅은, 바로 이 땅은 우리에게 가장 위대한 영화 스타를 내줬어. 그녀는 이제껏 그 누구보다 더 위대한 인물이야."

"주디 갈런드요?"

체르노보그는 무뚝뚝하게 고개를 저었다.

"루이스 브룩스 이야기를 하는 거야."

낸시가 대신 말했다.

섀도는 루이스 브룩스가 누구인지 물어보지 않기로 했다.

"저, 웬즈데이가 저들과 이야기를 하러 갈 때 휴전 상황이었던 거죠?"

"맞아."

"그리고 지금은 저들로부터 웬즈데이의 시신을 휴전의 표시로 받는 거구요."

"그래."

"그리고 저들이 바라는 건 내가 죽어 버리거나 아니면 방해라도 되지 않는 거구요."

"저들은 우리 모두가 죽기를 바란다네."

낸시가 말했다.

"내가 이해하지 못하는 건 왜 우리가 저들이 이번에는 공정하게 할 거라 생각하냐 이 말입니다. 웬즈데이한테도 그러지 않았는데 말이죠."

체르노보그는 마치 귀가 먹고 백치인 외국 아이에게 말하듯 단어 하나하나를 또박또박 발음하며 말했다.

"그래서 우리가 중앙에서 만난다는 거야. 그건……."

체르노보그가 인상을 썼다.

"그 말이 뭐더라? 신성의 반대말이 뭐지?"

"불경."

섀도가 생각 없이 말했다.

"아니, 내 말은 어떤 곳이 다른 곳보다 덜 신성할 때 말이야. 부정적인 신성함 말이야. 사당을 지을 수 없는 곳 말이지. 사람들이 오지 않고, 오면 바로 떠나는 곳. 신들이 어쩔 수 없을 때만 걸어오는 곳."

"모르겠는데요. 그런 말은 없는 것 같은데요."

"아메리카 모든 곳에 그런 게 조금씩은 다 있어. 그래서 바로 우리가 이곳에서 환영받지 못하는 거지. 하지만 중앙은 최악이야. 마치 지뢰밭 같은 거야. 우린 모두 혹시라도 휴전을 깰까 봐 겁나서 너무나 조심스럽게 발길을 옮긴단 말이야."

"내가 이거 이미 자네한테 말했거든."

미스터 낸시가 말했다.

"그랬든지 말든지요."

그들은 버스에 도달했다. 체르노보그는 섀도의 팔뚝 위쪽을 두드렸다. 그리고 음울한 확신을 담아 말했다.

"걱정하지 말게. 아무도 자네를 죽이지 않을 거야. 나 빼곤 말이지."

섀도는 그날 저녁 완전히 어두워지기 전에 미국의 정중앙점을 찾았다. 그것은 레버넌 북서쪽의 약간 구릉진 곳에 있었다. 그는 작은 언덕 공원 주위를 차로 돌면서 작은 이동 예배당과 석조 기념비를 지났다. 공원의 가장자리에서 단층의 1950년대 모텔을 보자 섀도는 가슴이 철렁 내려앉았다. 모텔 앞에는 매우 큰 검은 차가 주차되어 있었다. 유령의 집에 있는 거울에 반사된 지프차처럼 보이는 험비였다. 잔뜩 웅크린 모양새에 각이 없고 못생긴 무장한 차였다. 건물 안에는 불이 꺼져 있었다.

그들은 모텔 옆에 주차했다. 운전 기사 제복을 입고 모자를 쓴 한 남자가 모텔 밖으로 걸어나와 버스의 헤드라이트를 받았다. 그는 정중하게 모자를 만지며 그들에게 인사하고 험비에 올라타 차를 몰았다.

"큰 차에 조그만 물건."

낸시가 말했다.

"여기에 침대라도 있을까요? 침대에서 잔 지 며칠이나 됐네요. 이곳은 금방이라도 헐릴 것 같은 분위기인데요."

"텍사스의 사냥꾼들이 소유하고 있어. 1년에 한 번 이곳으로 오지. 그들이 뭘 사냥하는지 알게 뭐야. 어쨌든 그래서 이곳이 헐리지 않고 있는 거야."

그들은 버스에서 내렸다. 모텔 앞에서 그들을 기다리고 있는 사람은 섀도가 모르는 여자였다. 그녀는 완벽하게 화장하고 머리를 했다. 실제 공간을 닮지 않은 스튜디오에 앉아 대중을 향해 미소를 보이며 매일 아침 텔레비전 프로그램을 진행하는 뉴스 캐스터처럼 보였다.

"반가워요. 음, 당신이 바로 체르노보그시군요. 이야기 많이 들었어요. 그리고 당신은 아낭시군요. 항상 짓궂은 장난을 좋아하죠. 그렇죠, 유쾌한 노인 양반? 그리고 당신, 당신이 섀도겠군요. 당신 때문에 우리는 즐거운 추격전을 벌였어요. 그렇죠?"

그녀는 한 손으로 그의 손을 힘주어 잡고 눈을 똑바로 쳐다보았다.

"난 미디어예요. 만나서 반가워요. 오늘 저녁의 비즈니스를 최대한 유쾌하게 치르길 바라요."

현관문이 열렸다. 지난번 리무진에 앉아 있던 뚱뚱한 아이가 말했다.

"어쨌든, 토토. 난 우리가 캔자스에 있다고 더는 믿지 않아."

"캔자스 맞아. 우리는 오늘 내내 캔자스를 거의 다 돈 것 같아. 제길, 이 주는 진짜 평평하구먼."

낸시가 말했다.

"이곳은 불빛도, 전기도 없고 온수도 없어. 게다가 화내지 마. 당신네들은 진짜 온수가 필요하겠군. 저 버스에서 일주일은 있었던 것 같은 구린내가 나네."

"서로 신경 건드릴 필요는 없잖아요."

여자가 부드럽게 말했다.

"우린 모두 다 친구예요. 안으로 들어오세요. 여러분을 방으로 안내해 드릴게요. 우리는 첫 번째 방 4개를 잡았어요. 고인이 된 여러분의 친구는 다섯 번째 방에 있고요. 다섯 번째 방을 지나면 방들이 전부 비어 있어요. 맘에 드는 걸로 고르세요. 유감스럽게도 포 시즌 호텔은 아니지만, 뭐 어때요?

미디어는 그들을 위해 모텔 로비의 문을 열었다. 곰팡이 냄새, 습기와 먼지와 퇴락의 냄새가 났다.

로비에는 어둠 속에 한 남자가 앉아 있었다.

"당신들, 배고프쇼?"

"난 언제든지 먹을 수 있소."

낸시가 말했다.

"운전사가 햄버거를 사러 갔어요. 곧 올 거요."

남자가 올려다보았다. 너무 어두워서 누가 누군지 분간할 수 없는 상황에서 그가 말했다.

"덩치 큰 양반. 당신이 새도지, 안 그래? 우디와 스톤을 죽인 놈 맞지?"

"아니오. 그들을 죽인 사람은 다른 이야. 그리고 난 당신이 누군지 알아."

알 수 있었다. 섀도는 남자의 머릿속에 들어가 본 적이 있었다.

"당신은 타운이군. 우드의 미망인하고 잠자리는 했나?"

타운이 의자에서 덜컥 떨어졌다. 영화 속 장면이었다면 아주 웃겼을 것이다. 현실에서는 그저 생뚱맞은 모습이었다. 타운은 재빨리 일어나서 섀도에게 다가왔다. 섀도는 그를 내려다보면서 말했다.

"끝낼 준비가 안 된 거라면 뭐라도 시작할 생각은 마쇼."

낸시가 섀도의 팔에 손을 올려놓았다.

"휴전일세, 알지? 우리는 중앙 지점에 와 있어."

타운이 고개를 돌려 카운터에 몸을 돌리고 열쇠 셋을 꺼냈다.

"당신은 복도 끝 방이요. 여기."

타운은 낸시에게 키를 건네고 복도의 어둠 속으로 사라졌다. 그들은 모텔 방의 문이 열리는 소리와 쿵 하고 닫히는 소리를 들었다.

낸시는 섀도와 체르노보그에게 각각 열쇠 하나씩을 건넸다.

"버스에 손전등 있어요?"

"아니, 아주 어둡지. 자네는 어둠을 두려워해서는 안 돼."

"두렵지 않아요. 어둠 속에 있는 사람들이 두려운 거죠."

"어둠은 좋은 것이야."

체르노보그가 말했다. 그는 어둠 속에서도 잘 보는 것 같았다. 체르노보그는 그들을 이끌고 어두운 복도를 걸어서 어렵지 않게 자물쇠에 열쇠를 꽂았다.

"나는 10번 방이야. 미디어, 그녀에 대해 들은 것 같아. 자기 자식들을 죽인 여자 아냐?"

"다른 여자야. 똑같은 짓거리를 하긴 했지만."*

낸시가 말했다.

낸시는 8번 방에 들었고 섀도는 그 둘의 맞은편인 9번 방에 들었다. 방은 습기와 먼지, 버려진 곳의 냄새가 났다. 침대에 매트리스는 있었는데 시트는 없었다. 밖으로 난 창에서 어스름한 불빛이 새어 들어왔다. 섀도는 매트리스에 앉아 신발을 벗고 대자로 누웠다. 지난 며칠 동안 너무 오래 운전을 했다.

아마 잠이 든 모양이었다.

섀도는 걷고 있었다.

차가운 바람이 몸에 와 닿았다. 아주 작은 눈송이들이 바람 속에 휘몰아쳤다. 날리는 먼지 결정체보다 조금 큰 정도였다.

잎사귀가 다 떨어진 겨울 나무들 양편으로 높은 언덕이 있다. 어느 겨울 늦은 오후였다. 하늘과 눈이 똑같이 짙은 보랏빛을 띠었다. 이러한 빛 속에서 거리를 가늠하기는 어려웠지만 어딘가 앞에서 노란색과 주황색 횃불이 타오르고 있었다.

회색 늑대가 눈 속을 뚫고 그의 앞으로 터벅터벅 걸어왔다.

섀도는 걸음을 멈추었다. 늑대도 걸음을 멈추고 몸을 돌려 기다렸다. 늑대의 한쪽 눈이 누런 녹색으로 빛났다. 섀도는 어깨를 움츠리고 불빛이 있는 곳으로 걸어갔으며, 늑대는 그 앞에서 느릿느릿 걸었다.

횃불이 숲 한가운데서 타고 있었다. 2줄로 심은 나무가 100그루는 족히 될 것 같았다. 나무에는 갖가지 모양으로 매달린 것들이 있었다.

---

* 메데이아와 혼동하고 있다.

쭉 이어진 나무의 끝에는 뒤집어진 보트같이 생긴 건물이 하나 있었다. 건물은 나무로 만들어졌고, 나무로 된 생물과 나무 얼굴들로 뒤덮여 있었다. 용, 그리핀, 트롤, 멧돼지. 모두 번쩍이는 불빛에 춤을 추었다.

횃불은 섀도가 닿을 수 없는 아주 높은 곳에서 아주 격렬하게 타고 있었다. 늑대는 아랑곳하지 않고 딱딱거리면서 타고 있는 불 주변을 어슬렁거렸다.

그는 늑대가 돌아오길 기다렸으나 늑대가 있던 자리에서 한 남자가 불 주변을 걷고 있었다. 그는 높은 가지에 기대어 있었다. 남자가 익숙하고 근엄한 목소리로 말했다.

"너는 스웨덴의 웁살라에 있다. 약 1000년 전이다."

"웬즈데이?"

웬즈데이일지도 모르는 남자는 마치 섀도가 거기 없다는 듯 계속 말을 이었다.

"처음엔 매년, 그 다음엔 일이 잘 안 풀릴 때, 그리고 나중엔 느긋해져서 9년에 한 번, 여기서 희생제를 치르곤 했다. 9의 희생. 그들은 아흐레 동안 매일 9마리의 동물을 작은 숲 나무에 매달곤 했다. 그 동물 중 하나는 언제나 사람이었다."

그는 불빛에서 멀어지며 나무를 향해 걸었고, 섀도는 그를 따랐다. 나무 가까이 다가가자 나무에 걸려 있던 물질들이 분해되어 버렸다. 다리와 눈과 혀와 머리들이었다. 섀도는 고개를 저었다. 황소 1마리가 나무에 목을 매달고 있는, 어둡고 슬프면서 동시에 웃길 정도로 비현실적인 모습을 보고 있자니 무언가 가슴에 치밀어 올랐다. 섀도는 매달린 수사슴 1마리, 사냥개 1마리, 갈색 곰 1마리 그리고 흰 갈기가 있는 조랑말보다 조금 큰 갈색 말 1마리를 보았다. 개는 아직 살아 있었다. 몇 초마다 한 번씩 개는 발작적으로 몸을 뒤틀었고 밧줄에 매달린 채 <u>끄웅끄웅</u> 억눌린 신음소리를 냈다.

새도가 뒤따르고 있는 남자는 긴 막대기를 들었다. 움직이는 것을 보자 그것이 창이라는 것을 알 수 있었다. 남자는 그것으로 개의 배를 한 칼에 주욱 그었다. 김이 모락모락 나는 창자가 눈 위로 툭 떨어졌다. 남자가 격식을 갖추어 말했다.

"나는 이 죽음을 오딘에게 바친다."

그가 새도를 향해 몸을 돌리며 말했다.

"이건 단지 제스처이다. 하지만 모든 것을 의미한다. 개 1마리의 죽음은 모든 개의 죽음을 상징한다. 그들은 아홉 인간을 내게 주었지만, 그것이 모든 인간, 모든 피, 모든 힘을 상징한다. 충분치 않았다. 어느 날 피가 멈추었다. 피 없는 믿음은 여기까지만 이끌 수 있었다. 피는 반드시 흘러야 한다."

"난 당신이 죽는 것을 보았어요."

"신의 영역에서는……."

그 남자가 말했다. 새도는 이제 그가 웬즈데이라고 확신했다. 어느 누구도 말 속에 그런 초조함, 그렇게 깊은 냉소적 기쁨을 담을 순 없다.

"그곳에서 중요한 것은 죽음이 아니다. 중요한 것은 부활의 기회이다. 그리고 피가 흐를 때는……."

그는 나무에 매달린 동물들과 사람들을 향해 손짓을 했다.

그들이 지나쳐 온 죽은 인간들이 동물들보다 더 공포를 자아낸다

214

고는 말할 수 없었다. 적어도 인간들은 그들이 처할 운명을 알고 있었을 것이다. 그 사람들에게서는 술에 취한 사람들에게서 나는 깊은 냄새가 났는데, 그것은 교수대로 가는 길에 마취되었다는 사실을 암시했다. 반면 동물들은 간단하게 린치를 당하고 산 채로 공포에 휩싸여 끌려왔을 것이다. 남자들의 얼굴은 아주 젊어 보였다. 누구도 20살이 넘은 사람은 없었다.

"나는 누구입니까?"

"너는 주의를 딴 데로 돌리게 하는 존재다. 너는 기회였다. 너는 그 모든 일에 나 혼자라면 하기 힘들었을 신빙성의 분위기를 살려주었다. 물론 우리 둘 다 목숨을 내걸 만한 일에 전념하고 있는 건 사실이다. 그렇잖은가?"

"당신은 누구십니까?"

"가장 어려운 것은 단순히 생존하는 것이다."

횃불. 섀도는 이상한 두려움을 느끼며 그것이 진짜 횃불이라는 것을 깨달았다. 불길 속에서 흉곽과 불 눈을 가진 해골이 뻗어 나와 노려보며 미량 원소의 색깔을 밤하늘에 튀기고 있었다. 녹색과 푸른색이었다. 횃불은 우지직 소리를 내며 뜨겁게 너울거리고 있었다.

"나무 위에서 사흘, 지하 세계에서 사흘, 되돌아가는 길을 찾는 데 사흘."

불길이 너무나 밝게 너울거리며 타서 똑바로 쳐다볼 수가 없었다. 섀도는 나무 아래 어두운 곳을 내려다보았다.

불도, 눈도 보이지 않았다. 나무도 없었고 시신이 매달려 있지도 않았고, 피가 낭자한 창도 보이지 않았다.

누군가 노크를 했다. 달빛이 창을 통해 들어오고 있었다. 섀도는 깜짝 놀라 일어나 앉았다.

"저녁 식사 해요."

미디어의 목소리가 들렸다.

섀도는 다시 신발을 신고 문으로 걸어가 복도로 나왔다. 누군가가 양초를 찾은 모양이었다. 희미한 노란 불빛이 응접실을 비추고 있었다. 험비 운전사가 마분지 쟁반과 종이봉투를 들고 회전문을 통해 들어왔다. 운전사는 길고 검은 코트를 입고 챙이 있는 운전사 모자를 쓰고 있었다.

그가 거친 목소리로 말했다.

"늦어서 죄송합니다. 모두에게 다 똑같은 음식으로 가져왔어요. 버거 2개, 감자튀김 큰 거, 콜라 큰 거, 애플파이 하나. 나는 차에서 먹을 거예요."

운전사는 음식을 내려놓고 다시 밖으로 나갔다. 패스트푸드 냄새가 로비를 채웠다. 섀도는 종이봉투를 받아들고 음식과 냅킨과 작은 케첩 봉지를 나누어 주었다.

촛불이 슥슥 소리를 내며 흔들렸고 그들은 조용히 식사를 했다.

섀도는 타운이 그를 노려보고 있다는 것을 알아차렸다. 그는 의자를 조금 돌려 등이 벽 쪽을 향하게 했다. 미디어는 버거를 먹으면서 부스러기를 닦기 위해 입술에 냅킨을 갖다 댔다.

"아, 진짜! 다 식어 버렸네."

뚱뚱한 아이가 말했다. 그는 여전히 선글라스를 끼고 있었는데, 섀도는 어두운 방에서 그러고 있는 것을 보고는 바보 같다고 생각했다.

"미안해. 가게 찾느라 한참을 가야 했다더라고. 제일 가까운 맥도날드라고 해 봤자 네브래스카에 있어."

그들은 미지근한 햄버거와 차가운 감자튀김을 다 먹었다. 뚱뚱한 녀석이 애플파이를 씹는데, 파이 속이 턱으로 쏟아져 나왔다. 예기치 않게 파이 속은 여전히 뜨거웠다.

"아으."

뚱뚱한 녀석은 손으로 닦아 내고 손가락을 빨았다.

"뜨거워 죽겠네! 제기랄, 이 파이는 곧 집단 소송 당할 거야, 씨발."

섀도는 녀석을 한 대 치고 싶었다. 로라의 장례식 후에 리무진에서 그 녀석이 똘마니들을 시켜 자신을 친 이후로 그 녀석을 후려치고 싶었다. 그는 그런 생각을 하는 게 현명한 짓은 아니라는 것을 잘 알았다. 바로 지금, 여기서는 아니다.

"그냥 웬즈데이의 시신을 받아 여길 뜰 수 없어요?"

"자정에."

낸시와 뚱뚱한 녀석이 동시에 말했다.

"이러한 일들은 규칙에 따라야 해. 모든 일에는 규칙이 있는 법이야."

체르노보그가 덧붙였다.

"하지만 뭐가 규칙인지 아무도 나한테 말을 안 하는군요. 당신은 그 빌어먹을 규칙에 대해서만 계속 말하고, 나는 도대체 당신네들이 무슨 게임을 하는지 알 수가 없어요."

"그건 말이죠, 세일한다고 물건을 내놓고서 제값을 받는 거나 마찬가지예요."

미디어가 밝은 목소리로 이야기했다.

"난 이 모든 게 다 엉터리 허튼짓거리라 생각하오. 하지만 저들의 규칙이 저들을 행복하게 만든다면 나의 기관도 행복하고 모두가 행복한 것이오."

타운은 잠시 말을 끊고 콜라를 꿀꺽 넘겼다.

"자정에 가시오. 시신을 가지고 떠나시오. 우린 모두 지랄맞게 알랑방귀를 뀌어 주고 당신네들한테 잘 가라고 손을 흔들어 줄 것이오. 그러고 나서 쥐새끼들 같은 당신네들을 추적하며 쫓을 수 있을 거요."

"이봐."

뚱뚱한 녀석이 섀도에게 말했다.

"생각났어. 내가 너네 보스더러 그자는 한물갔다고 전하라고 했지. 그자에게 말했어?"

"말했다. 그가 너한테 뭐라고 한지 알아? 코흘리개 망나니한테 오늘의 미래는 내일의 어제라는 사실을 기억하라고 전하라더군."

웬즈데이는 그러한 말을 한 적이 없었지만 섀도는 웬즈데이가 할 법한 말을 그의 방식대로 전달했다. 이자들은 판에 박은 문구를 좋아하는 것 같았다. 검은 선글라스에 깜빡이는 촛불이 마치 그의 눈처럼 반사되었다.

뚱뚱한 녀석이 말했다.

"여긴 완전히 쓰레기 하치장이구먼. 전기도 없고 무선 통신도 안 되고. 배선을 해 놔야만 통신이 된다면 석기 시대로 되돌아가는 거나 마찬가지야."

뚱뚱한 아이는 빨대로 마지막 남은 콜라를 빨고는 컵을 테이블에 던지고 복도로 걸어가 버렸다.

새도는 손을 뻗어 뚱뚱한 녀석의 쓰레기를 주워 종이봉투에 넣었다.

"미국의 중앙점을 보러 가겠습니다."

새도는 자리에서 일어나 밤이 내린 밖으로 나왔다. 낸시가 뒤를 따랐다. 그들은 작은 공원을 가로질러 함께 산책했다. 석조 기념물에 도달할 때까지 아무 말도 하지 않았다. 바람이 처음엔 한 방향에서 불어오고 나중엔 또 다른 방향에서 발작적으로 그들에게 몰아쳤다.

"그럼, 이제 어째야 하죠?"

어두운 하늘에 창백하게 반달이 걸려 있었다.

"이제 자네는 자네 방으로 돌아가야 하네. 문 잠그고 잠을 좀 더 자게. 자정에 저들이 우리에게 시신을 건네줄 거야. 그러면 우리는 잽싸게 이곳에서 벗어날 수 있어. 중앙은 누구에게든 안정적인 곳이 아냐."

"그렇다면 그런 거겠죠."

낸시가 엽궐련을 빨았다.

"이런 일은 일어나지 말았어야 했어. 이 모든 것이 다 발생하지 않았어야 했어. 우리네 사람들은, 우린······."

낸시는 마치 엽궐련으로 단어를 찾으려는 듯 흔들더니 그것으로 찌르면서 이렇게 말했다.

"······배타적이야. 우리는 사회적이 아니야. 나조차도 아니야. 바쿠스도 아니야. 오랫동안 그랬어. 우리는 타인들과 잘 어울리지 못해. 우리는 경탄받고 존경받고 숭배받는 것을 좋아하지. 나는 사람들이 내 이야기들을 말하는 것을 좋아해. 나의 영리함을 보여 주는 이야기들 말야. 그건 잘못이야. 나도 알아. 허나 그게 바로 나야. 우리는 커다랗게 되는 걸 좋아해. 이제, 이 초라한 날들에 우리는 조그마한 존재일 뿐이야. 새로운 신들이 생기고 사라지고 다시 나타나고 있어. 하지만 여기는 신들을 오래 참아 내는 나라가 아니야. 브라마는 창조하고 비슈누는 지키고 시바는 파괴하고 땅은 다시 치워져 브라마가 다시 창조하지."

"그게 무슨 말입니까? 이제 싸움은 끝났습니까? 전투가 끝인가요?"

낸시가 콧방귀를 꼈다.

"자네 제정신인가? 저들이 웬즈데이를 죽였어. 저들이 그를 죽이고 그걸 떠벌리고 있어. 저들이 말을 퍼뜨렸어. 눈을 가진 모든 사람이 보도록 모든 채널을 통해 그 장면을 보여 주었다고. 아니, 섀도, 지금은 겨우 시작일 뿐이야."

낸시는 석조 기념비의 발치로 몸을 구부리고 엽궐련을 땅에 비벼 끄고는 꽁초를 봉헌물처럼 그곳에 두었다.

"농담을 하시곤 하더니 지금은 안 하시는군요."

"요즘은 농담거리를 찾는 게 쉽지 않아. 웬즈데이가 죽었어. 안으로 안 들어갈 거야?"

"곧 갈게요."

낸시가 모텔을 향해 걸어가 버렸다. 섀도는 손을 뻗어 기념비의 돌을 만졌다. 큰 손가락으로 차가운 청동판을 훑었다. 그러고 나서 몸을 돌려 작고 흰 예배당으로 걸어가 열린 현관을 통해 어둠 속으로 들어갔다. 섀도는 가장 가까운 좌석에 앉아 눈을 감고 고개를 숙였다. 그리고 로라에 대해, 웬즈데이에 대해, 살아 있는 것에 대해 생각했다.

뒤에서 딸깍 소리가 났고, 바닥에 신발 끄는 소리가 났다. 섀도는 고개를 돌리면서 몸을 곧추세웠다. 누군가가 현관 밖에 서 있었다. 별빛을 등진 어두운 모습이었다. 금속성 물질에서 달빛이 반짝였다.

"날 쏠 거요?"

"이런, 그러고 싶다만 이건 방어용이야. 음, 기도하고 있었나? 저들이 자기들이 신이라고 믿게 했군? 저들은 신이 아냐."

타운이 말했다.

"기도하고 있지 않았어. 그저 생각하고 있었네."

"내가 보는 바로는 저들은 돌연변이야. 진화의 실험. 약간의 최면 능력, 약간의 주문, 그러면 저들은 사람들로 하여금 무엇이든지 믿게 할 수 있어. 별건 없어. 그게 다야. 저들은 결국 인간처럼 죽어."

"그들은 항상 죽었어."

새도가 자리에서 일어났고 타운은 한발 물러섰다. 작은 예배당에서 걸어 나오는 새도의 뒤를 타운이 거리를 유지하며 따랐다.

"이봐, 루이스 브룩스가 누군지 알아?"

"당신네들 친구?"

"아니. 남쪽 출신 영화배우였어."

타운이 잠깐 멈추었다.

"아마 이름을 바꾼 모양이군. 그러고선 리즈 테일러나 샤론 스톤이나 아니면 다른 사람이 되었겠지."

"그럴지도 모르지."

새도는 모텔을 향해 발걸음을 돌렸고 타운이 그와 보조를 맞추었다.

"자네는 다시 감옥에 들어가야 해. 자네는 염병할 사형수 감방에 있어야 한다고."

"난 당신네들 동료를 죽이지 않았어. 하지만 내가 감옥에 있을 때

한 사내가 나한테 해 준 이야기를 당신한테 해 주지. 결코 잊을 수 없
거든."

"그래? 뭔데?"

"성서의 예수가 천국에서 자신의 옆자리를 약속했던 사람은 오직
한 남자였어. 베드로도 아니고 바울도 아니고, 그런 자들이 아니야. 그
는 유죄 선고를 받은 도둑으로 사형을 당한 자였지. 그러니 사형수들
을 때려눕히지 말아. 그들은 당신이 모르는 무언가를 알고 있을 거야."

운전사가 험비 옆에 서 있었다.

"좋은 밤 되세요."

그들이 지나칠 때 운전사가 인사했다.

"잘 자게."

타운이 인사를 하고 나서 섀도에게 말했다.

"난 개인적으로 이 모든 것에 하나도 상관하지 않아. 내가 상관하
는 것은 미스터 월드가 한 말이야. 그게 더 쉽거든."

섀도는 복도를 따라 9번 방으로 갔다. 문을 열고 안으로 들어갔다.

"미안해요. 이게 내 방인 줄 알았어요."

"맞아요. 당신을 기다리고 있었어요."

미디어가 말했다. 달빛에 비친 그녀의 머리와 얼굴은 창백해 보였
다. 미디어는 그의 침대에 새침하게 앉아 있었다.

"다른 방으로 갈게요."

"오래 있지 않을 거예요. 난 지금이 당신에게 제안을 하나 하기에
좋은 시간이겠다 싶어서."

"좋아요. 해 봐요."

"긴장 풀어요."

미디어가 재미있다는 듯 말을 했다.

"너무 뻣뻣하잖아. 음, 웬즈데이는 죽었어요. 당신은 아무한테도 빚진 게 없어요. 우리에게 붙어요. 이기는 팀으로 넘어올 시간이에요."

섀도는 아무 말도 하지 않았다.

"우린 당신을 유명하게 만들 수 있어요, 섀도. 우린 당신에게 사람들이 믿고 말하고 입고 꿈꾸는 것을 통제할 힘을 줄 수가 있어요. 차세대 캐리 그랜트가 되고 싶지 않아요? 우리는 그런 일이 일어나게 할 수 있어요. 우린 당신을 차세대 비틀즈로 만들 수 있어."

"당신들이 나에게 루시의 젖꼭지를 보여 주겠다고 했을 때가 차라리 더 좋은 것 같은데요. 그게 당신이 한 거라면 말이죠."

"아."

"쉬고 싶군요. 잘 가세요."

미디어는 섀도의 말을 듣지 못한 것처럼 꿈쩍도 않고 말했다.

"그렇다면 물론 우린 모두 뒤집을 수도 있어. 아주 고약하게 굴 수도 있단 말이야. 넌 영원히 고약한 농담이 되고 말 거야, 섀도. 아니면 괴물로 기억될 수도 있어. 영원히 기억될 수도 있으나 맨슨이나 히틀러처럼……. 그건 어때?"

"미안하지만, 좀 피곤해요. 지금 나가 주시면 감사하겠습니다."

"난 당신에게 세상을 제안했어. 길거리에서 죽게 되면 이 말을 기억해요."

"그러도록 하죠."

미디어가 나갔어도 그녀의 향수 냄새가 맴돌았다. 섀도는 시트 없는 매트리스에 누워 로라를 생각했으나 프리스비를 가지고 놀고 있는 로라, 숟가락 없이 루트비어의 거품을 떠먹는 로라, 애너하임에서 여행사 직원 컨벤션에 참석했을 때 샀던 이국풍의 속옷을 입고 낄낄대며 보여 주던 로라, 그 어떤 기억을 떠올려도 마음속에선 계속 로라가 로비의 물건을 입에 물고 있다가 트럭이 길에 널브러지며 모든 게 날아가 버리는 영상으로 뒤바뀌었다. 그러고 나면 섀도는 로라가 한 말이 생각났고, 그 말은 매번 상처를 주었다.

'당신은 죽지 않았어.' 로라가 조용한 목소리로 그의 머리에 속삭였다. '하지만 난 당신이 살아 있다는 확신도 서지 않아.'

노크 소리가 들렸다. 섀도는 자리에서 일어나 문을 열었다. 뚱뚱한 녀석이었다.

"햄버거 말이야. 아주 역겨웠어. 도대체 말이 돼? 맥도날드가 80킬로미터나 떨어져 있다는 게. 난 도대체 맥도날드하고 80킬로미터 떨어진 곳이 존재한다는 건 생각지도 못했어."

"이 방이 무슨 삼거리 주막도 아니고, 참. 넌 내가 너희 편으로 넘어가면 인터넷의 자유를 주겠다고 제안하러 온 모양이지. 맞아?"

뚱뚱한 녀석은 떨고 있었다.

"아니. 넌 이미 죽은 몸이야. 장식된 검은 글씨의 고본(稿本)에 불과해. 네가 원해도 하이퍼텍스트가 될 수 없어. 나는…… 나는 정보들을 망으로 조직해서 연결시킬 능력이 있지만 넌 하나로 뭉뚱그리고 말지……."

녀석에게서 이상한 냄새가 났다. 감방에 있을 때 건너편 감방에 한 사내가 있었다. 이름은 알지 못하는 남자였다. 그가 한낮에 옷을 홀

224

랑 벗고 모든 사람에게 자신이 사람들을, 자기처럼 진짜 착한 사람들을 은색 우주선에 태워 완벽한 곳으로 데려가기 위해 보내진 사람이라고 말했다. 그게 섀도가 그를 본 마지막이었다. 뚱뚱한 녀석에게서 그 사내 같은 냄새가 났다.

"용건이 있어 여기 온 거야?"

"그냥 이야기나 하려고."

뚱뚱한 녀석의 목소리에는 징징거리는 느낌이 묻어났다.

"내 방은 좀 무서워. 그래서. 거긴 좀 소름 끼쳐. 맥도날드에서 80킬로미터라니 믿어져? 여기 너와 함께 있어도 되나?"

"리무진 타고 있던 네 친구들은? 날 쳤던 놈들은? 걔네들한테 같이 있자고 부탁해야 되는 거 아냐?"

"애들은 여기서 작업하지 않아. 여긴 사각지대야."

"자정이 되려면 좀 있어야 하는데. 새벽까지는 더 멀고. 넌 좀 쉬어야 할 것 같은데 말야. 나도 쉬어야 해."

뚱뚱한 녀석은 한동안 아무 말도 하지 않았다. 그는 고개를 끄덕이고 방을 나갔다.

섀도는 문을 닫고 열쇠로 잠갔다. 그리고 매트리스 위에 누웠다.

몇 분 후 소음이 들리기 시작했다. 그게 무슨 소린지 분간하는 데 몇 분이 걸렸다. 섀도는 문을 열고 복도로 나가보았다. 그 소리는 뚱뚱한 녀석이 자신의 방에서 내는 소리였다. 방 벽에 무언가 커다란 것을 던지는 것 같았다. 그 소리로 보건대, 녀석은 제 몸을 부딪치고 있는 것 같았다.

"그냥 나야!"

뚱뚱한 소년이 울부짖었다. 혹은 이런 말일 수도 있을 것이다.

"그냥 고기야!"

섀도는 분간할 수가 없었다.

"아가리 닥쳐!"

복도 저쪽 체르노보그의 방에서 고함 소리가 났다. 섀도는 모텔 밖으로 나왔다. 피곤했다.

운전사가 험비 옆에서 챙 모자를 쓴 어두운 모습으로 가만히 서 있었다.

"잠이 안 오던가요?"

"예."

"담배 드릴까요?"

"아뇨, 고맙습니다."

"한 대 좀 피워도 될까요?"

"그러세요."

운전사는 빅 일회용 라이터를 사용했다. 그때 그 노란 불빛 속에서 섀도는 남자의 얼굴을 볼 수 있었다. 사실 얼굴을 본 건 그게 처음이었다. 섀도는 그를 알아보았고 이해가 가기 시작했다.

섀도는 그 마른 얼굴을 알고 있었다. 섀도는 검은 운전사 모자 아래 타다 남은 깜부기불처럼 두피에 가깝게 바짝 자른 주황빛 금발이 있다는 사실을 알았다. 또한 남자의 입술이 미소 지을 때 주름이 잡히면서 자잘한 상흔이 드러나는 것도 알고 있었다.

"좋아 보이는군, 덩치."

"로 키?"

섀도가 옛 감방 동료를 주의 깊게 응시했다.

감방 우정은 좋은 것이다. 불쾌한 거처와 어두운 시절을 견디게 해준다. 하지만 감방 우정은 감방 문 끝에서 끝난다. 삶에 다시 나타난 감방 친구란 기껏해야 손해 반 이득 반인 것이다.

"세상에. 로 키 라이스미스."

섀도는 그렇게 부르고, 자신이 내뱉은 소리를 들었다. 그러곤 이해했다.

"로키, 로키 라이·스미스*."

섀도가 다시 고쳐 말했다.

"좀 느리네. 하지만 결국 이해했군."

로키가 입술을 비틀어 비뚤어진 미소를 보였고, 그의 검은 눈에는 타다 남은 불이 춤을 추었다.

그들은 버려진 모텔 방 침대 양끝에 걸터앉았다. 뚱뚱한 녀석의 방에서 나는 소리는 멈췄다.

"나한테 거짓말을 했군."

"내 전문 분야 아닌가. 하지만 자네는 나랑 같이 있어서 다행이었어. 내가 없었다면 자네는 첫해를 살아 넘기지 못했을 거야."

"거기서 나가고 싶어도 못 나갔을 텐데?"

"그냥 감방에서 복역하는 것이 훨씬 더 쉬운 일이지."

---

* 섀도의 감방 동료인 '로 키 라이스미스(Low key lyesmith)'는 '거짓말의 장인 로키(Loki lie-smith)'와 발음이 같다. 로키는 북유럽 신화에서 오딘의 의형제 혹은 아들로 등장하는 거인신이다.

로키가 말을 멈추었다. 잠시 후 다시 말을 꺼냈다.

"신에 대해 이해해야 해. 그건 마법이 아니야. 딱히 그렇다고 할 수 없어. 초점에 관한 문제라네. 네 자신이 되는 것이지만 동시에 사람들이 믿는 네가 되는 거야. 네가 농축된 것, 확대된 것, 네 정수에 관한 거지. 천둥 혹은 달리는 말의 힘 혹은 지혜가 되는 것. 그 모든 믿음, 모든 기도들을 받아들이면 그것들은 일종의 확실함이 돼. 그러면 그런 사람은 더 위대해지고, 더 멋져지고, 인간 이상이 되는 것이지. 결정화되는 거야. 그런데 어느 날 사람들은 너를 잊고 더 믿지 않고, 희생하지 않고 신경 쓰지 않아. 그런 후 너는 브로드웨이와 43번가의 구석에서 몽티 카드 게임이나 하게 되는 거야."

"왜 내 감방에 있었지?"

"그야말로 우연이야. 나를 집어넣은 게 바로 거기였을 뿐이야. 내 말을 못 믿는군? 정말이라네."

"그리고 이제 운전을 한다?"

"다른 일도 해."

"반대편 자들을 위해 차를 몰다니."

"뭐, 자네가 그렇게 부른다면야. 자네가 어디에 있느냐에 따라 달린 거지. 내가 보는 방식대로라면 나는 이기는 팀을 위해 차를 모는 거야."

"하지만 자네와 웬즈데이, 당신들은 출신이 같잖아. 둘 다……"

"스칸디나비아의 만신전. 우린 둘 다 스칸디나비아의 신들이지. 자네가 말하려고 하는 게 그거야?"

"그래."

"그래서?"

228

섀도는 망설였다.

"당신도 한때는 친구였을 거잖아. 한때는."

"아니, 우린 친구였던 적이 없어. 그자가 죽어서 나도 유감이야. 그는 우리들을 붙들고 매달릴 뿐이었어. 사라지고 없으니, 나머지 자들은 현실에 직면해야만 해. 변하느냐 죽느냐, 진화하느냐 멸망하느냐의 문제야. 나는 진화할 만반의 준비가 됐어. 이건 늘 그랬듯 '변하느냐 죽느냐' 게임인 거라네. 그자는 죽었고, 전쟁은 끝났어."

섀도는 혼란스러운 표정으로 그를 보았다.

"당신은 그렇게 어리석지 않아. 언제나 날카로웠지. 웬즈데이의 죽음은 아무것도 끝내지 못해. 그저 중립을 지키고 있던 모든 자들을 변두리로 몰아세운 것뿐이야."

"이중적인 비유네, 섀도. 안 좋은 습관이야."

"아무튼 그래도 사실이야. 나 원 참. 그의 죽음은 그가 지난 몇 달 동안에 하려고 시도하던 것을 한순간에 이뤄 버렸어. 그가 죽어서 남은 자들이 뭉친단 말이지. 그들로 하여금 믿을 거리를 준 거야."

"그럴지도 모르지."

로키는 어깨를 으쓱했다.

"내가 아는 바로는 이쪽 편 사람들은 골칫덩이를 치우면 문제 또한 사라진다고 생각하고 있어. 어쨌든 내 상관할 바는 아니지만. 난 그저 운전이나 하는 거야."

"그럼 말해 봐. 왜 모두가 내게 신경 쓰는 거지? 마치 내가 중요한 사람이라도 되는 것처럼 행동한다고. 내가 뭘 하느냐가 왜 중요하냔 말이야?"

"자넨 일종의 투자야. 자네가 웬즈데이에게 중요했기 때문에 우리에게도 중요한 거야. 왜 그런지야…… 그건 아마 아무도 모를걸. 웬즈데이만이 알고 있었는데, 죽었잖아. 삶의 미스터리라고나 할까."

"그놈의 수수께끼, 이제 지겨워."

"그래? 난 그게 세상에 활력을 주는 것 같은데. 마치 스튜에 넣는 소금처럼."

"그래, 자넨 그들의 운전사지. 그들 모두를 위해 운전하나?"

"내가 필요하면 누구 차라도 몰아. 먹고 살아야지."

로키는 손목시계를 들어 버튼을 눌렀다. 시계판에서 부드러운 푸른색이 빛났다. 그 빛이 그의 얼굴을 비추자, 사람을 홀리면서도 동시에 스스로도 홀린 표정이 드러났다.

"자정 5분 전. 때가 왔어. 촛불을 켤 시간이야. 고인을 위해 몇 마디 해야지. 격식에 맞는 절차를 치르고. 가자고?"

새도가 한숨을 깊게 들이쉬었다.

"그래."

그들은 어두운 모텔 복도를 따라 걸음을 옮겼다.

"내가 이 일을 위해 양초를 몇 개 사뒀다네. 하지만 예전에 쓰던 것들도 많이 남아 있어. 방 안에 쓰다 남은 크고 작은 양초 동강들이 많이 있고 또 벽장 속 상자 안에도 있다네. 없어지거나 버리지 않았을 거야. 성냥도 한 박스 가지고 왔어. 라이터로 양초에 불을 붙이면 나중엔 너무 뜨거워진단 말이야."

그들은 5번 방에 다다랐다.

"들어올 텐가?"

섀도는 그 방에 들어가고 싶지 않았다.

"좋아."

그들은 함께 들어갔다.

로키는 주머니에서 성냥을 꺼내 엄지로 튀겨 불을 붙였다. 잠깐 불꽃 탓에 눈이 아팠다. 초의 심지가 깜빡거리다 꺼졌다. 그러고 또 하나. 로키는 새 성냥에 불을 붙이고 짤막한 초에 계속 불을 붙였다. 양초들은 창턱과 침대 머리맡과 방구석의 세면대에 있었다. 그들은 촛불을 비춰 그에게 방을 보여주었다.

침대는 벽에 기댄 위치에서 방 한가운데로 옮겨져 침대와 벽 사이에 수십 센티미터 공간이 있었다. 침대 위에는 좀이 슬고 때가 묻은 낡은 모텔 시트가 덮여 있었다. 분명 로키가 어디 구석 옷장에 박혀 있던 것을 찾아 꺼낸 것 같았다. 시트 위에 웬즈데이가 완벽한 부동자세로 누워 있었다.

웬즈데이는 총에 맞을 때 입고 있었던 옅은 색 정장을 완벽하게 갖춰 입고 있었다. 얼굴 오른쪽은 손상되지 않아 온전했으며 피 얼룩이 지지 않았다. 얼굴 왼쪽은 누더기가 되어 있었고 왼쪽 어깨와 정장 앞면은 마치 점묘법 화풍처럼 얼룩덜룩하게 더러워져 있었다. 손은 양옆에 놓여 있었다. 난장판이 된 얼굴의 표정은 평화하고는 거리가 멀었다. 가슴을 아프게 하고 영혼 아주 깊은 곳을 아프게 하는 모습이었다. 증오와 분노, 광기로 가득 찬 표정이었다. 그리고 어떻게 보면 만족하는 표정도 있는 것 같았다.

섀도는 자켈의 능란한 손길이 그 증오와 고통을 완화시키고 장의사의 왁스와 화장으로 웬즈데이의 얼굴을 재구성해 죽음조차 그를 부정했던 마지막 평화와 존엄을 되찾아 주는 것을 상상했다.

죽었는데도 시신은 여전히 작아 보이지 않았다. 전혀 위축되지 않았다. 그리고 아직도 희미하게 잭 대니얼 냄새가 났다.

평원에서 바람이 높아지고 있었다. 가상의 미국 정중앙점에서 낡은 모텔 주변을 어슬렁거리는 바람 소리를 들을 수 있었다. 창턱에 있는 양초 불꽃들이 일렁이며 깜빡거렸다.

복도에서 발자국 소리가 들려왔다. 누군가 문을 두드리면서 말을 했다.

"서둘러요, 시간 다 됐어."

그들은 고개를 숙이고 안으로 들어왔다.

타운이 먼저 들어왔고 미디어와 낸시와 체르노보그가 들어왔다. 맨 마지막으로 뚱뚱한 녀석이 들어왔다. 그의 얼굴에는 붉은 멍 자국이 있었고 입술은 계속 움직이며 무언가 혼잣말하는 것 같은 인상을 풍겼다. 그러나 소리는 내지 않았다. 섀도는 녀석이 안됐다는 생각이 들었다.

그들은 한 마디도 하지 않은 채 시신 주변에 정렬했다. 모두 한 팔 간격으로 나란히 섰다. 방의 분위기는 장엄했다. 섀도가 한 번도 경험해 보지 못한 종교적인 느낌이었다. 아무런 소리도 나지 않고 단지 휘몰아치는 바람 소리와 초가 타닥타닥거리는 소리만이 들렸다.

"우린 이곳, 신이 없는 곳에 함께 모였습니다. 이 사람의 시신을 의식에 따라 적절히 처리할 자들에게 시신을 넘겨주기 위해서 모였습니다. 하실 말씀 있으면 지금 각자 하십시오."

로키가 말했다.

"난 없어. 이자를 공식적으로 만난 적이 없어. 게다가 이 모든 일이 난 아주 불편해."

타운이 말했다.

"이 행위들엔 응분의 대가가 따를 것이오. 당신들 알지? 이건 단지 그 모든 것의 시작에 불과해."

체르노보그가 말했다.

뚱뚱한 녀석이 낄낄대기 시작했다. 높은 톤이라 계집애 같은 소리였다.

"좋아. 알았어요!"

그러더니 높낮이가 없는 어조로 낭송을 시작했다.

"원을 돌고 돌며
매는 자기를 부리는 자를 듣지 못하네.
모든 게 무너지네. 중앙은 지탱하지 못하고……"

뚱뚱한 소년은 낭송을 멈추고 이마에 주름을 잡았다.

"제길, 예전엔 다 알았는데."

그러더니 관자놀이를 문지르고 인상을 쓰더니 조용해졌다.

그들은 모두 새도를 바라보고 있었다. 바람이 비명을 지르고 있었다. 무슨 말을 해야 할지 몰랐다.

"이 모든 것이 안타까워요. 당신네들 반은 그를 죽였거나 그 일에 손을 담갔어요. 이제 당신네들은 그의 시신을 우리에게 주는군요. 좋아요. 그는 성 잘 내는 늙은 영감쟁이였지만 난 그의 미드를 마셨고 아직도 그를 위해 일을 하고 있어요. 그게 다예요."

미디어가 말했다.

"사람들이 매일 죽는 곳에서, 사람들이 이승을 떠나는 매 슬픔의 순간마다 새로운 아기가 이 세상으로 온다는 기쁨의 순간이 상응한 다는 것을 기억해야 해요. 그 첫 울음은, 그건 마술이에요, 그렇지 않 아요? 어쩌면 말하기 곤란한 건지 모르겠지만 기쁨과 슬픔은 마치 우유와 쿠키 같은 거예요. 그 둘은 그렇게 잘 어울리죠. 우리 모두 그 것에 대해 잠깐 동안 명상을 하는 게 좋을 것 같네요."

낸시가 목청을 가다듬고 말했다.

"그래, 말해야겠어. 아무도 말할 것 같지 않으니 말이지. 우리는 이 땅의 중앙에 있소. 신을 위한 시간이 없는 땅. 그리고 여기 중앙은 다 른 곳보다 더 그럴 시간이 없지. 여긴 어느 누구의 땅도 아니오. 휴전 의 장소요. 그리고 우린 여기서 휴전을 지키고 있소. 우린 선택의 여 지가 없어. 그래, 당신네들은 우리에게 친구의 시신을 주시오. 우리가 받아들이리다. 대가는 치르게 될 거요. 살인에는 살인, 피에는 피."

타운이 말했다.

"뭐라든. 집에 가서 당신네들 머리에 총부리를 겨누는 게 여러 사람 도와주는 거야. 괜한 사람들이나 괴롭히지 마."

체르노보그가 욕을 퍼부었다.

"웃기지 마. 쌍놈의 개새끼, 네놈 에미, 네놈이 타고 타니는 말도 다 뒈져라. 네놈은 전투 중에 죽지도 못할 거다. 전사라면 누구도 네놈 피는 맛보지 않을 거야. 살아 있는 자는 어느 누구도 네놈 목숨을 받 지 않을 거야. 너는 물컹물컹하고 처량맞은 죽음을 맞을 거다. 네놈은 입술에는 키스를, 가슴에는 거짓을 품고 죽을 거야."

"그만두시지, 영감."

타운이 말했다.

"피로 물든 파도가 밀려오겠군. 다음엔 그게 올 것 같은데."

뚱뚱한 녀석이 말했다.

바람이 포효했다.

"좋소. 이자는 당신들 것이오. 우린 끝났소. 영감쟁이를 가져가시오."

로키가 말했다.

로키가 손짓을 하자 타운과 미디어와 뚱뚱한 녀석은 방을 나갔다.
그가 섀도에게 미소를 지었다.

"아무도 행복한 사람은 없어. 안 그런가, 꼬마?"

"이제 어떻게 하죠?"

"웬즈데이를 싸야지. 그리고 여길 빠져나가야지."

낸시가 말했다.

그들은 즉석에서 만든 수의, 모텔 시트로 시신을 잘 싸서 보이지 않
게 했다. 두 노인들이 각각 시신의 양끝으로 다가가자 섀도가 말했다.

"잠깐만요."

섀도는 무릎을 굽히고 흰 시트로 싸인 시신에 팔을 둘렀다. 그러곤
시신을 일으켜 세우고 어깨에 들쳐 멨다. 섀도는 무릎을 펴면서 자리
에서 일어났다.

"좋아요. 됐어요. 차 뒤에다 싣자고요."

체르노보그가 무언가 실랑이를 하려다가 입을 다물어 버렸다. 그는
집게손가락과 엄지손가락에 침을 뱉고 손가락 끝으로 초를 껐다. 섀도

는 어두워지고 있는 방을 걸어 나가며 쉿쉿 소리를 들을 수 있었다.

웬즈데이는 무거웠으나 똑바로 걷는다면 버틸 수 있을 정도였다. 선택의 여지가 없었다. 복도를 따라 발걸음을 내딛을 때마다 웬즈데이의 말이 머리에 떠올랐고, 목구멍에서 새콤달콤한 미드의 맛을 느낄 수 있었다.

'날 위해 일하게. 자네가 날 보호해야 해. 날 도와주고, 날 여기저기 데리고 다녀야 하지. 이따금 이것저것 조사도 해야 해. 날 위해 여기저기 다니면서 이것저것 물어봐야 한다네. 내 심부름도 하고 말이야. 위급할 때는, 아, 물론 위급할 때에만, 손봐 줄 필요가 있는 사람들을 손봐야 하네. 그럴 리는 없겠지만, 혹시라도 내가 죽으면 자네가 경야를 해야 하네⋯⋯.'

약속은 약속이다. 그리고 이 건은 그의 골수에 박힌 것이다.

낸시가 섀도를 위해 모텔 로비 문을 열고 서둘러 가서 버스 뒷문을 열었다. 나머지 네 사람은 이미 험비 옆에 서서 그들이 어서 떠나기를 기다리며 쳐다보고 있었다. 로키는 다시 운전사 모자를 썼다. 차가운 바람이 시트를 때리며 섀도를 흔들었다.

섀도는 버스 뒤에 최대한 부드럽게 웬즈데이를 내려놓았다.

누군가 섀도의 어깨를 건드렸다. 몸을 돌렸다. 타운이 손을 내밀고 서 있었다. 무언가 들고 있었다.

"자, 미스터 월드가 자네에게 이걸 주라는군."

유리 눈이었다. 중간에 머리카락처럼 가늘게 금이 가 있었고, 정면에 조그만 칩은 사라지고 없었다.

"메조닉 홀을 치우고 있을 때 발견했어. 행운을 위해 지니고 있게.

그게 필요할 거라는 걸 신은 알 걸세."

새도는 유리 눈을 손아귀에 넣고 움켜쥐었다. 무언가 똑똑하고 날카롭고 영리한 응답을 하고 싶었지만, 타운은 이미 험비로 돌아가 버렸다. 새도는 여전히 그럴싸한 말을 찾을 수가 없었다.

모텔에서 마지막으로 나온 사람은 체르노보그였다. 그가 문을 잠글 때 험비 한 대가 주차장에서 나와서 포장도로로 사라지는 게 보였다. 그는 로비 문 옆에 있던 돌 밑에 열쇠를 놓고 고개를 가로저었다.

"그자의 심장을 먹었어야 했는데."

체르노보그가 아무렇지 않게 새도에게 그런 말을 했다.

"그냥 그의 죽음을 저주할 게 아니라, 존중하는 법을 가르쳐야 했어."

그는 버스 뒤쪽으로 올라탔다.

"자네가 조수석에 타. 내가 운전 좀 할게."

미스터 낸시가 새도에게 말했다.

동쪽으로 차를 몰았다. 미주리 주 프린스턴에 도달했을 때는 새벽이었다. 새도는 아직 잠을 자지 않았다.

"어디라도 내려 줄까? 그러길 바란다면 내가 신분증을 급조해 주겠네. 캐나다로 가게. 아니면 멕시코로 가든가."

낸시가 말했다.

"당신들과 함께 갈게요. 웬즈데이는 그렇게 하길 바랐을 거예요."

"자네는 더 이상 그를 위해 일하는 게 아니네. 그는 죽었어. 시신을 내려놓고 나면 자넨 마음대로 갈 수 있네."

"그리고 뭘 해요?"

"피신하는 거야, 전쟁이 계속되는 동안. 내 말대로 자넨 이 나라를 떠야 해."

낸시는 깜박이를 켜고 좌회전했다.

"당분간 숨어 있게. 이게 끝나고 나면 나한테 돌아와. 그러면 내가 모든 걸 끝내주겠네. 망치로 말이지."

체르노보그가 말했다.

"시신은 어디로 모셔가나요?"

"버지니아. 거기에 나무가 하나 있어."

낸시가 대답했다.

체르노보그가 음울한 만족감을 비치며 말을 이었다.

"세계수지. 내 영역에도 우리 게 한 그루가 있었어. 하지만 우리 것은 세상 위가 아니라 세상 밑에서 자랐다네."

"나무 밑에 그를 가져다 그곳에 둘 거야. 자네는 가게 둘 거고. 우린 남쪽으로 달릴 걸세. 거기서 전투가 벌어지고 있거든. 피가 흐르고 있어. 많은 자들이 죽어가고 있네. 세상이 약간 변하는 거야."

"전투에 제가 필요하지 않으세요? 저는 덩치도 크고 싸움도 잘해요."

낸시가 고개를 돌려 섀도를 보고 미소를 지었다. 그것은 그가 럼버 카운티 구치소에서 섀도를 구해 준 이후 낸시의 얼굴에서 처음으로 보는 진짜 미소였다.

"이 전투의 대부분은 자네가 갈 수 없고 자네가 만질 수 없는 곳에서 이루어질 거야."

"사람들의 가슴과 마음속에서. 마치 큰 회전목마에서처럼 말이야."

238

"예?"

"회전목마 말이야."

낸시가 대답했다.

"오, 무대 뒤요. 알겠어요. 그 모든 뼈가 있던 사막처럼."

낸시가 고개를 들었다.

"무대 뒤, 맞아. 곰에게 내장을 던져 줄 센스가 자네에겐 없다고 생각할 때마다 자넨 날 놀라게 하는군. 맞아, 무대 뒤야. 거기가 바로 진짜 전투가 일어날 곳이지. 그 외 나머지는 빛과 천둥일 뿐이야."

"경야에 대해 말해 주세요."

"누군가 시신 곁을 지켜야 해. 그건 전통이야. 우리들 중 누가 하게 될 거야."

"그는 내가 하길 원했어요."

"아냐. 그럼 넌 죽을 거야. 아주 안 좋은 생각이야."

체르노보그가 말했다.

"예? 죽는다고요? 시신 곁에 있는다고?"

"최고신이 죽으면 그렇게 되는 거야. 난 그렇지 않다네. 난 그저 내가 죽으면 따뜻한 곳에 묻어 주었으면 해. 그러고는 예쁜 여자들이 내 무덤 위를 걸어가면 내가 발목을 잡아채는 거지. 영화에서처럼 말이야."

낸시가 말했다.

"난 그런 영화 본 적 없어."

"물론 자넨 본 적 있어. 끝에 나와. 고교생 영화지. 모든 애들이 댄스파티에 가는 영화."

체르노보그가 고개를 저었다.

"「캐리」라는 영화예요, 미스터 체르노보그. 좋아요, 두 분 중에 누가 경야에 대해 말 좀 해 주세요."

낸시가 대답해 주었다.

"경야를 하는 사람은 나무에 묶이게 돼. 웬즈데이가 그랬던 것처럼. 아흐레 낮과 밤 동안 매달려 있게 되네. 음식도 물도 주지 않고. 내내 혼자 있게 돼. 마지막에 그 사람을 내리고 살아 있으면……. 음, 그럴 수도 있지. 그러면 웬즈데이는 경야를 치르게 되는 거지."

"어쩌면 엘비스가 자기 사람들 중 하나를 보낼 거야. 난쟁이는 그걸 견디고 살아남을 수 있어."

"제가 하겠어요."

"안 돼."

낸시가 말렸다.

"하겠어요."

두 늙은 남자가 침묵했다. 그때 낸시가 물었다.

"왜지?"

"그건 살아 있는 사람이 할 일이기 때문이죠."

"자넨 돌았군."

체르노보그가 말했다.

"어쩌면요. 하지만 제가 웬즈데이의 경야를 서겠어요."

기름을 넣으려 멈추었을 때 체르노보그는 멀미가 나서 앞자리에 타고 싶다고 말했다. 섀도는 뒷좌석으로 가는 게 싫을 게 없었다. 뒤에선 더 길게 몸을 뻗을 수도 있고 잘 수도 있었다.

그들은 침묵 속에서 차를 달렸다. 섀도는 자기가 뭔가 큰일, 뭔가 이상한 일을 한 것 같은 기분이 들었는데, 그게 뭔지 정확히 알 수 없었다.

한참 지난 뒤 낸시가 말을 꺼냈다.

"이봐, 체르노보그. 아까 모텔에서 테크니컬 보이 봤어? 그 애는 만족스러워 보이지 않더군. 뭔가를 망쳐서 회까닥 돈 거 같던데. 신세대 애들은 그게 가장 큰 문제야. 개네들은 자기들이 모든 걸 다 안다고 생각하는 데다 개네들한테 뭐라도 가르치려면 아주 힘들어."

"잘됐군."

체르노보그가 말했다.

섀도는 뒷좌석에서 몸을 쭉 폈다. 마치 자신이 두 사람 혹은 둘 이상인 것 같았다. 그는 내부의 어딘가에서 부드럽게 기운이 솟는 것을 느꼈다. 무언가를 한 것이다. 행동을 했다. 살고 싶지 않았더라도 상관없었을 것이다. 그러나 섀도는 살고 싶어 했고 그게 중요한 것이었다. 이 난관을 이겨내고 살아남길 바라지만, 살기 위해서 필요하다면 기꺼이 죽으려 한 것이다. 한순간 이 모든 것이 우습다고 생각했다. 세상에서 가장 우스운 것이라 생각했다. 로라가 이 농담을 받아들일 수 있을지 궁금했다.

섀도의 내부에 무언가 다른 것이 있었다. 아마 레이크사이드 경찰서에서 버튼 하나를 눌러서 사라져 버린 마이크 아인셀일 것이라고 생각했다. 그 다른 부분은 아직도 모든 것을 이해하려고, 큰 사진을 보려고 노력하고 있었다.

"숨은 인디언."

섀도가 큰 소리로 말했다.

"뭐?"

앞자리에서 체르노보그가 짜증스럽고 볼멘소리로 물었다.

"어릴 때 색칠하는 그림들요. '이 그림에서 숨은 인디언 찾을 수 있어? 이 그림에는 인디언이 10명 있어. 전부 다 찾을 수 있어?' 그리고 처음 볼 때는 단지 폭포하고 바위하고 나무들만 보이다가 나중에 그 그림을 돌려서 보면 어떤 그림자가 인디언이고······."

섀도는 하품을 했다.

"잠이나 자게."

"하지만 큰 그림은······."

섀도는 말을 하면서 잠이 들었고 숨은 인디언 꿈을 꾸었다.

나무는 버지니아에 있었다. 그것은 어느 곳에서도 멀었고 옛 농장의 뒤쪽에 있었다. 그들은 농장에 가기 위해서 블랙스버그로부터 남쪽으로 거의 1시간가량 페니윙클 브랜치나 루스터 스퍼 같은 이름을 가진 도로를 운전해 가야 했다. 그들은 두 번 길을 돌렸고 낸시와 체르노보그 둘 다 섀도에게 성질을 부리고 서로에게도 성질을 부렸다.

길을 묻기 위해서 작은 잡화점에 들렀다. 도로가 갈라지는 언덕 아래 있는 곳이었다. 늙은 남자가 가게 안쪽에서 나와 그들을 응시했다. 그는 데님 작업복만 입고 심지어 신발조차 신지 않고 있었다. 체르노보그는 카운터에 있던 커다란 돼지 족발 단지에서 소금에 절인 족발을 골라 밖으로 나와 데크에서 먹었다. 낸시와 작업복을 입은 남자는 번갈아가며 서로에게 굽은 지점과 이정표들을 표시하면서 냅킨에 지도를 그렸다.

다시 길을 나섰다. 낸시가 운전을 했고 10분 후 그곳에 도착했다. 정문의 표지판에 '물푸레'라고 쓰여 있었다.

섀도는 버스에서 내려 문을 열었다. 버스는 덜걱거리면서 초원을 관통했다. 문을 닫았다. 그는 버스 뒤에서 조금 걸으면서 다리를 쭉 뻗기도 하고 버스가 너무 멀어졌을 때는 뛰기도 하면서 몸을 움직이는 느낌을 즐겼다.

섀도는 캔자스에서부터 시간 감각을 잃었다. 이틀을 운전했던가? 사흘인가? 알 수 없었다.

버스 뒤의 시신은 썩어 가는 것 같지 않았다. 냄새를 맡을 수 있었다. 시큼한 꿀 같은 냄새가 뒤섞인 잭 대니얼의 희미한 냄새. 하지만 그 냄새는 불쾌하지 않았다. 때때로 주머니에서 유리 눈을 꺼내 들여다보았다. 아마 총알의 충격으로 인해 안은 산산조각이 났겠지만 홍채 한쪽의 깨진 조각 이외에 표면에는 흠이 없었다. 섀도는 그것을 손 안에서 굴리기도 하고 손바닥에 놓기도 하고 손가락을 따라 밀기도 했다. 끔찍한 기념물이지만 기이하게도 위안을 주기도 했다. 웬즈데이가 결국 자신의 눈이 섀도의 주머니 속으로 들어가게 된 것을 알면 웃을지 궁금했다.

어두운 농장 안 가옥은 닫혀 있었다. 초지는 방치되어 풀들이 웃자라 있었다. 농장 지붕은 뒤쪽부터 무너지고 있었다. 지붕은 검은 플라스틱 덮개로 덮여 있었다. 차는 두렁에서 덜컹거렸다. 섀도는 나무를 보았다.

나무는 은회색이었고 농장 집보다 높았다. 섀도가 보았던 그 어떤 나무보다도 아름다웠다. 괴기스러우면서도 너무나 현실적이었고, 거의 완벽하게 대칭을 이루고 있었다. 보는 순간 낯익다 싶었다. 섀도는 자신이 꿈에서 그 나무를 본 적이 있는지 생각해 봤는데, 아니었다. 그 나무 혹은 그 나무의 상징을 전에 본 적이 있었다. 웬즈데이의 은색 넥타이핀이었다.

VW 버스가 초원을 가로지르면서 흔들리고 쿵쾅거리다가 나무 밑동에서 약 6미터 떨어진 곳에 멈추었다.

나무 옆에는 세 여자가 서 있었다. 섀도는 처음에 그들이 조르야 자매라고 생각했다. 그러나 잠시 후 자신이 착각했다는 사실을 깨달았다. 그들은 그가 알지 못하는 세 여인이었다. 마치 그곳에 오랫동안 서 있었던 것처럼 피곤하고 지겨운 표정을 하고 나무 사다리 하나씩을 들고 있었다. 가장 큰 여인은 갈색 자루도 함께 들고 있었다. 그들은 러시아 인형 세트처럼 보였다. 키 큰 여인은 섀도만 하거나 그보다 더 컸고, 중간 키의 여인이 있었고 그리고 키가 아주 작고 몸이 굽어 있어 처음엔 어린아이라고 착각한 여인 한 명이 있었다. 그럼에도 그들은 너무나 비슷하게 생겨서(이마에 혹은 눈에 혹은 턱에 무언가 똑같은 느낌이 들었다.) 섀도는 여인들이 분명 자매라고 확신했다.

버스가 멈추었을 때 가장 작은 여인이 무릎을 굽혀 인사를 했다. 다른 둘은 그저 바라보고만 있었다. 그들은 담배 한 개비를 함께 피우고 있다가 필터까지 타고 나자 꽁초를 나무 뿌리에 대고 뭉개 버렸다.

체르노보그는 버스의 뒷문을 열었고, 가장 큰 여인이 그를 지나 차 후미에서 웬즈데이의 시신을 마치 밀가루 자루라도 되는 양 가볍게 들어 올려 나무로 가져갔다. 여인은 나무 밑동에서 10미터쯤 떨어진 곳에 시신을 놓았다. 그녀와 자매들이 웬즈데이의 시신을 풀었다. 웬즈데이는 모텔 방의 촛불 속에서 보았을 때보다 상태가 훨씬 나빠 보였다. 한번 둘러본 후 섀도는 고개를 돌렸다. 여인들은 그의 옷을 매만지고 닦은 후 그를 시트의 한쪽 끝에 놓고 시트를 다시 감았다.

그러고 나서 여자들이 섀도에게 다가왔다.

— 당신이 그자요?

가장 큰 여인이 물었다.

— 아버지 신을 애도할 자요?

중간 키의 여인이 물었다.

— 경야를 서기로 당신이 선택한 거요?

가장 작은 여인이 물었다.

섀도가 고개를 끄덕였다. 나중에 그는 실제로 그들의 목소리를 들은 기억이 나지 않았다. 어쩌면 그들의 표정과 눈빛으로 의미하는 바를 미루어 짐작한 것인지도 모른다.

화장실을 쓰기 위해 집 안으로 갔던 낸시가 나무로 돌아오고 있었다. 엽궐련을 피우며 생각에 잠겨 있는 것 같았다.

"섀도, 진짜로 안 해도 되네. 더 적절한 사람을 찾을 수 있어. 자넨 준비가 안 됐어."

"제가 할 거예요."

섀도는 꾸밈없이 말했다.

"자네 그럴 필요 없어. 자넨 지금 무슨 일에 휘말리는지 알지도 못해."

"상관없어요."

"그러다 죽으면? 그게 자네를 죽이면?"

"그럼 죽는 거죠."

낸시가 화가 나서 엽궐련을 초원으로 튀겼다.

"내가 네 대가리에 똥만 차 있다고 말했지. 아직도 그래. 남이 널 구하려고 하는 게 안 보여?"

"죄송해요."

섀도는 다른 말은 하지 않았다. 낸시는 버스로 돌아갔다.

체르노보그가 섀도에게 왔다. 그도 기분이 좋은 것 같지 않았다.

"이걸 반드시 살아서 넘겨야 하네. 날 위해 요놈을 안전하게 남겨서 돌아와."

그런 다음 체르노보그는 손가락 마디로 섀도의 이마를 살짝 치고는 말했다.

"땅!"

체르노보그는 섀도의 어깨에 한번 손을 얹고 팔을 토닥이고는 버스로 돌아갔다.

섀도는 그녀가 만족할 만하게 그녀 앞에서 그 이름을 부를 수가 없었다. 이름이 얼사, 혹은 어더인 것 같았던 가장 큰 여인[23]이 그에게 옷을 벗으라고 손짓으로 말했다.

"전부 다요?"

큰 여인이 어깨를 으쓱했다. 섀도는 옷을 벗고 팬티와 티셔츠만 남겼다. 여인은 나무에 사다리를 기댔다. 사다리는 가로대를 따라 작은 꽃과 나뭇잎 모양을 손으로 그려 넣은 것이었다. 그들은 그를 보고 사다리를 가리켰다.

섀도는 아홉 단을 올라갔다. 그들이 지시하는 대로 낮은 곳의 나뭇가지에 발을 얹었다.

중간 키의 여자는 자루에 든 것을 풀밭에 쏟았다. 세월과 먼지에 갈색으로 변색된 가는 밧줄 뭉치였다. 여자가 밧줄을 길게 풀어 웬즈데이의 시신 옆 바닥에 조심스럽게 펼치기 시작했다.

그들은 각자의 사다리에 올랐고, 복잡하고 우아한 매듭으로 밧줄을 꼬기 시작했다. 그들은 우선 밧줄을 나무에 두른 다음 섀도에게 둘렀다. 산파나 간호사나 시체를 만지는 사람들처럼 거리낌없이 티셔츠와 팬티를 벗기고 섀도를 묶었다. 밧줄은 조여들진 않았지만 단단하고 확실하게 그를 묶었다. 줄과 매듭이 얼마나 안정되게 지탱하는지 섀도는 놀라지 않을 수 없었다. 밧줄이 팔 아래, 다리 사이, 허리와 발목과 가슴 주변으로 내려와 그를 매었다.

마지막 밧줄이 느슨하게 그의 목 둘레에 묶였다. 처음에는 불편했으나 무게가 잘 분산되어 어느 밧줄도 살을 파고들지 않았다.

발은 지면에서 1.5미터 위에 떠 있었다. 나무는 잎사귀가 없이 거대했으며 가지는 잿빛 하늘 속에 검게 빛났다. 나무껍질은 부드러운 은회색을 띠고 있었다.

그들은 사다리를 치웠다. 순간적으로 체중이 모두 실린 밧줄에 걸린 몸이 바닥을 향해 수십 센티미터 떨어지면서 공포가 엄습했다. 그는 아무런 소리를 내지 않았다.

그는 완전히 발가벗은 상태였다.

여자들은 모텔 시트에 싸인 웬즈데이의 시신을 나무 밑동으로 옮겨 놓았다.

그들은 그곳에 섀도를 홀로 남겨 두었다.

제15장

날 매달아, 오, 날 매달아, 난 죽어 사라질 거야,
날 매달아, 오, 날 매달아, 난 죽어 사라질 거야,
난 매달리는 거 상관없어, 아주 오래 사라지는 거지,
아주 오래 무덤에 누워 있는 거지.
— 옛 노래

나무에 매달려 있던 첫날, 섀도는 오로지 점점 고통으로 변해 가는 불편과 공포, 때때로 권태와 무력감 사이 어딘가에 있을 법한 감정만을 경험했다. 잿빛 승인, 기다림.

섀도는 매달렸다.

바람은 멈추어 있었다.

몇 시간 후에 무상한 색깔들이 시야를 가로질러 선홍색과 금색의 다발로 폭발하기 시작했다. 그것은 그 자체로 생명을 지니고 고동치고 있었다.

팔과 다리의 고통이 점점 참을 수 없게 되었다. 팔다리를 이완시키고 몸을 늘어지게 하고 앞으로 털썩 주저앉으면, 목둘레 밧줄이 죄어 오고 세상이 가물거리며 허우적거렸다. 그러면 나무 둥치에 다시 몸을 밀어붙였다. 섀도는 심장이 뛰는 것을 느낄 수 있었다. 심장은 불규칙하게 고동치며 온몸에 피를 뿜고 있었다.

에메랄드와 사파이어와 루비가 눈앞에서 결정체를 이루었다가 다시 폭발했다. 숨은 얕은 헐떡거림이 되었다. 등에 닿은 나무껍질이 거칠었다. 벌거벗은 피부에 닿는 오후의 냉기가 섀도를 떨게 만들었고 살이 쑤시고 얼얼했다.

'쉽네.' 섀도의 머릿속에서 누군가 말했다. '이건 속임수야. 네가 이걸 하든가, 아니면 죽든가.'

왠지 영리한 생각 같았다. 섀도는 그 생각에 기분이 좋아졌고, 또다시 그 생각을 반복했다. 반쯤은 주문으로 반쯤은 자장가로, 심장 박동에 맞추어 덜걱덜걱거리면서 되뇌었다.

쉽네. 이건 속임수야. 네가 이걸 하든가, 아니면 죽든가.
쉽네. 이건 속임수야. 네가 이걸 하든가, 아니면 죽든가.
쉽네. 이건 속임수야. 네가 이걸 하든가, 아니면 죽든가.
쉽네. 이건 속임수야. 네가 이걸 하든가, 아니면 죽든가.

시간이 흘렀다. 읊조림이 계속되었다. 섀도는 소리를 들을 수 있었다. 누군가 그 말을 반복하고 있었다. 입이 말라 가기 시작할 때, 혀가 마르고 입 안이 껄끄러워질 때만 멈추었다. 섀도는 발로 나무를 밀어 몸을 위쪽 앞으로 들어올려 폐에 공기를 넣으려 애썼다.

섀도는 더 몸을 들어 올릴 수 없을 때까지 숨을 쉬다가 다시 아래로 떨어지며 나무에 매달렸다.

재잘거림이, 화가 난, 웃는 재잘거림이 시작되었을 때 섀도는 그 소리를 내는 것이 자기 자신이 아닌가 염려해 입을 다물었다. 그러나 소음은 계속되었다. 섀도는 '그럼 세상이 나를 비웃는 것이군.' 하고 생각했다. 그의 머리가 한쪽으로 늘어졌다. 옆에서 무언가 나무줄기를 따라 내려가다가 머리 옆에서 멈추었다. 그것은 그의 귓속에 어떤 단어를 크게 지저귀었다. 그것은 '라타토스크'*처럼 들렸다. 섀도는 따라 하려고 했으나 혀가 입천장에 붙어 떨어지지 않았다. 그는 천천히 몸을 돌려 다람쥐의 회갈색 얼굴과 뾰족한 귀를 응시했다. 가까이 대고 보니 다람쥐가 멀리에서 볼 때보다 귀여워 보이지 않는다는 사실을 깨달았다. 그것은 쥐 같았고 위험했지, 귀엽거나 사랑스럽지 않았다. 이빨은 날카로워 보였다. 다람쥐가 자신을 위협적인 존재라거나 먹잇감으로 생각하지 않았으면 했다. 다람쥐가 육식동물이라고 생각지는 않았지만, 생각지도 못했던 것들이 너무나 많이 그렇게 일어나지 않았던가…….

섀도는 잠들었다.

다음 몇 시간 동안 그는 고통 때문에 몇 차례 잠에서 깨며 암울한 꿈에서 벗어난다. 죽은 아이들이 다가온다. 그들의 눈을 덮은 껍질이 벗겨지자 눈은 부은 진주가 된다. 그들은 자기들을 저버렸다고 섀도를 비난한다. 그러곤 고통이 그를 다시 일깨워 또 다른 꿈으로 넘어간다. 그는 고개를 들고 까만 털북숭이 매머드를 쳐다보고 있다. 매머드는 안개에 싸여 그를 향해 다가오고 있었다. 그러다가 그는 한순간 의식이 깨어났고 거미 한 마리가 자기 얼굴을 가로질러 가고 있는 것을 느끼고는 거미를 떨쳐내기 위해서 고개를 흔들었다. 이제 매머드는 코끼리 얼굴을 한 남자가 되어 있었는데 올챙이배에, 엄니 하나는

---

* 북유럽 신화에서 라타토스크는 세계수 이그드라실을 오르내리며 메시지를 전달하고 여러 가지 잡다한 세상 이야기를 퍼뜨리는 다람쥐이다.

부러져 있었다. 코끼리 머리 남자는 거대한 쥐의 등에 올라타고 섀도를 향해 다가오고 있었다. 코끼리 머리 남자는 섀도를 향해 코를 말며 말했다.

"이 여행을 떠나기 전에 날 불렀다면, 아마 네가 가진 문제 중 몇 가지는 피할 수 있었을 것이다."

그러더니 코끼리는 섀도가 알아차릴 수 없는 무슨 마법 같은 수단을 부려 크기는 전혀 변하지 않았으면서도 아주 작아진 쥐를 잡아, 이 손 저 손 옮기며 가지고 놀았다. 그 작은 갈색 동물이 손바닥에서 손바닥으로 재빨리 뛰어 돌아다니게 만들며 손가락을 쥐락펴락했다. 섀도는 코끼리 머리 신*이 마침내 네 손을 펼쳐서 완전히 손이 비어 있다는 것을 보여줬을 때 전혀 놀라지 않았다. 그는 팔을 하나하나씩 물 흐르듯 유연한 동작으로 움츠리며 섀도를 바라보았는데, 그의 얼굴은 해독이 불가능했다.

"코에 있어."

나풀거리던 꼬리가 사라지는 것을 보고 있던 섀도가 코끼리 남자에게 말했다.

코끼리 남자는 거대한 머리를 끄덕이고는 말했다.

"그래, 코에 있다. 넌 많은 것을 잊을 것이다. 넌 많은 것을 내주게 될 것이다. 넌 많은 것을 잃게 될 것이다. 하지만 이건 잃지 마라."

그때 비가 내리기 시작했고, 섀도는 다시 깨어났다. 섀도는 덜컹 내

---

* 가네샤. 힌두교 신화에서 시바와 파르바티의 아들이며 액운을 막아 주기 때문에 새로운 일을 시작할 때 사람들이 제일 먼저 찾는 신이다. 관희천(觀喜天), 가나파티라고도 한다. 문학과 학문의 보호자이며 「마하라바타」를 받아 적었다고 한다. 손은 네 개인데 각각 올가미와 막대기, 음식을 담은 그릇, 부러진 엄니를 들고 있는 모습으로 묘사되곤 한다.

려앉으며 비에 젖은 몸을 떨었다. 그러면서 깊은 잠에서 완전히 깨어났다. 떨림이 강해 무서울 정도였다. 상상했던 것보다 훨씬 격렬하게 떨고 있었다. 발작적인 경련이 한 번 지나고 또다시 떨림이 밀려왔다. 섀도는 멈추려고 노력했으나 여전히 떨렸고, 이가 서로 부딪히고, 걷잡을 수 없이 사지가 꼬이고 흔들렸다. 그때 진짜 고통이 따랐다. 아주 깊고 칼날 같은 고통이 섀도의 몸을 보이지 않는 작은 상처로 뒤덮었다. 친밀하면서도 참을 수 없는 것이었다.

섀도는 내리는 비를 받아 마시기 위해 입을 벌려서 갈라진 입술과 마른 혀를 적셨다. 비는 나무 둥치에 그를 매고 있는 밧줄도 적셨다. 그때 아주 밝은 번개가 지나갔는데, 세상을 강렬한 이미지와 잔상의 파노라마로 뒤바꾸는 폭발과 같이 느껴졌다. 쩍 갈라지며 우르릉 꽝 소리와 함께 천둥이 쳤고, 천둥이 메아리치자 비가 더욱 거세졌다. 비와 밤 속에서 떨림이 잦아들었다. 칼날은 사라졌다. 섀도는 더이상 추위를 느끼지 않았다. 아니, 오히려 추위만을 느꼈으나, 그 추위는 이제 그의 일부가 되어 있었다. 추위는 그에게, 그는 추위에 합체가 되었다.

섀도는 번개가 번쩍이며 하늘을 가르는 동안 나무에 매달려 있었다. 천둥은 이제 어디에나 존재하는 으르렁거림으로 잦아들었다. 이따금 밤하늘에 폭발하는 먼 폭탄처럼 쿵 부딪치는 소리와 포효만이 남았다. 바람이 섀도를 때렸고, 나무에서 끌어당기고, 거죽을 벗겨놓고 뼈를 깎았다. 폭풍이 최고조에 이르렀을 때 섀도는 이제야 진짜 폭풍이 시작되었다는 사실을 영혼 깊숙이 알 수 있었다. 진짜 폭풍이었다. 이제 그들 중 누구도 견디는 것 외엔 다른 도리가 없다는 사실을 알 수 있었다. 옛 신들이건 새로운 신이건, 혼령이건, 권력을 가진 존재이건, 남자이건, 여자이건 그 누구도 다른 방법이 없음을…….

그때 내면에서 이상한 기쁨이 치솟아 섀도는 웃기 시작했다. 비가 발가벗은 살을 씻어 내리고 있었다. 내리치는 번개와 포효하는 천둥에 의해 기뻐 날뛰며 내지르는 웃음소리가 묻혔다. 그는 미친 듯이 기뻐하며 크게 웃었다.

섀도는 살아 있었다. 이처럼 느낀 적이 한 번도 없었다. 단 한 번도.

죽을 거라면, 지금 당장 여기 이 나무에서 죽을 거라면, 이렇게 완전히 미쳐 보는 것도 괜찮은 일이라는 생각이 들었다.

"야!"

섀도가 폭풍에 대고 소리를 질렀다.

"야! 나야! 내가 여기 있어!"

섀도는 어깨와 나무 줄기 사이에 물을 조금 가둬서, 고개를 틀어 꿀꺽꿀꺽 마셨다. 물을 마시고 기쁨과 환희에 차서 웃었다. 광기는 아니었다. 섀도는 더 웃을 수 없을 때까지, 매달린 채 너무 지쳐 움직일 수 없을 때까지 웃었다.

비가 흘러 시트가 투명해지고 빗물이 천을 일부 풀어헤치는 바람에, 웬즈데이의 밀랍 같은 손과 머리 모양을 볼 수 있었다. 섀도는 토리노의 수의와 케이로의 자켈의 검시대 위에서 속을 드러냈던 소녀가 떠올랐다. 그러자 추위에 복수라도 하는 듯 자신이 따뜻해지고 편안해지는 것을 느꼈다. 나무껍질이 부드럽게 느껴졌다. 섀도는 다시 한번 잠에 빠졌다. 어둠 속에서 꿈을 꾼다 하더라도 이번에는 기억할 수 없을 것이다.

다음 날 아침 고통은 모든 곳에 존재했다. 고통은 국부적이지 않았으며, 밧줄이 살을 파고들거나 나무껍질이 피부를 벗겨 놓는 정도가 아니었다. 이제 고통은 모든 곳에 있었다.

게다가 배가 고팠고, 그의 내부에 공허한 고통이 엄습했다. 머리가 지끈거렸다. 때때로 숨이 멎고 심장이 멈추었다고 상상했다. 그러면 심장이 바다처럼 뛰는 것을 들을 수 있을 때까지 숨을 멈추었다가 다이버가 심해에서 물 표면으로 나왔을 때처럼 공기를 빨아들여야만 했다.

섀도에게 나무는 지옥에서 천상으로 닿아 있는 것 같았고, 자신은 그곳에 영원히 매달려 있었던 것 같은 느낌이 들었다. 갈색 독수리가 나무를 맴돌다가 근처 부러진 가지에 내려앉더니, 다시 날개를 펴고 서쪽으로 날았다.

새벽에 잦아들었던 폭풍은 날이 저물면서 다시 돌아오기 시작했다. 미친 듯이 날뛰는 잿빛 구름이 지평선에서 지평선으로 뻗어 있었다. 가랑비가 부슬부슬 내리기 시작했다. 때에 찌든 모텔 시트에 싸인 나무 아래 시신은 빗속에 남겨진 설탕 케이크처럼 아직은 형태를 유지하고 있었다.

때로는 몸이 뜨겁게 타올랐고, 때로는 얼었다.

다시 천둥이 치기 시작했을 때 천둥 속에서 북 치는 소리 그리고 심장 뛰는 소리를 듣는다고 상상했다. 머리 안에서건 밖에서건 어디든지 상관없었다.

섀도는 색깔에서 고통을 감지했다. 술집 네온 간판의 붉은색, 비 내리는 밤 신호등의 초록색, 영화가 다 끝난 비디오 스크린의 푸른색.

다람쥐가 나무 줄기 껍질에서 섀도의 어깨로 떨어졌다. 날카로운 발톱이 피부를 파고들었다.

"라타토스크!"

다람쥐가 찍찍거렸다. 다람쥐의 코끝이 섀도의 입술에 닿았다.

"라타토스크."

다시 나무 위로 뛰어올랐다.

피부가 핀과 바늘로 쪼는 듯 타들어 가면서 몸 전체가 쑤셨다. 그 느낌은 참을 수 없을 정도였다.

섀도의 목숨이 저 아래, 모텔 시트 위에 누워 있었다. 말 그대로 누워 있었다. 마치 초현실주의 그림 속, 다다 피크닉에 있는 물건들처럼 말이다. 섀도는 당황한 어머니가 쳐다보는 시선, 노르웨이 미국 대사관, 결혼식 날 로라의 눈빛 등을 볼 수 있었다.

섀도는 메마른 입술로 낄낄거리며 웃었다.

"뭐가 그렇게 웃겨, 퍼피?"

로라가 물었다.

"우리 결혼식 날 당신이 입장할 때 웨딩마치 대신 「스쿠비 두」의 주제가를 연주해 달라고 오르간 연주자를 매수하려고 했잖아. 기억나?"

"그럼, 기억하지, 여보. 참견하는 애들만 아니었다면, 진짜 그렇게 할 수 있었을 텐데."*

---

* 「스쿠비 두(Scooby-Doo)」를 인용한 말. 「스쿠비 두」는 1969년 시작한 텔레비전 만화 시리즈물로, 개 한 마리와 네 명의 10대들이 '미스터리 머신'이라는 밴을 타고 다니면서 유령이나 초자연적 현상이 가미된 사건들을 푸는 이야기이다. 결국 매번 미스터리한 사건은 범죄자들의 음모로 드러난다. 주인공 개와 10대 넷을 지칭하는 '참견하는 애들'만 아니었다면 '나쁜 놈들'이 그들의 목적을 이루었을 것이라는 이 만화의 주제를 비유해, 로라가 스스로를 '악당' 편에 놓고 우스갯소리로 한 말이다.

"난 당신을 정말 사랑했어."

새도는 자신의 입술에 닿는 로라의 입술을 느낄 수 있었다. 그것은 따뜻하게 젖어 있었고 살아 있었으며, 차갑지 않고 죽은 것이 아니었다. 그래서 이것이 또 다른 환각이라는 것을 알 수 있었다.

"당신은 여기 있지 않지, 그렇지?"

"응, 하지만 당신이 날 부르고 있어, 마지막으로. 그리고 내가 가고 있어."

이제 숨쉬는 게 어려워졌다. 살을 파고드는 밧줄이, 마치 자유 의지라든가 영원이라는 것처럼 추상적인 개념이 되었다.

"잠을 자, 어쨌든."

로라가 말했다. 그것이 자신의 목소리였을 거라고 생각했지만, 새도는 그 말을 듣고 잠에 빠졌다.

태양은 납빛 하늘의 백랍빛 동전이었다. 새도는 자신이 천천히 잠에서 깨고 있다는 것을 깨닫고 추위를 느꼈다. 그러나 그러한 사실을 이해한 그의 일부는 자신의 나머지와 아주 멀리 있는 것처럼 느껴졌다. 어딘지 먼 곳에서 제 입과 목구멍이 타들어 가며 갈라져 고통스럽다고 느끼고 있는 것 같았다. 때때로 햇빛 속에서 별이 떨어지는 것을 볼 수 있었다. 또 다른 때는 배달 트럭만 한 거대한 새들이 새도를 향해 날아오는 것을 보았다. 그에게 닿는 것은 아무것도 없었다. 아무것도 그를 건드리지 않았다.

"라타토스크. 라타토스크."

재잘거림은 꾸짖음으로 변해 있었다.

다람쥐는 날카로운 발톱을 어깨에 대고 무겁게 내려앉아 그의 얼굴을 응시했다. 섀도는 환각을 겪는 것이 아닌지 의심했다. 다람쥐는 앞발로 도토리 껍질을 들고 있었는데 마치 인형의 컵 같았다. 다람쥐가 그 껍질을 섀도의 입술을 향해 밀었다. 섀도는 물을 느낄 수 있었고 무심결에 작은 컵에 있는 것을 입으로 빨아서 마셨다. 갈라진 입술과 마른 혀 주변을 물로 적셨다. 입을 적신 후 남은 것을 삼켰으나 아주 적은 양이었다.

　다람쥐가 다시 나무 위로 뛰어오르더니 밑으로 내려가 뿌리로 갔다가 몇 초, 아니 몇 분 혹은 몇 시간(섀도는 분간할 수가 없었는데, 그것은 마음속 모든 시계가 망가졌으며, 기어와 톱니바퀴와 스프링들이 저 아래 뱅글뱅글 도는 풀밭에서는 단지 고철 덩어리에 불과하기 때문이라고 생각했다.) 만에 다람쥐가 도토리 껍질 컵을 들고 조심스럽게 나무를 올라왔다. 섀도는 다람쥐가 그에게 가져다준 물을 마셨다.

　물속의 진흙이 풍기는 철 냄새가 입을 채웠고 바짝 마른 목구멍을 식혔다. 그것이 피로와 광기를 완화시켰다.

　세 번째 도토리 껍질 컵을 비우자 갈증이 풀렸다.

　그때 섀도는 밧줄을 끌어당겨 내려가기 위해, 풀려나기 위해, 도망치기 위해 신음하며 몸부림치기 시작했다.

　매듭은 단단했다. 밧줄은 단단히 버텼고, 곧 섀도는 녹초가 되었다.

　착란 상태에서 섀도는 나무가 되었다. 뿌리는 흙 속 깊은 곳까지 닿아 있었고, 시간 속으로 깊숙이 들어가 숨겨진 샘 속으로 침투했다. 섀도는 '과거'를 뜻하는 우르드라는 여자의 샘에 닿았다. 우르드는 거대한 거인이었고, 여자의 지하 산이었으며, 그녀가 지키고 있던 물은 시간의 물이었다. 다른 뿌리들은 다른 곳으로 가 있었다. 그중 일부는 드러나지 않았다. 갈증을 느낄 때면 섀도는 뿌리에서 물을 끌어올려 몸으로 보냈다.

섀도는 100개의 팔을 가지고 있었는데, 그 팔에는 10만 개의 손가락들이 있었고 모든 손가락들이 하늘로 뻗쳐 닿아 있었다. 어깨에 닿는 하늘의 무게는 무거웠다.

불편함이 줄어든 것은 아니었으나, 고통은 나무 자체가 아니라 나무에 매달려 있는 인물에 속했다. 섀도는 나무 위의 남자보다 광기가 훨씬 더 심했다. 그는 나무였으며 동시에 세계수의 벌거벗은 가지들을 흔드는 바람이었다. 그는 잿빛 하늘이었고 우르릉거리는 구름이었다. 그는 가장 깊은 뿌리에서 가장 높은 가지까지 달리는 다람쥐 라타토스크였다. 그는 나무 꼭대기 부러진 가지에 앉아 세상을 굽어보는 미친 눈의 독수리였다. 그는 나무의 심장에 있는 벌레였다.

별들이 돌고 있었고 그는 반짝이는 별들 위로 100개의 손을 뻗고는 별들을 손바닥 위에 올려서 이리저리 옮기고 사라지게 하고…….

고통과 광기 속 한순간의 명료함. 섀도는 제 몸이 뜨는 것을 느꼈다. 오래가지는 않을 것이라는 사실을 알았다. 아침 태양에 눈이 부셨다. 눈을 감고 햇빛을 막을 수 있었으면 했다.

이제 갈 길이 멀지 않았다. 그도 그것을 알고 있었다.

눈을 떴을 때 섀도는 나무에 젊은 남자가 자신과 함께 있는 것을 보았다.

남자의 피부는 어두운 갈색이었다. 이마는 높고 검은 머리는 빽빽

한 곱슬머리였다. 새도 머리 위 높은 가지 위에 앉아 있었다. 새도는 남자를 또렷하게 보기 위해 목을 길게 뺐다. 남자는 미친 사람이었다. 새도는 한눈에 알 수 있었다.

"당신 발가벗었네. 나도 발가벗었어."

미친 남자가 갈라진 목소리로 말했다.

"그렇군."

새도가 쉰 목소리로 말했다.

미친 남자가 그를 보고는 고개를 끄덕이고 목의 근육 경련을 풀기 위한 것처럼 머리를 아래로 틀어 돌렸다. 그러고 나서 그가 물었다.

"날 알아요?"

"아니."

"난 당신 알아. 케이로에서 당신을 봤어. 나중에도 보았어. 내 누이가 당신을 좋아해."

"당신은……."

이름이 떠오르지 않았다. 차에 치여 죽은 동물을 먹다. 그래.

"당신은 호루스야."

미친 남자가 고개를 끄덕였다.

"호루스. 난 아침의 매, 오후의 독수리야. 나는 당신처럼 태양이야. 그리고 나는 라*의 진짜 이름을 알아. 어머니가 말해 주셨어."

"잘됐군."

새도가 예의 바르게 말했다.

미친 남자는 입을 꾹 다물고 그들 아래에 있는 땅을 주의 깊게 응

* Ra, 이집트의 태양신으로 주로 독수리나 독수리 머리를 한 인간으로 묘사된다.

시했다. 그러더니 나무에서 떨어졌다.

독수리는 돌멩이처럼 땅을 향해 곧장 수직으로 떨어지다가 날개를 펴고 세차게 치면서 나무로 날아올랐다. 발톱에는 어린 토끼 한 마리가 들려 있었다. 독수리는 섀도에게서 가까운 가지 위에 안착했다.

"배고파?"

"아니, 그래야 될 것 같은데 안 그래."

"난 배고파."

미친 남자는 재빨리 토끼 배를 갈라, 빨고 찢어발기며 먹었다. 토끼를 다 먹자 갉아먹고 남은 뼈와 거죽을 땅에 떨어뜨렸다. 그는 가지 위에서 점점 더 다가와 섀도에게서 한 팔 정도 떨어진 지점까지 왔다. 그러더니 무의식적으로 섀도를 곁눈질하면서 주의를 기울여 세심하게 발끝에서 머리까지 훑어보았다. 그는 턱과 가슴에 묻은 토끼 피를 손등으로 닦아 냈다.

섀도는 무언가 말해야만 할 것 같았다.

"이봐."

"어."

미친 남자가 대답했다. 그는 섀도에게 등을 돌리고 가지 위에 서서 밑에 있는 초원에 호를 그리면서 짙은 오줌발을 뿌렸다. 오줌을 다 싸고 나자 다시 가지 위에 쭈그려 앉았다.

"사람들이 당신을 뭐라고 불러?"

"섀도."

미친 남자가 고개를 끄덕였다.

"당신은 그림자. 나는 빛이야. 존재하는 모든 것은 그림자를 드리우지. 그들이 곧 싸울 거야. 난 그들이 도착하는 걸 보고 있었어. 나는 하늘 높이 날고 있었는데 누구도 날 보지 못했어. 일부는 눈이 아주 좋았는데도 말이야."

미친 남자가 다시 물었다.

"당신은 죽어 가고 있어. 그렇지?"

그러나 새도는 더 말할 수가 없었다. 모든 게 너무 멀리 있었다. 독수리는 날개를 펴고 천천히 위쪽으로 선회하면서 상승 기류를 타고 아침 하늘을 날았다.

달빛.

기침이 새도의 몸을 흔들어 놓았다. 가슴과 목구멍을 찌르며 온몸을 흔들어 놓는 고통스런 기침이었다. 새도는 숨을 쉬기 위해서 웩웩거렸다.

"안녕, 퍼피."

새도가 아는 목소리가 들렸다. 아래를 내려다보았다.

나뭇가지 사이로 달빛이 대낮처럼 밝고 희게 빛나고 있었고 달빛 속에 여자가 서 있었다. 타원형 얼굴이 창백했다. 바람이 나뭇가지를 흔들었다.

"안녕, 퍼피."

새도는 말을 하려고 했으나 가슴속 깊은 곳에서 한동안 기침만 계속 나왔다.

로라가 안타까워하며 말했다.

"자기, 너무 힘들어 보여."

"안녕, 로라."

쉰 소리가 났다.

로라는 죽은 눈으로 섀도를 올려다보고 미소를 지었다.

"날 어떻게 찾았어?"

로라는 한동안 달빛 속에서 침묵을 지키다가 입을 열었다.

"당신은 내가 가진 것 중에 삶과 가장 가까워. 당신은 내게 남아 있는 유일한 것, 유일하게 삭막하지 않고 밋밋하지 않고 잿빛이지 않은 거야. 내 눈을 가리고 심해로 떨어뜨려도 당신이 있는 곳을 찾을 수 있어. 100킬로미터 아래 지하에 묻혀도 당신이 있는 곳을 알 수 있어."

섀도는 달빛 속에서 로라를 보았고 눈물이 그의 눈을 찔렀다.

한참 지나자 로라가 말했다.

"내가 당신을 풀어 줄게. 당신을 구하는 데 시간을 많이 보내네, 안 그래?"

섀도가 다시 기침했다.

"아니야, 그냥 놔둬. 난 이걸 해야 해."

로라가 섀도를 올려다보고는 고개를 저었다.

"당신, 미쳤어. 당신은 그 위에서 죽어 가고 있어. 아니면 불구가 될 거야. 벌써 불구가 된 건 아닌지 모르겠네."

"어쩌면 그럴지도 몰라. 하지만 난 살아 있어."

"그래, 그런 것 같아."

"자기가 말했잖아. 무덤에서."

"그건 아주 오래된 것 같아, 퍼피. 난 여기가 더 좋아. 아픈 게 덜 해. 무슨 말인지 알지? 하지만 난 너무 건조해."

바람이 잦아들었고 섀도는 그녀의 냄새를 맡을 수 있었다. 썩은 고기와 구토와 부패의 냄새가 사방으로 불쾌하게 퍼졌다.

"일자리를 잃었어. 밤에 하는 일이었는데 사람들이 불평을 많이 한다는 거야. 몸이 아프다고 말했는데 상관없다고 그래 놓고선 말야. 난 너무 목이 말라."

"여자들, 여자들한테 물이 있어. 저 집에."

"퍼피……."

로라는 겁을 먹은 것 같았다.

"그들한테…… 내가 당신에게 물을 좀 주랬다고 말해……."

흰 얼굴이 그를 올려다보았다.

"난 가야 해."

로라가 쿨룩거리더니 인상을 쓰며 무언가 하얀 것을 풀밭에 내뱉었다. 그것은 땅에 부딪히자 껍질을 까고 꿈틀거리며 사라졌다.

숨을 쉬기가 거의 불가능했다. 가슴이 무겁게 느껴졌고 머리는 흔들렸다.

"가지 마."

섀도는 거의 속삭임에 가까운 숨을 내뱉으며, 로라가 자신의 소리를 들을 수 있는지 확신하지 못한 채 말했다.

"제발 가지 마."

섀도는 기침을 하기 시작했다.

"오늘 밤 가지 말고 여기 있어."

"잠깐 있을게."

그러더니 마치 아이에게 엄마가 하는 듯한 말투로 로라가 말했다.

"내가 여기 있는 동안 아무것도 당신을 다치게 할 수 없어. 알지?"

섀도가 다시 한번 기침을 했다. 그는 눈을 감았다. 아주 잠시라고 생각했다. 그러나 다시 눈을 떴을 때는 달이 이미 저물어 있었고, 그는 혼자였다.

머리를 바수고 때려 대는 편두통의 고통을 넘어선, 모든 고통을 넘어선 고통. 모든 것들이 분해되어 작은 나비로 변했고, 각양각색의 먼지 폭풍처럼 그의 주변을 맴돌다가 밤하늘로 증발해 버렸다.

나무 아래 시신을 싸고 있던 흰 시트가 아침 바람에 시끄럽게 펄럭이고 있었다.

두통이 잦아들었다. 모든 것이 느려졌다. 숨쉴 수 있도록 해주는 것은 아무것도 남아 있지 않았다. 심장은 가슴속에서 뛰기를 멈추었다.

섀도가 이번에 마주한 어둠은 깊었다. 이 밤은 단 하나의 별빛만 받고 있었다. 그리고 그것으로 끝이었다.

제16장

나는 그것이 부정하다는 것을 알고 있다.
하지만 그것이 마을에서 벌어지는 유일한 게임이다.
—— 캐나다 빌 존스

나무가 사라졌고, 세상이 사라졌고, 그의 머리 위 잿빛 아침 하늘
이 사라졌다. 이제 하늘은 한밤의 색깔이었다. 그의 위 높은 곳에는
단 하나의 차가운 별이 타는 듯 빛나고 있었고, 그 외에는 아무것도
없었다. 그는 한 발을 내디디고 넘어질 뻔했다.

샤도는 아래를 내려다보았다. 돌 위에 아래로 내려가는 발자국이
새겨져 있었는데, 너무나 커서 오래전에 거인이 지나간 자리라고 상
상하지 않을 수 없었다.

샤도는 어기적거리며 아래쪽으로 내려갔는데, 반은 펄쩍 뛰듯 반은
한 발짝씩 도약하듯 갔다. 몸 전체가 아팠으나 그것은 죽을 때까지
나무에 매달려 있어 생긴 고문당한 듯한 아픔이 아니었고, 몸을 쓰지
않아 생긴 고통이었다.

샤도는 자신이 청바지와 흰 티셔츠를 다 갖추어 입고 있다는 것을
깨닫고 놀라지 않았다. 그는 맨발이었다. 깊은 데자뷰 현상을 느꼈다.
이 옷들은 체르노보그의 아파트에 갔을 때 조르야 폴루노치나야가

새도에게 오딘의 웨인이라는 별자리에 대해 이야기를 해 주던 밤에 입고 있었던 옷이었다. 그녀는 새도를 위해 하늘에서 달을 따 주었다.

새도는 갑자기, 다음에 무슨 일이 벌어질지 알게 되었다. 조르야 폴루노치나야가 나타날 것이다.

조르야 폴루노치나야는 계단 밑에서 새도를 기다리고 있었다. 하늘에는 달이 없었으나, 그녀는 달빛을 흠뻑 받고 있었다. 흰 머리는 창백한 달빛이었고, 시카고에서의 그 밤에 입었던 것처럼 똑같은 레이스와 리넨 잠옷을 입고 있었다.

새도를 보더니 그녀가 미소를 짓고, 잠시 당황한 듯 고개를 숙였다.

"반가워."

"안녕하세요."

"어때?"

"모르겠어요. 나무 위에서 꾸는 또 하나의 꿈인 것만 같아요. 감방을 나온 뒤로 내내 말도 안 되는 꿈을 꾸고 있어요."

조르야 폴루노치나야의 얼굴이 달빛을 받아 은색으로 변했고(그러나 자두처럼 검은 하늘에 달은 걸려 있지 않았으며, 계단 맨 밑에는 단 하나의 별빛도 비추지 않았다.) 진지하면서도 연약한 표정을 짓고 있었다.

"네 모든 질문에 답변을 해 줄 수 있어. 그게 원하는 것이면. 하지만 답을 알게 되면, 결코 되돌릴 수 없어. 그 점을 이해해야 해."

"알겠어요."

조르야 폴루노치나야 너머로 길이 갈라졌다. 새도는 어떤 길로 갈 것인지 택해야 했는데, 그는 그것을 알고 있었다. 하지만 먼저 해야 할 일이 하나 있었다. 새도는 청바지 주머니에 손을 넣고 그 안에서 익숙한 동전의 감각을 느끼고는 안심했다. 그는 동전을 꺼내 검지와 엄지 사이에 놓았다. 1922년 자유의 여신상 은화.

"이거 당신 거예요."

그는 옷이 사실은 나무 발치에 있었다는 것을 기억했다. 여자들이 밧줄을 꺼냈던 자루에 옷을 넣고서 주둥이를 묶었고, 가장 큰 여자가 바람에 날아가지 않도록 그 위에 무거운 돌멩이를 올려놓았다. 그리고 그는 자유의 여신상 은화가 실제로는 그 돌멩이 아래 자루 안에 있는 옷 주머니에 있다는 것도 알고 있었다. 그런데도 동전은 지하 세계로 다다르는 입구에 서 있는 그의 손안에서 여전히 무게감을 주고 있었다.

조르야 폴루노치나야는 날씬한 손가락으로 섀도의 손바닥에서 동전을 집어들었다.

"고마워. 이것이 너를 두 번 자유롭게 했지. 그리고 이제 어두운 곳으로 가는 길을 밝혀 줄 거야."

조르야 폴루노치나야는 동전을 손에 넣고 오므린 후, 손을 뻗어 최대한 높이 허공으로 들어 올렸다. 그러고는 동전을 쥔 손을 펼쳤다. 이때 섀도는 이것 또한 꿈이라는 것을 알 수 있었다. 동전이 떨어지지 않고 섀도의 머리 위 30센티미터쯤에 떠 있었기 때문이다. 그것은 더 이상 은색 동전이 아니었다. 자유의 여신과 창살 왕관이 사라졌다. 동전에서 그가 본 얼굴은 여름 하늘 달 표면에 불명확한 얼굴로 떠 있었다. 가만히 들여다보아야만 보이는 얼굴로, 그렇게 가만히 들여다보면 어두운 바다가 되고 달 표면에 분화구로 팬 모양이 된다. 그런 문양과 얼굴은 순전한 우연성과 무작위성의 그림자일 뿐이었다.

새도는 자신이 지금 머리 위 30센티미터 높이에 떠 있는 동전 크기의 달을 보고 있는지, 아니면 수천 킬로미터 떨어진 곳의 태평양 크기의 달을 보고 있는지 알 수 없었다. 아니면 그 두 가지 생각에 차이가 있는 건지도 알 수가 없었다. 어쩌면 그것은 보는 방식의 문제일 수도 있다. 어쩌면 모든 게 관점의 문제였을 것이다.

새도의 앞에 갈림길이 나타났다.

"어떤 길을 택해야 하죠? 어느 길이 안전하죠?"

"하나를 택하면 나머지는 못 가. 하지만 두 길 다 안전하지 않아. 어떤 길로 갈 거니? 힘든 진실 아니면 멋진 거짓의 길?"

새도는 망설였다.

"진실. 거짓을 구하기에는 난 너무 멀리 왔어요."

조르야 폴루노치나야는 슬퍼 보였다.

"어쨌든 대가가 따를 거란다."

"치를 거예요. 대가가 무엇이든."

"이름. 네 진짜 이름. 그것을 나에게 주어야 해."

"어떻게요?"

"이렇게."

조르야 폴루노치나야는 그의 머리를 향해 완벽한 손을 뻗었다. 새도는 그녀의 손가락이 자신의 피부를 훑고 지난 후 피부 속과 뼛속을 지나쳐 머리 깊숙이 밀고 들어오는 것을 느꼈다. 뼈 안과 척추에서 무언가가 간질였다. 그녀는 새도의 머리에서 손가락을 빼냈다. 촛불 같으나 명료한 흰빛으로 타고 있는 밝은 불이 그녀의 집게손가락 끝에서 깜빡이고 있었다.

"그게 내 이름인가요?"

조르야 폴루노치나야는 손가락을 오므렸고, 그러자 빛이 사라졌다.

"한때는."

조르야 폴루노치나야는 손을 뻗어 오른편 길을 가리켰다.

"저 길로. 지금."

이제 이름이 없이 섀도는 달빛 아래 오른편 길을 따라 걸어갔다. 그녀에게 감사의 말을 전하려 몸을 돌렸을 때, 섀도는 어둠 이외에 아무것도 볼 수 없었다. 지하 깊숙이 들어온 것 같았으나, 머리 위 어둠 속을 올려다보았을 때 여전히 작은 달을 볼 수 있었다.

모퉁이를 돌았다.

이것이 사후 세계라면, 하우스 온 더 록과 매우 흡사하다고 생각했다. 디오라마 같으면서도 한편으로 악몽 같은 세계.

섀도는 죄수복을 입고 교도관 사무실에 있는 자신의 모습을 보고 있었다. 교도관은 그에게 로라가 자동차 사고로 죽었다는 말을 하고 있었다. 섀도는 자신의 표정을 보았다. 마치 세상에서 버려진 남자처럼 보였다. 그 모습, 그 발가벗겨짐과 공포를 보는 것이 마음을 아프게 했다. 발걸음을 서둘러 회색의 교도관 사무실을 지났고 이글 포인트의 외곽에 위치한 비디오 수리점을 들여다보고 있는 자신의 모습을 본다. 3년 전이다. 그렇다.

가게 안에서 섀도가 래리 파워스와 비제이 웨스트를 흠씬 두들겨 패 주고 있었다. 그러는 와중에 손가락 마디마디에 멍이 들고 있었다. 곧 20달러 지폐 뭉치가 든 갈색 슈퍼마켓 봉투를 들고 그곳을 빠져나갈 것이다. 섀도가 가져갔다는 것을 나중에 그자들이 증명하지 못하게 될 그 돈을 들고. 수익 중 그의 몫에다가 조금 더 보탠 정도였다. 그들은 새도와 로라에게서 그런 식으로 그들의 몫을 탈취하지 말았어야 했다. 새도는 그저 운전을 했고, 어쨌든 그의 몫을 한 것이고, 로라가 그에게 요구한 모든 것을 했던 것이다…….

재판에서, 아무도 은행 강도 사건에 대해 언급을 하지 않았다. 물론 그는 사실은 모두가 그 사건을 얘기하고 싶어 한다고 확신했다. 아무도 이야기하지 않는 이상 아무것도 밝혀 낼 수 없었다. 피고 측은 대신 새도가 파워스와 웨스트에게 가한 육체적 상해를 물고 늘어지지 않을 수 없었다. 검사는 그 두 남자가 병원에 도착했을 당시의 사진을 보여 주었다. 새도는 법정에서 스스로를 변호하지 못했다. 그 편이 나았다. 파워스와 웨스트 둘 다 싸움이 왜 벌어졌는지 알지 못하는 것 같았으나, 그들은 둘 다 새도가 그들을 공격한 자라고 밝혔다.

돈에 대해서는 아무도 이야기하지 않았다.

로라에 대해서는 아무도 언급하지 않았고, 새도는 진정으로 그러기를 원했다.

새도는 위안을 주는 거짓의 길로 가는 게 더 낫지 않았을까 생각해 보았다. 새도는 그곳에서 멀어졌고 바위 길을 따라 시카고의 공립 병원 병실처럼 보이는 곳에 다다랐다. 목구멍에 신물이 올랐다. 걸음을 멈추었다. 쳐다보고 싶지 않았다. 더 가고 싶지 않았다.

병실 침대에 어머니가 새도가 16살 시절에 그랬던 것처럼 죽어 가고 있었다. 그렇다. 그는 덩치 크고 둔한 크림커피 색깔의 피부에 여드름이 숭숭 난 16살의 소년으로, 침대 옆에 앉아 어머니를 바라볼 수 없어서 두꺼운 문고판 책을 읽고 있었다. 새도는 그 책이 어떤 책인지 궁금해서 더 자세히 들여다보기 위해 병실 침대 주변으로 걸어갔다. 섀도는 침대와 의자 사이에 서서 번갈아 쳐다보았고, 덩치 큰 소년은 의자에 쭈그리고 앉아 『그래비티 레인보우』에 코를 묻고는 어머니의 죽음에서 도망쳐 공습 때의 런던으로, 피신처도, 변명도 될 수 없는 소설의 광기 속으로 빠지려 애쓰고 있었다.

어머니는 모르핀이 주는 평화에 빠져 눈을 감고 있었다. 그녀가 생각했던 것은 또 한 번의 겸상(鎌狀) 적혈구 빈혈증 위기, 참아 내야 할 또 한 번의 고통의 시기였다. 그것은 너무 늦게 임파종이라고 판명되었다. 어머니의 피부에 레몬빛 회색 기미가 있었다. 그녀는 30대 초반이었으나 훨씬 나이 들어 보였다.

섀도는 한때 자신의 모습이었던 요령 없는 소년을 흔들어 일깨워서 어머니의 손을 잡고 이야기를 나누게 하고 어머니가 사라지기 전에 무언가 하게 만들고 싶었다. 어머니가 사라지리라는 것을 섀도는 알고 있었다. 그러나 그는 스스로를 건드릴 수 없었고 계속 책만 읽고 있었다. 그리하여 어머니는 섀도가 옆에 앉아 두꺼운 책을 읽고 있는 동안 세상을 떴다.

섀도는 독서를 멈추게 되었다. 소설을 믿을 수는 없는 것이다. 책이 무슨 소용이란 말인가, 그 같은 일에서 우리를 보호해 주지 못한다면?

섀도는 병실에서 나와서 구불구불 돌아 내려오는 복도를 따라 땅의 내장 속으로 깊이 내려갔다.

섀도는 어머니를 본다. 어머니가 얼마나 젊은지 믿을 수가 없다. 병이 나기 전이고 25살이나 되었을까. 그들은 북유럽 어딘가 또 다른 대사관 관사인 아파트에 있다. 그는 실마리를 줄 수 있는 무언가를 찾기 위해 사방을 둘러본다. 그는 옅은 회색의 큰 눈과 검고 곧은 머리의 그저 힘없고 작은 아이일 뿐이다. 그들은 말다툼을 하고 있다. 섀도는 무엇에 대해 언쟁을 하는지 듣지 않고도 알 수 있다. 그들이 유일하게 언쟁하는 문제였다.

— 우리 아빠에 대해 말해 줘.

— 아빠 죽었어. 물어보지 마.

— 하지만 어떤 사람이었어?

— 잊어버려. 죽어서 없어지면 그리울 것도 없어.

— 아빠 사진을 보고 싶어.

— 사진 없어.

엄마는 그렇게 말하곤 했다. 목소리는 조용하고도 사나웠다. 그가 계속해서 멈추지 않고 질문을 하면 소리를 지르거나 때리기까지 한다는 것을 알고 있었다. 그러면서도 질문을 멈출 수 없을 것이라는 걸 알아 섀도는 고개를 돌려 터널을 계속 내려갔다.

섀도가 따라가는 길은 꼬여 있고 구불구불하고 안으로 돌아 내려가는 길이었다. 그 길은 뱀 가죽과 내장 그리고 깊디깊은 나무뿌리를 연상시켰다. 왼쪽으로는 웅덩이가 있었다. 터널 뒤쪽 어디선가 그 웅덩이로 물방울이 똑똑 떨어지는 소리가 들렸다. 떨어지는 물은 웅덩이의 거울 같은 표면을 흐트러뜨리지 않았다. 섀도는 무릎을 꿇고 손을 뻗어 물을 입술로 가져갔다. 계속해서 걸어가다가 원반 모양으로 반짝이며 떠 있는 미러볼 위에 서게 되었다. 마치 우주의 정중앙에서 모든 별과 행성이 그를 중심으로 돌고 있는 것 같은 느낌이었고, 아무것도, 음악도, 음악 위로 소리치며 말하는 대화도 들을 수 없었다. 이제 새도는 엄마와 함께했던 세월 동안 한 번도 볼 수 없었던 모습의 여자를 보고 있었다. 그녀는 결국 조그만 아이보다 조금 더 컸을 뿐이다…….

그리고 그녀는 춤을 추고 있다.

새도는 그녀와 춤을 추고 있는 남자를 알아보고 아주 놀라지는 않았다. 그는 33년이 지난 후에도 별로 변하지 않았다.

그녀는 술에 취해 있다. 새도는 한눈에 알 수 있었다. 그녀는 심하게 취하지는 않았으나 술 마시는 것에 익숙지 않았고, 일주일 정도 후면 배를 타고 노르웨이로 떠날 것이다. 그들은 마가리타를 마시고 있다. 입술에 소금을 묻히고 있었고 소금은 그녀 손에도 붙어 있다.

웬즈데이는 정장과 타이를 매고 있지 않으나, 미러볼 불빛이 닿을 때 셔츠 주머니 위에 꽂은 은색 나무 모양의 핀이 반짝이며 빛을 발한다. 그의 춤 솜씨가 나쁘지 않다. 나이 차를 감안하더라도 그들은 멋진 한 쌍을 이루고 있다. 웬즈데이의 움직임에는 이리와 같은 우아함이 있다.

느린 춤. 웬즈데이는 짐승 발 같은 손으로 그녀의 엉덩이를 탐하듯 둥글게 말며 그녀를 좀 더 자신에게 가까이 당긴다. 다른 한 손은 그녀의 턱을 잡아 자신의 얼굴 가까이 들어 올린다. 둘은 반짝이는 미러볼 불빛이 그들을 우주의 중심을 향해 돌리고 있는 가운데 플로어에서 입을 맞춘다.

얼마 후, 그들은 떠난다. 그녀의 몸이 웬즈데이를 향해 기울어지고 그는 그녀를 댄스홀에서 이끌고 나간다.

새도는 양손으로 머리를 감싸고는, 자신의 감각을 믿을 수 없으며 또한 믿고 싶지 않아, 그들을 따라가지 않는다.

미러볼 불빛은 사라졌고, 이제 유일한 조명은 머리 위 높은 곳에서 타고 있는 작은 달빛뿐이었다.

섀도는 계속 걸어갔다. 길이 구부러진 곳에 잠시 멈추어 숨을 골랐다.

어떤 손이 부드럽게 등을 훑고 지나 부드러운 손가락으로 뒷머리를 쓰다듬는 것을 느꼈다.

"안녕, 자기."

어깨 너머로 자욱한 연기 같은 여자 목소리가 속삭였다.

"안녕."

섀도가 그녀를 마주 보기 위해 몸을 돌리며 말했다.

그녀는 갈색 머리와 갈색 피부를 하고 있었고, 눈은 좋은 꿀처럼 깊은 황금 호박색을 띠고 있었으며, 동공은 수직으로 긴 일자 모양이었다.

"저를 아세요?"

섀도가 당황해서 물었다.

"아주 친밀히."

그녀가 미소를 지었다.

"너의 침대에서 잠을 자곤 했어. 그리고 내 사람들이 널 지켜보고 있어. 날 위해서 말이야."

여자는 앞쪽 길로 고개를 돌리고 섀도가 갈 수 있는 세 가지 길을 가리켰다.

"좋아. 한 길은 널 현명하게 만들 거야. 한 길은 널 완전하게 만들

거야. 그리고 한 길은 널 죽일 거야."

"난 이미 죽은 것 같은데요. 난 나무 위에서 죽었어요."

그녀는 얼굴을 찡그리며 말했다.

"죽음이 있어. 그리고 죽음이 있어. 그리고 죽음이 있어. 그건 상대적인 거야."

그런 후 그녀가 다시 미소를 지었다.

"난 그에 대해 농담도 할 수 있는데. 죽음의 상대성, 죽은 친족에 대해서 말이야."

"아뇨, 괜찮아요."

"그래, 어떤 길로 가고 싶어?"

"모르겠어요."

여자는 한쪽으로 고개를 까닥했다. 완벽하게 고양이 같은 몸짓이었다. 그때 갑자기 섀도는 그녀가 누구인지, 어디서 알게 되었는지 정확하게 깨달았다. 그는 얼굴이 붉어지기 시작했다.

"네가 날 믿는다면 내가 널 위해 선택해 줄 수 있어."

바스트가 말했다.

"당신을 믿어요."

섀도가 주저하지 않고 말했다.

"대가가 무엇인지 알고 싶어?"

"난 이미 이름을 잃었어요."

"이름이란 오고 가는 거야. 이름 준 게 그럴만한 가치가 있었어?"

"네, 그럴지도 모르죠. 쉽진 않았어요. 계시가 그렇듯, 좀 개인적이었달까."

"모든 계시는 사적이야. 그래서 모든 계시가 미심쩍은 것이지."

"이해가 안 돼요."

"그럴 거야. 너는 이해 못해. 난 너의 심장을 가져갈 거야. 나중에 우린 그것이 필요해."

바스트는 섀도의 가슴 깊숙이 손을 넣어, 날카로운 손톱 사이에서 루비색으로 펄떡이고 있는 것을 꺼냈다. 그것은 비둘기 피의 색깔이었고 순수한 빛으로 이루어져 있었다. 리듬을 타고 확장과 수축을 반복했다.

바스트가 손을 오므리자 그것이 사라졌다.

"가운데 길로 가."

섀도는 주저했다.

"당신 진짜 여기 있는 건가요?"

그녀는 한쪽으로 고개를 기울이고는 신중하게 그를 살펴보면서 아무런 말도 하지 않았다.

"당신은 뭐하는 사람이에요? 당신들은 어떤 자들인가요?"

그녀는 짙은 진홍빛 혀를 보이며 하품을 했다.

"우리를 상징이라고 생각해. 우린 인간들이 동굴 벽의 그림자를 이해하기 위해 만든 꿈이야. 자, 이제 가, 움직이란 말이야. 네 몸이 벌써 차가워지고 있어. 바보들이 산 위에 모여들고 있어. 시간이 가고 있어."

섀도는 고개를 끄덕이고는 걸음을 옮겼다.

길이 미끄러워지고 있었다. 바위에 얼음이 얼어 있었다. 섀도는 바윗길을 따라 미끄러지고 비틀거리며 길이 갈라진 부분까지 나아갔다. 그러다 가슴팍 높이에 돌출되어 나온 바위 덩어리에 손가락을 긁혔다. 그는 되도록 천천히 앞으로 나아갔다. 머리 위 달이 공기 중의 얼음 결정체들 사이에서 빛나고 있었다. 달 주변에 달무리가 빛을 분산시키고 있었다. 보기에 아름다웠으나 걷는 데는 지장을 주었다. 제대로 된 길인지 알 수가 없었다.

섀도는 마침내 갈림길에 도달했다.

첫 번째 길을 보니, 이미 알고 있는 곳처럼 느껴졌다. 그 길은 어두운 박물관처럼 거대한 하나의 방 혹은 여러 개의 방으로 이루어진 공간으로 이어졌다. 섀도는 이미 그곳을 알고 있었다. 이전에 이곳을 와 본 적이 있었다. 물론 처음 잠깐은 언제 어디였는지 기억이 나지 않았다. 작은 소음이 길게 메아리쳤다. 먼지가 일었다 가라앉으면서 나는 소리가 들렸다.

이곳은 오래전 로라가 그에게 찾아왔던 첫날 밤 모텔에서 꾸었던 꿈속에서 보았던 곳이었다. 잊힌, 그리고 존재 자체가 상실된 신들에 대한, 끝이 없는 기념관이었다.

한발 뒤로 물러났다.

저쪽 멀리 보이는 또 다른 길로 다가가 앞을 보았다. 복도는 디즈니랜드 같은 느낌이 있었다. 그것은 전등이 켜진 플렉시 유리벽이었다. 여러 가지 색깔의 불빛들이 우주선의 콘솔 라이트처럼 명멸하며 반짝거리고 있었다. 깜박거리는 불빛이 이렇다 할 까닭도 없이 어떤 질서가 있다는 착각을 불러일으켰다.

섀도는 거기서 또한 어떤 소리를 들을 수 있었다. 윙윙거리며 저음으로 깊게 진동하는 소리로 뱃속에서 느껴졌다.

그는 걸음을 멈추고 둘러보았다. 두 길 다 아니라는 생각이 들었다.

더는 아니다. 길이라면 지긋지긋했다. 가운데 길, 고양이 여인이 그에게 가라고 했던 길, 그게 그의 길이었다. 섀도는 그 길을 향해 나아갔다.

머리 위 달의 가장자리가 붉그스레해지면서 이지러졌다. 길이 시작되는 곳에 커다란 출입구가 있었다.

더 맺어야 할 협상이나 거래 따위는 없었다. 저곳으로 들어갈 것 이외 달리 할 일은 없다. 섀도는 어둠 속에서 출입구를 통해 안으로 걸어 들어갔다. 공기는 따뜻했고 여름 첫 비가 내린 후의 도시의 거리처럼 젖은 먼지 냄새가 났다.

섀도는 두렵지 않았다.

더는 아니다. 섀도가 죽었듯이, 공포는 나무 위에서 죽었다. 남아 있는 공포도, 증오도, 고통도 없었다. 오직 정수만이 남았을 뿐이었다.

멀리서, 무언가 큰 것이 조용히 철벅거렸고 그 소리가 광대함 속으로 울려 퍼졌다. 섀도는 눈을 찡그려 보았으나 아무것도 볼 수 없었다. 너무나 어두웠다. 그리고 그때, 소리가 발생한 쪽으로부터 도깨비불이 희미하게 빛났고 세상이 형태를 띠었다. 섀도는 동굴에 있었고 그의 앞에는 거울처럼 잔잔한 물이 있었다.

철벅거리는 소리가 더 가까워졌고 빛이 더 밝아졌다. 섀도는 물가에서 기다렸다. 곧 낮고 평평한 배 한 척이 시야에 들어왔다. 깜빡거리는 흰 랜턴이 뱃머리에서 빛나고 있었으며, 또 하나의 랜턴 불빛이 수십 센티미터 아래 유리 같은 검은 물에 반사되고 있었다. 배는 어떤 키 큰 사람이 젓고 있었는데, 섀도가 들었던 철벅거리는 소리는 지하 호수를 가로질러 노를 젓는 소리였다.

"여보세요!"

섀도가 소리 질렀다. 메아리가 갑자기 그를 에워쌌다. 한 무리의 사람들이 완벽한 합창을 이루어 섀도를 환영하며 부르는데, 그들 각자가 섀도 자신의 목소리를 지니고 있다는 생각이 들었다.

배를 모는 사람은 대꾸하지 않았다.

배를 모는 사람은 키가 크고 매우 말랐다. 아무런 장식이 없는 흰옷을 입고 있었고, 창백한 머리는 너무나 비인간적이어서 그게 일종의 가면일 것이라는 확신이 들었다. 그것은 긴 목 위에 달린 새의 머리였고, 부리는 길고 높았다. 섀도는 이것을, 이 귀신 같고 새 같은 인물을 예전에 보았다는 확신이 들었다. 그는 기억을 반추했고, 자신이 하우스 온 더 록에 있던 시계 모양의 1페니 자동판매기와 술주정뱅이의 영혼을 위해 지하 묘소 뒤에서 스르륵 나와 얼핏 보였던 창백하고 새 같은 인물을 머릿속에 그리고 있다는 생각에 실망하고 말았다.

장대와 뱃머리에서 물이 똑똑 떨어지며 반향을 일으켰고, 배의 항적(航跡)이 유리 같은 물에 잔물결을 일으켰다. 배는 갈대로 엮어 만든 것이었다.

배가 연안 가까이 다가왔다. 배몰이꾼이 배를 젓는 장대에 기댔다. 그의 머리가 천천히 돌다가 마침내 섀도와 마주하게 되었다.

"어이."

그가 커다란 부리를 움직이지 않은 채 말했다. 목소리는 남자의 목소리였고, 사후 세계의 다른 모든 것처럼 그에게 익숙한 것이었다.

"타게. 발이 젖을 테지만 그건 어쩔 수가 없어. 이건 낡은 배라서 내가 더 가까이 다가가면 배 바닥이 부서질 것이라네."

섀도는 신고 있는 줄도 몰랐던 신발을 벗고 물에 한 발 내디뎠다.

물은 종아리 반쯤 닿았고, 처음은 축축했지만 조금 후에는 놀라울 정도로 따뜻했다. 섀도가 배에 닿자, 배몰이꾼은 손을 내밀어 잡아당겼다. 갈대 배는 조금 흔들리면서 배의 양편으로 물이 튀겼고, 그런 다음 중심을 잡았다.

배몰이꾼은 장대로 배를 밀었다. 섀도는 바짓자락에서 물방울을 똑똑 흘리며 배몰이꾼을 바라보았다.

"난 당신을 알아요."

섀도가 뱃머리의 인물에게 말을 걸었다.

"그래."

배몰이꾼이 말했다. 배의 앞쪽에 걸려 있는 기름 램프가 더욱 발작적으로 타 올랐다. 램프에서 나오는 연기 때문에 섀도는 기침을 했다.

"자네는 나를 위해 일했어. 유감스럽지만, 우린 자네 없이 릴라 굿차일드를 매장해야 했네."

목소리는 꾀까다로우면서도 명료했다.

연기가 눈을 찔렀다. 섀도는 손으로 눈물을 닦아 냈고, 연기 속에서 정장을 입고 금테 안경을 쓴 키 큰 남자를 보고 있다고 생각했다. 연기가 사라졌고, 배몰이꾼은 또다시 물새의 머리를 한 반인간이 되어 있었다.

"아이비스 씨?"

"반갑네, 섀도."

아이비스의 목소리로 반인간이 대답했다.

"자네, 저승사자가 뭔지 아나?"

섀도는 그 단어를 안다고 생각했다. 그러나 그것은 오래전이었다.

그는 고개를 저었다.

"호위하는 자를 일컫는 멋진 이름이지. 우린 아주 많은 역할을 하고 있고 존재하는 방식도 여러 가지라네. 내 자신을 스스로 평가하자면 말이야, 난 조용히 사는 학자이며, 소소한 이야기들을 글로 쓰고, 존재했거나 혹은 존재하지도 않았을 과거를 꿈꾸는 자야. 그리고 이건, 이건 말이지, 진실이야. 하지만 자네가 어울렸던 사람들이 많은 능력을 가지고 있는 것처럼 나 또한 한 가지 능력이 있는데 그게 바로 저승사자라네. 나는 산 자를 죽음의 세계로 인도한다네."

"난 여기가 죽음의 세계인 줄 알았는데요."

"아니, 본질적으로는 아니야. 일종의 예비 단계야."

배가 지하 세계 호수의 거울 같은 표면을 가로질러 미끄러져 나아갔다. 뱃머리에 있는 새 머리의 남자는 앞을 바라보았다. 아이비스가 부리를 움직이지 않은 채로 말했다.

"사람들은 삶과 죽음을 서로 배타적인 범주에 속한 것처럼 이야기하지. 길이기도 하면서 강인 것, 또 색깔이기도 하며 노래인 것이 존재하지 않는 것처럼 말이야."

"그런 게 있을 수 없잖아요. 그럴 수 있어요?"

메아리가 호수를 가로질러 그의 말을 되돌려 속삭였다.

"삶과 죽음이라는 것은 똑같은 동전의 양면이라는 것을 기억해야 해. 동전의 앞뒷면이란 말이지."

아이비스가 성마른 목소리로 말했다.

"내가 만약 앞면만 2개인 동전을 가지고 있다면요?"

"그럴 순 없어. 그건 바보들이나 신들만이 가질 수 있는 거야."

섀도는 어두운 물을 가로질러 가면서 전율을 느꼈다. 호수의 유리 같은 표면 아래서 아이들의 얼굴이 꾸짖듯 그를 올려다보고 있는 것 같았다. 아이들의 얼굴은 물을 흠뻑 머금은 채 부드러웠으며, 보지 못하는 눈엔 구름이 끼어 있었다. 지하 동굴에는 호수의 검은 표면을 나부끼게 할 만한 바람은 없었다.

"그럼 나는 죽은 거죠."

섀도는 그 생각에 익숙해지고 있었다.

"아니면 곧 죽을 거고요."

"우린 죽음의 홀에 거의 다 왔어. 내가 자네를 인도하겠다고 자청했던 거야."

"왜요?"

"나는 저승사자야. 자네가 마음에 들고. 자네는 열심히 일했잖은가. 안 그럴 이유도 없잖아?"

"왜냐하면……."

섀도는 생각을 정리했다.

"왜냐하면 나는 당신을 한 번도 믿은 적이 없어요. 이집트 신화에 대해 아는 게 별로 없으니까요. 이런 걸 기대하지도 않았고요. 성 베드로와 천국의 문은 어떻게 되었는데요?"

아이비스는 긴 부리가 달린 흰 머리를 좌우로 무겁게 저었다.

"자네가 우릴 믿지 않았던 건 문제가 되지 않아. 우리가 자네를 믿어."

배가 바닥에 닿았다. 아이비스는 배에서 발을 떼어 호수에 발을 담갔고, 섀도에게 따라 하라고 말했다. 아이비스는 뱃머리에서 줄을 풀고는 섀도에게 랜턴을 들고 가라고 시켰다. 그것은 초승달 모양이었다. 그들은 연안으로 걸어갔고, 아이비스는 바위 바닥에 설치되어 있는 금속 링에 배를 맸다. 그런 후 섀도에게서 램프를 받아 높이 쳐들고 바위 바닥과 높은 바위벽에 거대한 그림자를 드리우며 재빨리 앞으로 걸어갔다.

"겁나나?"

"아뇨."

"그럼, 가면서 진정한 경외와 영적인 공포의 감정을 고양시키려 해보게. 지금의 상황에는 그러한 것들이 적절하다네."

섀도는 겁나지 않았다. 그는 흥미를 느끼면서도 염려가 되었다. 그러나 다른 것은 없었다. 섀도는 흔들리는 어둠이 무섭지 않았고, 죽는다는 것도 두렵지 않았으며, 또한 가는 길에 그들을 노려보고 있던 원탑 모양의 곡물 창고 크기만 한 개 머리를 가진 생명체도 두렵지 않았다. 그 짐승은 목울대 깊숙이 으르렁댔고, 섀도는 목에 난 털이 쭈뼛 솟는 것을 느꼈다.

"섀도, 이제 심판의 시간이야."

그 짐승이 말했다.

섀도는 고개를 들고 짐승을 올려다보았다.

"미스터 자켈?"

아누비스의 손, 거대하고 어두운 손이 내려왔고, 그 손은 섀도를 자신 가까이 들어올렸다.

자칼은 밝게 빛나는 눈으로 섀도를 살펴보았다. 미스터 자켈이 테이블 위에서 죽은 소녀를 살펴보듯 무감각하게 살펴보았다. 섀도는 자켈이 자신의 모든 잘못, 모든 실패, 모든 약점들을 꺼내어 무게를 재고 측정하는 것을 알 수 있었다. 즉, 섀도는 어떤 의미에서 해부되고 조각나고 시식되고 있었다.

우리는 명예가 되지 않은 것들은 기억하지 않는다. 우리는 그런 것들을 합리화하거나 그럴싸한 거짓말 혹은 망각의 두터운 먼지로 은폐한다. 자신의 인생에서 저질렀던 자랑스럽지 못한 모든 일들, 달리 했기를 바랐거나 하지 말았길 바라는 모든 일들이 회오리치는 가책과 후회와 수치의 폭풍으로 다가왔다. 피할 곳이 없었다. 섀도는 테이블 위의 시체처럼 발가벗겨져 속을 드러내고 있었고, 자칼 신인 아누비스는 그의 시신 부검자이며 검사이며 박해자였다.

"제발, 제발 멈춰요."

그러나 검사는 멈추지 않았다. 섀도가 했던 모든 거짓말, 훔쳤던 모든 물건들, 사람들에게 가했던 모든 상처, 하루하루를 채웠던 그 모든 작은 범죄들과 살인들, 이 모든 것들이 낱낱이 추출되었고 자칼의 머리를 지닌 죽음의 판관에 의해 밝은 빛 속에 드러났다.

섀도는 검은 신의 손바닥에서 고통스럽게 울기 시작했다. 다시 예전처럼 힘없고 어찌할 바 모르는 조그만 아이였다.

그리고 예고도 없이 그것은 끝이 났다. 섀도는 헐떡거리고 흐느끼며 콧물을 흘렸다. 여전히 어찌할 바를 몰랐으나, 섀도를 쥐었던 손이 조심스럽고 부드럽게 그를 바위 바닥 위에 내려놓았다.

"누가 그의 심장을 가져갔나?"

아누비스가 으르렁거렸다.

"나예요."

가르랑거리는 여자의 목소리가 났다. 섀도가 올려다보았다. 거기 더 아이비스가 아닌 그자 옆에 바스트가 서 있었고, 그녀는 오른손에 섀도의 심장을 들고 있었다. 그것이 그녀의 얼굴을 루비 빛으로 물들이고 있었다.

"나에게 줘."

따오기 머리를 한 신 토트가 말했고, 그는 그의 손, 즉 인간의 손이 아닌 손에 심장을 들고 앞으로 미끄러져 나아갔다.

아누비스가 그의 앞에 황금 저울을 놓았다. 섀도가 바스트에게 속삭였다.

"여기가 내가 심판받을 곳인가요? 천국? 지옥? 연옥?"

"깃털이 균형을 잡는다면 너는 목적지를 고를 수 있게 될 거야."

"그렇지 않다면요?"

바스트는 그 이야기가 심기를 건드렸다는 듯 어깨를 으쓱했다. 그러더니 그녀가 말했다.

"그러면 우리가 너의 심장과 영혼을, 영혼을 먹는 자인 암미트에게 주고……."

"어쩌면 나는 일종의 해피엔드를 맞게 되겠죠."

"해피엔드란 있지도 않거니와, 끝이라는 것도 없어."

아누비스는 저울의 접시 한쪽에 경의를 갖추어 조심스럽게 깃털 하나를 올려놓았다.

아누비스는 다른 한쪽 접시에 섀도의 심장을 올려놓았다. 저울 밑 그늘에서 무언가 움직였다. 섀도를 불편하게 만드는 것이라서 가까이 들여다보기 힘든 무언가.

깃털은 무거웠다. 그러나 새도는 무거운 심장을 가지고 있었고, 저울은 기울면서 걱정스럽게 흔들렸다.

그러나 마침내 저울 접시는 균형을 잡았고, 그늘 속에 있던 생명체는 불만에 찬 채 살금살금 빠져나갔다.

바스트가 아쉬워하며 말했다.

"음, 그렇군. 쌓아 둘 또 다른 해골이 생긴 것이로군. 딱한 일이야. 나는 네가 현재의 어려움 속에서 훌륭한 일을 해내길 바라고 있었는데. 이건 마치 슬로모션으로 자동차 사고가 나는 것을 바라보면서 그것을 막을 힘이 없는 그런 상태 같아."

"당신은 거기 오지 않나요?"

바스트는 고개를 저었다.

"다른 사람들이 날 위해 전투를 치르는 것을 좋아하지 않아."

그때 거대한 죽음의 홀에는 침묵이 흘렀고, 침묵은 물과 어둠의 반향을 일으켰다.

"이제 난 다음으로 어디를 갈지 고르는 건가요?"

"골라. 아니면 우리가 널 위해 골라 줄 수 있어."

토트가 대답했다.

"아뇨, 괜찮아요. 내가 고를 거예요."

"그래?"

아누비스가 큰 소리로 물었다.

"이제 쉬고 싶어요. 그게 내가 원하는 거예요. 아무것도 바라지 않아요. 천국도 지옥도 아무것도. 그저 끝나게 해 주세요."

"확실해?"

토트가 다시 물었다.

"그래요."

자켈이 섀도를 위해 마지막 문을 열었고, 그 문 너머에는 아무것도 없었다. 어둠마저 없었다. 망각마저 없었다. 그저 무(無)만이.

섀도는 주저함 없이 그것을 받아들였고, 이상하게 맹렬한 기쁨만이 남아 있는 문 안으로 들어갔다.

제17장

모든 것이 이 대륙 위의 거대한 저울 위에 있다.
강은 거대하고, 기후는 열기와 추위로 난폭하고,
전망은 장관이고, 천둥과 번개는 무시무시하다.
이 나라에 부수하는 무질서가 모든 조직을 떨게 만든다.
여기 우리의 실수들, 우리의 비행(非行), 우리의 손실,
우리의 치욕, 우리의 폐망이 거대한 저울 위에 있다.
── 로드 칼라일, 조지 셸윈에게, 1778년

미국 남동부에서 가장 중요한 장소가, 조지아와 테네시를 가로질러 켄터키까지 수백 개의 낡은 헛간 지붕 위에 광고되고 있다. 숲을 지나 구부러진 도로 위에서 차를 몰고 가다보면 퇴락하는 붉은 헛간을 지날 것이고, 그 지붕 위에 다음과 같이 쓰여 있는 것을 볼 것이다.

록 시티를 보시오
세계의 여덟 번째 불가사의

그리고 근처 황폐한 낙농가 창고의 지붕 위에는 흰색 활자로 칠해진 문구를 볼 수 있다.

록 시티에서 7개의 주를 보시오
세계의 불가사의

운전자는 이것을 보고 록 시티가 한나절을 운전해야 갈 수 있는 거리가 아니라 분명 아주 가까이 있다고 믿게 된다. 테네시 주 채터누가에서 남서쪽으로 주 경계선을 머리카락 한 올 정도 지나쳐 조지아 주 루크아웃 산 모퉁이를 돌기만 하면 나온다고 믿는 것이다.

루크아웃 산은 산이라고 하기엔 부족하다. 그것은 믿기 어려울 정도로 높고 당당한 언덕 정도라고 할 수 있다. 멀리서 보면 갈색으로 보이고 가까이서 들여다보면 나무들과 집들이 드러나며 녹색으로 보였다. 백인들이 왔을 때 체로키 족의 한 일파인 치카마우가 족이 그곳에 살고 있었다. 그들은 그 산을 샤토토누기라고 불렀는데, 그것은 '꼭지에 닿는 산'이라는 뜻이다.

1830년대 앤드루 잭슨의 인디언 이주법으로 인해 촉토 족과 치카마우가 족과 체로키 족과 치카소 족 모두는 그들의 땅에서 쫓겨나게 되었다. 미국 군대가 그들 모두를 잡아 눈물의 길을 따라 수천 킬로미터를 이동하게 했다. 그리하여 그들을 후에 오클라호마가 될 새로운 영토에 강제로 몰아넣었다. 인종 대학살을 손쉽게 해결하는 방식이었다. 남자, 여자, 아이들 수천 명이 가는 도중에 죽었다. 싸움에서 이기면, 이긴 것이다. 어느 누구도 그것에 대해 논쟁을 벌일 수 없다.

루크아웃 산을 장악한 사람이 그 땅을 장악했다. 그것이 전설이었다. 그것은 신성한 땅이었고 높은 곳이었다. 각 주들 사이의 전쟁이었던 남북전쟁 때 그곳에서 전투가 벌어졌다. 구름 위의 전투, 그것이 첫날의 전투였다. 그때 북부 동맹 세력들은 불가능한 것을 이루었다. 명령도 없이 미셔너리 산맥을 쓸어버리며 점령했다. 그랜트 장군의 부대가 승리를 거두었다. 북부 동맹은 루크아웃 산을 장악했고, 전쟁을 장악했다.

루크아웃 산 밑에는 터널과 동굴이 있었는데, 일부는 매우 오래된 것들이었다. 지금은 대부분 봉쇄되어 있는데, 한 지역 사업가가 지하 폭포를 파내어 루비 폭포라고 이름지었다. 엘리베이터를 타고 내려갈 수 있었다. 비록 가장 큰 관광 명소는 루크아웃 산의 꼭대기에 있지만, 그래도 관광 명소이다. 그것이 바로 록 시티이다.

록 시티는 산허리에 있는 관상 정원에서 시작한다. 방문객들은 길을 따라 바위를 지나고 바위를 넘고 바위 사이를 걷는다. 그들은 사슴 울타리 안으로 옥수수를 던져 주고, 출렁다리를 건넌다. 그리고 동전을 넣고 보는 쌍안경으로 전망을 보는데, 드물게 맑고 공기가 완벽하게 깨끗한 날에는 7개 주를 볼 수 있다. 길은 이상한 지옥으로 떨어져 내리는 것처럼 동굴 아래로 이어진다. 매년 수백만 명씩 찾아오는 방문객들은 그곳에서 동요와 동화주제에 따라 정렬한 디오라마 속 인형들(블랙라이트 조명을 받고 있다.)을 구경한다. 떠날 때면 방문객들은 어리둥절해 한다. 자신들이 그곳에 온 이유를 모르고 무엇을 보았는지 모르고 즐거운 시간을 가졌는지 어땠는지 알지 못한 채 떠난다.

그들은 미국 전역에서 루크아웃 산으로 왔다. 관광객이 아니었다. 자동차로 왔고 비행기로 왔으며 버스로, 기차로, 그리고 걸어서 왔다. 일부는 날아 왔는데, 낮게 날았고 오직 어두운 밤에만 비행을 했다. 어쨌거나 날아왔다. 그들 중 일부는 땅 밑에 있는 그들만의 길로 여행했다. 많은 이들이 남의 차를 얻어 타고 왔다. 겁먹은 운전자와 트럭 운전사들에게 차를 태워 달라고 졸랐다. 자동차나 트럭을 가진 사람들은 그렇지 못한 사람들이 도로 옆을 걷거나 휴게소나 식당에 있는 것을 볼 수 있었고, 그들이 어떤 자들인지 알아보고는 태워 주겠다고 제안하곤 했다.

그들은 먼지를 가득 머금고 녹초가 되어 루크아웃 산 어귀에 도착했다. 나무로 덮인 높은 경사면을 보면서 그들은 록 시티의 길과 정원과 개울을 볼 수 있었다. 혹은 볼 수 있다고 상상했다.

그들은 아침 일찍 도착하기 시작했다. 방문객들의 두 번째 물결은 땅거미 무렵 도착했다. 며칠 동안 방문객들의 발길이 계속 이어졌다.

낡은 수송 트럭 1대가 멈추어 서서, 여행에 지친 물의 요정들과 숲의 요정들을 토해 냈다. 얼굴엔 화장이 얼룩졌고, 스타킹은 올이 나가 있었고, 눈꺼풀은 무거웠으며, 온몸은 지쳐 있었다.

언덕 아래 나무숲에서 나이 먹은 뱀파이어가 주황색 털로 뒤엉킨 벌거벗은 영장류처럼 생긴 거대한 생명체에게 말보로 담배 한 개비를 권했다. 그것은 고맙게 담배를 받았고, 그들은 침묵 속에서 나란히 담배를 피웠다.

도요타 프레비아 한 대가 도로 한편에 멈추어 섰고, 중국 남자와 여자 7명이 내렸다. 어쨌든 깨끗해 보였고 일부 국가의 하급 공무원들이 유니폼으로 입기도 하는 스타일의 검은 정장을 입고 있었다. 그들 중 하나가 클립보드를 들고서, 차의 뒤쪽에서 일행들이 큰 골프 가방을 꺼내는 동안 목록을 점검했다. 가방에는 칠기 손잡이가 달리고 장식이 화려한 검들과 조각이 새겨진 막대들과 거울들이 들어 있었다. 그들은 무기를 분배하고 점검하고, 무기를 받은 자는 서명을 했다.

1920년대에 죽은 것으로 알려진, 한때 유명했던 코미디언 1명이 낡은 차에서 내려 옷을 벗었다. 그의 다리는 염소 다리였고, 꼬리는 짧은 염소 꼬리 같았다.

멕시코인 넷이 웃는 얼굴로 도착했다. 그들의 머리는 검었으며 매우 윤기가 흘렀다. 갈색 종이봉투에 싸여 보이지 않는 맥주병 하나를 서로 돌려가며 마셨는데, 분말 초콜릿과 술과 피가 혼합된 것이었다.

먼지가 묻은 검은색의 더비 모자를 쓰고 검은 턱수염을 길렀으며 관자놀이에 곱슬곱슬한 살쩍을 기르고 가두리 장식이 달린 낡은 탈릿*을 두른 조그만 남자가 들판을 가로질러 그들에게 다가왔다. 그는 동료의 몇 미터 앞에 서서 오고 있었다. 동료는 그보다 키가 2배나 컸으며 질 좋은 점토처럼 완전한 회색을 띠고 있었다. 이마에 새겨진 단어는 '진리'를 의미했다.

그들은 계속해서 밀려들었다. 택시 1대가 멈추었고, 인도 아대륙의 악마들인 락샤사 몇몇이 택시에서 내려 말없이 언덕 아래 사람들을 응시하면서 서성거렸다. 그러다가 그들은 눈을 감고 기도를 외고 있는 마마 지를 발견했다. 그녀는 이곳에 있는 자들 중에 그들에게 익숙한 유일한 존재였다. 그러나 그들은 옛 전투들을 떠올리고는 마마 지에게 다가가는 것을 망설였다. 그녀의 두 손은 목에 두른 해골 목걸이를 문지르고 있었다. 갈색 피부가 점점 흑옥이나 흑요암처럼 검은색으로 변했다. 입술은 말려 올라갔고 길고 흰 이빨은 매우 날카로웠다. 마마 지는 모든 눈을 뜨고 락샤사를 손짓해 불러서 마치 제 자식들을 맞듯 그들을 맞았다.

북으로, 동으로 몰아치던 지난 며칠의 폭풍은 대기 중의 압력과 불

* 유대인 남자가 아침 기도 때 걸치는 숄.

292

쾌감을 조금도 완화시키지 못했다. 지역 기상 예보관들은 토네이도를 생성시킬 수 있는 기단과 정체되어 있는 고기압권 세력에 대해 경고를 내고 있었다. 낮 동안은 더웠으나 밤에는 추웠다.

그들은 여기저기 비공식적인 집단을 이루며 한데 모였는데 때로는 국적에 의해서, 때로는 인종에 의해서, 기질에 의해서, 심지어 종에 따라 떼를 이루기도 했다. 그들은 불안하고 피곤해 보였다.

일부는 이야기를 나누었다. 종종 웃음이 터져 나오기도 했지만, 금세 침묵이 흘렀고 웃음은 산발적이었다. 그들 무리는 여섯 병들이 맥주 상자를 돌렸다.

일부 지역 주민들은 초원을 넘어 걸어서 왔다. 그들의 몸은 특이한 방식으로 움직였다. 말을 할 때 그들의 목소리는 그들에게 들어온 로아*의 목소리였다. 키 큰 흑인 남자가 대문을 여는 파파 레그바의 목소리로 말을 했다. 부두교 죽음의 신인 바론 사메디는 채터누가 출신 고트족 10대 소녀의 몸에 강신해 있었다. 어쩌면 그녀가 검은 머리 위에 검은 실크 모자를 멋지게 쓰고 있었기 때문일지도 몰랐다. 그녀는 바론의 깊은 목소리로 말을 하고 큼지막한 시가를 피웠으며, 죽은 자의 로아인 게데[24]에게 명령을 했다. 게데는 3명의 중년 형제들의 몸에서 살았다. 그들은 엽총을 가지고 있었고 연신 놀랍도록 추잡한 농담을 해서 자기들끼리만 웃었는데, 그것도 아주 거슬리는 소리로 웃고 또 웃었다.

기름때가 묻고 해진 가죽 재킷을 입은 불로(不老)의 치카마우가 족 여인 둘이 왔다 갔다 하면서 사람들과 전투 준비를 돌아보고 있었다.

---

* 부두교의 신.

그들은 때때로 손가락질을 하며 웃었다. 다가오는 전투에 참여할 의도가 없었다.

동쪽으로 달이 부풀어 치솟고 있었다. 보름달이 되기 하루 전이었다. 달은 떠오르면서 하늘 크기의 반만 해졌고, 불그레한 짙은 주황색으로 언덕 바로 위에 걸려 있었다. 달이 하늘을 가로지르면서 쪼그라지고 창백해지는 것 같았다. 그러다가 마침내 랜턴처럼 하늘 높이 걸리게 되었다.

달빛 아래 루크아웃 산어귀에 아주 많은 자들이 기다리고 있었다.

로라는 목이 말랐다.

때때로 살아 있는 사람들이 로라의 마음속에서 촛불처럼 꾸준히 타올랐으며, 때로는 횃불처럼 화염을 일으켰다. 사람들을 피하거나 찾는 것이 쉬워졌다. 섀도는 나무 위에서 그 자신의 빛으로 너무나 이상하게 타올랐다.

로라는 섀도와 함께 손을 잡고 산책하던 날, 그가 살아 있지 않다고 나무랐다. 그때 아마도 그녀는 걸러지지 않은 감정의 불씨를 보고 싶어 한 것일지도 모른다. 한때 자신의 남편이었던 남자가 진짜 인간, 살아있는 진짜 인간이라는 것을 보여줄 만한 무언가. 그런데 그녀는 아무것도 보지 못했다.

로라는 섀도의 옆에서, 자신이 말하고자 하는 것이 무엇인지 그가 이해할 수 있기를 바라면서 걷던 것을 기억했다.

지금 나무 위에서 죽어 가고 있던 섀도는 완전히 살아 있었다. 로라는 삶이 사그라지는 순간의 그를 바라보았는데, 그는 초점이 맞추어진 상태였고 진짜 모습이었다. 섀도는 그녀에게 함께 머물러 달라고, 밤새 같이 지내자고 부탁했다. 섀도는 그녀를 용서한 것이다……. 아마도 그는 그녀를 용서했을 것이다. 상관없었다. 섀도는 변했다. 로라가 알고 있는 건 그게 다였다.

섀도는 로라에게 농장 집으로 가면 마실 물을 줄 것이라고 말했다. 농장 건물에는 불빛이 없었고, 로라는 아무도 없다는 것을 느낄 수 있었다. 그러나 섀도는 거기서 누군가가 그녀를 돌봐 줄 거라고 말했다. 로라가 농장 집의 문을 밀자 문이 열렸다. 녹슨 경첩이 한동안 말을 듣지 않았다.

왼쪽 폐에서 무언가 움직였다. 무언가 밀고 꿈틀거려서 기침하게 만들었다.

로라는 좁은 복도로 들어갔다. 먼지가 앉은 큰 피아노 때문에 통로가 거의 막혀 있었다. 실내에서는 오래된 습기 냄새가 났다. 로라는 피아노를 간신히 지나쳐 문 하나를 밀어 열고 황폐한 거실로 들어갔다. 거실은 덜컥거리며 무너질 것 같은 가구들로 가득 차 있었다. 기름 램프가 벽난로 위에서 타고 있었다. 벽난로 안에는 석탄이 타고 있었다. 그렇지만 집 안팎 어디에서도 연기는 보지 못했다. 석탄불은 방에서 느끼는 한기를 없애는 데 아무런 도움이 되지 않았다. 그래도 어쨌거나 로라는 자신이 느끼는 한기가 그 방 때문이라고 생각하지 않았다.

죽음은 로라에게 상처를 주었다. 그 상처는 대부분 존재하지 않는 것, 부재로 이루어진 것이다. 모든 세포들을 고갈시키는 불타는 갈증, 그 어떤 열기도 완화해줄 수 없는 뼛속까지 시린 추위. 때때로 로라는 바삭바삭하게 탁탁 튀며 불타는 화장(火葬)용 장작 열기나 부드러운 갈색 흙이 자신을 따뜻하게 데워 줄 수 있을지 생각해 보았다. 차가운 바다가 그녀의 갈증을 풀어 줄지…….

방은 비어 있지 않았다.

3명의 여인들이 기이한 미술 전시회에 갖추어진 세트처럼 낡은 소파에 앉아 있었다. 소파엔 나달나달해진 벨벳 천이 씌워져 있었는데, 그것은 한때, 어쩌면 100년 전쯤에는 밝은 선황색이었을 것 같았으나 지금은 바랜 갈색을 띠고 있었다. 여자들은 안개 빛 회색 치마와 스웨터를 똑같이 입고 있었다. 그들의 안구는 안면 깊이 박혀 있었고 피부는 신선한 뼈처럼 흰색이었다. 소파 왼쪽에 앉은 여자는 거의 거인으로 보였다. 오른쪽 여인은 난쟁이와 다를 바 없이 작았고 가운데 앉은 여인은 로라가 보기에 자기 키와 비슷해 보였다. 그들은 로라가 방으로 들어오는 동안 그녀를 바라보며 아무 말도 하지 않았다.

로라는 그들이 거기 있을 줄은 예상하지 못했다.

로라의 콧구멍에서 무언가 꿈틀거리다가 떨어졌다. 로라는 소매를 뒤져 화장지를 꺼내 코를 풀고 나서 구겨 던졌다. 석탄불에 닿은 화장지는 구겨지며 검어지다가 주황색 끈처럼 변했다. 로라는 구더기가 오그라들며 갈색으로 변해 타들어 가는 것을 지켜보았다.

그러고 나서 몸을 돌려 소파에 있는 여자들을 향했다. 그들은 로라가 들어온 이후로 조금도 움직이지 않았다. 근육 하나, 머리카락 하나 움직이지 않았다. 그들은 로라를 응시했다.

"안녕하세요. 이게 당신들의 농장인가요?"

가장 큰 여자가 고개를 끄덕였다. 그녀의 손은 매우 붉었고, 표정은 무감각했다.

"쟤도, 나무에 매달려 있는 남자요, 제 남편인데 그가 당신들께 물을 청하라고 하더군요."

로라의 창자에서 무언가 움직였다. 잠시 꿈틀거리다가 잠잠해졌다.

가장 작은 여인이 고개를 끄덕였다. 그러고는 소파에서 일어났다. 그녀의 발은 앉아 있었을 때 바닥에 닿지 않았다. 그녀는 종종걸음으로 방에서 나갔다.

로라는 문이 열리고 닫히는 소리를 들을 수 있었다. 밖에서 커다랗게 삐걱거리는 소리가 들렸다. 소리가 한 번씩 나고 난 후에는 물이 튀기는 소리가 들렸다.

곧 작은 여인이 돌아왔다. 그녀는 토기로 된 항아리에 물을 가져와 조심스럽게 탁자 위에 올려놓고 소파로 돌아갔고, 움찔움찔 떨면서 자매들의 옆에 다시 자리를 잡고 앉았다.

"고마워요."

로라는 테이블로 다가가 컵이나 잔을 찾아 두리번거렸지만, 어디에도 보이지 않았다. 로라는 항아리를 들어 올렸다. 보기보다 무거웠다. 안에 든 물은 완벽하게 맑았다.

입술 가까이 들어올리고 마시기 시작했다.

대체 어떤 물이 이 정도일까 싶을 정도로 물은 굉장히 차가웠다. 혀와 이와 식도가 얼어붙었다. 그래도 멈출 수가 없어서 계속 마셨고, 얼어붙게 만드는 차가운 물이 위와 창자와 가슴과 혈관으로 들어가는 것을 느꼈다.

물이 로라의 안으로 흘러 들어갔다. 액체로 된 얼음을 마시는 것 같았다.

항아리가 비었다. 로라는 스스로 놀라며 그것을 테이블 위에 내려놓았다.

여자들은 무감각하게 로라를 바라보고 있었다. 죽은 이래로 로라는 비유적으로 생각하지 않았다. 사물은 존재했거나, 존재하지 않았다. 그러나 지금 소파에 앉아 있는 여자들을 보면서, 배심원들, 혹은 실험실 동물을 바라보는 과학자들을 떠올렸다.

로라는 갑자기, 그리고 발작적으로 몸이 떨렸다. 몸을 진정시키기 위해 탁자에 손을 뻗었다. 그러나 탁자는 미끄러웠고 흔들렸으며, 그녀의 손길을 피하는 것 같았다. 탁자 위에 손을 놓자마자 구토를 시작했다. 로라는 담즙과 포르말린과 지네들과 구더기들을 토해 냈다. 그리고 배설을 하고 오줌을 싸는 것을 느꼈다. 안의 것들이 격렬하게, 젖은 채로 밀려 올라왔다. 할 수만 있다면 소리를 질렀을 것이다. 그러나 그때 먼지 앉은 마룻바닥이 너무나 빨리, 너무나 세게 자신에게 다가왔다. 만약 숨을 쉬고 있었더라면 숨을 거두어 갔을 정도였다.

시간은 그녀 위로, 그녀 안으로 모래 폭풍처럼 소용돌이치면서 돌진했다. 수천 가지 기억들이 한꺼번에 떠오르기 시작했다. 그녀는 젖어 있었고 농가의 바닥에서 고약한 냄새를 풍기고 있었다. 그러고는 크리스마스 전주에 백화점에서 길을 잃었고, 아버지는 보이지 않았다. 치치 식당 바에 앉아 딸기 다이키리를 시키고는 크고 진중한 애어른 같은 소개팅 상대를 살피며 이 남자가 키스는 어떻게 할까 생각하고 있었다. 그러더니 차 안에 있었다. 차는 구르고 덜컹거리고 구토감을 느꼈으며, 로비는 그녀에게 소리를 지르고 있었다. 그러다 마침내 금속 기둥에 부딪혀 차가 멈추었지만 차 안의 내용물들은 멈추지 않고…….

우르드의 샘인 운명의 샘에서 흐르는 시간의 물은 생명의 물이 아니다. 그렇지 않다. 그것은 그래도 세계수의 나무뿌리는 살려 준다. 그런 물은 어디에도 없다.

텅 빈 농장 집에서 잠에서 깨어났을 때, 로라는 떨고 있었다. 아침 공기에 입김이 뿜어져 나왔다. 그녀의 손등에 긁힌 자국과 상처에 젖은 얼룩, 주황빛을 띤 붉은색의 신선한 피가 묻어 있었다.

로라는 어디로 가야 할지 알 수 있었다. 그녀는 운명의 샘에서 나오는 시간의 물을 마신 것이다. 마음속에 산이 보였다.

로라는 손등의 피를 핥고는 입에서 나온 침이 형성하는 막에 놀라지 않을 수 없었다. 그리고 걷기 시작했다.

젖은 3월의 낮이었다. 계절에 맞지 않게 날씨는 추웠다. 며칠간 이어졌던 폭풍은 남부 주들을 가로질러 몰아쳐 갔는데, 록 시티 루크아웃산에 진짜 관광객이 얼마 되지 않는다는 사실을 의미했다. 크리스마스 전등은 꺼졌고, 여름 방문객들은 아직 올 때가 되지 않았다.

그래도 여전히 그곳에는 꽤 많은 사람들이 있었다. 심지어 그날 아침 관광버스가 한 대 멈추어 서서 남녀 열댓을 쏟아 내고 있었다. 그 사람들은 완벽하게 그을린 피부를 하고 화사하고 밝게 웃고 있었다. 뉴스 앵커들 같았는데, 인광 물질로 된 점처럼 보인다고 말할 수 있을 정도였다. 그들은 움직이면서 부드럽게 흐려지는 것 같았다. 검은색 험비 한 대가 록 시티 앞 주차장에서 로봇인형 '놈'(animatronic gnome)인 로키(Rocky) 근처에 주차되어 있었다.

TV 사람들은 록 시티를 열심히 걷다가 균형 잡는 바위 근처에 멈추었고, 유쾌하고 또렷한 목소리로 서로 이야기를 나누었다.

방문객의 물결 속에 그들만 있는 것은 아니었다. 록 시티 길을 걷다 보면, 영화배우처럼 생긴 사람들과 외계인처럼 생긴 사람들과 무엇보다 사람들의 전형처럼 생겼지만 전혀 진짜 같아 보이지 않는 사람들을 볼 수 있을 것이다. 분명 그러한 사람들을 보았을 것이다. 그러나 십중팔구 그들을 전혀 알아차리지 못했을 것이다.

그들은 긴 리무진과 작은 스포츠카와 거대한 SUV를 타고 록 시티에 왔다. 많은 이들이 선글라스를 끼고 있었다. 실내나 실외 가릴 것 없이 습관적으로 선글라스를 끼는 사람들이거나 선글라스를 벗으면 불편해 하는 사람들 같았다. 선탠을 하고 정장을 입고 선글라스를 쓰고 미소를 짓고 찌푸린 사람들이 있었다. 온갖 몸집, 온갖 모양, 온갖 나이대, 온갖 스타일이 다 있었다.

그들 모두가 공통적으로 가지고 있는 것은 한 가지 표정이었는데, 그것은 매우 구체적이었다. 바로 '나 알죠?' 혹은 '당신은 분명 날 알거예요.'라고 말하는 표정이었다. 거리감의 표시이기도 한 즉각적인 친숙함, 표정 혹은 태도. 세상이 자기들을 위해 존재한다는 자신감, 그리고 세상이 자신들을 환영하고 자신들은 경탄받는다는, 그런 표정.

그들 사이에서 뚱뚱한 녀석이 사교술은 없지만 자신의 꿈 이상으로 성공을 한 자의 걸음걸이, 즉 발을 질질 끄는 걸음걸이로 돌아다니고 있었다. 검은 코트가 바람에 펄럭이고 있었다.

마더 구즈 구역 음료대 옆에 있는 무언가가 그의 시선을 사로잡기 위해 기침을 했다. 그것은 육중했는데, 메스 날이 얼굴과 손가락에서 삐어 나와 있었다. 그것의 얼굴은 암 덩어리였다.

"이건 아주 강력한 전투가 될 거야."

그것이 끈적끈적한 목소리로 뚱뚱한 녀석에게 말했다.

"이건 전투가 되지 못해. 여기서 우리가 맞닥뜨린 것은 그 제길할 패러다임의 변화야. 재정비일 뿐이야. 전투 같은 방식은 젠장, 너무 노자(老子)적이야."

암에 걸린 그것은 녀석에게 눈을 깜빡였다. 그것은 "기다림."이라고 만 했다.

"뭐든 무슨 상관이야. 미스터 월드를 찾고 있는데, 혹시 봤어?"

그것은 메스 날로 자신을 긁적였고, 종양에 걸린 아랫입술이 농축되어 앞으로 삐죽 나왔다. 그러더니 고개를 끄덕였다.

"저기."

뚱뚱한 녀석은 고맙다는 말도 없이 가리킨 방향으로 걸어가 버렸다. 암에 걸린 그것은 아무 말도 하지 않고 녀석이 시야에서 사라질 때까지 기다렸다.

"이건 전투가 될 거야."

암 덩어리가 얼굴이 형광 물질 점들로 얼룩진 여자에게 말했다.

여자는 고개를 끄덕이고는 그것에 가까이 몸을 기울였다.

"그래, 그러니 기분이 어때?"

여자가 동정 어린 목소리로 물었다.

그것은 눈을 깜빡이며 말을 하기 시작했다.

타운의 포드 익스플로러는 전 세계 자동 위치 탐색 시스템을 갖추고 있어서, 작은 은색 박스가 위성에서 보내온 신호를 수신해 차의 제 위치를 알려 주었다. 그러나 타운은 블랙스버그의 남쪽에서 지방 도로를 탔을 때 길을 잃어버렸다. 그가 운전하고 있는 도로들은 스크린 지도에 나온 뒤엉킨 선들과 아무런 관계가 없는 것 같았다. 결국 타운은 지방 도로에서 차를 멈춰 창문을 내리고 애시우드 농장 쪽으로 이른 아침 산책을 하던, 울프하운드에 이끌려 가고 있던 뚱뚱한 백인 여자에게 길을 물었다.

여자는 고개를 끄덕이고 손가락질을 하면서 그에게 무언가를 말했다. 타운은 그녀의 말을 이해할 수가 없었지만, 아무튼 대단히 감사하다고 말하고 나서 창문을 내리고 그녀가 가리켰던 곳을 대충 찍어 차를 몰았다.

이 길 저 길 시골길을 달리고 달려 또다시 40분이 지났으나, 그가 찾던 길이 아니었다. 타운은 아랫입술을 깨물기 시작했다.

"난 이제 이따위 짓거리를 하기에는 너무 늙었군."

세상에 지친 영화배우의 대사 같은 분위기를 풍기면서 큰 소리로 말했다.

타운은 쉰 줄에 들어서고 있었다. 삶의 대부분은 이니셜로만 통하는 정부의 한 기관에서 보냈다. 민간 분야에 취업하기 위해 십 수 년 전에 그가 정부 일을 그만두었는지 않았는지는 견해의 문제일 뿐이었다. 타운은 어떤 날들은 이런 식으로, 다른 날들은 다른 식으로 생각했다. 어쨌든 차이가 있다고 믿는 것은 따지고 보면 오로지 별 볼 일 없는 사람들뿐이었다.

타운이 막 포기하려고 할 즈음에 언덕 위에서 손으로 쓴 표지판이 걸려 있는 문을 보았다. 거기엔 전에 들었듯 단순히 '물푸레'라고 쓰여 있었다. 그는 포드 익스플로러를 세우고 밖으로 나와 출입구를 잠그고 있던 철사를 풀었다. 그리고 농장 안으로 차를 몰았다.

마치 개구리 요리를 하는 것 같다고 타운은 생각했다. 물에 개구리를 넣고 불을 켠다. 시간이 지나면서 개구리는 무언가 잘못되어 가고 있다는 것을 알아차리는데, 때는 늦어 개구리는 이미 요리된다. 그가 일했던 세상은 전부 모두 이상했다. 그의 발밑 어디에도 단단한 땅은 없었다. 냄비 속의 물이 맹렬하게 거품을 일으키며 끓고 있었다.

타운이 기관으로 전근하게 됐을 때 모든 건 아주 단순해 보였다. 모든 것은 단순하고, 복잡한 것이 아니라고 그는 결론지었다. 그저 이상할 뿐이다. 타운은 그날 새벽 2시에 월드의 사무실에 앉아 있었고, 자신이 해야 할 일을 들었다.

"알았나?"

월드가 그에게 검은색 가죽 덮개에 들어 있는 칼을 건네면서 말했다.

"막대기를 하나 잘라오게. 1미터 이상일 필요는 없어."

"알겠습니다. 이것을 왜 해야만 합니까?"

"내가 시키니까."

월드가 무뚝뚝하게 대꾸했다.

"나무를 찾아. 그리고 시킨 대로 하게. 채터누가에서 만나세. 시간 허비하지 말고."

"그럼 그 개자식은 어떡하고요?"

"새도? 그를 보거든 피해. 건드리지 마. 상관하지도 말고. 난 자네가

그자를 순교자로 만들어 버리는 걸 원하지 않아. 현재의 게임 계획에
는 순교자 부분은 없어."

월드가 미소를 지었다. 상흔의 미소를. 월드는 쉽게 재미있어 한다.
타운은 몇 번 겪고 나서 이러한 사실을 알아차렸다. 결국 캔자스에서
운전기사 노릇을 한 것도 그를 재미있게 만들었다.

"저……"

"순교자는 안 돼, 타운."

타운은 고개를 끄덕이고 덮개에 든 칼을 꺼냈다. 그러곤 그의 내부
깊숙한 곳에 샘솟고 있는 분노를 억눌렀다.

새도에 대한 타운의 증오는 그의 일부가 되었다. 그는 잠이 들면서
새도의 침울한 얼굴을 볼 수 있었고, 미소가 아닌 미소를 볼 수 있었
으며, 웃지 않으면서도 만들어 내는 미소를, 타운으로 하여금 창자에
주먹을 꽂아 넣고 싶게 만드는 그 미소를 볼 수 있었다. 심지어 잠이 들
면서도 이를 앙다물었고, 관자놀이는 긴장되고, 식도가 타들어 갔다.

타운은 포드 익스플로러로 초원을 가로질러 버려진 농장 집을 지
났다. 능선을 오르고 나무를 보았다. 나무를 조금 지나쳐서 차를 주
차시키고 엔진을 껐다. 계기반의 시계가 오전 6시 38분을 가리키고
있었다. 키는 꽂아 두고 나무를 향해 걸어갔다.

나무는 거대했다. 나무는 나무만의 척도 개념을 가지고 존재하는
것 같았다. 타운은 그것이 15미터인지 60미터인지 알 수가 없었다. 나
무껍질은 정교한 실크 스카프 같은 회색이었다.

땅 위에서 조금 위 나무 밑동에 벌거벗은 남자가 거미줄처럼 밧줄
로 묶여 있었고, 나무 아래에는 시트로 둘러싸인 무언가가 있었다.

타운은 그것이 무엇인지 알 수 있었다. 그는 발로 시트를 툭 차버렸다. 웬즈데이의 망가진 반쪽 얼굴이 그를 응시했다. 그는 웬즈데이의 시신이 구더기와 파리들로 들끓고 있으리라 생각했었다. 그러나 벌레의 공격을 전혀 받지 않았다. 심지어 냄새조차 나지 않았다. 시신은 모텔로 옮겼을 때와 똑같았다.

나무에 도달했다. 타운은 농장에서 보이지 않는 쪽으로 가서 굵은 나무 밑동을 돌아 바지 지퍼를 내리고 나무줄기에 대고 오줌을 쌌다. 그리고 지퍼를 올렸다. 타운은 다시 집으로 돌아가 나무로 만든 사다리를 가지고 나무로 돌아왔다. 조심스럽게 사다리를 나무에 기댄 후 사다리를 올랐다.

섀도는 밧줄에 널브러져 매달려 있었다. 타운은 섀도가 아직 살아 있는지 궁금했다. 섀도의 가슴은 오르내리지 않았다. 죽었건 죽지 않았건 상관없었다.

"이봐, 개자식."

타운이 큰 소리로 말했다. 섀도는 움직이지 않았다.

타운은 사다리의 꼭대기로 올라 칼을 꺼냈다. 월드가 설명한 내용과 맞아떨어지는 조그만 가지 하나를 발견하고 칼날로 조금 찍어 손으로 꺾었다. 나뭇가지는 거의 1미터에 달했다.

타운은 칼을 칼집에 넣은 뒤 사다리를 다시 내려오기 시작했다. 섀도의 맞은편에 닿자 그는 걸음을 멈추었다.

"아, 난 네놈이 싫어."

타운은 총을 꺼내 섀도를 쏠 수 있었으면 하고 바랐으나, 그럴 수 없다는 것을 알고 있었다. 타운은 매달린 남자를 향해 허공에 대고 막대기를 찌르며 휘둘러 댔다. 타운의 내부에 존재하는 모든 좌절과 분노를 포함한 본능적인 제스처였다. 그는 창으로 새도의 창자 깊이 찔러 비틀어 대고 있다고 상상했다.

"자, 움직일 시간이야."

큰 소리로 말했다. 타운은 생각했다. '광기의 첫 징후. 혼잣말하기.' 그는 몇 계단을 더 내려와 땅으로 뛰어내렸다. 들고 있는 막대기를 쳐다보자 자신이 창이나 검 같은 것을 들고 있는 조그만 사내아이 같다는 느낌을 받았다. '아무 나무에서라도 막대기를 꺾을 수 있었을 텐데. 꼭 이 나무일 필요는 없었는데. 제길, 어떤 놈이 알겠어?'

그러나 '미스터 월드는 알 수도 있을 거야.' 하고 그는 생각했다.

타운은 사다리를 가지고 농장 집으로 갔다. 한쪽 눈으로 무언가 움직이는 것을 보았다고 생각하고는 창을 통해 어두운 방을 들여다보았다. 방에는 부서진 가구들이 가득 차 있었고 회반죽 벽은 군데군데 벗겨져 있었다. 잠시 반쯤 꿈 같은 상태에서, 3명의 여자들이 어두운 거실에 앉아 있는 모습을 본 것도 같았다.

그들 중 하나가 뜨개질을 하고 있었다. 또 1명은 그를 똑바로 바라보고 있었고 나머지 1명은 잠이 들어 있는 것 같았다. 그를 바라보고 있는 여자는 웃기 시작했는데 한쪽 귀에서 다른 귀까지 얼굴을 가로로 쭉 갈라놓은 것 같은 커다란 웃음이었다. 그녀는 손가락 하나를 들어 올려 목에 대고는 한쪽 끝에서 다른 쪽 끝으로 부드럽게 주욱 그었다.

그것이 한순간, 그 빈방에서 보았다고 생각한 것이었다. 다시 눈길을 던졌을 때 본 것은 썩어 가는 낡은 가구들과 파리 얼룩으로 더러워진 벽과 메마른 부패뿐이었다. 그곳에는 아무도 없었다.

타운은 눈을 비볐다.

갈색의 포드 익스플로러로 되돌아가 올라탔다. 조수석의 흰 가죽 시트 위에 막대기를 던져 놓고 시동을 걸었다. 계기반의 시계가 오전 6시 37분을 알렸다. 타운은 인상을 쓰면서 손목시계를 들여다보았다. 손목시계는 13시 58분을 깜빡이고 있었다.

'흥, 좋아. 저 나무에 8시간 동안 올라가 있었던가, 아니면 마이너스 1분 동안 있었던가, 둘 중의 하나야.'

그렇게 생각하긴 했지만, 결국 두 시계 다 우연히도 오작동을 일으 키기 시작했다고 결론지었다.

나무 위 섀도의 몸에서 피가 흐르기 시작했다. 상처는 옆구리에 있 었다. 그곳에서 당밀처럼 검고 굵은 피가 천천히 흘러내렸다.

그는 움직이지 않았다. 자고 있던 것이라면 깨어나지 않은 것이다.

구름이 루크아웃 산을 뒤덮었다.

이스터는 산의 아래에 모인 군중들로부터 얼마간 떨어져 앉아 언덕 위 동쪽에서 새벽이 밝아 오는 것을 보고 있었다. 왼쪽 손목 둘레에 푸른색으로 물망초 문신이 새겨져 있었는데, 오른손 엄지로 아무 생 각 없이 그것을 문지르고 있었다.

또 다른 밤이 왔다 갔고 아무 일도 일어나지 않았다. 사람들은 아 직도 하나씩 둘씩 오고 있었다. 지난밤에는 몇몇 생명체들이 남서쪽 에서 왔는데, 그중에는 사과나무만 1~2명의 사내아이들이 있었다. 또 한 이스터의 눈에 잘려진 머리 같은 것이 언뜻 보였는데, VW 버그 자동차 크기만한 것이었다. 그들은 산어귀 숲 속으로 사라졌다.

아무도 그들을 괴롭히지 않았다. 바깥세상의 어느 누구도 그들이 거기에 있다는 것을 알아차린 것 같지도 않았다. 그녀는 록 시티의 관광객들이 동전을 넣어 보는 쌍안경을 이용해 금방이라도 허물어질 것 같은 야영지와 산어귀의 사람들을 바라보지만, 실제로는 나무와 관목과 바위 이외에는 아무것도 보지 못한다고 상상했다.

이스터는 밥을 짓는 불에서 나오는 연기 냄새, 차가운 새벽바람에 불어오는 베이컨 냄새를 맡을 수 있었다. 야영지의 맨끝에 있는 누군가가 하모니카를 불기 시작했는데, 그 소리가 그녀를 무의식적으로 미소 짓고 떨게 했다. 이스터는 가방 안에 문고판 책 1권을 가지고 있었는데, 책을 읽을 수 있을 만큼 하늘이 밝아지기를 기다렸다.

하늘에는 구름 바로 아래 2개의 점이 있었다. 작은 점 하나와 큰 점 하나였다. 아침 바람에 빗방울이 그녀의 얼굴로 튀었다.

맨발의 소녀 하나가 야영지에서 나와 그녀를 향해 걸어왔다. 소녀는 나무 옆에 멈추어 치마를 올린 후 웅크리고 앉았다. 소녀가 일을 다 보자 이스터가 그녀를 불렀다. 소녀가 다가왔다.

"안녕하세요. 전투가 곧 시작될 거예요."

소녀의 분홍색 혀끝이 선홍색 입술에 가 닿았다. 소녀는 검은 까마귀의 날개를 어깨에 메고 있었고 목에는 까마귀의 발을 체인으로 매달고 있었다. 소녀의 팔에는 푸른색 선, 문양, 복잡한 매듭으로 이루어진 문신이 새겨져 있었다.

"어떻게 알아?"

소녀는 씩 웃었다.

"난 모리건의 마하예요. 전쟁이 오면, 난 공기 중에서 냄새를 맡을 수 있어요. 나는 전쟁의 신이에요. 피를 보게 될 거예요."

"오, 음. 저기 봐."

이스터는 하늘에 있는 조그만 점이 그들을 향해, 마치 바위가 떨어져 내리듯 떨어지는 것을 바라보고 있었다.

"우리는 그들과 싸울 것이고 우린 그들을 모두 죽일 거예요. 우리는 전리품으로 저들의 머리를 따 낼 거고 까마귀들이 저들의 눈과 시체를 먹게 될 거예요."

점은 새가 되어 날개를 펼치고 그들 위에서 휙휙 부는 아침 바람을 타고 있었다.

이스터는 머리를 한쪽으로 곧추세웠다.

"그게 전쟁의 여신만 아는 지식 같은 건가? 누가 이길 것인지, 누가 누구의 머리를 벨 것인지 아는 게?"

"아뇨, 난 전투의 냄새를 맡을 수 있어요. 그게 다예요. 하지만 우리가 이길 거예요. 안 그래요? 우린 그래야 해요. 난 저들이 아버지 신에게 한 짓을 보았어요. 저들이냐 우리냐예요."

"그래. 그런 것 같군."

소녀는 어스름한 빛 속에서 미소를 짓더니 야영지로 다시 돌아갔다. 이스터는 손을 뻗어 땅에서 칼날처럼 솟아난 녹색의 새싹을 만졌다. 그녀의 손길이 닿자 새싹이 자라났고 잎을 열고 꼬이며 변하더니, 녹색 튤립 봉오리가 되었다. 태양이 높이 뜨면 꽃이 펼쳐질 것이다.

이스터는 독수리를 올려다보았다.

"도와줄까?"

5미터쯤 위에서 독수리가 천천히 선회하다가 이스터를 향해 날아와 근처 지면에 내려앉았다. 독수리는 미친 눈으로 그녀를 올려다보았다.

"안녕, 귀염둥이. 음, 너의 진짜 모습이 뭐니?"

독수리는 불확실한 태도로 그녀를 향해 폴짝 뛰어 다가왔다. 그것은 독수리에서 젊은 남자로 변해 있었다. 남자는 이스터를 보고 다시 풀밭을 보았다.

"당신?"

남자의 눈길이 사방으로 향했다. 풀밭으로, 하늘로, 관목으로 눈길이 향했다. 그러나 이스터는 보지 않았다.

"나, 나 뭐?"

"당신."

남자는 말을 멈추고 생각을 가다듬으려 하는 것 같았다. 이상한 표정이 얼굴을 가로질러 번뜩이고 있었다. '이자는 너무 오랫동안 새로지냈군. 사람이 되는 법을 잊었어.' 이스터는 참을성 있게 기다렸다. 마침내 남자가 입을 열었다.

"나랑 같이 갈래요?"

"글쎄. 어디로 가길 바라?"

"나무에 있는 남자. 그는 당신을 필요로 해. 옆구리에 상처 받은 귀신. 피가 흐르다가 멈췄어. 죽은 것 같아."

"전쟁이 벌어지고 있어. 그냥 도망칠 순 없어."

벌거벗은 남자는 아무 말도 하지 않았고 자신의 무게를 느끼지 못하는 듯, 단단하고 변하지 않는 땅에서가 아니라 대기 중이나 흔들리는 나뭇가지에서 쉬는 것에 익숙한 듯, 한 발 한 발 나아갔다. 그러더니 그가 말했다.

"그가 영원히 사라지면 모든 게 끝이에요."

"하지만 전투는……."

"그가 사라지면 누가 이기든 아무 상관 없어."

남자는 이불과 달콤한 커피 한 잔, 정신을 차릴 때까지 지껄일 수 있는 곳으로 자신을 데려가 줄 누군가가 필요한 것 같았다. 남자는 옆구리에 뻣뻣하게 팔을 붙였다.

"그게 어디야? 근처인가?"

남자는 튤립을 보면서 고개를 저었다.

"아주 멀어요."

"음, 난 여기에 있어야 해. 그냥 떠날 수 없어. 내가 거길 어떻게 갈 수 있겠어? 난 날지 못해, 당신처럼. 알잖아."

"그래요. 당신은 날지 못하죠."

그러더니 호루스는 심각한 얼굴로 올려다보고는 그들 주변을 돌고 있는 또 다른 점을 손가락으로 가리켰다. 그 점은 어두워지는 구름에서 떨어지면서 점점 커지고 있었다.

"저자는 날 수 있어요."

또다시 몇 시간 동안 길을 찾아 헤매면서 타운은 새도를 증오하는 만큼이나 GPS를 증오했다. 그렇지만 그 증오에는 열정이 없었다. 거대한 은색 물푸레나무로 가는 길을 찾는 것은 어려웠다. 길을 돌려 농장에서 멀어지는 길을 찾는 것은 더욱 어려웠다. 어떤 길을 택하든 마찬가지였다. 좁은 시골길을 타고 어떤 방향으로 향하든 결국 마찬가지였다. 그렇게 꾸불꾸불한 버지니아 시골길들은 분명 사슴과 소들이 다니면서 생긴 길 같았다. 타운은 돌다보면 결국 다시 농장과 '물푸레'라고 손으로 쓴 표지판을 보게 된다.

이건 말도 안 된다, 안 그런가? 타운은 길을 돌아가기로 했고 오는 길에 우회전했던 길에서는 좌회전을, 좌회전한 곳에서는 우회전을 하기로 결정했다.

그렇게 했건만 또다시 농장으로 돌아와 있다. 엄청난 폭풍 구름들이 몰려오고 있었다. 날은 어두워져 가고 있었고, 아침이 아니라 밤처럼 느껴졌다. 갈 길이 멀었다. 이 속도라면 결코 오후가 되기 전에 채터누가에 도달하지 못할 것이다.

휴대 전화는 통화권 이탈 메시지만을 반복했다. 자동차에 있는 접는 지도에는 주 도로들과 모든 주간 도로와 진짜 고속도로들이 나왔는데, 채터누가와 관련된 것은 아무것도 존재하지 않았다.

주변에는 물어볼 사람도 없었다. 집들은 도로에서 멀리 떨어져 있을뿐더러 맞아 주는 불빛도 없었다. 연료는 바닥나고 있었다. 멀리서 천둥이 으르렁거리는 소리가 났고, 빗방울 한 방울이 차창 유리에 무겁게 튀겼다.

도로 한켠에서 걷고 있는 여자를 보았을 때 타운은 자기도 모르게 미소를 띠었다.

"세상에, 고맙기도 하지."

타운이 큰 소리로 말하면서 옆으로 다가가 차창을 내렸다.

"숙녀 분? 죄송합니다. 제가 길을 잃었어요. 여기서 81번 고속도로로 가는 길 좀 가르쳐 주시겠어요?"

여자는 열린 조수석 창으로 들여다보며 말했다.

"있죠, 설명할 수 없을 것 같은데요. 하지만 가르쳐 드릴 수는 있어요. 원하신다면요."

여자의 얼굴은 창백했고, 젖은 머리는 길고 검었다.

"타세요. 우선 기름 좀 넣어야겠어요."

"고마워요. 차를 얻어 타려고 했거든요."

여자가 차에 올랐다. 그녀의 눈은 놀랍도록 푸르렀다.

"여기, 막대기가 있네요."

여자가 의아한 얼굴로 말했다.

"그냥 뒤에다 던져 놓으세요. 어디로 가세요? 댁이 절 주유소까지 알려 주고 고속도로까지 데려다 주면 제가 집 앞까지 태워다 드리리다."

"고마워요. 하지만 전 댁보다 멀리 가는 것 같은데요. 고속도로까지 데려다 준다면 그것으로 족해요. 트럭이라도 얻어 탈 수 있을 거예요."

여자는 미소를 지었다. 비뚤어진 미소, 또 단호한 미소였다. 바로 그 미소가 일을 저질렀다.

"제가 트럭 운전사보다 더 잘 모실 수 있습니다."

타운은 향수 냄새를 맡을 수 있었다. 어지럽고 진했으며 목련이나 라일락처럼 물리는 냄새였으나, 타운은 상관하지 않았다.

"난 조지아에 가요. 아주 먼 길이죠."

"난 채터누가까지 가요. 가는 길까지 태워 드리리다."

"음, 이름이 뭐예요?"

"맥이라고 불러요."

타운이 술집에서 여자들에게 말을 붙일 때면, 그 다음에는 이렇게 말하곤 했다.

"나를 잘 아는 사람들은 빅 맥이라고 부르죠."

그거야 뭐, 두고 보면 알 것이다. 따지고 보면 갈 길이 멀고 동행하면서 서로를 알아 갈 시간이 많지 않은가.

"당신 이름은요?"

"로라예요."

"음, 로라, 우린 아주 좋은 친구가 될 것 같군요."

뚱뚱한 녀석이 레인보우 룸에서 월드를 발견했다. 레인보우 룸은 길 중간에 벽으로 둘러쳐진 부분으로, 창 유리는 녹색과 빨간색과 노란색 막으로 된 투명한 플라스틱 판으로 뒤덮여 있었다. 월드는 이 창에서 저 창으로 초조하게 걸어 다니면서 황금색 세계, 붉은 세계, 녹색 세계를 번갈아 응시하고 있었다. 월드의 머리는 불그레한 오렌지색이었고, 두상이 드러나도록 짧았다. 그는 버버리 레인코트를 입고 있었다.

뚱뚱한 녀석이 기침을 했다. 월드가 올려다보았다.

"실례합니다. 미스터 월드예요?"

"그래, 모든 것이 스케줄대로 돼 가고 있나?"

뚱뚱한 녀석은 입이 말랐다. 입술을 핥고 대답했다.

"모두 다 갖추어 놓았어요. 헬리콥터는 확인받지 못했어요."

"헬리콥터는 필요하면 여기로 오게 될 거야."

"좋아요. 좋아요."

뚱뚱한 녀석은 아무 말도 하지 않은 채 그 자리에 서서 자리를 뜨지 않고 있었다. 이마에는 멍 자국이 있었다.

한참 후에 월드가 물었다.

"뭐, 다른 거 필요한 게 있는 거야?"

침묵. 녀석은 침을 삼키고 고개를 끄덕였다.

"다른 거, 예."

"사적으로 조용히 이야기하면 더 편하겠나?"

녀석이 다시 고개를 끄덕였다.

월드는 녀석과 함께 작전실로 돌아갔다. 습한 동굴로, 술 취한 꼬마 요정들이 열 교환기로 월광을 만들고 있는 디오라마가 있었다. 바깥의 표지판에는 개조 공사 중이니 관광객은 들어올 수 없다고 씌어 있었다. 두 남자는 플라스틱 의자에 앉았다.

"어떻게 도와줄까?"

"예, 그래요. 두 가지예요. 첫째, 우린 뭘 기다리고 있죠? 두 번째는 더 어려운 거예요. 있죠, 우리는 총을 가지고 있어요. 그렇죠? 우리는 화력을 가지고 있다고요. 젠장, 그들은 검하고 칼하고 망치와 돌도끼를 가지고 있어요. 제길, 마치 타이어 레버*같이. 우린 젠장맞을 스마트폭탄을 가지고 있다고요."

"그건 사용하지 않을 거야."

"알아요. 이미 말했잖아요. 나도 알아요. 그리고 그건 그럴 수 있어요. 하지만, 있죠, 내가 LA에서 그 나쁜 년을 작업한 이후, 난……."

녀석은 말을 멈추고 인상을 쓰더니 계속 말하기를 꺼렸다.

---

* 한쪽 끝이 편평한 타이어 착탈용 지레.

"문제가 생겼다고?"

"예, 좋은 단어 선택이군요. 문제, 그래요. 마치 10대 문제아들을 위한 보호소처럼. 재밌군요. 그래요."

"그럼 뭐가 문제지?"

"음, 우린 싸워 이깁니다."

"그럼 그게 문제야? 난 그걸 승리와 기쁨의 문제로 보는데."

"하지만 그들은 어쨌든 사멸할 거예요. 그들은 나그네비둘기*이며, 태즈메이니아 늑대**예요. 그렇죠? 누가 신경이나 쓰겠어요? 이런 식으로 하면 대량 학살이 일어날 거예요. 그저 그자들이 지칠 때까지 기다리기만 하면 우리가 모든 걸 갖게 된단 얘기예요."

"아."

월드가 고개를 끄덕였다. 그가 말을 듣고 있었다. 좋은 징조였다.

"있죠, 이런 식으로 생각하는 건 나 혼자가 아니에요. 내가 라디오 모던의 직원들을 조사해 보았더니, 모두 이 문제를 평화적으로 푸는 데 찬성했어요. 보이지 않는 손들은 시장 세력들이 그 문제를 해결하도록 놔두는 것이 좋다고 하더군요. 난 존재해요. 이성의 목소리라고요."

"그래, 넌 존재해. 불행히도 네가 이성의 목소리를 가지고 있지 않다는 정보가 있어."

월드는 상흔으로 얼룩지고 뒤틀린 미소를 지었다.

녀석이 눈을 깜빡이며 말했다.

---

* 장거리를 나는 북미산 새로서 멸종되었다.

** 육식성의 유대(有袋) 동물. 역시 멸종했다.

"미스터 월드? 입술이 어떻게 된 거예요?"

월드가 한숨을 쉬었다.

"사실은 누가 옛날에 내 입술을 꿰매 버렸어. 아주 오래전에."

"와, 그 오메르타* 짓거리."

"그래. 무엇을 기다리는지 알고 싶어? 왜 지난밤에 우리가 치지 않았는지 말야?"

뚱뚱한 녀석이 고개를 끄덕였다. 땀을 흘리고 있었다. 오한이 들었다.

"내가 막대기를 하나 기다리고 있어서 공격하지 않은 거야."

"막대기요?"

"그래, 막대기. 그럼 내가 그 막대기를 가지고 뭘 하려는지 아나?"

"좋아요, 내가 졌어요. 뭐예요?"

"그걸 너한테 알려 줄 수도 있어. 하지만 그러면 널 죽여야 돼."

월드가 윙크를 하자 방 안의 긴장감이 증발했다.

뚱뚱한 녀석은 낄낄거리기 시작했다. 목구멍 뒤쪽과 코에서 나는 낮고 앵앵거리는 웃음이었다.

"좋아요. 히히, 좋아. 히, 알았어요. 테크니컬 행성에서 받은 메시지. 크고 또렷하게, 가삼 문질**."

월드가 고개를 저었다. 그는 뚱뚱한 녀석의 어깨에 손을 얹었다.

"이봐, 진짜로 알고 싶어?"

"물론이죠."

---

* 침묵의 규율.
** "Ixnay on the Estionsquay." '피그라틴(Pig Latin)'으로 쓴 말. 피그라틴이라는 것은 어린아이들이 쓰는 일종의 은어로, 단어의 첫 자음을 맨 뒤로 옮기고 거기에 -ay를 붙여서 만든다. 우리말로 하면 '질문 삼가'를 거꾸로 말한 정도로 볼 수 있다.

"음, 우린 친구니까 말해 주지. 난 병사들이 오면 막대기를 그들에게 집어던질 거야. 내가 집어던지면 그건 창이 되지. 그 창이 전장에 호를 그리며 날아갈 동안 나는 소리를 지르는 거야. '이 전투를 오딘에 바친다.'"

"네? 왜요?"

"권능."

월드가 뺨을 긁었다.

"그리고 음식. 둘의 결합. 있잖아, 전투의 결과는 중요하지 않아. 중요한 것은 혼돈이며 살육이야."

"무슨 말인지 모르겠어요."

"알려 주지. 그냥 이런 거야. 봐!"

월드는 버버리 코트의 주머니에서 나무 날이 달린 사냥꾼의 칼을 들고 한 번의 부드러운 동작으로 뚱뚱한 녀석의 뺨 밑 부드러운 살을 긋고 뇌 쪽을 향해 위로 세게 밀었다.

"이 죽음을 오딘에게 바친다."

칼이 멈추었을 때 월드가 말했다.

무언가가 흘러내렸지만 피가 아니었다. 뚱뚱한 녀석의 눈 뒤에서 파파팟 튀며 불붙는 소음이 들렸다. 공기 중에 마치 어딘가 플러그에서 과부하가 걸린 것처럼 절연 와이어를 태우는 냄새가 났다.

뚱뚱한 녀석의 손이 경련을 하며 뒤틀렸고 그러다 쓰러졌다. 얼굴에는 황당함과 비참함의 표정이 떠올라 있었다.

"이자를 봐."

미스터 월드가 대화를 하듯 허공에 대고 말했다.

"그는 마치 0과 1의 배열이 한 무리 화려한 새들로 변해 날아가는 것을 본 것 같은 표정을 하고 있어."

텅 빈 바위 통로에서는 아무런 응답이 없었다.

월드는 시신을 가볍게 어깨에 들쳐 올려 꼬마 요정 디오라마의 열교환기 옆에 집어던지고는 검은색의 긴 레인코트로 덮어 버렸다. 그날 밤 그것을 없앨 것이라 결심하고 상흔의 미소를 지었다. 전장에서 시체를 숨기는 것은 아주 쉬운 일이다. 아무도 눈치채지 못할 것이다. 아무도 상관하지 않을 것이다.

한동안 침묵이 흘렀다. 월드의 목소리가 아닌 거친 목소리가 어둠 속에서 목을 가다듬고 말했다.

"시작이 좋았어."

제18장

이 모든 것은 실제로 일어날 수 없다. 그러는 편이 더 마음 편하다면 그것을 은유로 생각하면 된다. 종교라는 것은 결국 은유이다. 신은 꿈이며, 희망이고, 여자이고, 빈정대는 사람이고, 아버지이고, 도시이고, 많은 방이 있는 집이고, 소중한 크로노미터를 사막에 놓고 온 시계공이고, 당신을 사랑하는 사람이고, 모든 증거와는 달리 천상의 존재이다. 그리고 그 존재의 유일한 관심은 당신의 축구 팀이나 군대나 사업이나 결혼이 모든 반대를 이기고 번성하고 성공하고 승리하는 것을 보장하는 것이다.

종교는 설 자리, 볼 자리, 행동하는 자리이며, 세상을 보는 조망대이다.

그리하여 이 모든 것은 발생하지 않는다. 그러한 일들은 이런 시대 이런 날에 일어날 수 없다. 단 한 마디도 글자 그대로 사실이 아니다. 그럼에도 불구하고 그 모든 게 일어났고, 그 다음 일은 다음과 같이 일어났다.

아주 높은 언덕이라고 할 정도인 루크아웃 산마루, 남녀들이 빗속에서 조그만 횃불 주위에 모였다. 그들은 제대로 비바람을 막지 못하는 나무 아래 서서 논쟁을 벌였다.

잉크처럼 검은 피부와 희고 날카로운 이를 가진 레이디 칼리가 말했다.

"시간이 됐어."

레몬색 장갑을 끼고 은색으로 머리가 센 아낭시가 고개를 저었다.

"우린 기다릴 수 있어. 기다릴 수 있는 한 기다려야 해."

군중들이 웅성거리기 시작했다.

"아니, 들어요. 이 사람 말이 맞소."

금속성 회색 머리를 가진 늙은 남자 체르노보그가 말했다. 그는 어깨에 조그만 쇠망치를 걸치고 있었다.

"그들은 고원 지대를 장악하고 있소. 날씨도 우리에게 불리해요. 지금 시작한다는 건 미친 짓이오."

늑대 같기도 하고 그보다는 인간 같기도 한 무언가가 투덜대면서 숲 바닥에 침을 뱉었다.

"그들을 공격하기에 언제가 좋아, 데두쉬카? 날씨가 갤 때까지 기다려야 해요? 저들이 기다릴 텐데? 난 지금 가는 게 더 좋아요. 지금 출동하자고요."

"우리와 저들 사이에는 구름이 있어요."

헝가리인이 손짓을 했다. 그는 먼지가 앉은 커다란 검은 모자를 쓰고 멋진 콧수염이 있었으며 미소를 짓고 있었다. 그 웃음은 알루미늄 덧문과 새로 나온 지붕과 지붕 홈통을 노인들에게 판매하는 세일즈

맨의 웃음이었다. 항상 일이 다 마무리되었는지 그렇지 않은지 점검을 마친 다음 날에야 그 도시를 떠나는 세일즈맨의 웃음…….

이제까지 아무 말 없던, 우아한 잿빛 정장을 입은 한 남자가 두 손을 모으고 불빛 앞으로 한발 다가오더니 간결하고 명료하게 자신의 요지를 설명했다. 군중들이 동의의 표시로 고개를 끄덕이고 중얼거렸다.

모리건을 구성하는 세 명의 여전사 중 하나가 말을 꺼냈다. 그늘 속에 서로 가까이 서 있는 그들은 파란색 문신을 새긴 사지(四肢)와 매달린 까마귀의 날개 형태를 띠고 있었다.

"지금이 좋은 때건 아니건 상관없어요. 어쨌든 때가 됐다고요. 저들이 우리를 죽이고 있어요. 저자들은 우리가 싸움을 하건 말건 계속해서 우리를 죽일 거예요. 어쩌면 우리가 이길 수도 있겠죠. 또 우리가 죽을 수도 있겠죠. 지하실의 쥐새끼들처럼 도망치다가 따로따로 죽는 것보다 신처럼 싸우다가 함께 죽는 것이 나아요."

또다시 웅성거림이 일었다. 이번에는 깊이 동의한다는 의미의 웅성거림이었다. 그녀는 모두를 위해 그 말을 했다. 때가 되었다.

"첫 번째 머리는 내 것이오."

목에 작은 해골들로 엮인 줄을 두른 키가 매우 큰 중국 남자가 말했다. 그는 은색 달처럼 구부러진 날이 끝에 달린 지팡이를 어깨에 메고 천천히, 그리고 열중해서 산을 오르기 시작했다.

심지어 무(無)도 영원히 지속되지 않는다.

그는 10분간 혹은 1만 년간 거기 있었을 수도 있고, 아무 곳에도 없었을 수도 있다. 차이는 없다. 시간이 더 필요하지 않았다.

그는 더 자신의 이름을 기억할 수 없다. 그는 장소가 아닌 그 장소에서 공허를 느꼈고, 정화되는 것을 느꼈다.

그는 형태가 없었고, 공허였다.

그는 무(無)였다.

그리고 그 속으로 한 목소리가 들렸다.

"호 호카, 사촌. 우리 얘기 좀 해야겠어."

그리고 한때 섀도였을 무언가가 말했다.

"위스키 잭?"

"음."

위스키 잭이 어둠 속에서 말했다.

"자네는 죽었을 때 찾기가 어려운 사람이야. 내가 생각한 곳에는 가지 않았어. 여기를 살펴봐야겠다고 생각하기 전에 온갖 곳을 다 찾아보았네. 음, 자네 종족을 찾았나?"

섀도는 미러볼이 반짝거리던 무도장에서 본 남자와 여자를 기억했다.

"가족을 찾은 것 같아요. 하지만 내 종족은 찾지 못했어요."

"귀찮게 해서 미안해."

"아뇨. 그럴 필요 없어요. 제가 죄송하죠. 전 제가 원하는 걸 가졌어요. 끝났어요."

"그들이 자넬 찾으러 올 걸세. 자넬 부활시킬 거야."

"하지만 전 끝났어요. 모든 게 끝났고 마무리됐어요."

"그런 게 아니라네. 결코 그런 게 아니야. 우리 집으로 가세. 맥주나 한잔할까?"

섀도는 맥주를 마시고 싶다고 생각했다.

"좋죠."

"나도 한잔하겠네. 문밖에 아이스박스가 있어."

위스키 잭이 말하고는 손으로 가리켰다. 그들은 그의 오두막집에 있었다.

섀도는 방금 전까지만 해도 없던 것 같았던 손으로 오두막의 문을 열었다. 플라스틱으로 된 아이스박스가 있었는데, 그 안에는 얼음덩어리와 열댓 개의 버드와이저 캔이 있었다. 그는 캔 맥주 2개를 꺼내 문간에 앉아 앞쪽의 계곡을 내려다보았다.

그들은 녹아내리는 눈과 흐르는 물로 부풀어 오른 폭포 근처 언덕 꼭대기에 있었다. 폭포는 단계별로 그들 아래 20미터, 어쩌면 30미터 아래로 떨어졌다. 폭포 분지를 에워싼 나무들을 뒤덮은 얼음에서 햇빛이 반사되어 반짝거렸다. 물이 떨어지는 요란한 소리가 쩌렁쩌렁 대기를 울렸다.

"여기가 어디죠?"

"자네 지난번에 왔던 곳이야. 내 집. 맥주가 따뜻해질 때까지 기다릴 작정인가 보네? 그럼 맛없어."

섀도는 자리에서 일어나 위스키 잭에게 맥주를 건넸다.

"지난번에 여기 왔을 때는 집 밖에 폭포가 없었는데."

위스키 잭은 아무 말도 하지 않았다. 그는 캔의 뚜껑을 따고 천천히 한 번에 반을 마셨다.

"내 조카 기억하지? 해리 블루제이. 시인. 왜, 그 애가 위네바고하고 제 차를 바꾸었잖아. 기억나지?"

"물론이죠. 그 사람이 시인인 줄은 몰랐는데요."

위스키 잭이 턱을 치켜들며 자랑스럽다는 태도를 보였다.

"미국에서 가장 저주받은 시인이야."

위스키 잭은 남은 맥주를 마시고 트림을 하더니 다시 캔 하나를 꺼냈다. 그동안 섀도는 캔을 땄고 두 남자는 옅은 녹색 양치식물 옆 바위 위에 걸터앉아 아침 햇살 속에 떨어지는 폭포를 바라보며 맥주를 마셨다. 결코 그늘이 걷히지 않는 땅에는 아직 눈이 남아 있었다. 진흙 땅은 젖어 있었다.

"해리는 당뇨가 있었지. 그런 일은 생기게 마련이야. 사실 너무 많이 일어나. 당신네들은 아메리카에 와서 우리의 사탕수수와 감자와 옥수수를 빼앗고는 감자칩과 캐러멜 팝콘을 팔아. 그러면 병이 드는 건 바로 우리지."

위스키 잭은 생각에 잠겨 맥주를 홀짝거렸다.

"그 아이는 시를 써서 상 몇 개를 받았네. 미네소타에서 사람들이 그의 시를 책으로 묶으려고 했어. 그래서 상의하려고 스포츠카를 몰고 미네소타로 가고 있었어. 자네의 위네바고를 노란 미아타로 바꾸었거든. 의사들은 해리가 운전을 하다가 혼수상태에 빠져 길을 이탈하고 도로 표지판에 돌진했다고 하더라고. 당신네들은 방향을 잡기 위해 둘러보거나 산이나 구름을 쳐다볼 생각도 하지 않을 만큼 게을러터져서 온 사방에 도로 표지판이 필요한 거야. 그래서 해리 블루제이는 영원히 사라졌고 늑대 형제와 살러 갔다네. 이제 그곳에 날 붙잡아둘 건 아무것도 없어. 북쪽으로 왔어. 이곳은 낚시하기가 좋다네."

"조카 일은 안됐네요."

"그래, 그래서 난 지금 여기 북쪽에 살고 있어. 백인의 질병하고는 먼 곳이야. 백인들의 도로. 백인의 도로 표지판. 백인의 노란 미아타.
백인의 캐러멜 팝콘."

"백인의 맥주는요?"

위스키 잭이 맥주 캔을 보았다.

"자네들이 결국 포기하고 집으로 돌아갈 때 버드와이저 공장은 남
겨 둬도 좋겠어."

"여기가 어디죠? 제가 나무 위에 있는 건가요? 제가 죽었나요? 제
가 여기 있어요? 모든 게 끝났다고 생각했어요. 뭐가 진짜예요?"

"그래."

"그래? 그래라니, 그게 무슨 말이에요?"

"그건 좋은 답이지. 진짜 답변."

"당신도 신인가요?"

위스키 잭은 고개를 저었다.

"난 영웅이야. 우린 신들이 하는 모든 짓거리를 한다네. 그저 신들
보다 더 많이 말썽을 일으키고 우릴 경배하는 사람이 아무도 없다는
게 다를 뿐이야. 사람들은 우리에 관한 이야기를 하지만, 꽤 괜찮은
이야기뿐만 아니라 우리를 나쁘게 보이게 만드는 이야기도 한다네."

"알겠어요."

섀도는 그의 말이 사실임을 알 수 있었다.

"여긴 신에게는 좋은 나라가 아니야. 우리 사람들은 일찍부터 그걸
깨달았어. 지구를 발견한, 혹은 만든, 혹은 똥 빚듯 빚어낸 창조주 혼
이 있지만, 생각해 봐. 누가 코요테를 숭배하겠냐고? 그는 고슴도치
여인과 사랑을 나누다 자기 물건에 바늘방석보다 더 많은 바늘이 꽂

히게 되었어. 말싸움이라면 바위에게도 질 사람이야.'

그래, 맞아, 우리 사람들은 그 모든 것 이면에 무언가 있을 거라 생각했어. 창조주, 위대한 혼, 그래서 우리는 그것에 감사해. 감사하다는 말을 하는 것은 언제나 좋은 일이니까. 하지만 교회는 결코 짓지 않았네. 그럴 필요가 없었네. 땅이 교회였으니까. 땅은 종교였어. 땅은 그 위를 걸어 다니는 사람들보다 나이가 많고 현명하다네. 땅은 우리에게 연어와 옥수수와 버펄로와 비둘기를 주었어. 땅은 우리에게 쌀과 월아이 물고기를 주었어. 땅은 우리에게 멜론과 호박과 칠면조를 주었지. 우리는 고슴도치와 스컹크와 블루제이처럼 땅의 자식이라네."

위스키 잭은 두 번째 맥주를 다 마시고 폭포 아래 있는 강을 향해 손짓을 했다.

"저 강을 따라 한동안 가다 보면 야생 쌀이 자라는 호숫가에 이르게 될 거야. 야생 쌀을 수확할 때는 친구와 함께 카누를 타고 나가서 야생 쌀을 거두어 카누에 싣고 그것을 요리하고 저장도 해. 그러면 한동안 사람들은 먹고살 수가 있다네. 다른 곳에서는 다른 식량을 기른다지. 남쪽으로 주욱 내려가면 오렌지 나무와 레몬 나무와 배같이 생긴 그 흐물흐물하고 녹색의 그거 뭐더라……."

"아보카도."

"그래, 아보카도. 맞아. 여기서는 그게 자라지 않아. 여기는 야생 쌀의 지역이야. 무스의 지역. 내 말은 아메리카가 그런 식이라는 거야. 여기는 신들을 위해서는 좋은 나라가 아니야. 신들은 여기서 살기가 힘들어. 그건 마치 야생 쌀의 지역에서 아보카도가 자라려고 노력하는 것과 같아."

"아마 잘 자라지 못하겠죠. 하지만 신들은 전쟁을 치를 거예요."

그때 섀도는 처음으로 위스키 잭이 웃는 모습을 보았다. 그것은 거의 짖는 소리에 가까웠고, 그 웃음에 즐거움은 담겨 있지 않았다.

"이봐, 섀도. 친구들이 모두 벼랑에서 떨어진다고 자네도 떨어지겠나?"

"그럴 수도 있겠죠."

섀도는 기분이 좋았다. 맥주 때문만은 아니라고 생각했다. 자신이 그렇게 살아 있다고, 또한 함께라고 느낀 적이 없었던 것 같았다.

"그건 전쟁이 아니야."

"그럼 뭔데요?"

위스키 잭이 손으로 맥주 캔을 납작해질 때까지 찌그러뜨렸다.

"봐."

위스키 잭이 폭포를 가리켰다. 높이 떠오른 해가 폭포수의 분무가 흩어지는 것을 비추고 있었다. 허공에 무지개가 떠 있었다. 그것은 그가 이제껏 본 중 가장 아름다운 것이었다.

"대학살이 될 거야."

위스키 잭이 무덤덤하게 말했다.

섀도는 다시 무지개를 보았다. 완전히 순수한 무지개였다. 섀도는 고개를 저었다. 그러고는 껄껄거리면서 몇 번 더 고개를 저었다. 껄껄거림은 완전히 목을 젖히고 웃는 웃음으로 변했다.

"괜찮은 거야?"

"괜찮아요. 방금 숨은 인디언들을 보았어요. 전부 다는 아니지만, 어쨌든 그들을 보았어요."

"그럼 아마 호 청크일 거야. 그자들은 숨는 데는 형편없다니까."

위스키 잭은 태양을 올려다보았다.

"돌아갈 시간이야."

위스키 잭은 자리에서 일어났다.

"그건 두 남자의 사기예요. 전혀 전쟁이 아니죠, 그렇죠?"

위스키 잭이 섀도의 팔을 쓰다듬었다.

"자네, 아주 멍청이는 아니네."

그들은 위스키 잭의 오두막으로 돌아갔다. 위스키 잭이 문을 열었다. 섀도는 망설였다.

"여기에 당신과 머물 수 있다면 좋겠어요. 아주 좋은 곳 같아요."

"좋은 곳이라면 아주 많지. 그게 중요한 거야. 있지, 신들은 잊혔을 때 죽는 거라네. 사람도 마찬가지고. 하지만 땅은 여전히 여기 남아 있어. 좋은 곳 그리고 나쁜 곳. 땅은 아무 데도 가지 않아. 나도 마찬가지라네."

섀도가 문을 닫았다. 무언가 그를 잡아당기고 있었다. 그는 다시 어둠 속에 홀로 있었다. 그러나 어둠은 점점 밝아지면서 마침내 태양처럼 불타올랐다.

그때 고통이 시작되었다.

초원을 걷고 있는 여인이 있다. 그녀가 지나친 곳엔 봄꽃이 만개했다. 지금 이곳에서 여인은 스스로를 이스터라 부른다.

그녀는 오래전 농장 집이 있었던 곳을 지나쳤다. 일부 벽이 잡초와 풀 사이에 썩은 이빨처럼 뻗어 나와 서 있었다. 가는 비가 떨어지고 있었다. 구름은 어둡고 낮았으며, 날은 추웠다.

농장 집이 있었던 곳에서 조금 떨어진 곳에 커다란 은회색 나무가 있었다. 나무는 어떤 식으로 보든 겨울 죽음을 맞이한 모습으로 잎사귀 하나 없었다. 나무 앞 풀밭에는 색 바래고 닳아빠진 천 뭉치가 있었다. 그녀는 천을 보고 멈추어 서서 몸을 굽히고 누르께한 무언가를 들어올렸다. 한때 인간의 골격이었을 법한 아주 많이 갉힌 뼛조각이었다. 이스터는 그것을 풀숲에 던져 버렸다.

그 후 나무 위에 있는 남자를 보고 비틀린 미소를 지었다.

"이렇게 다 발가벗고 있으면 흥미가 떨어진단 말이야. 포장 벗기는 게 재미의 반은 되는데 말이지. 선물 포장이나 달걀 껍데기 벗기는 것도 그렇잖아."

옆에서 걷고 있던 독수리 머리의 남자가 자신의 성기를 내려다보았다. 자신이 벌거벗고 있다는 것을 이제야 알아차린 것 같았다. 그가 말했다.

"난 눈을 깜빡이지 않고 해를 바라볼 수 있어요."

이스터가 장하다는 듯 말했다.

"음, 똑똑하군. 자, 이제 그를 나무에서 내리자."

새도를 나무에 묶어 놓고 있던 젖은 밧줄은 오래전 풍파에 썩어 버려 두 사람이 잡아당기자 금세 분리되었다. 나무 위의 시체는 뿌리까지 미끄러져 내렸다. 시체가 떨어지자 그들은 시체를 잡아서 들어올렸다. 매우 큰 사내였지만, 그들은 잿빛 초원까지 쉽게 날랐다.

풀 위의 시신은 차가웠고 숨을 쉬지 않았다. 옆구리에 창으로 찔린 듯 메마르고 검은 피 딱지가 엉겨 있었다.

"이제 어떡하죠?"

"이자를 데울 거야. 넌 뭘 해야 할지 알잖아."

"알아요. 난 할 수 없어요."

"도와주고 싶지 않으면 날 여기로 부르지 말았어야지."

"하지만 너무 오래되었어요."

"우리 모두에게 다 오래되었어."

"그리고 저는 많이 미쳤어요."

"알아."

이스터는 흰 손을 뻗어 호루스의 검은 머리를 만졌다. 호루스는 뚫어져라 이스터를 보며 눈을 깜빡였다. 그런 다음 열기의 안개에 싸인 듯 아른거리며 흔들리는 빛을 발했다.

이스터를 마주한 독수리의 눈이 마치 화염에 싸인 것처럼 주황색으로 빛났다. 오래전에 꺼졌던 화염.

독수리는 하늘로 올라 나선형으로 원을 그리며 잿빛 구름이 있는 곳을 선회했다. 구름 너머엔 아마도 해가 있을 것이다. 독수리가 오르면서 처음에는 점이 되었다가, 나중에는 작은 얼룩이 되었다가, 육안으로는 아무것도 보이지 않는, 그저 상상으로만 볼 수 있는 것이 되었다. 구름이 성글어지고 증발하기 시작하면서 조각조각 푸른 하늘이 드러났고 그 사이로 해가 비추었다. 구름을 뚫고 나와 초원을 메운 한 줄기 밝은 햇빛은 아름다웠다. 그러나 구름들이 점점 더 많이 사라지자 그 이미지가 사그라졌다. 곧 아침 해가, 마치 정오에 뜬 여름 해가 아침 비의 수분을 태워 안개로 만들고 안개를 태워 무(無)로 돌리듯, 초원을 불태울 것이다.

황금빛 태양은 초원 바닥의 시체를 그 광채와 열기로 채웠다. 주홍색과 따뜻한 갈색의 빛이 죽은 몸을 만졌다.

이스터는 오른손으로 시신의 가슴을 가볍게 훑어 내렸다. 그의 가슴에서 떨림을 느낄 수 있다고 생각했다. 심장 박동은 아니지만 그래도 무언가…… 이스터는 손을 그의 심장 위에 그대로 두었다.

이스터는 섀도의 입술로 제 얼굴을 숙이고 그의 폐에 부드럽게 바람을 불어넣고 뺐다. 마침내 그것은 키스가 되었다. 키스는 부드러웠다. 그녀의 입맞춤에서는 봄비와 초원 꽃의 냄새가 났다.

옆구리의 상처에서 다시 피가 흐르기 시작했다. 선홍색 피는 태양을 받은 액체 루비처럼 나오다가 조금 후 출혈이 멈추었다.

이스터는 섀도의 뺨과 이마에 입을 맞추었다.

"자, 자. 일어날 시간이야. 할 수 있어. 실패하면 안 돼."

바르르 눈꺼풀이 떨리다가 섀도는 마침내 눈을 떴다. 회색빛이 하도 깊어 색채가 느껴지지 않는, 저녁의 회색빛을 닮은 두 눈이 이스터를 바라보았다.

이스터는 미소를 지으며 섀도의 가슴에서 손을 떼었다.

"날 다시 불렀군요."

섀도는 마치 영어를 잊어 버린 것처럼 천천히 말을 했다. 목소리에는 상처와 당황스러움이 묻어났다.

"그래."

"난 끝났어요. 심판도 받았다고요. 모든 게 끝났어요. 날 다시 부르다니. 어떻게 감히."

"미안해."

"그래요."

섀도는 천천히 일어나 앉아서 움츠리며 옆구리를 만졌다. 그러더니 어리둥절한 표정을 지었다. 젖은 피가 구슬을 이루고 있었다. 그러나 상처가 없었다.

섀도는 손을 뻗었고, 이스터는 팔을 둘러 그가 일어서는 것을 도왔다. 섀도는 자신이 바라보고 있는 것들의 이름을 기억이라도 하려는 것처럼 초원을 가로질러 주의 깊게 바라보았다. 긴 풀숲에 있는 꽃들, 폐허가 된 농장 집, 거대한 은색 나무의 가지들에 점점이 박힌 녹색 싹들의 안개.

"기억해? 당신이 배운 것을 기억해요?"

"예. 하지만 점점 희미해지겠죠. 꿈처럼요. 그럴 거예요. 난 알아요. 난 이름을 잃었어요. 심장도 잃었어요. 그리고 당신은 날 불렀고."

"미안해요." 그녀가 또다시 사과했다. "그들은 조만간 싸울 거야. 옛 신들과 새로운 신들이."

"당신은 내가 당신을 위해 싸우길 바라나요? 그렇다면 시간 낭비군요."

"내가 당신을 다시 살린 것은 그게 내가 해야 할 일이라서 그런 것뿐이야. 그게 내가 할 수 있는 일이고 내가 가장 잘하는 일이야. 이제 뭘 하든 당신이 해야 할 것을 해요. 당신의 뜻대로. 난 나의 일을 했어."

이스터는 갑자기 섀도가 벌거벗고 있는 것을 의식했다. 그러고는 불타는 선홍색의 홍조를 띠며 얼굴을 붉히고 고개를 숙여 외면했다.

비와 구름 속에서 그림자들이 산허리의 바위 길을 오르고 있었다.

흰여우들은 녹색 재킷을 입은 빨간 머리의 사내들과 함께 무리를 지어 터벅터벅 걷고 있었다. 손가락이 쇠로 된 닥틸로스* 옆에 소머리를 한 미노타우로스**가 걷고 있다. 돼지 하나와 원숭이 하나, 날카로운 이빨을 지닌 구울***이 언덕을 오르고 있었다. 그들과 함께 가고 있는 자들 중에는 불이 붙은 활을 들고 있는 푸른 피부의 남자와 거죽에 꽃을 엮은 곰 한 마리와 눈(眼)의 검을 들고 있는 황금 사슬 갑옷을 입은 남자가 있었다.

한때 하드리아누스의 연인이었던 아름다운 안티누스는 레더퀸****의 무리를 이끌고 언덕을 오르고 있었다. 레더퀸들의 팔과 가슴은 스테로이드로 부풀리고 다듬어져 완벽한 근육질이었다.

거대한 카보숑 커트***** 에메랄드로 키클롭스******의 애꾸눈을 만들어 박은 회색 피부의 남자가 땅딸막하고 가무잡잡한 몇 명의 남자들 앞에서 뻣뻣한 자세로 언덕을 오르고 있었다. 그들의 무표정한 얼굴은 아즈텍 조각처럼 균형 잡혀 있었다. 정글이 삼켜 버린 비밀을 알고 있는 자들이었다.

언덕 꼭대기에서 저격병 하나가 흰여우를 조심스레 겨냥해서 쐈다. 폭발이 일면서 화약이 훅 불어와 젖은 대기에 화약 냄새가 진동했다. 시체는 젊은 일본 여자였는데, 배가 터졌고 얼굴은 온통 피투성이였

---

* 크레테 혹은 프리기아의 정령들로, 레이아 혹은 키벨레의 추종자이다. 이름은 '손가락'을 의미하는데, 금속을 다루는 뛰어난 손재간 때문에 붙여졌다는 설과 기원 설화가 있다.
** 사람 몸에 쇠머리를 가진 괴물.
*** 무덤을 파헤치고 송장을 먹는다고 하는 귀신.
**** 성적인 남성성을 강조하여 가죽옷을 입은 남자들.
***** 잘라 내지 않고 위를 둥글게 연마하는 보석 가공법.
****** 그리스 신화에 나오는 시실리에 살았던 애꾸눈의 거인.

다. 시체는 천천히 사그라졌다.

　사람들이 두 다리로, 네 다리로, 또는 다리가 전혀 없이 계속해서 언덕을 올랐다.

　테네시 산악 지역을 통과하면서, 폭풍이 누그러질 때는 놀랍도록 아름다운 풍경이 드러났고, 또다시 비가 쏟아질 때는 가슴이 조마조마했다. 타운과 로라는 이야기를 하고 또 했다. 타운은 로라를 만난 것이 너무나 기뻤다. 오랫동안 보지 못했던 좋은 옛 친구를 만난 것 같은 느낌이었다. 그들은 역사와 영화와 음악을 이야기했는데, 그녀에겐 다른 사람에게서 볼 수 없었던 점이 있었다. 그 말인즉슨, 그녀가 그가 만난 사람 중에 「사라고사에서 찾은 원고」라는 60년대 외국 영화(미스터 타운은 그것이 스페인 영화라고 확신했고, 반면 로라는 폴란드 영화라고 확신했다.)를 본 유일한 사람이라는 것이다. 그 영화는 타운이 환각을 일으켰다고 믿기 시작한 기점이 된 영화였다.

　로라가 처음으로 '록 시티를 보세요'라고 쓰인 창고를 그에게 가리켰을 때, 타운은 껄껄거리면서 자신이 가려던 곳이라고 말했다. 로라는 아주 멋지다고 말했다. 그런 곳들을 항상 가보고 싶었지만 한 번도 시간을 낼 수 없었고 후회했다고 했다. 그래서 로라는 길을 나선 것이라고 했다. 그녀는 모험을 하고 있는 것이다.

　로라는 여행사 직원이라고 말했다. 남편과는 별거 중인데 다시 합칠 수는 없을 것이라고 말했고, 그것이 자신의 잘못이라고 말했다.

　"믿을 수가 없어요."

　로라는 한숨을 쉬었다.

"진짜예요, 맥. 난 더이상 남편이 결혼했던 그 여자가 아니에요."

"음, 사람은 변하기 마련이죠."

타운은 자신의 인생에 관하여 말할 수 있는 모든 것을 로라에게 말하고 있다는 사실을 깨닫기도 전에 우디와 스토너에 대해서 말하고 있었고, 그들 셋이 어떻게 좋은 친구들이 되었는지에 대해서, 그리고 그 둘은 죽었으며 정부 일을 하면 그러한 종류의 일에 무디어질 것 같다고 생각하겠지만 결코 그렇지 않다고 말했다. 절대 그렇지 않다.

로라는 손을 내밀었다. 그 손은 너무나 차가워서 타운은 차의 히터를 틀었고 그녀의 손을 꼭 붙잡아 주었다.

점심시간에 천둥이 녹스빌로 내려오고 있을 때 그들은 맛없는 일본 음식을 먹었다. 타운은 음식이 늦게 나오건 미소국이 차갑건 초밥이 미지근하건 상관하지 않았다.

타운은 로라가 모험을 즐기면서 자신과 함께 있다는 사실이 좋았다.

"음, 난 썩어 간다는 게 싫어요. 난 내가 있던 곳에서 그저 썩어 가고 있었어요. 그래서 차도, 신용 카드도 없이 길을 나섰어요. 이렇게 이방인의 친절에 기대고 있네요. 그런데 아주 좋았어요. 사람들이 저에게 아주 잘해주더라고요."

"겁나지 않아요? 뭐, 무일푼이 될 수도 있고 강도를 당할 수도 있고 굶을 수도 있을 텐데."

로라는 고개를 저었다. 그리고 주저하는 듯이 미소를 지으며 말했다.

"당신을 만났잖아요, 안 그래요?"

타운은 무슨 말을 해야 할지 몰랐다.

식사를 마치고, 비를 피하기 위해 일본어 신문을 머리에 뒤집어쓴 채 폭우를 뚫고 차로 달렸다. 뛰면서 빗속의 아이들처럼 서로 웃었다.

"어디까지 데려다 드릴까요?"

자동차에 다시 도착했을 때 타운이 물었다.

"당신이 가는 곳까지 가겠어요, 맥."

로라가 쑥스러운 듯 대답했다.

타운은 빅 맥 식의 작업 멘트를 말하지 않아도 된다는 사실을 기쁘게 생각했다. '이 여자는 술집에서 만나는 하룻밤 상대는 아니군.' 타운은 알 수 있었다. 로라를 만나기 위해서 50년이 걸렸을 수도 있는 일이나 어쨌든 마침내 이루어졌다. 이 여자, 길고 검은 머리를 가진 야성적이고 마술 같은 여자가 바로 자신을 위한 여자인 것이다.

그것은 사랑이었다.

"있죠."

채터누가에 다가오자 타운이 말했다. 와이퍼가 앞 유리를 가로지르며 빗물을 철벅철벅 쓸어 내리면서 잿빛 도시를 흐리게 만들고 있었다.

"오늘 밤 당신을 위해 제가 모텔 방을 얻어 주고 싶은데요? 제가 방값을 낼게요. 일단 배달할 물건만 전하고 나서요. 음, 우선 함께 뜨거운 목욕을 하면 좋을 것 같아요. 몸을 따뜻하게 해 줄 거예요."

"음, 그거 좋겠네요. 그런데 무얼 배달하나요?"

"저 막대기요. 뒷좌석에 있는 거요."

타운은 말하고는 껄껄거렸다.

"좋아요."

로라가 비위를 맞추며 말했다.

"그럼 더 말 안 해도 돼요, 미스터리 씨."

타운은 배달을 하는 동안 로라가 록 시티 주차장에서 기다리고 있는 것이 좋겠다고 말했다. 휘몰아치는 빗속에서 루크아웃 산 옆으로 차를 몰았다. 헤드라이트를 켜고 시간당 40킬로미터를 넘기지 않았다.

주차장 뒤편에 차를 대고 엔진을 껐다.

"저, 맥. 내가 한번 안아 줘도 될까요?"

로라가 미소를 지으며 말했다.

"물론이죠."

타운은 로라에게 팔을 둘렀고, 빗방울이 포드 익스플로러의 지붕에 후두두 문신을 새기고 있는 사이 로라는 그에게 바싹 붙었다. 타운은 머리 냄새를 맡을 수 있었다. 향수 냄새 아래 희미하게 불쾌한 냄새가 났다. '여행길에는 그럴 수도 있는 거야. 원래 그렇잖아. 우리 둘 다 꼭 목욕을 해야겠군.' 그는 첫 번째 아내가 아주 좋아했던 향이 나는 거품입욕제를 채터누가에서 구할 수 있을지 궁금했다. 로라는 고개를 들고, 그의 목선을 무심결에 쓰다듬었다.

"맥, 계속 생각해 봤어요. 당신 친구들이 어떻게 됐는지 진짜 알고 싶지 않아요? 우디와 스톤 말이에요. 알고 싶지 않아요?"

타운은 첫키스를 하려고 고개를 숙이면서 말했다.

"그래요. 물론 알고 싶지."

그래서 로라는 알려 주었다.

새도는 초원을 걸었다. 나무 둘레를 천천히 맴돌면서 점차적으로 원을 넓혔다. 이따금 걸음을 멈추고 무언가를 집어 올렸다. 꽃 혹은 나뭇잎 혹은 자갈 혹은 잔가지 혹은 풀잎. 섀도는 마치 그것을 처음 보는 사람처럼 잔가지의 잔가지다움에 완전하게 집중하는 듯, 나뭇잎의 나뭇잎다움에 완전하게 집중하는 듯 세세하게 그것들을 살폈다.

이스터는 초점을 맞추는 법을 배우기 시작하는 아기의 시선을 떠올렸다.

감히 그에게 말을 붙일 수 없었다. 신성모독인 것만 같았다. 이스터는 아주 지친 채로 섀도를 쳐다보며 궁금해했다.

나무 밑에서 약 6미터 거리에 긴 초원 풀과 죽은 덩굴식물들이 함께 웃자란 곳에서 삼베 자루를 발견했다. 섀도는 그것을 들어 올려 자루의 주둥이의 끈을 풀었다.

섀도가 꺼낸 것은 자신의 옷이었다. 옷은 낡았지만 아직 입을 만했다. 신발을 뒤집어 보았다. 셔츠의 옷감과 스웨터의 올을 만져 보고, 마치 100만 년을 가로질러 그것들을 보는 것처럼 응시했다.

그는 옷가지들을 한참 바라보다가 하나씩 입기 시작했다.

주머니를 뒤지다가 한 손을 꺼내서, 이스터가 보기에 회백색 구슬처럼 보이는 것을 들어 올리고는 어리둥절한 표정을 짓고 있었다.

"동전은 안 돼."

그것이 섀도가 몇 시간 만에 한 첫 번째 말이었다.

"동전은 안 돼?"

섀도가 고개를 저었다.

"동전이 있는 게 좋았는데. 그들이 나에게 손으로 할 수 있는 무언가를 주었어요."

옷을 입자, 좀 더 정상적으로 보였다. 그래도 심각해 보였다. 이스터는 섀도가 얼마나 멀리 갔다 왔는지, 돌아오기 위해 대가로 치렀던 것이 무엇이었는지 궁금했다. 그녀로 인하여 돌아오게 된 사람은 그가 처음은 아니었다. 이스터는, 섀도가 100만 년간 응시한 것은 곧 사그라질 것이고, 나무로부터 되살린 기억과 꿈들이 만질 수 있는 세상에 의해 삭제될 것이라는 사실을 알고 있었다. 항상 그런 식이었다.

이스터는 초원의 반대편으로 길을 이끌었다. 탈것은 숲에서 기다리고 있었다.

"이건 우리 둘 다 태울 수는 없어. 난 혼자서 집으로 가겠어요."

섀도가 고개를 끄덕였다. 무언가를 기억하려고 하는 표정이었다. 그러더니 입을 벌리고 환영과 기쁨의 비명을 내질렀다.

천둥새가 그 잔인한 부리를 열고 환영의 외마디 비명을 그에게 되돌려주었다.

적어도 외양에 있어서 천둥새는 콘도르를 닮았다. 깃털은 자줏빛 광택이 도는 검은색이었고 목에는 흰 띠가 둘러져 있었다. 부리는 검고 잔인했다. 찢어발기기 위한 맹금(猛禽)의 부리. 날개를 접고 지면 위에서 쉴 때 새는 검은 곰만 했고, 섀도와 똑같은 키였다.

호루스가 자랑스럽게 말했다.

"내가 그를 데려왔어. 천둥새는 산에서 살아."

섀도가 고개를 끄덕였다.

"천둥새의 꿈을 꾼 적이 있어. 내가 꾼 꿈 중에 가장 저주받은 꿈이었지."

천둥새가 부리를 벌리고 놀랍도록 부드러운 소리를 냈다.

"크로루? 너도 내 꿈을 들었어?"

새도는 새에게 묻고는 손을 뻗어 머리를 부드럽게 쓰다듬었다. 천둥새는 애정 어린 조랑말처럼 그에게 치댔다. 그는 천둥새의 귀가 있을 곳을 긁어주었다.

새도가 이스터를 향해 돌아섰다.

"이 새를 타고 왔습니까?"

"그래요. 새가 원한다면 당신이 타고 돌아가요."

"어떻게 타는 거죠?"

"쉬워요. 떨어지지만 않는다면. 번개를 타는 것 같아."

"돌아가서 다시 만나는 건가요?"

이스터는 고개를 저었다.

"난 끝났어, 자기. 당신은 가서 당신이 해야 할 일을 해요. 난 피곤해. 그런 식으로 당신을 다시 불러오는 게…… 너무 힘들었어. 쉬어야해. 나의 축제가 시작되기 전에 에너지를 충전해야 해. 미안해요. 행운을 빌어요."

새도가 고개를 끄덕였다.

"위스키 잭, 그를 보았어요. 죽은 후에 말이에요. 그가 날 찾아왔더라고요. 우린 함께 맥주를 마셨어요."

"그래, 그랬을 거예요."

"당신을 다시 볼 수 있을까요?"

이스터는 익어 가는 옥수수처럼 녹색의 눈으로 새도를 바라보았다. 그녀는 아무 말도 하지 않았다. 그러더니 갑작스레 고개를 저었다.

"그렇지 못할 거예요."

새도는 어정쩡하게 천둥새의 등에 올라탔다. 자신이 독수리 등에 올라탄 쥐 같다는 생각을 했다. 섀도의 입에서는 푸른 금속성 오존의 맛이 났다. 우지직거리는 소리가 났다. 천둥새가 날개를 펼치고 세게 펄럭이기 시작했다.

지면이 아래로 멀어지기 시작하자 섀도는 심장이 쿵쾅거렸다. 새에 꼭 매달렸다.

그것은 꼭 번개를 타는 것 같았다.

로라는 자동차 뒷좌석에서 막대기를 집어 들었다. 포드 익스플로러의 앞좌석에 타운을 내버려 두고, 차에서 내려 비가 오는 거리를 걸어 록 시티에 갔다. 매표 창구는 닫혀져 있었다. 선물 가게의 문은 잠겨져 있지 않았다. 가게 안으로 들어가 아이스캔디를 지나고 '록 시티를 보세요'라고 쓰여진 새장을 지나 '세상의 여덟 번째 불가사의'에 들어갔다.

빗속에서 지나는 길에 몇 명의 사람을 지나쳤지만, 아무도 그녀에게 말을 걸거나 다가오지 않았다. 많은 이들에게서 다소 인공적인 느낌이 났다. 일부는 반투명했다. 로라는 흔들리는 출렁다리를 건넜다. 사슴 정원을 지났고 2개의 바위벽 사이로 길이 난 '뚱보들은 한번 지나 보세요.'를 통과했다.

마침내 쇠사슬 줄을 넘자 이곳은 닫혔다는 표지판이 있었다. 로라는 동굴로 들어가서 술 취한 땅 신령들의 디오라마 앞에 놓인 플라스틱 의자에 앉아 있는 한 남자를 보았다. 그는 조그만 전기 랜턴 불빛에 《워싱턴 포스트》를 읽고 있었다. 로라를 보자 그는 신문을 접어 의자 밑에 넣었다. 그가 자리에서 일어섰다. 큰 키에 짧게 자른 주황색의 머리를 하고 있었으며 비싼 레인코트를 입고 있었다. 그는 까닥 고개를 숙여 로라에게 인사했다.

"미스터 타운이 죽었겠군요. 창을 든 자여, 어서 오시오."

"고마워요. 맥에 대해서는 유감이에요. 친구 사이였나요?"

"무슨 말씀을. 아닙니다. 제 일을 계속하고 싶었다면 스스로 목숨을 지켰어야죠. 하지만 당신이 그의 막대기를 가지고 왔군요."

그는 꺼져 가는 주황색 잔불처럼 빛나는 눈으로 로라를 위아래로 훑어보았다.

"나를 알아보시는 것 같은데 누구신지. 여기 언덕 꼭대기에서 사람들은 날 미스터 월드라고 부릅니다."

"난 섀도의 아내예요."

"물론이죠. 사랑스런 로라. 제가 알아봤어야 하는데. 섀도는 침대 위에 당신 사진 몇 장을 가지고 있었어요. 우리가 한때 함께 썼던 감방에서 말이죠. 그리고 제가 이렇게 말하는 것을 양해하신다면, 당신은 상상했던 것보다 훨씬 매력적이군요. 지금쯤은 훨씬 더 썩고 퇴락한 모습으로 있어야 하는 것 아닌가요?"

"사실 그랬어요. 아니 그보다 더 심했어요. 무엇 때문에 변했는지 모르겠어요. 그렇지만 컨디션이 좋아지기 시작한 게 언제인지는 알아요. 오늘 아침이었거든요. 농장의 그 여자들, 그들이 우물에서 물을 떠다 줬어요."

남자의 한쪽 눈썹이 치켜 올라갔다.

"우르드의 샘? 물론 아니겠죠."

로라는 스스로를 가리켰다. 피부는 창백했고 눈자위가 검었지만,

어쨌든 겉으로는 온전했다. 로라가 걸어 다니는 시체라면, 막 죽은 시체 같았다.

"오래가지는 않을 거요. 노른들이 당신에게 과거의 맛을 조금 보여준 거예요. 조만간 현재로 용해될 겁니다. 그러면 그 예쁜 푸른 눈은 빠져 버리고 그 예쁜 뺨은 푹 꺼질 거요. 물론 그때는 그렇게 예쁘지 않겠죠. 어쨌든 당신이 나의 막대기를 가지고 왔으니, 저한테 주시겠습니까?"

월드는 러키 스트라이크 한 갑을 꺼내 한 개비를 빼고는 휴대용 검은색 빅 라이터로 불을 붙였다.

"나도 한 대 피울 수 있을까요?"

"물론이죠. 저한테 막대기를 주시면 한 대 주겠습니다."

"안 돼요. 이걸 원하는 것 같은데 담배 한 개비 이상의 값어치가 있어요."

월드는 아무 말도 하지 않았다.

"답변을 해 주시죠. 어떻게 돌아가고 있는지 상황을 알고 싶어요."

월드는 담뱃불을 붙여 로라에게 건네주었다. 그녀는 담배를 빨고 눈을 깜빡였다.

"이 맛을 거의 느낄 수 있을 것 같아요. 정말 그런 거 같아요."

로라가 미소를 지었다.

"음, 니코틴."

"그래요. 농장의 여자들한테 왜 갔지요?"

"새도가 나더러 그들한테 가 보라고 했어요. 물을 얻어 마시라고 하더군요."

"그게 어떤 작용을 할지 알고 있었을까 궁금하군요. 아마 몰랐겠죠. 그래도 그가 나무 위에서 죽은 건 좋은 일이에요. 이제 언제나 그가 어디에 있을지 알잖아요. 그는 보드에서 지워졌어요."

"당신이 내 남편을 궁지로 몰아넣었어요. 당신은 그를 내내 몰아갔죠, 당신네들이. 내 남편은 정말 착한 사람이에요, 알아요?"

"그래요. 알아요."

"남편을 왜 잡으려고 한 거예요?"

"패턴과 오락이라고 합시다. 모든 것이 끝나면 난 겨우살이 나뭇가지 하나를 날카롭게 깎아서 물푸레나무로 가서 그의 눈에 때려 박을 거요. 그게 바로 싸움을 벌이고 있는 저 멍청이들이 이해하지 못하고 있는 사실이에요. 신구의 문제가 절대 아니란 말이오. 단지 패턴의 문제란 거지. 자, 내 막대기를 주시오."

"이건 왜 필요한 거예요?"

"이 모든 유감스러운 상황에 대한 기념품이오. 걱정 마세요, 겨우살이가 아니니까. 그건 창을 상징하고, 이 유감스러운 세상에선 상징이 사물이죠."

바깥의 소음이 점점 더 커지고 있었다.

"당신은 어떤 편에 서 있는 거예요?"

"이건 편의 문제가 아니에요. 하지만 당신이 물었으니, 이기는 편이라 해 둡시다. 언제나. 그게 바로 내가 가장 잘하는 일이지."

로라는 고개를 끄덕였으나 막대기는 놓지 않았다.

"그런 거 같네요."

그러고 그에게서 몸을 돌려 동굴 밖을 쳐다보았다. 한참 아래에 있는 바위에서 무언가 빛을 뿜으며 맥박 치는 것을 볼 수 있었다. 그것은 턱수염을 기른 연한 자줏빛 얼굴의 남자를 휘어 감고 있었는데, 남자는 고무 롤러로 그것을 후려치고 있었다. 고무 롤러는 사람들이 교통 신호를 받은 상태에서 차창을 문질러 닦을 때 쓰는 것이었다. 비명 소리가 났고 그들 둘 다 시야에서 사라졌다.

"좋아요. 막대기를 주겠어요."

월드의 목소리가 로라의 등 뒤에서 들렸다.

"착하기도 하지."

월드는 짐짓 선심을 쓰는 것처럼, 뭐라 설명할 수 없을 정도로 남성적인 말투로 달래듯 말을 했다. 로라는 소름이 돋았다.

로라는 그의 숨소리가 귀에 들릴 때까지 기다렸다. 더 가까이 다가올 때까지 기다려야 했다. 로라는 그것만큼은 알 수 있었다.

천둥새를 타는 것은 신나는 것 이상이었다. 그것은 충격적이었다.

그들은 마치 들쭉날쭉한 번갯불처럼 구름과 구름 사이를 번쩍이면서 폭풍을 뚫고 지났다. 그들은 천둥의 포효처럼, 또 부풀어 올랐다 찢어발기는 허리케인처럼 움직였다. 그것은 치직치직, 있을 수 없는 비행이었다. 섀도는 거의 즉각적으로 두려움을 상실했다. 천둥새를 탈 때는 두려울 수 없다. 두려움이란 없다. 그저 모든 것을 삼켜 버리는, 멈출 수 없는 폭풍의 힘과 비행의 기쁨만이 있었다.

섀도는 천둥새의 깃털 속으로 손가락을 파묻었고, 피부에 정전기가 뾰족 서는 것을 느꼈다. 푸른 불꽃이 작은 뱀들처럼 손가락 사이를 뒤틀며 지나갔다. 비가 얼굴을 씻어 내렸다.

"이건 최고야."

섀도가 폭풍의 포효 위로 소리질렀다.

새는 그 말을 이해한 것처럼 더 높이 오르기 시작했다. 날개를 퍼덕일 때마다 그것은 천둥의 포효가 되었고, 새는 어두운 구름 사이를 급강하하며 내리꽂고 공중제비를 했다.

"꿈속에서 난 널 사냥하고 있었어."

섀도가 말했고 그의 말은 바람에 의해 찢겼다.

"내 꿈속에서. 난 깃털을 가져와야 했어."

그래. 그 말은 마음속 라디오에서 치직거리는 소리로 들렸다. 그들은 스스로 남자임을 증명하기 위해서 우리 깃털을 뽑으러 왔다. 그리고 우리의 목숨을 죽은 자에게 선물하기 위해 우리 머리에서 돌을 빼내기 위해 왔다.

그때 어떤 이미지가 섀도의 마음속에 떠올랐다. 천둥새 한 마리의 영상. 암놈이라고 생각했다. 왜냐하면 깃털이 검은색이 아니고 갈색이었기 때문이다. 그것은 산허리에 죽은 채 누워 있었다. 옆에는 여자가 있었다. 그녀는 부싯돌로 죽은 새의 해골을 깨뜨려 열고 있었다. 그녀는 젖은 뼛조각과 뇌를 헤쳐서 석류석(石榴石)처럼 황갈색을 지닌 부드럽고 깨끗한 돌을 찾아냈는데, 유백광을 내는 불이 깊숙한 곳에서 반짝이고 있었다. '독수리돌.'이라고 섀도는 생각했다. 그녀는 그것을 사흘 전에 죽은 자신의 갓난 아들에게 가져가 아이의 차가운 가슴에 놓을 것이다. 다음 날 해가 뜨면 아이는 살아나서 웃을 것이고, 보석은 회색을 띠다가 구름처럼 얼룩무늬를 띨 것이다. 그러다가 그것을 떼어 온 새처럼 죽게 될 것이다.

"알겠어."

새는 고개를 뒤로 젖히고 까악거렸다. 그 울음은 천둥이었다.

그들 아래 세상은 하나의 이상한 꿈처럼 쏜살같이 지나갔다.

로라는 막대기를 움켜쥔 손에 힘을 주고 윌드라는 남자가 다가오기를 기다렸다. 그녀는 그에게서 등을 돌리고 폭풍과 저 아래 어두운 녹색 언덕을 내려다보고 있었다.

'이 유감스러운 세상에서 상징은 사물이다. 그래.'

로라는 남자가 오른쪽 어깨에 살며시 손을 얹는 것을 느꼈다.

'좋아. 이 사람은 나를 놀라게 하지 않을 게 확실해. 내가 자신의 막대기를 폭풍 속에 집어던져 산 아래로 떨어뜨릴까 봐 겁을 먹고 있다.'

로라는 몸을 조금 뒤로 젖혀 그의 가슴에 등을 댔다. 친밀감의 몸짓이었다. 그의 왼팔이 로라를 감고 앞으로 뻗어 나왔다. 로라는 두 손으로 막대기의 위쪽을 잡고 숨을 내쉬면서 집중했다.

"제발, 내 막대기."

"그래요. 이건 당신 거예요."

그러고 나서 로라는 그것이 무엇을 뜻하는지 모르면서 이렇게 말했다.

"나는 이 죽음을 새도에게 바친다."

로라는 자신의 가슴뼈 바로 아래 막대기를 찔러 박았다. 손에서 막대기가 뒤틀리며 창으로 변하는 것이 느껴졌다.

로라는 이미 죽은 사람이었기 때문에 감각과 고통 사이의 경계가 흩어졌다. 그녀는 창이 가슴으로 뚫고 들어와서 등으로 뚫고 나가는 것을 느꼈다. 한순간의 저항. 로라는 더 세게 밀었다. 창은 월드를 뚫고 들어갔다. 로라는 그가 창에 찔려 고통과 놀라움에 울부짖는 동안 차가운 목에 닿는 따뜻한 숨결을 느낄 수 있었다.

로라는 그가 한 말들을 인식하지 못했으며 어떤 언어를 쓰는지도 알지 못했다. 그녀는 더 깊숙이 찔러 자신의 몸을 관통한 창이 그의 몸으로 들어간 후 다시 등 밖으로 나오도록 했다.

로라는 따뜻한 그의 피가 등으로 철철 흘러넘치는 것을 느낄 수 있었다.

"개년!"

월드가 영어로 욕을 했다.

"씨팔 개년."

그의 목소리가 젖어 쿨럭거렸다. 창날이 허파를 베었음이 틀림없다고 로라는 생각했다. 월드는 움직이려고 애쓰고 있었고, 그의 모든 움직임은 그녀 역시 흔들어 놓았다. 그들은 하나의 창에 꿴 물고기 두 마리처럼 창으로 결합되어 있었다. 월드는 한 손에 칼을 들고 있었고, 자신이 무엇을 하는지 볼 수도 없는 상태에서 로라의 가슴께를 마구잡이로 미친 듯이 찔러 댔다.

로라는 상관하지 않았다. 시체를 칼로 베는 게 도대체 무슨 소용이란 말인가?

로라는 칼을 휘두르는 월드의 팔목을 주먹으로 세게 내리쳤다. 칼이 동굴 바닥으로 나가떨어졌다. 그녀는 발로 그것을 멀찌감치 차버렸다.

월드는 소리 지르며 울부짖었다. 로라는 그가 자신의 몸을 미는 것을 느낄 수 있었다. 월드의 손은 로라의 등을 더듬거렸고, 뜨거운 눈물은 그녀의 목에 닿았다. 그의 피는 로라의 등을 흠뻑 적시면서 다리 뒤쪽으로 콸콸 쏟아져 내리고 있었다.

"정말 위엄 없어 보일 거야."

로라의 죽은 속삭임에 음울한 즐거움이 묻어났다.

로라는 월드가 뒤에서 비틀거리는 것을 느끼며 자신 또한 비틀거렸다. 그러다가 동굴 바닥에 진창을 이루고 있는 피(그 모든 피는 월드의 피였다.)속에 미끄러지면서 함께 쓰러졌다.

천둥새는 록 시티 주차장에 내려앉았다. 비가 거세게 몰아치고 있었다. 섀도는 자신의 얼굴 앞에 있는 12개의 발을 간신히 볼 수 있었다. 천둥새의 깃털을 놓고 미끄러지고 굴러떨어지다시피 젖은 아스팔트에 내려섰다.

천둥새가 그를 바라보았다. 번개가 번쩍하더니 새가 사라졌다.

섀도는 두 발로 섰다.

주차장은 3분의 2가 비어 있었다. 섀도는 입구를 향해 걸어갔다. 바위벽에 대어 주차된 갈색 포드 익스플로러 옆을 지났다. 그 차가 아주 낯익어 보였기 때문에 호기심에 차서 차를 훑어보았다. 차 안에서 남자를 발견했다. 남자는 마치 잠든 듯이 운전대에 고개를 박고 있었다.

섀도는 운전석의 문을 열었다.

미국 중앙에 있는 모텔 밖에 서 있던 타운을 본 게 마지막이었다. 지금 그의 얼굴은 놀란 표정이었다. 목은 전문가의 솜씨로 부러져 있었다. 섀도는 남자의 얼굴을 만져 보았다. 아직 따뜻했다.

섀도는 자동차 안의 공기에서 냄새를 맡을 수 있었다. 몇 년 전에 방을 나간 사람의 향수처럼 희미했으나, 섀도는 어디서든 그 냄새를 알 수 있을 것이다. 그는 차 문을 쾅 닫고 주차장을 가로질러 제 갈 길을 갔다.

걸어 다니자 옆구리에 쑤시는 아픔이 느껴졌다. 날카롭게 콕콕 쑤시는 통증이었다. 섀도는 1초 이하로 짧게 지속되다가 사라지는 것을 보니 머릿속에서만 느껴지는 통증이 아닌가 싶었다.

선물 가게에 아무도 보이지 않았다. 표를 파는 사람도 없었다. 섀도는 건물을 거쳐 록 시티의 정원으로 들어갔다.

천둥이 우르릉거리며 나뭇가지를 흔들어 놓았고 거대한 바위 안 깊숙한 곳에도 진동이 일었다. 비는 차갑고 맹렬하게 내리고 있었다. 늦은 오후였지만 밤처럼 어두웠다.

번개가 흔적을 남기며 구름을 뚫고 지나갔는데, 섀도는 그것이 높은 바위산으로 돌아가는 천둥새인지, 혹은 대기의 방전인지 혹은 그두 가지 생각이 어떤 면에서 똑같은 것은 아닌지 생각해 보았다.

그리고 물론 두 가지 생각은 같았다. 결국, 그것이 요지였다.

어딘가에서 한 남자의 목소리가 들렸다. 섀도가 알아들었던, 혹은 알아들었다고 생각한 유일한 말은 "……오딘에게!"라는 것이었다.

섀도는 7개 주 깃발 정원을 가로질러 서둘러 지나갔다. 바닥 판석이 엄청나게 쏟아붓는 빗물과 함께 흘러내리고 있었다. 섀도는 매끈매끈한 돌 위에서 미끄러졌다. 두꺼운 구름층이 산을 에워싸고 있었고, 뜰 너머 어둠과 폭풍 속에서 어떤 주도 볼 수 없었다.

소리는 없었다. 그곳은 완전히 버려진 것처럼 보였다.

섀도가 소리를 질렀고, 답변으로 무슨 소리를 들었다고 생각했다. 그는 소리가 들려온다고 생각한 곳을 향해 걸어갔다.

아무도. 아무것도 없었다. 그저 손님들에게 동굴 입구에 접근을 금지한다는 것을 나타내는 사슬만이 있었다.

섀도는 사슬을 넘어 발을 내딛었다.

어둠 속을 들여다보았다. 피부가 따끔거렸다.

어둠 속에서 매우 나직한 목소리가 들렸다.

"넌 한 번도 날 실망시키지 않았다."

섀도는 돌아보지 않았다.

"그거 이상하군요. 난 내내 내 자신을 실망시켰어요. 매번."

"그렇지 않아." 껄껄 웃는 소리와 함께 말이 이어졌다. "넌 너에게 의도된 모든 것을 했고, 그 이상을 했다. 너는 모든 사람의 주목을 끌었고 그래서 사람들은 동전을 가지고 있는 손을 보지 못했어. 그걸 미스디렉션이라고 부르지. 그리고 아들의 희생에는 힘이 있다. 공 전체를 굴러가게 만들 수 있는 충분한 힘, 충분한 것보다 훨씬 더 많은 힘이 있다. 사실을 말하자면, 난 네가 자랑스럽다."

"그건 사기예요. 그 모든 게 다. 그 어떤 것도 진짜가 아닙니다. 그건 대학살을 위해 꾸민 술수였어요."

어둠 속에서 웬즈데이의 목소리가 들렸다.

"맞아, 그건 사기였다. 하지만 그게 마을에서 벌어지는 유일한 게임이었다."

"로라가 보고 싶어요. 로키를 봐야겠어요. 그들은 어디에 있죠?"

침묵만이 흘렀다. 비로 생긴 물보라가 섀도에게 몰아쳤다. 어딘가 가까운 곳에서 천둥이 우르릉거렸다.

섀도는 더 안으로 걸어 들어갔다.

로키는 금속 우리에 등을 대고 바닥에 앉아 있었다. 우리 안에는 술에 취한 꼬마 요정들이 열 교환기를 손질하고 있었다. 로키는 이불에 덮여 있어서 얼굴만 보였고 희고 긴 손이 이불 밖으로 나와 있었다. 그의 옆 의자 위에는 전기 랜턴이 있었다. 랜턴의 배터리는 다 되어 가고 있었고 불빛은 희미한 노란색이었다.

로키는 창백하고 거칠어 보였다.

그래도 그의 눈은 아직도 불타고 있었고, 섀도가 동굴을 통해 걸어가자 그를 응시했다.

로키와 몇 발자국 떨어진 곳에서 섀도는 걸음을 멈추었다.

"자넨 너무 늦었어. 난 이미 창을 던졌다네. 전투를 바쳤단 말이야. 전쟁이 시작되었다."

로키의 목소리는 귀에 거슬렸고 젖어 있었다.

"헛소리 말아."

"헛소리 아냐. 그래서 자네가 뭘 하든 더 중요하지 않아. 너무 늦었어."

"좋아." 섀도는 잠시 생각에 잠겼다. 그러더니 다시 입을 열었다, "전투를 시작하기 위해서 창을 던져야만 하다고 당신이 말했지. 욥살라처럼. 당신은 이 전투 때문에 살 수 있는 거야. 내 말이 맞지 않아?"

침묵이 흘렀다. 로키가 소름 끼치도록 심하게 헐떡거리며 내쉬는 숨소리가 들렸다.

"난 알아냈어. 그런 거 같아. 언제 그걸 알아냈는지 확실하진 않아.

아마 나무에 매달려 있던 때인 것 같아. 어쩌면 그전인지도 모르지. 크리스마스 때 웬즈데이가 나한테 뭔가를 말했어. 바로 그거야."

섀도가 말했다.

로키는 아무 말도 하지 않은 채 그를 응시했다.

"이건 두 남자의 사기야. 다이아몬드 목걸이를 사는 주교와 그를 체포한 경찰처럼. 바이올린을 가진 남자와 그걸 사고 싶어 하는 남자와 또 그 사이에 끼어 실제로 돈을 주고 바이올린을 사는 얼간이처럼. 반대편에 서 있는 것처럼 보이지만 결국 똑같은 게임을 하고 있는 두 남자 말이야."

"자네 웃기는군."

"왜? 난 당신이 모텔에서 한 게 맘에 들었어. 아주 똑똑했어. 당신은 모든 게 계획에 따라 진행되도록 하기 위해 거기 있어야 했지. 난 당신을 보았어. 난 심지어 당신이 누군지 깨달았다고. 그러고도 당신이 미스터 월드라는 사실은 간파하지 못했지. 어쩌면 내 마음 깊숙한 곳에서는 간파했는지도 모르지만. 어쨌든 당신 목소리를 안다고 생각했으니까."

섀도는 목소리를 높였다.

"밖으로 나와도 좋아요."

섀도가 동굴에 대고 말했다.

"어디에 있든, 모습을 보여 봐요."

바람이 동굴의 구멍에서 으르렁거리며 그들을 향해 빗줄기를 몰아쳤다. 섀도는 몸을 떨었다.

"난 바보 취급받는 것에 지쳤어요. 모습을 보여 줘요. 얼굴 좀 보자고요."

동굴의 저편 그늘 속에 무언가 변화가 일어났다. 무언가 좀 더 단단해졌다. 그리고 움직였다.

"녀석, 넌 너무 많이 알아."

친숙한 웬즈데이의 우렁찬 목소리였다.

"그래, 저들이 당신을 죽이지 않았군요."

"죽였어. 그들이 날 죽이지 않았다면 이 모든 일들이 하나도 일어나지 못했을 거야."

웬즈데이의 목소리는 희미했는데, 실제로 조용한 게 아니라 제대로 채널이 맞추어지지 않은 낡은 라디오를 연상시켰다.

"내가 진짜 죽지 않았다면 우리는 그들을 여기 오게 하지 못했을 거야. 칼리와 모리건과 로아와 제기랄 알바니아인들과. 음, 너도 그자들 다 봤잖아. 그들 모두를 불러 모은 건 나의 죽음이었다. 나는 희생양이었지."

"아뇨, 당신은 유다의 염소였어요."

어둠 속에서 유령 같은 그림자가 흔들리고 있었다.

"전혀 그렇지 않아. 네 말은 내가 새로운 신들을 위하여 옛 신들을 배신했다는 의미인데, 그건 우리가 하던 일이 아니야."

"얼토당토않은 말이지."

로키가 속삭였다.

"알겠어요. 당신들 둘은 어느 한 편을 배신한 게 아니라 양편을 다 배신하고 있었어요."

"그런 것 같군."

웬즈데이가 말했다. 그는 스스로 만족한 것 같았다.

"당신은 대학살을 원했던 겁니다. 피의 희생을 바랐던 거라고요. 신들의 희생."

바람이 점점 더 거세졌고 동굴 입구를 가로지르는 포효는 상상할 수 없을 만큼 거대한 존재가 내지르는 고통에 빠진 비명처럼 변했다.

"그럼, 제길, 내가 왜 안 그렇겠는가? 난 이 망할 놈의 땅에 거의 1200년 동안 갇혀 있었어. 난 피가 부족해, 배가 고프다고."

"당신들은 죽음을 먹고사는 겁니다."

섀도는 어스름 속에 서 있는 웬즈데이를 볼 수 있다고 생각했다. 그의 뒤쪽, 그를 관통해, 플라스틱 레프리콘으로 보이는 무언가를 가둔 우리의 창살이 있었다. 그는 어둠으로 만들어진 모습이었고, 섀도가 그에게서 등지며 몸을 돌릴수록 시선의 끄트머리에 그 모습을 드러내며 더 진짜처럼 보였다.

"난 나를 위해 바쳐진 죽음을 먹고산다."

"나무 위의 나의 죽음처럼."

"그건 특별한 것이었어."

"그럼 당신도 죽음을 먹고살아?"

섀도가 로키를 바라보며 말했다.

로키는 지친 듯 고개를 저었다.

"아니, 물론 아니겠지. 당신은 혼돈을 먹고 사는 거야."

섀도가 말했다.

로키는 그 말에 어렵게 짧은 미소를 지어 보였다. 주황색 화염이 그의 눈 속에서 춤을 추었고, 또 불타는 끈처럼 창백한 피부 밑에서 깜빡거렸다.

웬즈데이가 섀도의 눈 한쪽 구석에서 말을 걸었다.

"너 없인 할 수 없었을 거야. 난 아주 많은 여자들과 함께……."

"당신은 아들이 필요했던 거죠."

"난 네가 필요했다. 그래, 내 아들. 나는 네가 생겼다는 것을 알았지만, 네 엄마가 떠났지. 널 찾는 데 아주 많은 시간이 걸렸다. 그리고 널 찾았을 때 넌 감옥에 있었어. 널 움직이게 만들 만한 것이 무엇인지 알아내야 했어. 널 움직이게 하기 위해서 우리가 어떤 단추를 눌러야 할지를. 네가 누군지를."

로키는 스스로에 만족한 표정이었다. 섀도는 그를 한 대 치고 싶었다.

"그리고 넌 집으로 돌아가면 만날 아내가 있었지. 그건 불행이었지만 이겨내지 못할 것은 아니었어."

"그녀는 자네에게 도움이 안 됐어. 자네는 그녀가 없는 게 나았어."

로키가 속삭였다.

"다른 식이었다면……."

웬즈데이가 말했고, 섀도는 그게 무슨 뜻인지 알 수 있었다.

"그리고 만약 그녀가 죽은 채로 있을…… 미덕을…… 가졌더라면."

로키가 헐떡거렸다.

"우드와 스톤은…… 좋은 사람들이었어. 자네는…… 도망칠 수 있었을…… 거야, 기차가 다코타를 지날 때……."

"로라는 어디 있죠?"

로키가 창백한 팔을 뻗어 동굴의 뒤편을 가리켰다.

"저쪽으로 갔어."

로키가 말했다. 그러더니 그의 몸이 예고도 없이 앞으로 기울어지며 바닥에 내동댕이쳐졌다.

섀도는 이불 때문에 보이지 않던 것을 보았다. 흥건한 피바다, 로키의 등에 난 구멍, 피로 검게 물든 황갈색 레인코트.

"어떻게 된 거야?"

로키는 아무 말도 하지 않았다. 앞으로 어떤 말도 할 수 있을 것 같지 않았다.

"네 아내가 그에게 왔다, 아들아."

웬즈데이의 목소리가 멀게 느껴졌다. 에테르* 속으로 사라지는 듯 점점 더 보기가 어려웠다.

"하지만 전쟁은 그를 다시 불러올 거야. 전쟁이 날 영원히 다시 불러올 것처럼. 난 귀신이고 그는 시체지만, 우리는 여전히 이겼어. 게임은 조작되었다."

"조작된 게임이 무찌르기가 가장 쉬운 겁니다."

섀도가 기억을 반추하며 말했다.

대답은 없었다. 어둠 속에서 아무것도 움직이지 않았다.

"잘 가세요……. 아버지."

하지만 동굴에는 누구의 흔적도 없었다. 아무도 없었다.

섀도는 7개 주 깃발 정원으로 다시 돌아왔지만 아무도 보지 못했고, 폭풍 바람에 흔들리는 깃발이 탁탁 부딪는 소리 이외에 아무 소리도 듣지 못했다. 1000톤이 넘는 균형 잡힌 바위에 검을 든 사람들은 없었고, 흔들리는 다리에도 방어자는 없었다. 섀도는 혼자였다.

---

* 대기 밖의 정기(精氣).

볼 것도, 아무것도 없었다. 그곳은 버려졌다. 텅 빈 전장이었다.

아니, 버려진 것이 아니다. 꼭 그런 건 아니다.

그는 단지 장소를 잘못 찾아온 것뿐이었다.

여긴 록 시티였다. 이곳은 수천 년 동안 경외와 숭배의 장소였다. 오늘날 정원을 가로질러 걸어오고 흔들다리를 흔들며 건너온 수백만 명의 관광객들은 물이 마니차 100만 개를 돌리는 것과 똑같은 효과를 보였다. 이곳에 현실은 희박했다. 섀도는 전쟁이 어디서 벌어질지 알고 있었다.

섀도는 다시 걷기 시작했다. 회전목마 위에서 어떤 느낌이었는지 기억하고 그것처럼 느끼려고 애썼으나 새로운 시간 속에서…….

섀도는 위네바고를 몰았던 것을 기억했다. 직각을 이루면서 차를 돌렸던 기억. 그 감각을 포착하기 위해 애썼다.

그리고 그때, 쉽고 완벽하게 그것이 일어났다.

마치 막을 통해 밀고 나오는 것 같았고, 깊은 물속에서 대기로 펄쩍 뛰어오르는 것 같았다. 산 위 관광도로에서 한발 내딛었다…….

어딘가 진짜인 곳을 향해. 섀도는 무대 뒤에 있었다.

그는 아직 산꼭대기에 있었고, 그것만큼은 똑같은 상태였다. 하지만 그것 이상이었다. 이 산꼭대기는 장소의 정수이며, 사물의 핵심이다. 이것과 비교하면 그가 떠나온 루크아웃 산은 배경에 칠해진 그림이나 TV 스크린에 나오는 모형물이었다. 사물 자체가 아니라 그저 사물의 단순한 재현에 지나지 않는.

이것은 진짜 장소였다.

바위 벽은 자연스럽게 원형 극장을 형성하고 있었다. 원형 극장을 에두르고 가로지르는 돌길은 구불구불한 자연 다리를 형성하며 바위 벽을 가로질러 관통하여 사라졌다.

그리고 하늘은…….

하늘이 어두웠다. 하늘은 불이 밝혀졌고, 그러자 그 밑의 세상은 태양보다도 더 밝게 불타는 백녹색의 빛줄기에 의해 빛났다. 그 빛줄기는 마치 어두운 하늘을 하얗게 가로질러 찢어 놓은 것처럼 이 끝에서 저 끝으로 미친 듯 갈라져 있었다.

번개다. 섀도는 깨달았다. 영원 속으로 이어진 얼어붙은 한순간에 붙잡힌 번개. 그 번개가 내는 빛은 거칠고 무자비했다. 번개는 얼굴들을, 속이 빈 눈들을 씻어 내 어두운 구멍으로 만들어 버렸다.

이것이 폭풍의 순간이었다.

패러다임이 바뀌고 있었다. 섀도는 그것을 느낄 수 있었다. 무한한 광대함과 무제한의 자원과 미래로 이루어진 구세계는 다른 무엇, 즉 에너지의 망, 의견의 망, 심연의 망에 의해 도전을 받고 있다.

'사람들은 믿는다.' 섀도는 생각했다. 그게 바로 사람들이 하는 일이다. 그들은 믿는다. 그리고 자신들의 믿음에 관해 책임을 지지 않는다. 그들은 요술을 부려 사물을 만들어 내고 그 요술을 신뢰하지 않는다. 사람들이 어둠을 채운다. 귀신과 신과 전자(電子)와 이야기들로. 사람들은 상상하고, 사람들은 믿는다. 사물들을 만드는 것은 믿음, 바위처럼 단단한 믿음이다.

산꼭대기는 경기장이다. 섀도는 그것을 알 수 있었다. 그리고 경기장 양편에 정렬되어 있는 그들을 볼 수 있었다.

그들은 너무나 컸다. 그곳에서는 모든 것이 너무나 컸다.

옛 신들이 있었다. 오래된 버섯처럼 갈색 피부를 지닌 신들, 닭살처럼 분홍색을 띤 신들, 가을 낙엽처럼 노란 피부를 가진 신들. 몇몇은 미쳤고 몇몇은 제정신이었다. 섀도는 옛 신들을 알아보았다. 그는 이미 그들을, 혹은 그들같이 생긴 다른 이들을 만났다. 아프리트와 피스키, 거인들과 난쟁이들이 있었다. 로드아일랜드의 어두운 침실에서 만났던 여자를 보았고, 그녀의 머리에서 비틀린 녹색의 뱀 똬리를 보았다. 섀도는 회전목마의 마마 지를 보았다. 손에는 피가 묻어 있었고 얼굴에는 미소를 띠고 있었다. 섀도는 그들 모두를 알고 있었다.

섀도는 새로운 신들도 알아보았다.

고풍스러운 정장을 입고 조끼를 가로질러 체인 시계를 차고 있는, 철도왕이었을 법한 자가 있었다. 그는 좋은 시절을 겪었던 사람의 풍모를 지니고 있었다. 이마가 씰룩였다.

항공기 여행에 대한 모든 꿈을 계승한 거대한 회색 비행기의 신들도 있었다. 자동차 신도 있었다. 심각하고 강해 보이는 얼굴에다 검은 장갑을 끼고 크롬 이빨에 피가 묻은 신들. 아즈텍인들 이후로는 꿈도 꾸지 못할 정도로 인간의 희생을 수여받은 자들. 그들조차도 불편해 보였다. 세상은 변한다.

다른 이들은 얼룩진 인광의 얼굴을 하고 있었다. 그들은 마치 스스로의 빛으로 존재한다는 듯 점잖게 빛나고 있었다.

섀도는 그들 모두가 안됐다는 생각이 들었다.

새로운 신들에게는 거만함이 있었다. 섀도는 그것을 알 수 있었다. 그러나 또한 공포도 있었다.

변하는 세상과 보조를 맞추지 못하면, 자신들의 이미지로 세상을 재창조하고 재구성하고 재건설하지 못하면, 자신들의 시간이 금방 끝나 버릴 것이라는 두려움을 안고 있었다.

양편은 용기를 품고 서로를 바라보았다. 서로에게 반대편은 악마이며 괴물이자 저주받은 자였다.

섀도는 전초전이 이미 일어났다는 것을 알 수 있었다. 이미 바위에는 피가 묻어 있었다.

그들은 진짜 전투, 진짜 전쟁을 위해 태세를 갖추고 있었다. 지금이 아니면 안 된다고 생각했다. 섀도가 지금 움직이지 않으면 너무 늦을 것이다.

'아메리카에서는 모든 것이 영원히 지속된다.' 그의 머릿속에서 어떤 목소리가 말했다. '1950년대는 1000년 동안 지속되었다. 당신은 세상의 모든 시간을 가졌다.'

섀도는 반은 어슬렁거리는 발걸음으로, 반은 비틀거리는 걸음으로 경기장의 중앙을 향해 걸어갔다.

섀도는 그를 향한 눈길, 눈이면서 눈이 아닌 것을 느낄 수 있었다. 그리고 몸을 떨었다.

버펄로 맨의 목소리가 들렸다. '넌 아주 잘하고 있어.'

섀도는 생각했다. '젠장, 맞아. 나는 오늘 아침에 죽음에서 돌아왔어. 그 후엔 모든 것이 식은 죽 먹기야.'

"보시오."

섀도는 허공에 대고 대화하듯 말을 했다.

"이건 전쟁이 아닙니다. 이건 결코 전쟁으로 의도된 것이 아니오. 누구라도 이게 전쟁이라고 생각한다면, 당신들 스스로를 속이는 거요."

양편에서 우르릉거리는 소리가 들렸다. 그의 말이 누구에게도 감동을 주지 못한 것이다.

"우리는 우리의 생존을 위해 싸우는 것이오."

경기장 한쪽에서 미노타우로스가 울부짖었다.

"우리는 우리의 존재를 위해 싸우는 것이오."

다른 쪽의 반짝이는 연기 기둥 안에서 어떤 입이 소리쳤다.

"여긴 신들에게는 좋지 않은 땅입니다."

섀도가 말했다. 오프닝 멘트로서 그것은 '친구여', '로마인이여', '동포여'가 아니었으나, 어쨌든 괜찮았다.

"여러분은 모두 각자의 방식대로 그 사실을 깨달았을 것이오. 옛 신들은 무시되고 있소. 새로운 신들은 아주 빨리 다른 신들로 대체되고 버려지죠. 좀 더 대단한 다음 것을 위해 옆으로 치워진다는 말입니다. 여러분은 잊히든가 혹은 무용지물이 될까봐 두려워합니다. 혹은 사람들의 변덕에 의지해 존재하는 것에 염증을 느낄 뿐입니다."

이제 그르렁거리는 소리는 줄었다. 섀도는 그들도 똑같이 생각하는 것을 이야기했다. 그들이 주의를 기울였으므로 섀도는 자신이 해야 할 이야기를 시작해야 했다.

"먼 나라에서 온 신이 있었습니다. 그의 힘과 영향력은 그에 대한 믿음이 사그라지면서 함께 사라졌소. 그는 희생과 죽음으로부터 힘을 얻는 신이었는데, 특히 전쟁으로부터 힘을 얻었습니다. 그는 그를 위해 바쳐진 전쟁에서 쓰러진 자들의 죽음을 자양분 삼았습니다. 구세계에서 그 모든 전쟁들이 그에게 힘과 자양분을 주었다는 말입니다.

이제 그는 늙었소. 그는 신전에 있는 또 다른 신, 혼돈과 사기의 신과 함께 야바위꾼으로 연명했소. 그들은 속기 쉬운 자들에게 사기 쳤소. 사람들이 가진 모든 것을 털었소.

언젠가, 어쩌면 50년 전에, 어쩌면 100년 전에 그들은 한 가지 계획을 실행에 옮겼소. 그들 둘 다 쓸 수 있는 힘의 보유고를 만들자는 계획 말입니다. 그들을 이전보다 훨씬 더 강하게 만들 수 있는 무엇을 위해 말이오. 결국, 죽은 신들로 뒤덮인 전쟁터보다 더 강한 것이 어디 있겠소? 그들이 한 게임은 '너와 그자가 서로 싸우게 하자'라고 불리었소.

알겠습니까?

여러분이 치르려는 전투는 이기거나 질 수 있는 성질의 것이 아니오. 이기고 지는 것은 그에게, 그들에게 중요하지 않습니다. 중요한 것은 여러분들이 많이 죽는다는 사실이오. 전투에서 쓰러지는 건 그에게 힘을 주는 것입니다. 여러분 모두가 죽어서 그를 먹여 살린다는 것이오. 알겠소?"

우르릉거리는 소리, 무언가 꽝 하고 불이 붙는 소리가 경기장을 가로질러 울렸다. 섀도는 소리가 나는 곳을 보았다. 짙은 마호가니 색 피부의 거대한 남자가, 가슴은 벌거벗고 높은 모자를 쓰고 입가에는 호탕하게 시가를 문 거대한 남자가 무덤처럼 깊은 목소리로 말했다. 바론 사메디였다.

"좋아. 하지만 오딘은 죽었어. 그 평화 회담에서. 개자식들이 그를 죽였어. 그는 죽었어. 난 죽음을 알아. 아무도 죽음을 가지고 날 우롱할 순 없어."

"당연합니다. 그는 진짜 죽었어야 했소. 그는 이 전쟁이 일어나도록 육체를 희생했소. 전투 후엔 예전보다 더욱 강력해질 것이오."

누군가 소리쳤다.

"당신은 누구요?"

"난…… 나는 예전에…… 나는 그의 아들이오."

새로운 신 중 하나가 말을 꺼냈다. 웃으며 반짝반짝 빛나고 또 떠는 모양으로 보아 섀도는 그것이 약이 아닌가 생각했다.

"하지만 미스터 월드는 말하기를……."

"미스터 월드는 없소. 절대 존재한 적이 없단 말입니다. 그는 그저 자신이 만든 혼돈을 먹고살려고 했던 당신네 족속 중 하나일 뿐이었소."

섀도는 그들이 자기 말을 믿는다는 것을 알 수 있었다. 그는 그들의 눈에서 상처를 볼 수 있었다.

섀도는 고개를 저었다.

"나는 신이 되느니 차라리 인간이고 싶소. 우리는 우리를 믿을 사람이 필요하지 않아요. 우리는 어쨌든 계속 나아갑니다. 그게 바로 인간들이죠."

그 높은 곳에 침묵이 흘렀다.

그리고 그때 깜짝 놀라도록 쿵 소리를 내면서 산꼭대기로 번개가 몰아쳤고 경기장은 완전히 어둠 속에 빠졌다.

그들, 그 존재들 중의 많은 이들이 어둠 속에서 빛을 발했다.

섀도는 그들이 그와 논쟁을 하려는지, 공격하려는지, 죽이려고 하는지 알 수 없었다. 응답이 있기를 기다렸다.

그때 섀도는 빛이 꺼지고 있다는 사실을 깨달았다. 신들은 그곳을 떠나고 있었다. 처음에는 몇 명씩, 다음에는 수십 명씩, 마침내 수백 명씩 자리를 떴다.

　로트와일러 크기만 한 거미 1마리가 그를 향해 7개의 다리로 무겁게 종종걸음 치고 있었다. 거미의 눈이 희미하게 빛났다.

　섀도는 조금 메스꺼웠지만 자리를 지켰다.

　가까이 다가왔을 때 거미는 낸시의 목소리로 말했다.

　"잘했어. 자네가 자랑스러워. 잘했어, 꼬마."

　"고마워요."

　"우린 자네를 데리고 가야 해. 이곳에 너무 오래 있으면 자네가 망가져."

　그것은 섀도의 어깨 위에 갈색 털이 난 거미 다리를 올렸다…….

　……그리고 다시, 7개 주 깃발 정원에서 낸시가 기침을 했다. 오른손은 섀도의 어깨 위에 올려져 있었다. 비는 멈추었다. 낸시는 아픈 것처럼 왼손으로 옆구리를 움켜쥐었다. 섀도는 괜찮냐고 물었다.

　"난 늙은 손톱처럼 질겨. 아니, 더 질겨."

　낸시의 목소리는 만족스럽게 들리지 않았다. 그는 고통에 빠진 노인처럼 말했다.

　열댓 명이 바닥이나 벤치에 서 있거나 앉아 있었다. 일부는 심하게 부상을 당한 것 같았다.

　섀도는 남쪽 하늘에서 다가오고 있는 우르릉거리는 소리를 들을 수 있었다. 낸시를 바라보았다.

　"헬리콥터인가요?"

　낸시가 고개를 끄덕였다.

"더 걱정할 거 없어. 저자들이 난장판을 치우고 갈 거야. 저자들은 그런 일에 아주 능하거든."

"알았어요."

섀도는 난장판이 된 그곳이 치워지기 전에 확인해 보고 싶은 것이 있었다. 그는 은퇴한 뉴스 앵커처럼 보이는 회색 머리의 남자에게 손전등을 빌려 그것을 찾아 나섰다.

섀도는 동굴 바닥에 쭉 뻗어 있는 로라를 발견했다. 그녀의 옆에는 백설 공주 이야기에 나오는 채광하는 난쟁이들의 디오라마가 있었다. 바닥에는 피가 흥건했다. 로라는 옆으로 누워 있었는데, 분명 로키가 창을 빼내고 난 후 그녀를 그곳에 버렸을 것이다.

로라의 한 팔이 가슴을 움켜쥐고 있었다. 그녀는 무섭도록 연약해 보였다. 또한 죽은 것처럼 보였지만 섀도는 이미 그러한 것에 익숙해져 있었다.

섀도는 옆에 쭈그리고 앉아 로라의 뺨을 만지며 이름을 불렀다. 그녀는 눈을 뜨며 고개를 돌리고 섀도를 마주 보았다.

"안녕, 퍼피."

로라의 목소리는 가늘었다.

"안녕, 로라. 어떻게 된 거야?"

"아무것도 아냐. 그냥. 그들이 이겼어?"

"모르겠어. 이런 일들은 상대적이라고 할까, 그런 것 같아. 하지만 막 시작하려고 하는 전투를 내가 멈추게 했어."

"똑똑한 내 퍼피. 그 남자, 미스터 월드, 그가 막대기로 당신 눈을 찌르겠다고 말했어. 난 그 남자가 너무 싫었어."

"그는 죽었어. 당신이 죽였지, 자기."

로라가 고개를 끄덕였다.

"그거 좋네."

로라가 눈을 감았다. 섀도는 그녀의 손이 차갑다는 것을 느끼면서 손을 꼭 쥐었다. 시간이 지나자 로라는 다시 눈을 떴다.

"날 다시 살릴 방법은 알아냈어?"

"어쨌거나 한 가지 방법은 아는 것 같은데."

"좋아."

로라는 자신의 차가운 손으로 섀도의 손을 꼭 잡았다. 그러고 나서 물었다.

"그러면 그 반대는? 그건 어떻게 되었어?"

"반대?"

"음, 이제 그래도 될 것 같은데."

"난 하고 싶지 않아."

로라는 아무 말도 하지 않고 기다렸다.

섀도가 마침내 입을 열었다.

"좋아."

그러더니 로라가 쥐고 있던 자신의 손을 빼내 로라의 목에 갖다 댔다.

"우리 남편."

"사랑해, 당신."

"사랑해, 퍼피."

섀도는 로라의 목에 걸려 있는 황금 동전을 손으로 움켜쥐었다. 체인을 세게 당기자 쉽게 빠져나왔다. 섀도는 집게손가락과 엄지손가락으로 황금 동전을 집고 입김을 호 불고는 손을 활짝 폈다.

동전이 사라졌다.

로라는 눈을 뜨고 있었으나 움직이지는 않았다.

섀도는 몸을 굽혀 로라의 차가운 뺨에 부드럽게 입을 맞추었다. 그러나 반응하지 않았다. 반응하리라 기대하지도 않았다. 섀도는 일어나서 동굴 밖으로 걸어나가 밤을 응시했다.

폭풍이 개었다. 공기는 다시 신선하고 깨끗했으며 새로웠다.

내일은 아주 아름다운 날이 될 것이다.

제4부

에필로그
죽은 자들이
간직하고 있는 것

제19장

이야기는 말로 행할 때 가장 잘 묘사될 수 있다. 이해하는가?
자기 자신에게건 세상 사람들에게건 묘사하려면 이야기로 풀어야 한다.
그것은 균형을 맞추는 행위이며, 꿈이다.
지도가 더 정확할수록 영토를 더 많이 닮는다.
가장 정확한 지도는 영토가 될 것이고,
그리하면 완벽하게 정확하고 완벽하게 쓸모없는 것이 될 것이다.
이 이야기는 영토이기도 한 지도이다.
여러분은 이것을 기억해야 한다.
—— 미스터 아이비스의 공책에서

둘은 I-75번 도로를 타고 플로리다를 향해 VW 버스를 몰고 있었다. 그들은 새벽부터 운전하고 있었다. 아니, 섀도가 운전을 하고 낸시는 조수석에 앉아 얼굴에 고통스러운 표정을 지으면서 이따금씩 운전을 하겠다고 제의했다. 섀도는 괜찮다고 대답했다.

"자네, 행복해?"

낸시가 갑작스럽게 물었다. 몇 시간째 섀도를 응시하고 있었다. 섀도가 오른쪽으로 눈길을 돌릴 때마다 낸시는 흙과 같은 갈색 눈으로 섀도를 보고 있었다.

"아뇨, 하지만 아직 죽진 않았어요."

"어?"

"'죽을 때까지는 아무도 행복하다고 할 수 없다.' 헤로도토스."

낸시는 흰 눈썹을 치켜 올리고 말했다.

"난 아직 죽지 않았어. 그리고 아직 죽지 않았기 때문에 난 멍청이처럼 행복해."

"헤로도토스 말은요, 죽은 사람이 행복하다는 뜻은 아니에요. 그건, 누군가의 인생은 그것이 완전히 끝나기 전까지는 판단할 수 없다는 뜻이에요."

"난 죽었다고 하더라도 판단하지 않아. 그리고 행복에 관하자면, 아주 많은 종류의 죽음이 있듯 아주 많은 종류의 행복이 있어. 난 그냥 내가 가질 수 있을 때 가질 수 있는 것을 가질 거야."

섀도가 화제를 바꾸었다.

"그 헬리콥터요. 시신들과 부상자들을 실어 간 거 말이에요."

"그게 뭐?"

"누가 그 헬리콥터들을 보냈어요? 어디서 온 거죠?"

"신경 쓸 필요 없어. 그것은 발키리*나 대머리 독수리 같은 거야. 와야 하기 때문에 온 거야."

"뭐, 그렇게 말씀하신다면야."

"죽은 자들과 부상자들은 보살핌을 받을 거야. 늙은 자켈의 장례식장은 다음 달엔 무척 바빠질 거야. 말해 보게, 이 사람아."

"예."

"이 모든 것에서 배운 게 있나?"

섀도는 어깨를 으쓱했다.

"모르겠어요. 나무에서 배운 것은 대부분 잊어버렸어요. 사람들을 좀 만난 것 같은데. 하지만 아무것도 확실하지 않아요. 그건 우릴 변화시키는 그 많은 꿈 중 하나인 것 같아요. 어떤 꿈을 영원히 간직하다 보면 마음속 깊은 곳에서 알게 되는 것이 있잖아요. 왜냐면 그것

---

* 오딘의 전설에서 전사한 영웅의 영혼을 발할라로 인도한다는 신의 시녀.

이 사람들에게 일어났기 때문이에요. 하지만 세세한 것들을 기억하려고 하면 머릿속에서 그냥 미끄러져 버리죠."

"그래."

낸시가 마지못해 말한다는 듯한 표정으로 말했다.

"아주 멍청이는 아니네."

"뭐 그럴지도 모르죠. 하지만 감방을 나온 후로 내 손을 거쳐 간 것들을 더 많이 간직할 수 있었으면 좋았을걸 하는 생각이 들어요. 너무나 많은 것들을 받았는데, 그것들을 다시 잃어버렸어요."

"자네가 생각하는 것보다 더 많은 것을 간직했을 거야."

"아니에요."

그들은 주 경계선을 지나 플로리다로 들어섰다. 섀도는 처음으로 야자수를 보았다. 플로리다에 들어왔다는 것을 알 수 있도록 사람들이 일부러 야자수를 주 경계에 심어 놓은 것인지 궁금했다.

낸시가 코를 골기 시작했고 섀도는 그를 건너다보았다. 노인은 아직 잿빛으로 보였고 숨을 헐떡거리고 있었다. 섀도는, 처음 하는 생각은 아니었지만, 낸시가 싸움 중에 가슴이나 폐에 부상을 당한 것이 아닌지 궁금했다. 낸시는 어떠한 치료도 거부했다.

플로리다까지는 섀도가 생각했던 것보다 더 오래 걸렸다. 포트피어스의 외곽, 창에 덧문이 꽉 닫힌 조그만 1층짜리 목조 주택 밖에 차를 댔을 때 날은 이미 저물어 있었다. 마지막 8킬로미터를 운전하는 동안 길 안내를 하던 낸시가 그곳에서 밤을 보내자고 했다.

"전 모텔에서 지내도 돼요. 상관없어요."

"뭐, 그래도 되겠지. 그러면 난 상처를 받을 거야. 분명 아무 말도 하지 않지만 진짜, 아주 상처를 받을 거야. 그러니 여기 머무는 게 좋겠어. 자넬 위해 소파에 잠자리를 만들어 줄게."

낸시가 허리케인 셔터의 자물쇠를 풀고 창문을 당겨 열었다. 집에선 곰팡내와 습기 냄새가 났고 오래전에 죽은 쿠키 귀신이라도 출몰한 듯 조금은 달착지근한 냄새가 났다. 섀도는 내키지 않지만 그곳에서 밤을 지내겠노라고 동의했고, 더욱 내키지 않았지만 환기를 시키는 동안 딱 한 잔만 하기 위해 낸시와 길 끝에 있는 술집까지 함께 가겠다고 동의했다.

"체르노보그는 보았나?"

찌는 듯한 플로리다 밤을 걸으면서 낸시가 물었다. 대기는 윙윙거리는 바퀴벌레들로 들끓고 있었고, 땅에는 딱딱거리며 벌레들이 기어다니고 있었다. 낸시는 엽궐련에 불을 붙이고는 기침을 하고 숨이 막혀서 콜록거렸다. 그래도 그는 계속 담배를 피웠다.

"동굴에서 나와 보니 사라졌더라고요."

"집으로 가고 있을걸. 거기서 자네를 기다리고 있을 거야, 알잖나."

"예."

그들은 침묵 속에 거리 끝까지 걸었다. 술집이라고 하기엔 뭐했지만, 어쨌든 열려 있었다.

"첫 잔은 내가 사겠네."

"딱 한 잔만 하기로 했잖아요, 아시죠?"

"도대체 자네 뭐야? 짠돌이야?"

낸시가 먼저 맥주를 샀고, 섀도는 두 번째 잔을 샀다. 낸시가 술집 종업원에게 노래방 기계를 틀라고 시키는 것을 섀도는 공포에 차서 쳐다보았고, 그러고 나서 그 노인이 「안녕, 내 고양이?」라는 노래를 큰 소리로 부르는 것을 보고는 어리둥절하여 정신없이 쳐다보았다. 뒤이어 그는 낮고 감상적인 목소리로 선율이 아름다운 「오늘 밤 그대 모습」을 불렀다. 노인은 멋진 목소리를 지니고 있었다. 노래가 끝날 무렵 술집에 있던 사람들 몇몇이 환호하며 박수를 보냈다.

바에 앉아 있던 새도에게 돌아왔을 때 낸시는 훨씬 더 밝아 보였다. 눈의 흰자가 맑아졌고 피부에서 보이던 창백한 기운이 사라졌다.

"자네 차례야."

"무슨 말씀이세요?"

그러나 미스터 낸시는 맥주를 더 시켰고 때가 묻은 노래책을 건네주며 새도에게 노래를 고르라고 했다.

"가사를 아는 걸로 하나만 골라."

"재미없어요."

세상이 조금 허우적거리기 시작했으나 새도는 입씨름할 힘을 끌어모을 수 없었고, 낸시는 「날 오해하지 말아요」란 테이프를 집어넣고는 새도를 바 끝에 있는 급조된 스테이지로 말 그대로 밀어붙였다.

새도는 마치 살아 있는 생물인 양 마이크를 그러쥐었다. 음악이 시작되자 쉰 목소리로 첫 소절을 부르기 시작했다. 술집에 있는 누구도 그를 향해 아무것도 집어던지지 않았다. 새도는 기분이 좋아졌다.

"이제 날 이해할 수 있어요?"

그의 목소리는 거칠었으나 멜로디를 탔고, 거친 목소리가 그 노래에 잘 어울렸다.

"난 때론 미칠 것 같아요. 살아 있는 사람들 모두가 항상 천사가 될 수 없다는 것을 모르나요⋯⋯."

부산한 플로리다의 밤에 집으로 돌아가면서 섀도는 여전히 노래를 부르고 있었다. 노인과 젊은이는 비틀거리며 행복해했다.

"난 선한 영혼을 가진 사람이에요."

섀도는 게와 거미들과 바퀴벌레와 도마뱀과 밤에게 노래를 불렀다.

"오! 신이여, 제발 날 오해하지 말아 주세요."

낸시가 섀도를 소파로 안내했다. 소파가 너무 작아서 섀도는 바닥에서 자야겠다고 생각했으나, 생각을 할 무렵에는 이미 조그만 소파에 반쯤 앉고 반은 누운 상태로 깊은 잠에 빠져들었다.

처음엔 꿈을 꾸지 않았다. 안락한 어둠만이 있었다. 그러고 나서 섀도는 어둠 속에 불타고 있는 불을 보았고, 그것을 향해 걸어갔다.

"잘했어."

버펄로 맨이 입술을 움직이지 않고 속삭였다.

"난 내가 뭘 한 건지 몰라요."

"넌 평화를 이루었다. 우리의 말을 듣고 그것을 너의 말로 만들었다. 그들은 자신들이 여기 있는 게 우리에게 맞는 일이기 때문에 여기 있었다는 사실을 이해하지 못했다. 그들이 여기 있었기 때문에 또 자신들을 숭배하던 사람들도 여기 있었던 것이다. 그러나 우린 마음을 바꿀 수도 있다. 그리고 그렇게 할 것이다."

"당신도 신인가요?"

버펄로 머리를 한 남자가 고개를 저었다. 섀도는 한순간, 그가 즐거워한다고 생각했다.

"난 땅이다."

꿈이 더 이어졌지만 섀도는 기억하지 못했다.

무언가 지글지글 끓는 소리가 들렸다. 머리가 아팠고 눈 안쪽이 욱신거렸다.

낸시가 벌써 아침 식사를 준비하고 있었다. 수북한 팬케이크 더미, 지글지글 끓는 베이컨, 완벽한 계란과 커피. 그는 최고의 컨디션인 것처럼 보였다.

"머리가 아파요."

"든든한 아침 식사가 들어가면, 새 사람이 된 것처럼 개운할 거야."

"전 그냥 머리만 다르고, 똑같은 사람으로 느끼고 싶어요."

"먹어."

섀도는 식사를 했다.

"이제 어때?"

"두통은 여전하고, 배만 차서 토할 것 같아요."

"이리 와."

섀도가 잤던 소파 옆에 아프리카 이불로 뒤덮인 트렁크가 있었다. 어두운 색의 나무로 만들어진 것으로, 조그만 해적 상자 같아 보였다. 낸시는 맹꽁이자물쇠를 풀고 뚜껑을 열었다. 트렁크 안에는 여러 개의 상자가 있었다. 낸시는 그것들을 헤집었다.

"이건 허브로 만든 고대 아프리카식의 약이야. 버드나무 껍질로 만들어진 거지. 뭐 그런 것들이야."

"아스피린 같은 건가요?"

"그렇지. 딱 그런 거야."

낸시는 트렁크 바닥에서 값싼 모조 아스피린이 든 커다란 병을 꺼내 뚜껑을 열고 흰 알약 2알을 흔들어 꺼냈다.

"여기."

"트렁크가 멋지네요."

섀도는 쓴 약을 입에 넣고 물과 함께 삼켰다.

"우리 아들이 보내 준 거야. 착한 앤데, 보고 싶은 만큼 못 본다네."

"웬즈데이가 보고 싶어요. 그가 그 모든 일을 저질렀어도, 그래도요. 계속 기다리고 있어요. 하지만 기다려도 보이지 않네요."

섀도는 줄곧 트렁크를 바라보며, 그게 뭔가를 떠올리게 하는지 알아내려 애썼다.

'넌 많은 걸 잃게 될 거야. 하지만 이건 잃지 마.'

그걸 누가 말했지?

"보고 싶어? 자넬 그렇게 고생시켰는데? 우리 모두를 말이야?"

"그래요. 그런 거 같아요. 그가 돌아올 거라고 생각하세요?"

"두 남자가 어떤 사람에게 20달러짜리 바이올린을 1만 달러에 팔려고 사기를 칠 때면 웬즈데이가 혼으로나마 거기로 오겠지, 뭐."

"그래요. 하지만……."

"부엌으로 가자고."

낸시의 표정이 점점 굳어졌다.

"그릇들은 저절로 닦이지 않아."

낸시는 접시와 냄비를 닦았다. 섀도는 그것들을 말리고 제자리에 도로 넣었다. 그러는 와중에 두통이 누그러지기 시작했다. 그들은 거실로 나왔다.

섀도는 낡은 트렁크를 보면서 기억을 짜냈다.

"제가 체르노보그를 보러 가지 않으면 어떻게 되는 건가요?"

"보게 될 거야."

낸시가 무뚝뚝하게 대답했다.

"아마 그가 자넬 찾을지 몰라. 안 그러면 그가 자넬 불러들일 거야. 어떤 식이든, 자넨 그를 보게 될 거야."

섀도는 고개를 끄덕였다. 무언가 앞뒤가 맞기 시작했다. 나무 위의 꿈.

"저기요, 코끼리 머리를 한 신이 있나요?"

"가네샤? 힌두의 신이야. 방해물을 제거하고 여행을 쉽게 만들지. 훌륭한 요리사이기도 해."

섀도는 위를 올려다보았다.

"……그건 트렁크*에 있다. 그게 중요하다는 건 알았지만, 왜 그런지 몰랐어요. 그게 나무 밑동을 뜻하는 거라고 생각했어요. 하지만 그가 말한 건 그게 아니었잖아요. 안 그래요?"

낸시가 얼굴을 찌푸렸다.

"무슨 말을 하는 거야?"

"그건 트렁크야."

맞다. 사실이다. 그러나 섀도는 그게 왜 사실인지는 모른다. 잘 모른다. 하지만 사실인 것은 확실하다.

섀도는 자리에서 일어섰다.

"가야 해요. 죄송해요."

낸시가 눈썹을 치켜 올렸다.

"왜 그렇게 서둘러?"

---

* 가방 트렁크와 차 트렁크와 나무 줄기, 코끼리의 코를 나타내는 다의어.

"왜냐하면 얼음이 녹고 있으니까요."

섀도가 짤막하게 대답했다.

제20장

계절은
봄이다
그리고
염소 발을 가진
풍선 맨이 휘파람을 분다
멀리
그리고
아주 작게
— E. E. 커밍스

섀도는 렌터카를 몰고 천천히 숲을 빠져나왔다. 아침 8시 30분경이
었다. 시속 70킬로미터 이하로 언덕을 내려와, 영원히 떠났다고 확신
한 지 3주 만에 레이크사이드 시로 들어갔다.

섀도는 도시를 관통해 달리면서, 한 생애이기도 했던 지난 몇 주 사
이에 도시가 거의 변하지 않은 것에 놀라고 있었다. 호수로 가는 길
중간쯤에 차를 멈추었다. 그리고 차에서 내렸다.

얼어붙은 호수 위에 얼음낚시 오두막은 이제 없었다. SUV 차도 없
었고, 12개짜리 맥주 팩을 옆에 놓고 낚싯줄을 드리운 채 앉아 있는
사람들도 없었다. 호수는 어두웠다. 눈부시게 흰 눈이 쌓이지도 않았
다. 얼음 표면에는 군데군데 빛을 반사하는 물웅덩이들이 있었다. 얼
음 밑의 물은 검었으며, 얼음은 그 밑의 어둠이 비쳐 보일 정도로 아
주 맑았다. 회색 하늘 아래 언 호수는 황량하게 텅 비어 있었다.

아니, 거의 비어 있었다.

다리 아래 부근의 언 호수 위에 차 한 대가 주차되어 있었다. 누구

라도 마을을 지나치면 보지 않을 수 없을 것이다. 자동차는 더러운 녹색이었다. 사람들이 주차장에 내다 버릴 법한 차, 찾으러 돌아올 가치조차 없어 그저 주차해 놓고 그대로 내버려 두는 차였다. 차에는 엔진이 없었다. 자동차는 호수가 그것을 영원히 삼킬 수 있도록 얼음이 충분히 축축해지고, 부드러워지고, 위험해지기를 기다리는 내기의 상징이었다.

호수로 이르는 짧은 길을 가로질러 체인이 둘러쳐져 있었고, 입구에는 사람이나 차량이 들어오지 못하게 막는 경고 표지판이 있었다. '얇은 얼음'이라고 쓰여 있었다. 그 밑에는 손으로 그린 상형문자가 배열되어 있었고 위에 선이 그어져 있었다. 차도 안 되고, 보행자도 안 되고, 스노모빌도 안 된다. '위험.'

섀도는 경고를 무시하고 둑 아래로 기어 내려갔다. 미끄러웠다. 눈은 이미 녹아서 발밑 땅을 진흙으로 만들어 놓았으며, 갈색 풀은 미끄러웠다. 섀도는 호수를 향해 아래로 미끄러지며 내려가다가 나무 선창에 조심스럽게 발을 내딛었다. 그리고 다시 얼음 위로 발을 내딛었다.

녹은 얼음과 녹은 눈으로 만들어진 얼음 위의 물은 위에서 본 것보다 깊었고, 물 밑의 얼음은 스케이트장보다 미끄러웠다. 섀도는 넘어지지 않고 균형을 잡으려 애썼다. 그러다 물이 튀겼고, 물은 부츠 끈까지 적시며 안으로 새어 들어왔다. 얼음물은 닿는 곳을 마비시켰다. 섀도는 언 호수를 터벅터벅 가로지르면서 이상하게 아득한 느낌을 받았다. 마치 영화에서 제 모습을 보는 것과 같은 느낌이었다. 그가 영웅인, 어쩌면 형사인 영화. 무언가 피할 수 없다는 느낌, 벌어질 일은 모두 저절로 벌어질 것이며 개중에 한순간이라도 자신이 바꿀 수 없다는 느낌이 들었다.

걷기에는 얼음이 이미 많이 녹았다는 사실을 알면서도 아슬아슬하게 클렁커를 향해 걸어갔다. 얼음 밑의 물이 얼지 않은 상태로 최고로 차갑다는 사실을 알고 있었다. 홀로 얼음 위에 서 있자니 매우 위험하게 느껴졌다. 섀도는 계속 걸었고, 비틀거리며 미끄러졌다. 몇 번은 넘어졌다.

얼음 위에 버려진 빈 맥주병과 캔을 지나쳤고 낚시를 위해 얼음 위에 뚫어 놓았으나 다시 얼지는 않은 둥근 구멍을 지났다. 구멍은 검은 물로 채워져 있었다.

클렁커는 도로에서 보았던 것보다 더 멀리 있는 것 같았다. 호수의 남쪽에서 나뭇가지가 부러지는 듯 크게 우지직거리는 소리가 들렸다. 호수 크기만 한 베이스 현이 울리는 것처럼 거대한 것이 퉁기는 소리가 뒤따랐다. 얼음은 잘 열리지 않는 낡은 문을 밀 때처럼 육중하게 삐걱거렸고 그르렁거렸다. 섀도는 아슬아슬하게 균형을 잡으며 계속 걸어갔다.

'이건 자살 행위나 마찬가지야.' 마음 한편에서 제정신을 가진 목소리가 속삭였다. '그냥 놔둘 수 없니?'

"안 돼."

섀도가 큰 소리로 말했다.

"알아야겠어."

섀도는 클렁커에 도달했고, 닿기도 전에 자신이 옳았다는 것을 알 수 있었다. 차 주변에는 독기가 드리워져 있었는데, 무언가 희미하고 더러운 냄새를 풍겼고, 동시에 목구멍에 기분 나쁜 맛이 느껴졌다. 그는 안을 들여다보면서 차 주변을 둘러보았다. 의자들은 때가 묻고 찢어져 있었다. 차는 분명 비어 있었다. 문을 열어 보았다. 잠겨 있었다. 트렁크도 열어 보았다. 마찬가지로 잠겨 있었다.

새도는 쇠지레를 살걸 하고 생각했다.

장갑을 끼고 주먹을 쥐었다. 셋을 세고 나서 운전석 창을 세게 내리쳤다.

손이 아팠으나 유리창은 깨지지 않았다.

몸으로 부딪쳐 볼까 생각했다. 창을 깨고 안으로 들어갈 수 있을 것이다. 젖은 얼음 위에서 미끄러지거나 넘어지지 않는다면 확실했다. 하지만 클렁커에 충격을 가해 얼음이 깨지는 것은 바라지 않았다.

새도는 차를 살펴보았다. 그리고 라디오 안테나에 손을 뻗었다. 안테나는 위아래로 움직이는 것이었으나 10년 전에 내려가기를 멈추고 위로 올라간 상태로 붙박여 있었다. 새도는 안테나를 밑에서부터 부러뜨려 가느다란 끝을 잡았다. 안테나 끝에는 한때 금속 단추가 붙어 있었으나 떨어져 나간 지 오래인 것 같았다. 새도는 손가락에 힘을 주어 안테나 끝을 구부려 고리처럼 만들었다.

그리고 나서 앞창 유리와 고무 사이에 밀어 넣어 문의 기계 장치 깊숙이 쑤셔 박았다. 잠금장치가 걸릴 때까지 기계 장치를 쑤시고 비틀고 움직이고 밀다가 당겼다.

급조된 고리가 허망하게 잠금장치에서 미끄러져 나가는 것이 느껴졌다.

한숨을 쉬었다. 다시 천천히, 좀 더 세심하게 낚기 시작했다. 몸을 움직이자 발밑에서 얼음이 그르렁거리는 소리가 들리는 것 같았다. 천천히…… 그리고…….

마침내 해냈다. 안테나를 잡아당기자 앞문의 잠금장치가 탁 소리를 내며 올라왔다. 섀도는 장갑을 낀 손을 뻗어 문 손잡이를 잡아당겼다. 문은 열리지 않았다.

'막혔군. 얼었어. 그랬을 거야.'

다시 세게 당기자, 갑자기 클렁커의 문이 활짝 열리며 사방으로 얼음이 튀었다.

차 안에는 독기가 더욱 심했다. 썩은 내와 메스꺼운 냄새가 났다. 속이 울렁거렸다.

계기반 아래로 손을 뻗어, 트렁크를 여는 검은 플라스틱 핸들을 발견하고 세게 잡아당겼다.

트렁크 문이 풀리면서 탁 하는 소리가 났다.

섀도는 얼음 위에서 미끄러지고 물을 튀기며 차체를 붙잡고 걸었다.

'그건 트렁크에 있어.'

트렁크는 아주 조금 열려 있었다. 섀도는 손을 뻗어 트렁크를 열었다.

냄새가 심했다. 하지만 다른 상황이었다면 이보다 훨씬 더 심했을 수도 있는 것이다. 트렁크 바닥은 반쯤 녹은 얼음이 2.5센티미터 정도 덮여 있었다. 트렁크에 소녀가 있었다. 때에 찌든 보라색 방한복을 입고 있었는데, 쥐색 머리는 길었으며 입은 다물어져 있었다. 섀도는 푸른색 치아 교정기를 볼 수 없었으나, 입 안에 있다는 것을 알 수 있었다. 추위는 냉장고처럼 신선하게 소녀를 보존했다.

소녀의 눈은 활짝 떠져 있었고, 얼굴은 죽을 때 울고 있었던 것 같은 모습이었으며, 뺨에 얼어붙은 눈물은 아직 녹지 않았다. 장갑은 밝은 녹색이었다.

"내내 여기 있었구나."

섀도가 앨리슨 맥거번의 시체에게 말했다.

"저 다리를 건너는 모든 사람이 널 보았어. 마을을 지나는 모든 사람이 널 보았어. 얼음낚시꾼이 널 매일 지나쳐 걸어갔어. 그런데 아무도 몰랐어."

섀도는 그게 얼마나 어리석은지 깨달았다.

누군가는 알고 있었다. 누군가 소녀를 여기에 둔 것이다.

섀도는 소녀를 끄집어낼 수 있을지 알아보기 위해 트렁크에 손을 뻗었다. 그가 찾아냈다. 그러니 그가 아이를 꺼내주어야 한다. 몸을 기울이면서 차에 무게를 지탱했다. 어쩌면 그 때문이었을 것이다.

그 순간, 앞바퀴 밑 얼음이 그의 움직임 때문에, 어쩌면 그 때문은 아니겠지만 움직이기 시작했다. 차의 앞부분이 호수의 어두운 물속으로 기울었다. 열린 운전석 문을 통해 물이 차 안으로 들이차기 시작했다. 발목에서 물이 튀겼다. 그래도 밟고 있던 얼음은 아직 굳건했다. 섀도는 주위를 둘러보면서 빠져나갈 방법을 궁리했다. 그러나 때는 이미 너무 늦었다. 얼음이 급격하게 기울어지면서 그는 트렁크 안의 죽은 소녀를 향해 내동댕이쳐졌다. 차 뒤편이 아래로 침몰하면서 섀도는 차가운 호수에 빠졌다. 3월 23일 아침 9시 10분이었다.

섀도는 물 속에 잠기기 전, 눈을 감고 깊게 숨을 들이쉬었다. 그러나 호수의 차가운 물 탓에 마치 벽에 부딪는 것처럼 턱 숨이 막혔다.

섀도는 자동차에 이끌려 탁한 얼음물 속으로 곤두박질쳤다.

춥고 어두운 호수 아래 옷과 장갑과 부츠 때문에 몸이 무거워졌다. 몸이 코트에 갇힌 꼴이 되어 상상했던 것보다 훨씬 더 무겁게 하중을 받았다.

여전히 새도는 떨어져 내리고 있었다. 차에서 벗어나려고 애썼으나, 차는 그를 잡아당기고 있었다. 꽝 하는 소리가 귀가 아니라 몸 전체로 들렸다. 차가 호수 밑바닥에 내려앉으면서 왼발이 비틀려 차 밑에 깔렸다. 공포가 그를 사로잡았다.

눈을 떴다.

새도는 그곳이 어둡다는 것을 알고 있었다. 이성적으로는 너무나 어두워 아무것도 볼 수 없다는 것을 알았지만, 그래도 그는 볼 수 있었다. 새도는 모든 것을 볼 수 있었다. 열린 트렁크에서 앨리슨 맥거번의 흰 얼굴이 자신을 응시하고 있는 것도 볼 수 있었다. 다른 차들도 볼 수 있었다. 어둠 속에서 육중한 모습으로 호수 진흙 바닥에 반쯤 묻힌 채 썩어 가는 지난 시절의 클렁커들. '그럼 자동차가 발명되기 이전에는 호수 위로 무엇을 끌고 왔을까?' 새도는 생각했다.

의심의 여지없이, 그는 클렁커들이 트렁크 안에 죽은 아이를 신고 있다는 것을 알 수 있었다. 수십 대의 차가 있었다. 그것들은 얼음 위에, 세상의 눈앞에 추운 겨울 내내 서 있었을 것이다. 겨울이 지났을 때 호수의 차가운 물에 빠졌을 것이다.

여기가 그들이 쉬는 곳이다. 레미 하우탈라와 제시 러뱃과 샌디 올센과 조 밍과 사라 링퀴스트와 그 외 모든 아이들. 적막하고 추운 이 아래……

발을 당겼다. 발은 단단히 박혀 있었고, 폐의 압력이 점점 더 견딜 수 없었다. 귀에는 날카롭고 끔찍한 고통이 밀려왔다. 천천히 숨을 내쉬자 공기가 얼굴 주변에서 거품을 만들었다.

'빨리, 빨리 난 숨을 쉬어야 해. 안 그러면 질식해 죽고 말 거야.'

섀도는 손을 아래로 뻗어 클렁커의 범퍼 주변으로 두 손을 대고 있는 힘껏 몸을 기울여 밀어붙였다. 꿈쩍도 하지 않았다.

'이건 단지 껍데기에 불과해.' 섀도는 스스로에게 되뇌었다. '엔진을 떼 낸 거야. 엔진이 차에서 가장 무거워. 넌 할 수 있어. 계속 밀어.'

섀도는 밀었다.

고통스러울 정도로 천천히, 아주 조금씩 자동차가 진흙 속에서 미끄러졌다. 섀도는 차 밑 진흙에서 발을 빼내 차가운 호수 위로 올라가려 했으나 움직이지 않았다. '코트.' 그가 혼잣말을 했다. '코트 때문이야. 무언가에 걸렸어.' 섀도는 코트에서 팔을 빼내고 마비된 손가락으로 얼어 버린 지퍼를 더듬었다. 양손으로 지퍼의 양쪽을 당기자 코트가 벗겨지며 찢어지는 것이 느껴졌다. 섀도는 서둘러 옷에서 벗어나, 자동차에서 멀어져 물 위를 향해 올라갔다.

감각은 있었으나 위나 아래라는 감각이 없었다. 숨이 막혔고, 가슴과 머리의 통증이 참을 수 없을 정도로 심해졌다. 그리하여 그는 숨을 들이쉬어야 한다는 것을, 차가운 물 속에서 숨을 쉬어야 한다는 것을, 죽을 수밖에 없다는 것을 확신했다. 그때 머리에 무언가 단단한 것이 부딪혔다.

얼음. 그는 호수 꼭대기의 얼음을 밀고 있었다. 주먹으로 얼음을 쳤지만 팔에 남아 있는 힘이 없었다. 매달릴 것도, 밀어 볼 것도 없었다. 세상이 호수 아래서 냉기로 녹아내리고 있었다. 오로지 추위 외엔 아무엇도 남은 게 없었다.

'이거 참 웃기는군.' 어렸을 때 보았던 토니 커티스의 옛 영화가 생각났다. '난 몸을 굴려 위로 얼음을 밀고 얼굴을 내밀어 공기를 찾아야 해. 다시 숨 쉴 수 있어. 어딘가에 공기가 있을 거야.' 하지만 섀도는 둥둥 떠서 얼어 가고 있었으며, 목숨이 걸린 상황이 아니었다면 꼼짝도 할 수 없었을 것이었다. 그러나 이건 목숨이 달린 일이었다.

추위는 점점 익숙해졌다. 따뜻해졌다. '난 죽어 가고 있어.' 이번에는 화가 났다. 깊은 분노였다. 섀도는 고통과 분노를 받아들이고 다시는 움직일 것 같지 않았던 근육으로 얼음을 치고 밀었다.

손으로 얼음을 밀었다. 얼음 덩어리의 언저리를 긁다가 손이 물 밖으로 빠져나가는 것을 느꼈다. 뭐라도 움켜잡으려고 허우적거리는 와중 어떤 손이 섀도를 잡아당겼다.

머리가 얼음을 쳤고, 얼굴은 얼음의 밑바닥을 긁었다. 그러다가 머리가 공기 중으로 올라갔고, 섀도는 얼음 구멍을 통해 밖으로 나오는 자신의 모습을 볼 수 있었다. 한동안 오로지 숨쉬는 것밖에 할 수 없었다. 검은 물이 코와 입을 통해 빠져나왔고, 햇빛과 어스름한 형태 이외에 아무것도 볼 수 없던 눈을 깜빡거렸다. 지금 누군가 그를 물 위로 끌어당기고 있다. 남자는 얼어 죽을 것이라고 소리 지르며 당기라고 말했고, 섀도는 물개가 물 밖으로 나오듯 꿈틀거리고 흔들리고 기침하며 부르르 떨었다.

섀도는 숨을 깊게 들이쉬며 삐걱거리는 얼음 위에 드러누웠다. 이러한 상태로 오래 버티지 못할 것이라는 사실을 알았지만 속수무책이었다. 사고는 어렵게, 끈적끈적한 당밀처럼 느릿느릿 이루어지고 있었다.

"그냥 놔둬요. 괜찮아요."

그러나 섀도의 말은 알아들을 수 없는 웅얼거림이었다. 모든 것이 '정지 상태'로 다가가고 있었다.

섀도는 잠시 쉬어야 했다. 그게 전부였다. 좀 쉬면 다시 일어나서 움직일 것이다. 영원히 누워 있을 수는 없는 노릇이다.

몸이 움직였다. 얼굴로 물이 튀겼다. 머리가 일으켜졌다. 섀도는 자신이 얼음판의 미끈미끈한 표면에 등을 대고 끌려가는 것을 느꼈다. 저항하고 싶었다. 그저 좀 쉬어야 한다고 설명하고 싶었다. 잠 좀 자고 싶다는 것이 그렇게 큰 요구일까? 섀도는 괜찮아질 것이다. 이대로 좀 내버려 두었으면.

섀도는 자신이 잠이 들었다고 생각하지 않았다. 그러나 그는 거대한 평원에 서 있었다. 버펄로의 머리와 어깨를 가진 남자와 거대한 콘도르 머리를 가진 여자가 있었고, 위스키 잭이 그들 사이에 서서 서글프게 그를 바라보며 고개를 젓고 있었다.

위스키 잭이 돌아서서 천천히 섀도로부터 멀어져 갔다. 버펄로 맨이 그의 옆에서 걷다가 점점 멀어졌다. 천둥새 여자 역시 걷다가 몸을 숙이고 발을 차며 하늘로 날아올랐다.

섀도는 상실감을 느꼈다. 그들을 부르고 싶었고, 함께 가자고 애원하고 싶었고, 자신을 포기하지 말라고 애원하고 싶었다. 그러나 모든 것이 형태를 잃고 모양을 잃고 있었다. 그들이 사라졌고, 평원은 사그라지고, 모든 것이 공허가 되었다.

고통은 강렬했다. 몸의 모든 세포가, 모든 신경이 녹아내리고 깨어

나면서 그를 불태우고 상처를 주어 자신의 존재를 알리려 하는 것 같았다.

어떤 손이 머리 뒤쪽을 잡고 있었고 또 다른 손이 가슴 밑에 있었다. 섀도는 자신이 병원에 있으리라 생각하면서 눈을 떴다.

발은 맨발이었다. 청바지를 입고 있었다. 허리 위쪽으로 옷이 벗겨져 있었다. 공기에 증기가 서려 있었다. 섀도가 마주 보는 벽에는 면도 거울과 조그만 세면대 그리고 군데군데 치약이 묻은 유리컵에 든 푸른 칫솔을 볼 수 있었다.

정보는 천천히, 한 번에 하나씩 처리되었다.

손가락이 타는 듯 아팠다. 발가락도 마찬가지였다.

섀도는 고통으로 신음하기 시작했다.

"이제 괜찮아, 마이크. 괜찮아."

아는 목소리가 들렸다.

"뭐라고요? 어떻게 된 거죠?"

그 소리는 그의 귀에 힘겹고 이상하게 들렸다.

섀도는 욕조에 있었다. 물이 뜨거웠다. 확신할 수는 없었지만, 물이 뜨겁다고 생각했다. 물이 목까지 올라와 있었다.

"얼어 죽을 것 같은 사람을 불가로 갖다 놓는 것만큼 바보 같은 짓은 없어. 그 다음으로 멍청한 짓은 이불로 그 사람을 싸는 거야. 특히 젖은 옷을 입고 있을 때 말이야. 이불은 사람을 절연시키거든. 추위에서 못 빠져나오게 하는 거야. 세 번째로 멍청한 것은, 이건 개인적 의견인데, 그 사람의 피를 빼내고 그걸 데워서 다시 넣는 거야. 그게 요즘 의사들이 하는 짓이지. 복잡하고 비싼 거야. 바보 같고."

목소리는 섀도의 머리 뒤쪽에서 들렸다.

"가장 똑똑하고 빠른 것은 수백 년 동안 선원들이 선상에서 써 온 방법이라네. 더운 물에 넣는 거야. 너무 뜨거운 물 말고 따끈한 물. 알겠지? 자넬 얼음 위에서 발견했을 때는 사실상 죽은 것이나 다름없었어. 지금은 어때, 후디니?"

"아파요, 모든 게 다 아파요. 당신이 내 목숨을 살려 줬어요."

"그렇게 말한다면, 뭐. 고개를 혼자 들 수 있겠나?"

"어쩌면요."

"자넬 놓을게. 물 밑으로 가라앉으면 다시 꺼내 줄게."

머리를 잡은 손이 풀렸다.

섀도는 몸이 앞으로 미끄러지는 것을 느꼈다. 손을 빼내 욕조 옆부분을 쥐고 몸을 뒤로 기댔다. 욕실은 작았다. 욕조는 금속으로 된 것인데, 표면에 입힌 에나멜은 때가 묻고 긁혀 있었다.

노인은 조용했다. 걱정하는 것 같았다.

"괜찮나? 그냥 기대서 쉬어. 방은 따뜻하고 깨끗하게 준비해 놨어. 준비되면 말하게. 입을 옷도 줄게. 그리고 청바지는 다른 옷과 함께 건조기에 돌리면 돼. 괜찮지, 마이크?"

"그건 내 이름이 아니에요."

"그렇다면 그런 거겠지 뭐."

힌젤만의 도깨비 같은 얼굴이 불편한 심기를 드러내듯 일그러졌다.

섀도는 현실적인 시간 개념이 없었다. 손가락과 발가락을 편하게 구부릴 수 있을 때까지 욕조에 누워 있었다. 힌젤만은 섀도를 일으켜 세우고 따뜻한 물을 부었다. 섀도는 욕조의 한쪽에 앉았고, 둘은 함께 그의 청바지를 벗겼다.

　새도는 자신에게 너무 작은 가운을 그런대로 입고 노인에게 기대어 방으로 가서 오래된 소파에 풀썩 주저앉았다. 지치고 피곤했다. 아주 피곤했다. 그러나 살아 있었다. 통나무가 벽난로에서 타고 있었다. 당황한 표정을 한 사슴 머리 몇 개가 벽에서 먼지를 뒤집어쓴 채 내려다보고 있었다. 그곳에는 사슴뿐만 아니라 유약을 바른 물고기 몇 마리도 공간을 함께 차지하고 있었다.

　힌젤만이 새도의 청바지를 가지고 나갔다. 새도는 옆방에서 건조기가 덜거덕거리다가 잠시 멈추고 다시 돌아가는 소리를 들을 수 있었다. 노인은 김이 나는 머그잔을 가지고 돌아왔다.

　"커피야. 마시면 정신이 좀 들 거야. 술을 조금 넣었어. 아주 조금. 옛날에는 다 그렇게 했어. 의사가 권하는 건 아니야."

　새도는 두 손으로 커피를 받았다. 머그잔 한쪽에는 모기 그림과 문구가 있었다. '피를 줘. 위스콘신으로 오세요!'

　"고마워요."

　"친구 좋다는 게 뭔가. 어느 날 자네가 내 목숨을 구해 줄 수 있을 거야. 지금은 그냥 잊어."

　새도는 커피를 마셨다.

　"전 제가 죽은 줄 알았어요."

　"자넨 운이 좋았어. 난 다리 위에 있었지. 오늘이 그날일 거라고 생각했어. 내 나이가 되면 감이라는 것이 있거든. 낡은 회중시계를 가지고 거기 서 있었는데, 자네가 호수로 들어가는 것을 보았어. 내가 소리쳤지만, 자네는 못 들었을 거야. 자동차가 빠지는 것을 보았고, 자네도 함께 빠지는 것을 보았지. 자네가 죽겠구나 싶었지. 그래서 얼음 위로 갔다네. 안절부절못했지. 자넨 아마 2분은 물속에 잠겨 있었을 거야. 그리고 차가 빠진 곳에서 머리가 솟아오르는 것을 보았지. 귀신을 보는 것 같았는데, 자네가 거기서……."

힌젤만이 말꼬리를 흐렸다.

"내가 자넬 끄집어낼 때 얼음이 몸무게를 지탱해 준 게 천만다행이야."

섀도가 고개를 끄덕였다.

"아저씨, 잘하셨어요."

노인은 도깨비 같은 얼굴에 미소를 띠었다.

집 안 어디에선가 문이 닫히는 소리가 들렸다. 섀도는 커피를 마셨다.

지금은 명료하게 생각할 수 있었으므로, 섀도는 스스로에게 질문을 던지기 시작했다.

어떻게 노인이, 자기 키의 반만 하고 몸무게는 3분의 1밖에 되지 않을 노인이, 정신이 나가 퍼진 자신을 끌고 얼음을 가로질러 올 수 있었는지, 또 둑에서 자신을 일으켜 세워 차에 태울 수 있었는지 의아했다. 섀도는 힌젤만이 어떻게 자신을 집 안으로, 그리고 욕조로 데리고 왔을지 궁금했다.

힌젤만은 불가로 가서 부젓가락을 들고, 타오르고 있는 불에 조심스럽게 가는 통나무를 집어넣었다.

"제가 그 얼음 위에서 뭘 하고 있었는지 알고 싶으세요?"

힌젤만이 어깨를 으쓱했다.

"내가 상관할 바가 아니지."

"제가 이해할 수 없는 건······. 왜 당신이 날 구해 주었는지 모르겠어요."

"음, 사람이 곤경에 처했으면, 우리가 배운 바······."

"아뇨, 그 말이 아니고요. 내 말은, 당신이 그 모든 아이들을 죽였잖아요, 매해 겨울에. 난 그걸 알아낸 유일한 사람이에요. 당신은 내가 트렁크 여는 것을 틀림없이 보았을 거예요. 왜 빠져 죽게 내버려 두지 않았냐고요?"

힌젤만은 고개를 한쪽으로 갸웃했다. 그는 생각에 잠겨 코를 긁적이고 몸을 앞뒤로 흔들었다.

"음, 좋은 질문이야. 그건 내가 빚을 좀 졌기 때문이야. 그리고 난 빚은 반드시 갚거든."

"웬즈데이한테요?"

"맞아."

"날 레이크사이드에 숨긴 이유가 있었군요, 안 그래요? 아무도 내가 여기 있는 걸 찾지 못한 데는 이유가 있었어요."

힌젤만은 아무 말도 하지 않았다. 그는 벽에 걸려 있던 검고 무거운 부지깽이를 꺼내 불을 쑤셨다. 그러자 주황색 불꽃과 연기 구름이 일었다.

"여긴 내 집이야."

노인이 앵돌아져 말했다.

"여긴 좋은 마을이야."

섀도는 커피를 다 마시고 컵을 바닥에 내려놓았다. 기운이 빠지고 있었다.

"여기 얼마나 계셨던 건가요?"

"아주 오래 있었어."

"그럼 당신이 호수를 만든 거예요?"

힌젤만이 놀라서 곁눈질로 섀도를 보았다.

"그래, 내가 호수를 만들었어. 내가 여기 왔을 때 사람들이 호수라고 부르고 있었던 건 조그만 샘과 물방아용 저수지와 시내에 불과했어."

힌젤만은 잠시 말을 멈추었다.

"이 나라는 우리 같은 자들에게는 지옥이라는 걸 알았지. 우리를 잡아먹는단 말이야. 난 잡아먹히고 싶지 않았어. 그래서 거래를 한 거야. 난 그들에게 호수를 주고, 그들에게 번영을 주고……."

"그리고 그 대가가 매년 아이 1명씩이었고요."

"착한 아이들이었어."

힌젤만이 천천히 고개를 저으면서 말했다.

"그 아이들은 다 착한 아이들이었어. 내가 좋아하는 애들만 골랐지. 찰리 넬리건만 빼고. 그 애는 나쁜 종자였어. 그 애는, 1924년? 1925년이었던가? 그래, 그건 거래였어."

"마을 사람들은요? 마벨, 마게리트, 채드 멀리건. 그들도 알아요?"

힌젤만은 아무 말도 하지 않았다. 그는 불 속에서 부지깽이를 꺼냈다. 끝이 탁한 주황색으로 빛났다. 부지깽이의 손잡이는 너무 뜨거워 잡기 힘들었겠지만, 힌젤만에게는 문제가 되지 않는 것 같았다. 그는 다시 불을 쑤석거린 다음 부지깽이를 불 속에 도로 집어넣었다.

"그 사람들은 좋은 곳에서 살고 있다는 걸 알아. 반면에 이 나라의 모든 마을과 도시가, 제길, 특히 우리 마을 빼고 이쪽 지역에서는 말

398

이지, 다들 점점 황폐해지고 있어. 그 사람들은 그런 사실을 잘 알고 있어."

"그렇다면 그게 당신 때문이란 말이죠?"

"난 이 마을을 사랑해. 여기선 내가 원하지 않는 일은 아무것도 일어나지 않아. 알겠나? 내가 원하지 않는 자는 아무도 여기 오지 못한다고. 그래서 자네 아버지가 자넬 여기로 보낸 거야. 그는 자네가 세상에 방치되어 사람들의 이목을 끄는 걸 바라지 않았어. 그게 다야."

"당신은 그를 배신했어요."

"난 그런 짓 한 적 없어. 그는 사기꾼이야. 하지만 난 언제나 내가 진 빚을 갚아."

"못 믿겠어요."

힌젤만은 기분이 상한 듯했다. 한 손으로 관자놀이께 흰 머리카락들을 잡아당겼다.

"난 약속을 지킨다네."

"아뇨, 그렇지 않아요. 로라가 여기 왔었어요. 무언가 자신을 여기로 부른다고 말했어요. 샘 블랙 크로와 오드리 버튼을 같은 날 밤에 여기로 불러온 건 우연인가요? 난 우연의 일치 따윈 믿지 않아요.

샘 블랙 크로와 오드리 버튼. 둘 다 진짜 내가 누군지 아는 사람이에요. 게다가 날 찾고 있던 사람들도 있었어요. 그중 하나가 실패하면 반드시 다른 사람이 있게 마련이라고요. 그들 모두가 실패하면 누가 레이크사이드로 오겠어요? 옛 감방 간수가 일주일간 얼음낚시라도 하려고 여기로 오겠어요? 로라의 엄마가 오겠어요?"

섀도는 힌젤만이 화가 나 있다는 것을 알 수 있었다.

"당신은 내가 마을에서 사라지길 바랐어요. 웬즈데이에게 당신이 그런 일을 꾸미고 있다는 걸 들키고 싶지 않았겠죠."

불빛 속에서 힌젤만은 도깨비라기보단 가고일 같아 보였다.

"여긴 좋은 마을이야."

웃음을 잃은 그의 얼굴은 생기가 없었고 시체처럼 보였다.

"자넨 너무 많이 이목을 끌 사람이었어. 우리 마을에는 좋지 않았어."

"당신은 얼음 속에 날 그냥 내버려 뒀어야 했어요. 호수 안에 놔뒀어야 했다고요. 내가 클렁커의 트렁크를 열었어요. 앨리슨은 아직도 트렁크에 얼어붙어 있어요. 하지만 얼음은 녹을 거고, 시체가 수면으로 떠 오를 거예요. 그러면 사람들이 볼 거고, 그럼 뭘 찾아내겠어요? 아이들을 숨겨 놓은 당신의 은닉처를 찾아내겠죠. 어떤 시체는 꽤 잘 보존되어 있을 거예요."

힌젤만이 손을 뻗어 부지깽이를 들었다. 더이상 그것으로 불을 쑤시는 척하지 않았다. 검이나 곤봉처럼 그것을 붙잡고 있었고, 백황색으로 타고 있는 끝 부분이 허공에서 흔들거렸다. 연기가 났다. 섀도는 자신이 벌거벗은 것이나 마찬가지라는 사실을 잘 알고 있었다. 또한 여전히 지치고 둔감한 상태라 스스로를 방어하기엔 역부족이라는 것도 알았다.

"날 죽이고 싶어요? 해 보세요. 죽이라고요. 난 어쨌든 죽은 놈이나 다름없으니까요. 난 당신이 이 마을을 소유하고 있다는 것을 알아요. 당신의 작은 세상이죠. 하지만 아무도 날 찾으러 오지 않을 거라고 생각한다면, 당신은 꿈속에서 헤매는 거나 마찬가지예요. 다 끝났어요, 힌젤만. 어떤 식이건 다 끝났다고요."

힌젤만은 부지깽이를 지팡이처럼 이용해 몸을 일으켜 세웠다. 빨갛게 달아오른 끄트머리가 닿은 곳에서 카펫이 까맣게 타며 연기를 뿜었다. 힌젤만은 섀도를 보았다. 옅은 푸른 눈엔 눈물이 고였다.

"난 이 마을을 사랑해. 난 괴짜 노인네인 것이 좋고, 내 이야기를 들려주고, 테시를 몰고, 얼음낚시 하는 걸 좋아해. 자네한테 말한 거 기억나지? 낚시를 끝내고 나서 집으로 가져오는 건 물고기가 아니라고 했던 말. 그건 마음의 평화라고."

힌젤만은 부지깽이 끝을 섀도를 향해 뻗었다. 섀도는 30센티미터 떨어진 곳에서도 그 열기를 느낄 수 있었다.

"자넬 죽일 수도 있었어. 난 할 수 있었어. 전에도 해 봤으니까. 자네가 처음으로 알아낸 게 아니야. 채드 멀리건의 아버지도 알아냈어. 일을 꾸며 그를 처치했지. 자네도 처치할 수 있어."

"그럴 수도 있겠죠. 하지만 얼마나 더 오래가겠어요? 1년 더? 10년 더? 컴퓨터가 있어요. 사람들은 어리석지 않다고요. 사람들이 패턴을 찾아낼 거예요. 매년 어린아이가 사라지니까요. 조만간 냄새를 맡을 거예요. 저들이 날 찾아낼 것처럼요. 말해 봐요. 도대체 지금 몇 살이죠?"

섀도는 소파 쿠션에 손가락을 말아 머리 위로 끌어당길 준비를 했다. 그것이 첫 번째 타격을 비껴가게 할 것이다.

힌젤만의 얼굴은 무표정했다.

"로마인들이 검은 숲에 오기 전에는 자식들을 나한테 바쳤네. 난 코볼트가 되기 전에 신이었어."

"이제 변할 때가 된 것 같군요."

섀도는 코볼트가 무엇인지 궁금했다.

힌젤만이 그를 응시했다. 그런 후 부지깽이를 집어들고 다시 그 끝을 벌건 잔불에 쑤셔 넣었다.

"어쩌면 그럴지도 모르지. 하지만 그게 그렇게 간단하지 않아. 내가 이 마을을 떠날 수 있을 거라고 생각하는 이유가 뭔가? 설령 내가 원한다 하더라도 말이지. 난 이 마을의 일부야. 자네가 날 떠나게 만들 거야, 섀도? 날 죽일 준비가 됐어? 내가 떠나도록?"

섀도는 바닥을 내려다보았다. 카펫에는 부지깽이 끄트머리가 닿은 부분에 아직 반짝거리는 불꽃이 남아 있었다. 힌젤만이 그걸 쳐다보고 발로 비벼 불을 껐다. 섀도의 마음속에, 초대받지 않은 수백 명의 아이들이 나타나 눈먼 눈으로 그를 응시했다. 그들의 머리는 해초처럼 얼굴 주변에서 천천히 꼬이며 흔들리고 있었다. 그들은 꾸짖듯 섀도를 바라보고 있었다.

섀도는 자신이 그 아이들을 실망시키고 있다는 것은 알고 있었다. 무엇을 해야 할지 모를 뿐이다.

"난 당신을 죽일 수 없어요. 당신은 내 생명을 구해 주었잖아요."

섀도는 고개를 저었다. 자신이 바보 같았다. 모든 면에서 바보 같았다. 스스로가 영웅이나 형사라기보다는 어둠에 대고 가혹한 손가락을 흔들고 나서 등을 돌리는 또 다른 배신자 같았다.

"비밀을 알고 싶은가?"

"예."

섀도가 무거운 가슴으로 말했다. 그는 비밀을 끝낼 준비가 되었다.

"이걸 보게."

힌젤만이 서 있던 곳에 5살이 넘지 않아 보이는 남자아이가 서 있었다. 아이의 머리는 길고 어두운 갈색이었다. 목둘레에 닳아빠진 가죽 띠만 빼고 완전히 벌거벗은 채였다. 아이는 2개의 검에 찔려 있었는데, 하나는 가슴을 관통하고 있었고 나머지는 어깨를 관통해 흉곽 밑으로 칼끝이 나와 있었다. 상처에서 피가 끊임없이 쏟아져 아이의 몸을 타고 흘러 바닥에 흥건한 웅덩이를 이루었다. 검은 상상할 수 없을 정도로 낡아 보였다.

아이는 고통만을 간직한 눈으로 섀도를 올려다보았다.

섀도는 생각했다. '물론이지. 부족의 신을 만드는 아주 좋은 방법이야.' 말을 들어 볼 필요도 없었다. 섀도는 알고 있었다.

아이를 받아 어둠 속에서 길러, 아무도 볼 수 없도록 하고, 아무도 만지지 못하게 하라. 마을의 다른 아이들보다 더 잘 키워서, 겨울이 5번 지나면 밤이 가장 긴 날, 겁먹은 아이를 오두막에서 횃불로 데려가라. 그리고 쇠칼과 청동 칼로 아이를 찔러라. 그런 다음 작은 몸이 잘 마를 때까지 숯불에 그슬린다. 탄 몸을 가죽에 싸서 검은 숲 깊은 곳에 있는 야영지 이곳저곳을 돌면서 그것을 위해 동물들과 아이들을 희생해 바치고, 그것을 부족의 부적으로 만든다. 마침내 세월에 낡아 바스러지기 시작하면, 그 약한 뼈를 상자에 넣어 그 상자를 숭배한다. 어느 날 그 뼈들이 흩어져 잊힐 때까지. 그리고 상자의 아이 신을 숭배하는 종족들이 사라질 때까지. 마을의 부적인 아이 신은 기껏 귀신이나 브라우니*, 즉 코볼트로 기억될 뿐 그 존재는 잊힐 것이다.

섀도는 150년 전에 북 위스콘신으로 왔던 사람들 중 힌젤만이 누

---

* 스코틀랜드 전설에서 밤에 나타나 몰래 농가의 일을 도와준다는 작은 요정.

구의 머릿속에 자리를 잡고 함께 대서양을 건너왔을지 생각해 보았다. 벌목꾼? 아니면 지도 제작자?

그때 피 흘리는 아이가 사라졌고, 피도 사라졌고, 그저 흰머리에 도깨비 웃음을 띤 늙은 노인이 새도를 욕조에 집어넣느라 젖었던 소매가 아직 마르지 않은 상태로 서 있었다.

"힌젤만?"

문간에서 목소리가 들렸다.

힌젤만이 몸을 돌렸다. 새도도 고개를 돌렸다.

"말씀드리러 왔어요."

채드 멀리건이었다. 그의 목소리는 긴장되어 있었다.

"클렁커가 호수로 빠졌다고요. 그쪽으로 운전해 가다가 가라앉는 걸 봤어요. 그래서 이리로 와서 말씀드려야겠다고 생각했어요, 당신이 모르실까 봐."

채드는 총을 들고 있었다. 총구는 바닥을 향하고 있었다.

"안녕하세요, 채드."

새도가 인사했다.

"어이, 친구. 자네가 감호 기간 중 죽었다고 문서가 왔던데. 심장 마비로."

"그래요? 마치 난 사방에서 죽고 있는 것 같네요."

"저자가 여기로 와서 나를 협박했어, 채드."

"아뇨, 그렇지 않습니다. 전 여기 온 지 10분이나 됐어요. 당신이 말하는 걸 전부 들었어요. 우리 아버지에 대해서도. 호수에 대해서도."

채드는 방으로 더 깊숙이 들어왔다. 그는 총을 들어 올리지 않았다.

"아니, 이건 정말! 힌젤만. 이 마을에서 차를 몰 때면 저 염병할 호수를 보지 않을 수 없었겠죠. 호수는 사방에서 보인다고요. 도대체 내가 어쩌길 바라요?"

"자넨 저자를 체포해야 해. 날 죽인다고 했어."

먼지 앉은 방에서 겁먹은 노인 힌젤만이 말했다.

"채드, 자네가 와서 다행이야."

"아뇨, 아니에요."

힌젤만이 한숨을 쉬었다. 그는 포기한 듯 몸을 굽히고 불에서 부지깽이를 꺼냈다. 부지깽이 끝이 밝은 주황색으로 타오르고 있었다.

"그거 내려놔요, 힌젤만. 그냥 천천히 내려놓고, 두 손을 내가 볼 수 있도록 위로 올려요. 그리고 돌아서서 벽을 바라봐요."

노인의 얼굴에는 공포가 서렸다. 섀도는 그를 안타깝게 생각했을 수도 있었으나, 앨리슨 맥거번의 뺨에 얼어붙은 눈물을 떠올리고는 아무 감정도 느낄 수 없었다. 힌젤만은 움직이지 않았다. 그는 부지깽이를 내려놓지 않았고, 벽으로 돌아서지도 않았다. 섀도는 힌젤만에게서 부지깽이를 빼앗으려 손을 뻗었다. 그때 노인이 불타는 부지깽이를 채드 멀리건에게 던졌다.

그러나 엉거주춤 던지고 말았다. 던진다는 행위를 위해서 던지듯 방 안을 가로질러 맥없이 던졌다. 힌젤만은 그와 동시에 문을 향해 재빨리 달아나고 있었다.

부지깽이는 채드의 왼팔을 비껴갔다.

비좁은 노인의 방에서 총소리가 귀를 멀게 할 것처럼 크게 울렸다. 머리에 한 방, 그것으로 끝이었다.

"옷을 입는 게 좋겠어."

채드의 목소리는 둔감하고 메말라 있었다.

섀도는 고개를 끄덕였다. 그는 옆방으로 가서 옷 건조기의 뚜껑을 열고 옷을 꺼냈다. 청바지는 아직 젖어 있었으나 그냥 입었다. 호수 아래 차가운 진흙탕 어딘가에 있을 코트와 찾을 수 없었던 부츠를 빼고 나머지 옷을 다 입고 방으로 돌아갔을 때쯤, 채드는 불이 붙은 통나무 몇 개를 벽난로에서 끄집어내고 있었다.

"살인을 은폐하기 위해서 방화를 저질러야만 하는 경찰이라니, 참 재수 없는 날이군."

채드는 섀도를 올려다보았다.

"자네, 부츠 신어야 될 텐데."

"힌젤만이 어디에 두었는지 모르겠어요."

"제길, 이러는 거 미안해요, 힌젤만."

채드는 노인의 옷깃과 벨트를 잡아 일으켜 세우고 앞으로 돌려 시신을 머리부터 벽난로에 집어 던졌다. 흰머리가 우지직거리며 너울거렸고, 살 타는 냄새가 방 안을 메우기 시작했다.

"이건 살인이 아니었어요. 정당방위였어요."

"나도 알아."

채드가 무뚝뚝하게 말했다. 그는 이미 방 안 여기저기에 통나무를 던져 놓고는 연기를 내며 타는 모습에 주의를 기울이고 있었다. 소파 한쪽에 통나무를 밀어 넣고 오래된 《레이크사이드》 1부를 구겨서 통나무에 집어던졌다. 신문이 갈색으로 타면서 불꽃을 일으켰다.

"밖으로 나가세."

채드는 집 밖으로 걸어 나가면서 창을 열었고, 문이 잠기도록 닫기 전에 앞문의 자물쇠를 퉁겼다.

섀도는 그를 따라 맨발로 경찰차로 향했다. 채드는 조수석 문을 열었고, 섀도는 차에 올라 매트에 발을 닦았다. 그런 후 양말을 신었다. 양말은 꽤 마른 상태였다.

"헤닝스 마트에서 부츠를 사지, 뭐."

채드 멀리건이 말했다.

"안에서 얼마나 들었어요?"

"충분히……. 너무 많이."

그들은 헤닝스 마트를 향해 침묵 속에 차를 몰았다. 도착했을 때 경찰서장이 말했다.

"사이즈가 얼마지?"

섀도가 대답했다.

채드가 가게 안으로 들어갔다. 그는 두꺼운 울 양말과 농부용 가죽 부츠 한 켤레를 사서 돌아왔다.

"자네 사이즈는 이것밖에 없더군. 고무장화만 빼고는. 고무장화를 신고 싶진 않겠지."

섀도는 양말과 부츠를 신었다. 잘 맞았다.

"고마워요."

"차 있나?"

"호수 옆 도로에 주차해 놨어요. 다리 근처요."

채드가 시동을 걸고 헤닝스 마트의 주차장을 빠져나왔다.

"오드리는 어떻게 되었어요?"

"자네가 실려 간 다음 날, 날 친구로서 좋아한다고 말하더군. 어쨌든 우리는 친척인 데다 뭐, 여러 가지로 안 될 일이었지. 그래서 이글 포인트로 돌아갔어. 젠장, 내 마음을 헤집어 놓고 가 버린 거지."

"말 되네요. 아니, 개인적인 감정이 아니고요. 힌젤만은 더 오드리가 필요하지 않았거든요."

그들은 힌젤만의 집으로 돌아갔다. 두텁고 흰 연기 기둥이 굴뚝에서 솟아오르고 있었다.

"오드리가 이곳에 온 건 힌젤만이 필요로 했기 때문이에요. 그녀는 나를 이 마을에서 쫓아내기 위한 도구에 불과했어요. 난 사람들의 주목을 끌고 있었고, 힌젤만은 그걸 싫어했거든요."

"오드리가 날 좋아하는 줄 알았어."

그들은 섀도의 렌터카 옆에 차를 댔다.

"이제 어떻게 할 거예요?"

"모르겠어."

평상시 늘 피곤해 보이는 채드의 얼굴은 힌젤만의 방에서 나온 이래 점점 생기를 띠기 시작했다. 그러면서 더욱 곤란한 표정이기도 했다.

"나한텐 두어 가지 선택권이 있는 것 같군. 음, 한 가지는……."

그러고는 손가락으로 총 모양을 만든 후 손가락 끝을 자신의 입 안에 넣었다가 빼냈다.

"……머리에 총알을 박든가, 아니면 얼음이 거의 다 녹을 때까지 며칠 더 기다려서 벽돌 하나를 묶고 다리에서 뛰어내리든가. 아니면 약을 먹든가, 쳇. 어쩌면 한동안 멀리 차를 몰고 다니다가 숲속으로 가든가. 거기서 약을 먹지, 뭐. 동료가 뒤처리를 하게 하고 싶진 않아. 나라를 위해 남겨 두지, 그게 안 낫겠어?"

채드가 한숨을 쉬고 고개를 저었다.

"당신은 힌젤만을 죽이지 않았어요, 채드. 그는 오래전에 죽었어요, 여기서 먼 곳에서."

"그렇게 말해 줘서 고맙네, 마이크. 하지만 내가 죽였어. 내가 총을 쏴서 그가 피를 흘렸고, 난 그걸 은폐했어. 왜 그랬냐고 묻는다면, 진짜 왜 그랬냐고 묻는다면, 나도 모르겠어."

섀도는 손을 뻗어 채드의 팔을 잡았다.

"힌젤만은 이 마을을 소유하고 있었어요. 거기서 일어난 일에 대해 당신은 선택의 여지가 없었어요. 그가 당신을 거기로 부른 거라고요. 당신이 그의 얘기를 들은 건 힌젤만이 바라던 바였어요. 힌젤만이 일을 꾸민 거라고요. 그게 그가 떠날 수 있는 유일한 방법이었을 거예요."

채드의 비참한 표정은 풀리지 않았다. 그는 섀도의 말을 거의 듣지 않고 있었다. 채드는 힌젤만을 죽이고 그를 위해 화장 장작더미를 세우고, 이제 힌젤만의 마지막 소원에 따르려, 혹은 그게 자존심을 지킬 수 있는 유일한 길이기 때문에 자살하려 한다.

섀도는 눈을 감고, 웬즈데이가 자신에게 눈을 만들라고 시켰을 때 머릿속에서 닿았던 곳을 다시 떠올리려 애썼다. 마음과 마음을 연결시켰던 그 부분. 섀도는 자신도 모르게 미소를 지으면서 말했다.

"채드, 그냥 잊어요."

남자의 마음속에는 어둡고 무거운 구름이 있었다. 섀도는 구름이 보이는 것 같았다. 섀도는 구름에 집중하고 아침 안개가 걷히듯 사라지는 것을 상상했다.

"채드."

섀도는 그 구름에 닿기 위해 애를 쓰며 말했다.

"이 마을은 이제 변할 거예요. 침체된 지역에 둘러싸인 채 유일하게 좋은 곳으로 남진 않을 거라고요. 이곳도 다른 마을과 비슷해질 거예요. 많은 문제가 생길 거예요. 일자리를 잃는 사람들. 정신 나간 사람들. 더 많은 사람이 상처를 받고, 나쁜 일들이 더 많이 생기고, 경험이 많은 경찰서장이 필요할 겁니다. 이 마을은 당신을 필요로 해요. 마게리트가 당신을 필요로 해요."

남자의 머리를 채웠던 폭풍 구름에서 뭔가가 움직였다. 섀도는 구름이 변하는 것을 느낄 수 있었다. 섀도는 계속 밀고 나아갔다. 마게리트 올센의 재간 좋은 갈색 손과 그녀의 검은 눈과 길고 긴 검은 머리를 머릿속에 그리며. 마게리트가 기분 좋을 때 고개를 한쪽으로 기울이고 살짝 미소를 머금는 모습을 그려 보았다.

"그녀가 당신을 기다리고 있어요."

섀도는 그 말을 하면서 그게 사실이라는 것을 알 수 있었다.

"마지가?"

그 순간, 자신이 어떻게 그 일을 해냈는지 알 수 없었지만, 또 다시 그런 일을 할 수 있을 거라고 자신할 수 없었지만 섀도는 채드 멀리건의 마음속에 쉽게 닿았고, 까마귀가 길가에서 죽은 동물의 눈을 파내듯, 정확하고 무심하게 그날 오후의 사건을 채드의 마음속에서 *끄집어내* 버렸다.

채드는 이마 주름이 부드러워졌고 졸린 듯 눈을 깜빡였다.

"마지를 보러 가세요. 만나서 반가웠어요, 채드. 잘 지내요."

"고마워."

채드 멀리건이 하품을 했다.

경찰 무전으로 지지직 하고 메시지 소리가 들리자 채드는 핸드셋으로 손을 뺐었다. 섀도는 차에서 내렸다.

섀도는 자신의 렌터카로 걸어갔다. 마을의 중심에 있는 평평한 잿빛 호수를 볼 수 있었다. 그는 물 아래에서 기다리고 있는 죽은 아이들을 생각했다.

곧 앨리슨이 수면으로 떠오를 것이다······.

힌젤만의 집을 지나칠 때 이미 화염으로 바뀐 연기 기둥을 볼 수 있었다. 사이렌 소리가 들렸다.

51번 고속도로를 향해 남쪽으로 차를 몰았다. 마지막 약속을 지키기 위해 가는 길이다. 하지만 그전에 마지막으로 작별 인사를 하기 위해 매디슨에 들르기로 했다.

사만다 블랙 크로는 무엇보다도, 밤중에 커피 하우스 마감하는 일을 좋아했다. 완벽하게 마음이 평화로워졌다. 세상의 질서를 회복시키고 있다는 느낌이었다. 그녀는 인디고 걸즈의 CD를 넣고 나서 자신만의 속도로, 자신만의 방식으로 마지막 허드렛일을 한다. 우선, 에스프레소 기계를 닦는다. 마지막으로 살펴보면서 컵과 쟁반들이 제자리에 놓여 있는지 점검하고, 하루가 끝날 무렵 커피 하우스 이곳저곳에 널려 있는 신문을 함께 모아 재활용을 위해 앞문 옆에 깔끔하게 쌓아 놓을 것이다.

샘은 커피 하우스를 사랑했다. 그곳에 6개월 동안 손님으로 드나들

다가 매니저 제프를 설득해 일자리를 얻었다. 커피하우스는 중고 서점들이 늘어서 있는 거리에, 안락의자와 소파와 낮은 테이블로 가득 찬 길고 구부러진 공간으로 이루어져 있었다.

남은 치즈케이크 조각들을 큰 냉장고에 넣고 나서 행주를 들고 마지막으로 부스러기를 닦는다. 샘은 혼자 있는 것을 즐겼다.

그녀는 일을 하다가 인디고 걸즈의 노래를 따라 부르기도 했다. 종종 춤을 추기도 했는데, 한두 스텝 밟다가 그런 자신의 모습에 비웃음을 날리며 멈추곤 했다.

창문을 두드리는 소리가 허드렛일을 하고 있던 그녀의 마음을 다시 현실 세계로 이끌었다. 샘은 문을 열고, 땋아 늘인 자홍색 머리를 한 또래의 여자를 맞았다. 그녀의 이름은 나탈리였다.

"안녕."

나탈리가 말했다. 그녀는 까치발로 서서 샘의 뺨과 입가 사이에 포근하게 입을 맞추었다. 해석의 여지가 많은 입맞춤이었다.

"끝났어?"

"거의 다."

"영화 볼래?"

"좋지. 그러자. 그래도 여기서 5분은 더 있어야 돼. 앉아서 《어니언》이나 읽고 있을래?"

"이번 주 것은 벌써 봤어."

나탈리는 문가의 의자에 앉아 재활용을 위해 쌓아 놓은 신문을 뒤적거려 볼 만한 것을 찾아내 읽었다. 샘은 계산대에 남은 돈을 꺼내 금고에 넣었다.

그들은 지금 일주일째 함께 자고 있다. 샘은 이것이 자신이 내내 기다리고 있었던 관계인지 궁금했다. 나탈리를 볼 때 행복해지는 까닭은 단지 두뇌의 화학 작용과 페로몬 때문이라고 그녀는 생각했다. 그게 답일 것이다. 샘이 확실하게 아는 것은 나탈리를 볼 때면 웃게 되고 함께 있을 때면 편안하고 위안받는다는 사실뿐이었다.

"이 신문에도 그 기사가 실렸네. '미국이 변하는가?' 말이야."

나탈리가 말했다.

"음, 그래, 변한대?"

"그 말은 없어. 아마 그럴 거라네. 하지만 어떻게 바뀌는지, 왜 그런지 모른대. 어쩌면 전혀 변화가 일어나지 않을지도 모를 일이야."

샘이 크게 웃었다.

"음, 그렇게 이야기하면 모든 가능성을 포함하는 거잖아, 안 그래?"

"그러게."

나탈리의 이마에 주름이 잡혔고 다시 신문으로 눈을 돌렸다.

샘은 행주를 빨아 접었다.

"난 말야, 정부나 뭐 그런 것에도 불구하고 모든 게 갑자기 괜찮아 보여. 봄이 좀 일찍 온다는 얘긴가. 지루한 겨울이었어. 겨울이 이제 끝나니 너무 기뻐."

"나도."

침묵.

"많은 사람이 이상한 꿈을 꾸었다고 말했대. 난 이상한 꿈은 꾼 적 없는데. 정상이 아닌 거 말이야."

샘은 놓친 것이 없는지 살펴보았다.

없었다. 모든 것이 말끔하게 정리되었다. 샘은 앞치마를 벗어 부엌에 다시 걸어 놓았다. 그런 다음 돌아와서 불을 끄기 시작했다.

"난 요새 이상한 꿈을 꿨어. 너무 이상해서, 꿈 일기를 쓰기 시작했다니까. 그 꿈들은 꾸고 있을 때는 엄청나게 중요한 의미를 지니는 것 같아. 그래서 잠에서 깨어나면 적어 놓지. 그리고 그걸 읽을 때면 아무 의미도 없는 거야."

샘은 외투를 입고 털장갑을 꼈다.

"내가 해몽하는 법을 좀 배웠지."

나탈리는 비밀스러운 자기 방어 훈련이라든가 땀빼기* 의식, 풍수지리, 재즈 댄스 같은 것을 조금씩 할 줄 알았다.

"말해 봐. 뭘 의미하는지 풀어 줄게."

"좋아."

샘이 문을 열고 마지막 불을 껐다. 샘은 나탈리를 내보내고 자신도 거리로 나와 커피 하우스 문을 굳게 닫았다.

"때때로 하늘에서 떨어진 사람들의 꿈을 꿔. 가끔 지하에서 버펄로 머리를 한 여자와 이야기를 하곤 해. 그리고 또 어떨 때는 언제 한 번 술집에서 키스했던 남자에 대한 꿈을 꿔."

나탈리가 소리쳤다.

"나한테 말했어야 할 이야기 아냐?"

"어쩌면. 하지만 그런 게 아니었어. 그건 '꺼져' 키스였어."

"그 남자보고 꺼지라고 했다고?"

"아니, 다른 사람들 모두한테 한 거야. 너도 거기 있었어야 하는 건

---

* 인디언들이 종교적인 목적으로 행하는 일종의 한증막.

데, 안 그래?"

나탈리의 신발이 보도에서 딱딱거렸다. 샘은 그녀 옆에서 터벅터벅 걸었다.

"그 남자가 내 차를 가졌어."

"너희 언니네에 있던 그 보라색 차?"

"그래."

"그 사람은 어떻게 됐어? 자기 차는 왜 안 찾아?"

"몰라. 아마 감옥에 있을지도 몰라. 어쩌면 죽었을 수도 있고."

"죽다니?"

"그냥, 내 생각에."

샘이 망설였다.

"몇 주 전에 난 그가 죽었다고 확신했어. 초능력, 아니면 뭐, 그런 거. 아무튼 그냥 알았어. 하지만 또 그게 아닐지도 모른다고 생각했 지. 내 초능력이 그렇게 대단한 건 아닐 거야."

"그 사람 차는 언제까지 가지고 있을 건데?"

"누군가 찾으러 올 때까지. 아마 그러길 바랄 거야."

나탈리가 샘을 보았고, 잠시 후 다시 보았다. 그러더니 물었다.

"그거 어디서 났어?"

"뭐?"

"꽃 말이야. 네가 들고 있는 거, 샘. 어디서 온 거야? 커피 하우스에 서 나올 때 들고 있었어? 못 본 것 같은데."

샘이 내려다보았다. 그러더니 씩 웃었다.

"다정하기도 하지. 네가 주었을 때 고맙다고 얘기했어야 하는 건데,

안 그래? 너무 예뻐. 너무 고마워. 하지만 빨간색이 더 어울리지 않았을까?"

장미였다. 줄기가 종이에 싸여 있었다. 여섯 송이. 그리고 흰색.

"내가 준 거 아니야."

입술이 굳어지며 나탈리가 말했다.

둘 다 영화관에 도착할 때까지 아무 말도 하지 않았다.

그날 밤 집에 돌아왔을 때 샘은 화병에 장미를 꽂았다. 나중에 그녀는 그 꽃을 청동으로 떴고 그것을 얻게 된 이야기를 혼자 간직했다. 물론 나중에 나탈리와 헤어진 후 만났던 캐롤린에게, 그들 둘 다 술이 많이 취했을 때 귀신 장미 이야기를 해 주었는데, 캐롤린은 그게 정말 이상하고 소름 끼치는 이야기라고 맞장구쳤지만, 사실 마음속 깊은 곳에서는 한 마디도 믿지 않았다. 뭐, 그래도 상관없었다.

섀도는 주 의사당 근처에 주차를 하고 광장을 천천히 걸으면서 운전을 오래 해 뻣뻣해진 다리를 풀었다. 입고 있는 옷은 마르기는 했지만 불편했고 새 부츠는 여전히 꽉 끼었다. 그는 공중전화기를 보았다. 안내소에 전화해서 전화번호를 알아낼 수 있었다.

"아뇨. 샘 여기 없어요. 아직 퇴근 안 했어요. 아마 커피 하우스에 있을 거예요."

커피 하우스로 가는 길에 꽃집에 들러 꽃을 샀다.

섀도는 커피 하우스를 발견하고 길 건너 중고 서점 문간에 서서 지켜보며 기다렸다.

커피 하우스는 8시에 닫혔다. 섀도는 8시 10분에 샘 블랙 크로가 독특한 붉은색의 땋은 머리를 한 조그만 여자와 함께 커피 하우스를 나오는 것을 보았다. 손을 잡고 있는 것이 마치 세상을 막아 주기라도 할 것처럼, 둘은 손을 꼭 붙잡고 이야기를 나누고 있었다. 아니, 친구는 듣고 샘이 거의 혼자 말하고 있었다. 섀도는 샘이 무슨 말을 하는지 궁금했다. 그녀는 이야기하면서 웃었다.

두 여자가 길을 건넜다. 그들은 섀도가 서 있는 곳을 지나 걸어갔다. 머리를 땋아 내린 여자는 그에게서 30센티미터 정도 떨어져 지나갔다. 손을 뻗으면 닿을 거리였는데도 그들은 섀도를 전혀 보지 못했다.

섀도는 그들이 자신을 지나쳐 거리를 걸어 내려가는 것을 보았고, 마치 내부에서 단조의 음악이 연주되는 것처럼 고통을 느꼈다.

멋진 키스였다고 섀도는 생각했다. 그러나 샘은 머리를 땋아 내린 여자를 보는 것처럼 자신을 보지 않았고, 앞으로도 그러지 않을 것이다.

"제길할, 우리에겐 언제나 페루가 있을 거야."

샘이 섀도를 지나쳐 갈 때 섀도가 낮은 목소리로 말했다.

"그리고 엘 파소도. 우리에겐 언제나 그게 있어."

섀도는 샘을 쫓아가 손에 꽃을 쥐여 주었다. 그는 서둘러 갔다. 샘은 그것을 돌려줄 수 없었다.

언덕을 올라 차로 돌아왔고, 남쪽 방향 90번 고속도로를 타고 시카고로 향했다. 그는 제한 속도로, 혹은 그보다 천천히 차를 몰았다.

이제 마지막 일만 남은 것이다.

섀도는 서두르지 않았다.

섀도는 모텔 6에서 밤을 보냈다. 다음 날 아침 일어나서 옷에서 아직도 호수의 바닥 냄새가 난다는 것을 깨달았다. 어쨌든 옷을 입었다.

그 옷이 오래 필요하지 않을 것이라는 사실을 알고 있었다.

새도는 숙박비를 계산했다. 그러고 브라운스톤 아파트로 차를 몰았다. 별 어려움 없이 그곳을 찾았다. 기억보다 작았다.

새도는 일정한 속도로, 빠르지 않게 계단을 올랐다. 빨리 간다는 것은 죽음을 열망한다는 의미이다. 천천히 간다는 것은 두려워한다는 의미이다. 누군가 계단을 청소해 놓았다. 검은 쓰레기봉투는 없었다. 표백제 냄새가 났고, 더이상 썩어 가는 채소 냄새는 나지 않았다.

계단 꼭대기에 붉게 칠한 문이 활짝 열려 있었다. 오래된 음식 냄새가 공기에 배어 있었다. 새도는 주저하다가 벨을 눌렀다.

"나가요!"

여자의 목소리가 들렸다. 난쟁이처럼 작고 눈부신 금발의 조르야 우트레냐야가 서둘러 부엌에서 나와 앞치마에 손을 닦으며 새도를 맞았다. 그녀가 달라 보인다고 새도는 생각했다. 행복해 보였다. 뺨에는 연지를 발라 붉었고 늙은 눈에는 생기가 반짝였다. 조르야 우트레냐야는 새도를 보고 입을 동그랗게 말며 소리를 질렀다.

"새도? 돌아왔어?"

그리고 두 팔을 뻗고 새도에게 달려들었다. 새도는 몸을 굽혀 그녀를 껴안고, 그녀는 그의 뺨에 입을 맞추었다.

"너무 반가워. 자, 어서 가야 해."

새도는 아파트에 발을 들여놓았다. 아파트의 모든 문들(조르야 폴루노치나야의 방문만 빼고)이 활짝 열려 있었고 창문도 마찬가지로 열려 있었다. 부드러운 바람이 복도로 급작스럽게 불어왔다.

"봄 대청소를 했군요."

"손님이 오거든. 자, 자네는 빨리 가야 해. 우선, 커피 좀 줄까?"

"체르노보그를 보러 왔어요. 때가 됐어요."

조르야 우트레냐야가 격렬하게 고개를 저었다.

"안 돼, 안 돼. 볼 필요 없어. 좋은 생각이 아냐."

"알아요. 하지만요, 신들을 대하는 데 있어 제가 유일하게 배운 건, 거래를 했으면 지켜야 한다는 거죠. 저들은 원하면 모든 규칙을 깨죠. 우린 안 그래요. 제가 여길 나간다 하더라도 다시 여기로 돌아올 거예요."

조르야 우트레냐야는 아랫입술을 위로 올리며 말했다.

"맞아. 하지만 오늘은 가. 내일 다시 와. 내일은 그가 없을 거야."

"누구야?"

복도 저 안쪽에서 여자의 목소리가 들렸다.

"조르야 우트레냐야, 누구하고 얘기하고 있어? 이 매트리스, 나 혼자서는 뒤집을 수가 없어. 알잖아."

섀도는 복도를 걸어가 조르야 베체르냐야에게 "안녕하세요, 제가 도와줄까요?" 하고 인사했다. 여자는 놀라서 새된 소리를 내며 잡고 있던 매트리스를 놓치고 말았다.

침실에는 더께가 가득 덮여 있었다. 먼지는 나무건 유리건 집안의 모든 표면에 앉았고, 열린 창으로 들어오는 햇빛을 받아 춤을 추며 떠다녔다. 살짝 부는 미풍과 게으르게 펄럭이는 누런 레이스 커튼에 나부끼기도 했다.

섀도는 이 방을 기억했다. 여긴 그날 밤, 웬즈데이에게 준 방이었다. 빌레보그의 방.

조르야 베체르냐야가 모호하게 그를 바라보았다.

"매트리스…… 뒤집어야 돼."

"문제없어요."

섀도는 손을 뻗어 매트리스를 잡고 가볍게 들어서 뒤집었다. 침대
는 낡은 나무 침대였고 깃털 매트리스는 남자의 몸무게만큼이나 무거
웠다. 매트리스가 뒤집히자 먼지가 맴을 돌며 날았다.

"왜 여기 왔나?"

조르야 베체르냐야가 물었다. 예전처럼 친절한 말투가 아니었다.

"12월에 젊은 남자 하나가 늙은 신하고 게임을 해서 졌기 때문이죠."

늙은 여인은 잿빛 머리를 꽉 쪽 져서 정수리 위에 올려 붙였다. 그
녀가 입술을 다물었다.

"내일 다시 오게."

조르야 베체르냐야가 말했다.

"그럴 수 없어요."

"자네 장례식이야. 자, 가서 앉아. 조르야 우트레냐야가 커피를 가져
다줄 거야. 체르노보그는 금방 올 거고."

섀도는 복도를 따라 응접실로 나갔다. 창문만 열렸을 뿐, 그가 기억
하던 그대로였다. 회색 고양이가 소파의 팔걸이에서 자고 있었다. 섀
도가 들어가자 고양이는 눈을 뜨더니 아무렇지도 않다는 듯, 다시 잠
에 빠졌다.

체르노보그와 체커스 게임을 한 곳이었다. 그 노인을 웬즈데이의 마
지막 운명의 야바위에 끼워 넣기 위해 목숨을 걸고 내기를 했던 곳이
다. 열린 창으로 신선한 공기가 밀어닥치면서 정체된 공기를 밀어냈다.

조르야 우트레냐야가 붉은 나무 쟁반을 들고 왔다. 김이 나는 블랙 커피가 담긴 에나멜이 칠해진 작은 컵이 쟁반 위에 놓여 있었고, 그 옆에는 조그만 초콜릿 칩 쿠키가 담긴 접시가 있었다. 그녀는 그것을 테이블 위에 올려놓았다.

"조르야 폴루노치나야를 봤어요. 그녀가 세상 밑에서 제게로 왔어요. 제 앞길을 밝히기 위해 달을 줬어요. 그 대가로 제게서 뭔가를 가져갔어요. 하지만 그게 뭔지 기억이 나지 않아요."

"그 애는 자네를 좋아해. 그 애는 꿈을 많이 꾸고, 또 우리 모두를 지켜 주지. 아주 용감하거든."

"체르노보그는 어디 있죠?"

"봄 대청소가 불편하다고, 신문을 사 가지고 공원에 앉아 있을 거라고 나갔어. 담배도 사고. 아마 오늘은 돌아오지 않을지도 몰라. 기다릴 필요 없어. 가지 그래? 내일 다시 와."

"기다릴게요."

섀도가 말했다. 그가 꼭 기다려야만 하는 의무 같은 것은 없었다. 섀도는 그 사실을 알고 있었다. 하지만 이런 게 바로 그였다. 그것은 치러야 할 마지막 일이었다. 그게 치러야 할 마지막 일이라면 자발적으로 할 것이다. 더이상 의무 따위는 없을 것이고, 더이상 미스터리나 귀신 따위도 없을 것이다.

뜨거운 커피는 섀도가 기억하는 대로 똑같이 검고 달콤했다.

복도에서 저음의 남자 목소리가 들렸다. 섀도는 자세를 고쳐 똑바로 앉았다. 손이 떨리지 않는다는 것을 알고는 기뻤다. 문이 열렸다.

"섀도?"

"안녕하세요?"

새도는 그냥 앉아 있었다.

체르노보그가 방 안으로 걸어 들어왔다. 그는 접어 놓은 《시카고 선타임스》를 커피 테이블 위에 내려놓았다. 그러고 나서 새도를 응시하다가 주저하며 손을 내밀었다. 두 남자가 악수를 했다.

"제가 온 건요, 우리 거래 때문에. 당신은 당신이 해야 할 일을 했고, 이건 제가 할 부분입니다."

체르노보그가 고개를 끄덕였다. 이마에 주름이 졌다. 회색 머리와 콧수염이 햇빛에 반짝거리면서 황금색으로 보였다.

그가 인상을 썼다.

"음, 아니……."

말을 잠시 멈추었다.

"돌아가는 게 좋겠어. 좋은 때가 아냐."

"원하는 대로 하세요. 전 준비가 됐습니다."

체르노보그가 한숨을 쉬었다.

"자넨 아주 멍청한 녀석이야. 그거 알아?"

"그런 것 같아요."

"자네는 멍청한 자식이야. 그 산꼭대기에서, 자네 아주 잘했어."

"제가 해야 할 일을 했을 뿐이에요."

"그럴지도 모르지."

체르노보그는 낡은 나무 찬장으로 걸어가서 허리를 구부리고 네모난 소형 서류 가방을 꺼냈다. 잠금 고리를 열자 경쾌하게 탁 하는 소리를 내며 튕겼다. 케이스를 열었다. 망치를 꺼내어 시험 삼아 손으로 무게를 달았다. 작게 만든 대장간 쇠망치 같았다.

체르노보그가 일어나서 말했다.

"난 자네한테 빚을 많이 졌어. 자네가 아는 것보다 더 많이. 자네 때문에 변화가 일어나고 있어. 지금은 봄이야. 진짜 봄."

"전 제가 한 일을 알아요. 선택의 여지가 많지 않았어요."

체르노보그가 고개를 끄덕였다. 그의 눈에, 섀도가 이전에 본 적이 없는 표정이 서렸다.

"자네한테 내 형제에 대해서 말한 적이 있었나?"

"빌레보그요?"

섀도는 재가 묻은 카펫의 중앙까지 걸어가 무릎을 꿇었다.

"그를 오랫동안 보지 못했다고 말씀하셨어요."

"그래, 긴 겨울이었어. 음, 아주 긴 겨울. 하지만 이제 겨울은 끝나고 있어."

체르노보그는 무언가를 기억하듯 고개를 천천히 저었다.

"눈을 감아."

섀도는 눈을 감은 후 머리를 들고 기다렸다.

차가운, 얼음처럼 차가운 쇠망치 대가리가 키스처럼 부드럽게 그의 이마에 닿았다.

"폭! 자, 됐어."

체르노보그는 섀도가 이전에 한 번도 본 적이 없는 미소를 지었다. 부드럽고 편안한 미소. 마치 여름날의 햇살 같은 미소였다. 노인은 망치를 집어넣고 뚜껑을 닫은 후, 그것을 찬장 아래에 다시 집어넣었다.

"체르노보그? 체르노보그 맞아요?"

"그래, 오늘은. 내일이 되면 난 빌레보그가 될 거야. 하지만 오늘은 아직 체르노보그야."

"그럼 왜요? 할 수 있었을 텐데, 왜 절 죽이지 않았죠?"

노인은 주머니의 담뱃갑에서 필터가 없는 담배를 꺼냈다. 벽난로에서 큰 성냥통을 꺼내어 담배에 불을 붙였다. 깊이 생각에 잠겨 있는 것 같았다.

노인이 한참 지난 다음에 말했다.

"왜냐하면 피 때문이야. 또 고맙기도 하고. 그리고 겨울이 아주, 아주 길었어."

섀도는 자리에서 일어났다. 무릎을 꿇고 있던 자리에서 청바지에 먼지 얼룩이 묻었다. 그는 먼지를 떨어냈다.

"고마워요."

"천만에. 다음에 체커스 게임 하고 싶으면, 나 어디서 찾을 수 있는지 알지? 이번에는 흰색 알로 할 거야."

"고마워요. 그럴게요. 하지만 한동안은 안 될 거예요."

섀도는 노인의 반짝이는 눈을 들여다보았고, 그 눈이 항상 저렇게 수레국화처럼 푸른색이었는지 의아해 했다. 그들은 악수를 나누었다. 둘 다 안녕이란 말은 하지 않았다.

섀도는 나가는 길에 조르야 우트레냐야의 뺨에 입을 맞추고 조르야 베체르냐야에게는 손등에 입맞췄다. 그리고 한 번에 두 계단씩 타고 내려갔다.

후기

아이슬란드의 레이캬비크는 이상한 도시들을 많이 가본 사람들에게조차 이상한 도시이다. 그곳은 화산 도시로, 도시의 열기는 지하 깊은 곳에서부터 온다.

관광객들이 있긴 하지만, 7월 초에도 기대하는 것만큼 많지는 않다. 태양은 몇 주째 똑같이 빛나고 있었다. 이른 새벽에 1시간여 동안만 햇빛이 빛나지 않았다. 자정을 지나 2시와 3시 사이에 어둑어둑한 새벽이 오고, 그런 다음 다시 낮이 시작된다.

키 큰 관광객이 그날 아침 레이캬비크 전역을 산책하면서 1000년간 거의 변하지 않은 언어로 사람들이 이야기하는 것을 들었다. 여기 원주민들은 고대 전설을 신문 읽듯 쉽게 읽을 수 있다. 이 섬에는 영속성의 느낌이 있었고, 그것이 그를 두렵게 하였으며, 또한 안심시켰다. 그는 매우 피곤했다. 끊이지 않는 낮의 빛이 잠을 방해했다. 그는 호텔 방에 앉아 길고 긴 밤 아닌 밤 내내 안내 책자와, 몇 주 전에 어떤 공항이었는지는 기억할 수 없지만, 공항에서 산 소설책 『황폐한

집』을 읽으며 지냈다. 이따금 창밖을 내다보기도 했다.

마침내 태양뿐만 아니라 시계도 아침을 알렸다.

그는 많은 사탕 가게 중 한 곳에서 초콜릿 바를 하나 샀고, 보도를 걸으면서 이따금씩 아이슬란드의 화산적 특성에 대해 생각했다. 모퉁이를 돌면 대기에서 유황의 냄새를 맡을 수 있었다. 하데스보다는, 썩은 계란이 생각났다.

그가 지나치는 많은 여성들은 매우 아름다웠다. 그들은 날씬하고 피부는 희었다. 웬즈데이가 좋아하던 그런 종류의 여자들. 섀도는 웬즈데이가 어머니의 어떤 점에 반했는지 알고 싶었다. 어머니는 아름다웠지만 날씬하지도, 흰 피부를 지니고 있지도 않았다.

섀도는 예쁜 여자들에게 미소를 지었다. 그로 하여금 남자임을 기분 좋게 인식시켰기 때문이다. 또 자신이 기분 좋고 즐거웠기 때문에 다른 여자들에게도 미소를 지었다.

섀도는 자신이 언제부터 관찰당하고 있었는지 확실히 알 수 없었다. 레이캬비크 어딘가를 걷다가 누군가가 자신을 보고 있다는 것을 확신했다. 이따금 돌아서서 그게 누구인지 보려고 했다. 그러면 가게 창문이나 창문에 반사된 도로만 보일 뿐, 자신을 보고 있는 사람은 없었다.

섀도는 작은 식당에 들어가 훈제 바다오리와 호로딸기와 민물연어와 삶은 감자를 먹고, 미국에서 마셨던 것보다 더 달콤하고 설탕이 많이 들어간 코카콜라를 마셨다.

웨이터가 계산서를 가지고 왔다. 가격은 예상했던 것보다 비쌌으나, 섀도가 그동안 다녔던 곳 모두 음식값이 그렇게 생각보다 비쌌던 것 같다. 웨이터가 테이블에 계산서를 내려놓으며 물었다.

"실례합니다. 미국인이십니까?"

"예."

"그럼, 7월 4일 축하드립니다."

웨이터는 스스로 만족해 하는 것 같았다.

섀도는 그날이 4일인지 몰랐다. 독립일. 그래. 그는 '독립'이라는 말이 좋았다. 그는 식사비와 팁을 테이블 위에 놓고 밖으로 나왔다. 대서양으로부터 시원한 미풍이 불어왔고, 코트를 여몄다.

섀도는 풀밭이 있는 둑에 앉아 자신을 둘러싼 도시를 쳐다보며, 언젠가는 집으로 돌아가야 할 것이라고 생각했다. 그러면 돌아갈 집을 만들어야 할 것이었다. 집이란 것이 세월이 한동안 흐르고 나면 어떤 곳에서 저절로 생기는 것인지, 혹은 오랫동안 걸으며 기다리고 소망하면 종국에 가서 발견하게 되는 것인지 생각했다.

그는 책을 꺼냈다.

한 노인이 언덕을 가로질러 그를 향해 터벅터벅 걸어왔다. 오랫동안 여행을 한 듯 아랫단이 닳은 어두운 회색 외투를 입고 있었고, 바다갈매기의 깃털을 꽂은 챙이 넓은 푸른 모자를 멋스럽게 쓰고 있었다. 노인이 늙어 가는 히피 같다고 섀도는 생각했다. 혹은 은퇴한 지 오래된 사격수 같다고. 늙은 남자는 우스울 정도로 키가 컸다.

남자는 섀도 옆에 쭈그리고 앉았다. 그는 무뚝뚝하게 섀도를 향해 고개를 끄덕였다. 한쪽 눈 위에 해적처럼 검은 안대를 하고 있었고 흰 턱수염을 기르고 있었다. 섀도는 이 남자가 담배를 빌리려 하는 건가 하고 생각했다.

"흐베르니그 겐구르? 만스트 푸 에프티르 메르?"

"죄송합니다. 전 아이슬란드어를 할 줄 몰라요."

섀도는 그날 새벽 밝은 햇빛에 의지해 책에서 읽은 한 구절을 어색하게 되뇌었다.

"에그 탈라 바라 엔스쿠."

난 영어밖에 몰라요. 그런 후 "미국인."이라고 말했다.

노인이 천천히 고개를 끄덕인 후 말했다.

"우리 사람들은 오래전에 여기서 아메리카로 넘어갔지. 거기 있다가 아이슬란드로 돌아왔어. 그곳이 사람들에게는 좋은 장소이지만, 신들에게는 나쁜 곳이라고 했어. 그리고 신들이 없어서 그들 또한 외로움을 느끼고……."

영어는 유창했으나, 문장 사이에 끊어 읽기와 강세가 이상했다. 섀도는 그를 보았다. 자세히 들여다보니, 남자는 섀도가 상상했던 것보다 훨씬 더 늙어 보였다. 피부에는 화강암에 나 있는 틈처럼 작은 주름들과 구멍들이 나 있었다.

"난 자넬 알아."

"그러세요?"

"자네와 나, 우린 똑같은 길을 걸어왔어. 난 나를 위한 내 자신의 희생으로 아흐레 동안 나무 위에 매달려 있었어. 난 아사 신족의 왕이야. 난 교수대의 신이야."

"당신은 오딘이군요."

남자가 그 이름을 가늠해 보는 듯, 생각에 잠긴 모습으로 고개를 끄덕였다.

"사람들은 날 여러 가지로 부른다네. 하지만 난 보르의 아들인 오딘이야."

"전 당신이 죽는 걸 봤어요. 당신의 시신을 위해 경야를 섰어요. 당신은 힘을 위해서 너무 많은 것을 파괴하려고 했어요. 당신은 스스로를 위해서 너무나 많은 것을 희생시키려 했어요. 당신이 그랬어요."

"난 안 그랬네."

"웬즈데이가 그랬어요. 그 자가 당신이잖아요."

"그가 나였지, 그래. 하지만 난 그가 아니야."

남자가 코를 긁었다. 모자의 갈매기 깃털이 움직였다.

"돌아갈 거야? 아메리카로?"

"돌아갈 이유가 없어요."

섀도는 그 말을 하면서도 그것이 거짓이라는 것을 알았다.

"거기서 자네를 기다리고 있는 게 있어. 하지만 자네가 돌아올 때까지 기다릴 거야."

흰 나비 한 마리가 곡선을 그리며 그들을 지나쳤다. 섀도는 아무 말도 하지 않았다. 신들이라면 충분히 겪었고, 또한 몇 번의 생애를 연거푸 살게 만드는 신들의 방식도 충분히 경험했다. 섀도는 버스를 잡아 공항으로 가서 표를 바꾸겠노라 결심했다. 이제껏 한 번도 가보지 못한 어딘가로 비행기를 타고 갈 것이다. 그는 계속 움직일 것이다.

"당신한테 줄 게 있어요."

섀도는 주머니 속에 손을 넣어 물건을 꺼냈다.

"손 좀 줘봐요."

오딘은 섀도를 이상하고 진지하게 쳐다보았다. 그러더니 어깨를 으쓱하고 오른손을 손바닥을 밑으로 해서 내밀었다. 섀도는 그 손을 잡아 손바닥이 위로 가게 했다.

섀도는 손을 펼치고, 자신의 두 손이 완전히 비어 있다는 것을 한 손씩 보여 주었다. 그런 후, 유리 눈을 노인의 가죽 같은 손바닥 안으로 밀어 넣었다.

"어떻게 한 건가?"

"마술."

섀도가 웃지 않고 대답했다.

노인은 씩 웃고 나서 다시 소리 내어 웃으면서 손뼉을 쳤다. 노인은 엄지와 검지로 유리 눈을 집더니 그게 무엇인지 정확히 안다는 듯 고개를 끄덕이고는 허리춤에 걸려 있던 가죽 가방에 집어넣었다.

"타크 카를라가. 잘 간직하겠네."

"천만에요."

섀도는 일어나서 청바지에 묻은 풀을 털었다. 그는 책을 덮어 백팩의 사이드포켓에 집어넣었다.

"다시."

아스가르드의 신이 위압적으로 머리를 움직이면서 명령조의 목소리로 말했다.

"한 번 더, 다시 해."

"당신네들이란. 당신들은 결코 만족을 몰라요. 좋아요. 이건 내가 지금은 죽고 없는 사람한테 배운 거예요."

섀도는 손을 뻗어 허공에서 황금 동전을 하나 집었다. 보통의 황금 동전이었다. 죽은 자를 불러오거나 아픈 자를 치유할 수는 없었지만,

분명 황금 동전이었다.

"그리고 이게 전부예요."

섀도가 집게손가락과 엄지손가락으로 동전을 집어 보이면서 말했다.

"그녀가 한 건 이게 다예요."

섀도는 엄지를 튀겨 동전을 허공에 던졌다.

동전이 호를 그린다. 동전은 정점에서 햇빛을 받아 황금색으로 반짝이며 빙글 돌았다. 마치 다시는 아래로 내려오지 않을 것처럼 한여름 하늘에서 반짝반짝 빛을 발하며 허공에 매달려 있다. 어쩌면 동전은 그렇게 내려오지 않을지도 모를 일이다. 섀도는 기다리지 않았다. 섀도는 노인을 뒤로한 채 묵묵히 앞을 보며 나아갔다.

「끝」

부록

나는 책을 쓰는 내내 섀도와 예수와의 만남 장면을 고대했다. 어쨌든 예수를 언급하지 않고 아메리카에 대해 쓸 수는 없었다. 그는 아메리카의 씨실과 날실을 이루는 존재이다. 나는 15장에서 그들의 첫 조우에 대해서 썼는데, 잘 풀리지 않았다.

내가 단순히 살짝 언급하고 지나가는 방식으로 할 수 없는 무언가를 건드리고 있다는 기분이 들었다. 그것은 너무나 심대한 문제였다. 그래서 들어내어 버렸다. 나는 이번 수정본에 그것을 또다시 넣을 뻔했다. 실제로 그 부분을 다시 집어넣었다. 그러고 나서 다시 뺐다가 여기 다시 집어넣었다. 여러분은 그 부분을 볼 수 있을 것이다. 나는 그게 아메리카의 신들에 속하는지는 확신이 서지 않는다.

어쩌면 그저 경외서(經外書) 쯤으로 여겨도 괜찮지 않을까. 언젠가는 섀도가 아메리카로 돌아올 것이다. 매우 흥미로운 대화들이 그를 기다리고 있다.

사람들이 그의 주위를 맴돌고 있었다. 그의 마음속에서건 외부에서건 말이다. 일부는 새도가 알아볼 만한 사람들이었고 또 낯선 사람들도 있었다.

　"자네가 아직 만나보지 못한, 낯선 친구는 누구인가?"

　어떤 이가 그에게 한 잔 건네며 물었다. 새도는 잔을 받고서 밝은 갈색 복도를 그와 함께 걸었다.

　그들은 스페인 풍의 건물 안에 있었고 점토벽돌 통로를 지나 안뜰로 나갔다가 다시 통로를 지났다. 태양이 수생식물 정원과 분수에 내리비치고 있었다.

　"아직 만나보지 못한 적일 수도 있습니다."

　"암울해, 새도. 암울해."

　새도는 술을 마셨다. 짭조름한 맛이 나는 레드와인이었다.

　"지난 몇 달은 암울했어요."

　"지난 몇 해가 암울했지."

　남자는 중키에 마른 체형이었으며 햇볕에 그을린 살결이었다. 그는 인정 많은 미소를 부드럽게 지으며 새도를 올려다보았다.

　"경야(經夜)는 어떤가, 새도?"

　"나무요?"

　새도는 은색 나무에 매달려 있었던 사실을 잊고 있었다. 또 무엇을 잊고 있었는지 궁금했다.

　"아프죠."

　"고통은 때때로 정화를 의미하기도 해."

　남자가 입은 옷은 평상복이었지만 비싸 보였다.

"그건 죄를 씻어준다네."

"사람을 죽일 수도 있어요."

남자는 섀도를 이끌고 거대한 사무실로 갔다. 그러나 안에는 책상이 없었다.

"신이 된다는 게 어떤 의미인지 생각해 본 적 있나?"

그는 턱수염을 기르고 있었고 야구모자를 쓰고 있었다.

"그건 유한한 존재를 포기하고 밈*이 되는 것을 의미하지. 동요 가락처럼 사람들의 마음속에 영원히 살아 있는 것 말이야. 그건 모든 사람들이 제각각 자기 마음속에서 자네를 재창조하게 된다는 말이야. 자네는 더이상 고유의 정체성을 가지기가 어려워. 대신 사람들의 필요에 따라 수많은 양상을 띠게 되는 거야. 그리고 사람들은 모두 제각각 자네로부터 다른 무언가를 원해. 그 무엇도 고정되지 않고 어떤 것도 안정되지 않아."

섀도는 창가 옆 안락한 가죽 의자에 앉았다. 남자는 거대한 소파에 앉았다.

"정말 이곳은 대단하네요."

"고맙구먼. 자, 이제 솔직히 이야기해보게. 와인은 어때?"

섀도가 머뭇거렸다.

"좀 신데요."

"미안하군. 그게 바로 문제야. 웬만한 와인은 쉽게 만들 수 있어. 하지만 훌륭한 와인은 차치하고라도 좋은 와인은……음, 날씨도 관건이

---

* meme, 문화의 전달 방식으로 유전자가 아니라 모방 등에 의해 다음 세대로 전달되는 비유적 문화 요소를 말함

고, 토양의 산성도니 강우량도 중요해. 심지어 포도를 언덕의 어느 쪽에 심느냐도 맛을 좌우한다고. 빈티지 와인 이야기는 꺼내고 싶지도 않다만……."

"맛 괜찮아요, 정말로요."

섀도가 그렇게 말하고는 남은 와인을 단번에 길게 삼켜버렸다.

공복에 넘긴 술로 속이 타들어 가는 것 같았다. 머리 뒤편에서 취기가 보글보글 올라오는 게 느껴졌다.

"새로운 신들이니 옛 신들이니 하는 문제 말이야. 난 새로운 신들, 좋다 이거야. 데리고 오라 해. 총기의 신. 폭탄의 신. 무지와 무관용, 독선이며 저능과 비난의 그 모든 신들 말이야. 그자들이 나에게 떠넘기는 그 모든 것들 말이지. 내 어깨 위의 짐을 많이 덜어달라고."

그가 한숨을 내쉬었다.

"하지만 당신은 아주 성공했잖아요. 이곳을 보세요."

그는 벽에 걸린 그림들과 원목 바닥과 안뜰에 있는 분수를 가리키는 몸짓을 했다.

남자가 고개를 끄덕였다.

"대가가 있는 법이지. 내가 말했잖아. 온갖 사람들에게 온갖 것이 돼주어야 한다고. 그러다 보면 아주 얇게 짓눌러져서 거의 원형을 잃게 되는 거야. 좋은 게 아니야."

그는 굳은살이 박인 한 손(손가락들에 오래된 조각칼 흉터들이 남아 있었다.)을 뻗어 섀도의 손을 꽉 쥐었다.

"알아, 알아. 내게 주어진 축복에 감사해야 한다는 거. 그리고 그런 축복 덕에 자네와 이렇게 만나서 이야기를 나눌 수 있다는 것도 알

아. 자네가 해냈다는 게 참 대단해. 정말 대단해. 이제 낯선 이가 되지
말게."

"네. 그냥 당신이 아직 만나지 못한 친구가 될게요."

"웃긴 친구야."

남자가 말했다.

"라타토스크, 라타토스크."

섀도의 귀에 다람쥐 소리가 들렸다. 아직도 입안과 목구멍에서 쓴
와인 맛이 느껴졌고, 이제 어둠이 내려앉고 있었다.

작가 인터뷰

신의 능력을 가질 수 있다면 어떤 점을 원하는가?

시간을 늘릴 수 있으면 좋겠다. 신축성 있는 날들을 더 가지고 싶다. 그리하여 단 일주일에 기대도 괜찮고, 또 가령 벽을 조금 밀어서 갑자기 생긴 그 빈 공간을 채울 열아흐레 정도가 밀려들어 올 수 있었으면 좋겠다. 시간이 늘 부족하다 보니 무언가 하고 싶어도 시간이 없어서 못 하고 만다. 하고 싶은 일들이 너무나 많아서 일부는 미루거나 혹은 선택의 문제가 되는 경우가 있다. 실상은 진실로 둘 다 하고 싶다. 따라서 시간이 무한히 늘릴 수 있는 거라면 정말 그러고 싶다.

가장 좋아하는 국도변 명소는 어디인가?

『신들의 전쟁』에 나오는 하우스 온 더 록은 실재하는 곳이다. 대부분 내가 그곳을 지어냈다고 생각하는데 사실 사람들이 믿을 수 있도록 그저 조금 포장을 했을 뿐이다. 실재하는 곳이라고 해서 그럴듯해야 한다는 법은 없다. 따라서 120점의 로봇으로 이루어진 오케스트라와 다른 것들을 뺐다.

처음으로 하우스 온 더 록에 갔을 때 믿을 수가 없었다. 두 번째로 갔을 때도 여전히 믿기지 않는 장소라는 생각이 들었다. 나는 세상에서 가장 큰 회전목마 옆에 서 있는 사진을 찍기 위해《엔터테인먼트 위클리》에 다시 방문했다.

그때의 사진 촬영은 내가 그동안 해 보았던 중에 가장 시끄러운 촬영이었다. 사람들을 회전목마에 태워 돌리기 위해서 스튜디오 안에 있던 기계 장치의 볼륨을 한껏 높였기 때문이었다. 세상에서 가장 큰 회전목마 근처에는 정말로 오래 머물러서는 안 된다.

사진 촬영은 몇 시간이나 지속되었고 사진작가는 나와의 소통을 순전히 손짓에 의지했다. 그는 손으로 자기 턱을 톡톡 치며 위를 가리켜서 내가 고개를 쳐들고 위쪽을 바라보게 했다.

그곳은 어떻게 알아낸 건가?

미국의 대부분의 도로변 명소처럼 하우스 온 더 록도 대략 480킬로미터 떨어진 곳부터 안내 표지판이 있는데, 표지판을 보면 아주 가까운 곳에 있다는 느낌이 든다. 나는 하우스 온 더 록을 홍보하는 표지판을 많이 보았고 내가 살고 있는 곳에서 아주 가깝다고 생각했다. 나중에 알고 보니 400킬로미터 거리였다. 한편, 마찬가지로 소설에 등장하는 록 시티는 더 심했다. 내가 처음으로 '세상의 신비, 록 시티'를 본 건 산악지역인 테네시인가 켄터키인가 그 어딘가였는데 그때도 그게 아주 가까운 곳에 있다고 생각했다. 그런데 결국 거의 하루 종일 차를 몰아야만 했다. 게다가 한 번에 정확한 위치까지 닿는 건 거의 불가능하기까지 해서 나는 그곳을 그냥 지나쳤다. 그런 다음 다시 돌아와 그곳을 보고 소설에 집어넣기로 결정했다.

가장 이상했던 비행기 여행은 언제였나?

비행기 여행의 문제는 모든 것을 접어두어야만 한다는 것이다. 기억에 남는 여행이 한 번 있었는데, 꼭 가장 이상해서가 아니라 이제껏 한 번도 보지 못한 일이 벌어졌기 때문이다. 사과 주스를 큰 잔으로 하나 받아들고 있었는데, 갑자기 비행기가 하강기류를 맞닥뜨리고 몇 백 피트를 급강하했다. 승객들이 모두 안전띠를 매고 있어서 별문제는 없었으나, 내가 들고 있던 사과 주스가 컵에서 획 빠져나가 버렸다. 컵은 제자리에 있었으나 그 내용물이 천천히, 믿을 수 없을 만큼 우아한 아치를 그리며 선실을 가로질러 동체의 반을 날아 한 비즈니스맨의 무릎에 착지를 한 것이다. 당시 『미스터 펀치』 계약 건으로 데이브 맥킨과 함께 여행 중이었는데, 우리는 우리가 아닌 척 딴청을 피웠다. 그쪽 편도 적어도 우리가 일부러 그런 것은 아니라는 사실은 알았다. 자유를 찾아 미친 비행을 한 건 사과 주스였다.

가장 좋아하는 동전 마술은 무엇인가?

내가 해봤던 동전마술 중에 가장 좋아하는 것은 커다란 공책 하나와 만년필 하나, 보보의 『현대 동전마술』 한 권을 갖고서 『신들의 전쟁』을 쓰기 시작했을 당시 했던 것이었다. 나는 이것저것 번갈아 가며 해보았는데 '프렌치 드롭'과 '다운스 팜' 등을 연습하며 몇날 며칠을 보냈다. 섀도가 동전 마술에 심취할 것이라는 사실을 알고 있었기 때문에 나도 충분히 설득력 있게 쓰려면 할 줄 알아야 한다고 생각했기 때문이다. 그 이전에는 어떤 종류의 마술도 해본 적이 없었으나, 이제 배워야 한다고 생각했다.

그때 나는 미국을 횡단하여 샌디에이고로 향하는 기차에 타고 있었는데, 엄마와 여행하는 10살짜리 여자아이가 있었다. 우리는 모두 기차에 오른 지 사흘가량 되었기 때문에 서로를 모두 알고 있었다. 나는 어떤 예고도 없이 아이가 보는 앞에서 동전을 사라지게 하고 아이의 귀 뒤에서 다시 나타나게 했다. 아마도 그때껏 아이 앞에서 그런 마술을 한 사람은 없었을 것이다. 나는 아이의 표정을 보고 사람들이 왜 마술사가 되는지 이해하게 되었다.

물론 마술사가 되진 않았지만 어쨌든 펜과 텔러, 또 대런 브라운 같은 그 마술사들과 어울리게 되었다. 그들은 모두 아주 좋은 사람들이고 내 비위도 잘 맞추어주고 또 나를 자기들하고 똑같은 사람으로 대했다. 물론 그들은 내가 자기들하고 똑같은 사람이 아니라는 것을 알고 있다.

좋아하는 사기꾼이나 사기술은?

폰지 사기를 창안한 폰지이다. 신용사기란 측면에서 사람들이 비웃는 경우는 누군가 브룩클린 다리를 팔려고 한다거나 영국에서 런던 다리를, 혹은 프랑스에서 에펠탑을 팔려고 할 때이다. 폰지는 프랑스에 있는 모든 주요 고철상을 돌면서 에펠탑을 팔았다. 그는 프랑스 정부 공무원을 사칭하고 에펠탑이 안전에 문제가 있어 철거하기로 결정했다. 따라서 탑 해체와 그에 따르는 고철 처리를 도맡아줄 업체가 필요하다고 설명한다. 그는 또한 프랑스 정부가 이 일을 맡아줄 업체에 온갖 훈장을 수여할 수도 있다고 넌지시 이야기를 흘린다.

그러고 나서 그는 각 업체 사장 각자에게 이 사안은 비밀에 부쳐진 입찰이어서 부패의 가능성이 없다고 설명한다. 그러면 업체 사장들은 제각각 입찰을 위해 준비를 하고 그는 비밀스럽게 그들 각각을 접촉해 뇌물을 주면 입찰을 따게 해줄 것이라고 말한다. 그들은 에펠탑을 사기 위해서 각자 그에게 거대한 액수의 돈을 갖다 바친다. 바로 이게 내가 여전히 가장 좋아하는 사기이다.

작품 속 사기술을 만들어 내는 일이 즐거웠나?

사기술 만드는 게 정말 즐거웠다. 물론 좀 당황스러웠던 면도 있다. 실제로 실행에 옮길 수 있는 속임수는 구체적인 면에서 조금 모호하게 묘사하려고 했다. 따라서 독자가 미스터 웬즈데이가 신용카드로 속임수를 쓸 때 정확히 어떻게 한 건지 알 수 없을 것이다. 그가 친 사기는 실제 실행 가능한 것이지만 내가 세부사항을 모호하게 그렸기 때문에 독자들은 할 수 없다.

그러나 나는 ATM 야간 예치 사기술을 꾸며낸 것을 뿌듯하게 생각했다. 내가 그 아이디어를 생각해냈고 정말 그게 재미있다고 생각했다. 그런데, 이런! 18개월 전 어느 날 전화가 한 통 왔다. 캐나다의 어떤 기자였는데, 내 책의 팬이라는 사람이 실제로 그 일을 저질러서 지역 상인들로부터 삼만 달러를 훔쳐 달아났다는 이야기를 전해주었다.

어떤 작가든 자기 독자가 "오, 이 책 정말 대단한 작품일세, 그 뭐더라, 그 아무개 있잖아. 게다가 일확천금을 얻을 아이디어까지 알려주네."라고 말하고는 곧 그게 결국 '재빠르게 감옥 가기' 교본이 된 꼴을 바라는 사람은 없을 것이다. 그 캐나다인처럼 말이다.

떨쳐버리고 싶은 이미지가 있는가?

나는 www.neilgaiman.com에 일기를 올리고 있다. 홈페이지가 있으면 독자와 즉각적으로 소통을 할 수 있어 매우 유용하다는 사실 이외에도 또 다른 장점이 있다. 간혹 작가 사인회에 나가면 사람들이 내가 만들어낸 인물들과 내가 일치하기를 기대한다. 특히 샌드맨 같은 경우 더욱 그렇다.

나는 사인회에 나가 사람들의 표정에서 실망을 읽고 만다. 나는 키 크고 창백하고 아름답고 매우 음침한 분위기를 풍기는 사람이 아닌지라. 사람들은 내가 어려운 고딕 말투로 이야기를 하거나 약강5보격이니 2운각(韻脚)의 8행시니 따위의 언어구사를 하기 바란다.

블로그가 좋은 이유는 바로 그러한 기대를 희석시키고 떨쳐버리게 하기 때문이다. 새벽 세 시에 고양이 토사물을 치우기 위해 바닥 청소한 이야기를 써놓은 사람을 누가 아름다운 고딕적 인물로 상상하겠는가.

『신들의 전쟁』이 나온 지 몇 년이 흘렀다. 소설에 대한 생각은 어떤지?

사람들이 이 작품에 대해 매우 호의적이었다. 나는 이 책으로 받은 그 모든 상들을 결코 기대하지 못했다. 특히 휴고 상과 네뷸러 상, 브람 스토커 상이 그렇다. 물론 아주 기뻤다. 특히 미국인들의 반응이 아주 좋았다. 아무도 이렇게 말하지 않았다. "영국인 주제에 감히 미국에 대해 소설을 써?" 매우 친절한 사람들이다.

매우 재미있었던 것은 바로 위스콘신이나 미네소타 사람들과 같은 말투를 쓰는 중부 지방이었다. 가끔 뉴욕 사람들과 로스앤젤레스 사람들은 내게 작품에서 이따금 영국식 말투가 나온다고 지적을 하는 경우가 있다. 나는 그게 사람들이 자기 지역이 아닌 다른 지역의 말투를 모르기 때문이라고 생각한다.

신들의 이름 해설

23) **우르드**Urtha, Urder 게르만 신화에서 황금시대는 거인족 처녀 셋이 왔을 때 끝난다. 그들이 시간을 가져왔기 때문이다. 각각 우르드(과거), 베르단디(현재), 스쿨드(미래)이고, 합쳐서 노른 혹은 노르넨이라고 한다. 이들의 거처는 우주의 물푸레나무인 이그드라실의 세 번째 뿌리에서 솟아 나오는 우르드의 우물가이다.

24) **게데**Gede 부두교에서 죽음과 풍요를 관장하는 신들의 집단이며 이들의 우두머리는 '바론 사메디'이다. 보라색과 검은색을 상징으로 삼는다.

옮긴이 | 장용준

전문번역가, 역서로는 『신들의 전쟁』, 『비트 더 리퍼』, 『리포맨』 등이 있다.

환상문학전집 ● **26**

신들의 전쟁(하) **10주년 전면 개정판**

1판 1쇄 펴냄 2008년 11월 14일
1판 3쇄 펴냄 2017년 9월 29일
개정판 1쇄 찍음 2021년 3월 19일
개정판 1쇄 펴냄 2021년 3월 26일

지은이 | 닐 게이먼
옮긴이 | 장용준
발행인 | 박근섭
편집인 | 김준혁
펴낸곳 | 황금가지

출판등록 | 2009. 10. 8 (제2009-000273호)
주소 | 06027 서울 강남구 도산대로 1길 62 강남출판문화센터 5층
전화 | 영업부 515-2000 **편집부** 3446-8774 **팩시밀리** 515-2007
홈페이지 | www.goldenbough.co.kr

도서 파본 등의 이유로 반송이 필요할 경우에는 구매처에서 교환하시고
출판사 교환이 필요할 경우에는 아래 주소로 반송 사유를 적어 도서와 함께 보내주세요.
06027 서울 강남구 도산대로 1길 62 강남출판문화센터 6층 민음인 마케팅부

한국어판 © ㈜민음인, 2021. Printed in Seoul, Korea

ISBN 979-11-5888-567-0 04840
ISBN 979-11-5888-565-6(세트)

㈜민음인은 민음사 출판 그룹의 자회사입니다.
황금가지는 ㈜민음인의 픽션 전문 출간 브랜드입니다.